Deux semaines de tentation

Un désir si insensé

MAUREEN CHILD

Deux semaines de tentation

Traduction française de
ELSA GANEM

PASSIONS

HARLEQUIN

Collection : PASSIONS

Ce roman a déjà été publié en 2020

Titre original :
WILD RIDE RANCHER

HARPERCOLLINS FRANCE
83-85, boulevard Vincent-Auriol, 75646 PARIS CEDEX 13
Service Clients — www.harlequin.fr
ISBN 978-2-2805-0913-8 — ISSN 1950-2761

Édité par HarperCollins France.
Composition et mise en pages Nord Compo.
Imprimé en septembre 2024 par CPI Black Print (Barcelone)
en utilisant 100% d'électricité renouvelable.
Dépôt légal : octobre 2024.

1

Liam Morrow avait mieux à faire que rester assis durant un entretien avec une fille de riche pourrie gâtée juste parce qu'elle avait trouvé une nouvelle « cause ». Mais il n'avait pas d'autre solution et il le savait.

Il faisait de son mieux pour contenir l'agacement qui bouillait en lui. Il ne servait à rien de s'énerver pour quelque chose qu'il ne pouvait pas changer. Accomplir son devoir était important pour Liam. On lui avait appris qu'un homme tenait toujours sa parole. Et il l'avait donnée à Sterling Perry.

— Voilà ce qui arrive quand on a une dette envers quelqu'un, marmonna-t-il.

Mais elle était presque remboursée. Dans un mois, Liam serait libre et gérerait sa propre exploitation au lieu d'être contremaître dans l'un des plus grands ranchs du Texas.

— Hein ?

Liam tourna la tête vers l'homme qui marchait à côté de lui. Mike Hagen était arrivé depuis peu de temps au Texas, et plus précisément au ranch Perry. Mais il apprenait vite, et tant mieux, puisqu'il était censé prendre la place de Liam après son départ à la fin du mois.

Mike avait le sens pratique et était consciencieux dans son travail. Il avait ça dans le sang, tout comme Liam, ce qui expliquait probablement pourquoi ils s'étaient bien entendus dès le début. La seule vraie différence entre eux résidait dans le fait que Mike était marié et sa femme enceinte, alors que Liam était célibataire. Volontairement.

— Rien, répondit Liam. Je parlais tout seul, ajouta-t-il en levant les yeux vers le ciel parsemé de nuages. C'est cette histoire de rendez-vous en ville dont je t'ai parlé.

— Ah, fit Mike en acquiesçant avec sagesse.

— Ouais, je déteste devoir m'éloigner du ranch. Surtout quand il y a du boulot. Ça fait deux mois que j'essaie de trouver une solution pour éviter cette corvée.

Mike étouffa un rire.

— Bien sûr que tu détestes aller en ville. Comme moi. Sinon, pourquoi on travaillerait avec des chevaux et des vaches plutôt qu'avec des êtres humains ?

— Bien vu.

Cela ne devrait pas être trop difficile pour Liam de quitter le ranch Perry en sachant qu'il le laissait entre de bonnes mains. Mike prendrait soin des terres, des animaux et des hommes qui y travaillaient. Sterling Perry, le propriétaire, aimait se faire appeler « rancher », mais il était plutôt du genre à rester derrière son bureau et à faire confiance à ses employés pour faire le véritable travail.

Ce qui n'était pas très différent de la plupart des grands propriétaires de ranch du Texas, selon Liam. En fait, plus les propriétés étaient grandes, moins les propriétaires avaient tendance à s'impliquer. Qu'ils aient passionnément aimé ce travail au départ ou pas, la réussite finissait par attirer la plupart des propriétaires loin du labeur quotidien, à des réunions de conseil d'administration ou autres. Mais ce n'était pas comme ça que Liam gérerait son exploitation.

Il avait attendu trop longtemps pour avoir son propre ranch. Et à peine un an plus tôt, il avait enfin réalisé son rêve. Bientôt, il serait temps de le vivre.

Liam prit une profonde inspiration et étudia cette cour qu'il connaissait bien, les remises, les étables et les écuries. La vie serait dure. Même étrange au départ. Le fait est qu'il était fier de ce ranch et de tout ce qu'il avait accompli ici. Mais il était temps d'avancer et de réaliser ses propres rêves : alors il était content d'apprécier Mike Hagen et de lui faire confiance. Cela rendrait la transition plus aisée.

Tandis qu'ils traversaient la cour, il vit Mike se pencher pour ramasser un papier d'emballage de hamburger emporté par le vent. Il le mit en boule dans son poing et regarda autour d'eux comme s'il pouvait identifier le cow-boy irresponsable qui avait jeté ce déchet. Liam acquiesça. Si les détails comptaient pour cet homme, il saurait se charger des choses plus importantes.

— Tu ne m'as jamais dit... Qu'est-ce qui t'a fait décider de quitter le Montana pour venir au Texas ? demanda Liam.

Mike haussa les épaules et glissa le papier dans la poche de son jean pour le jeter plus tard.

— La famille de ma femme vit ici et ils sont proches. Avec sa grossesse et tout, elle voulait se rapprocher de sa mère. Alors cette proposition de boulot dans un ranch comme celui-ci a facilité le déménagement.

— C'est un endroit agréable, dit Liam en laissant son regard s'attarder de nouveau sur la cour, les étables et la grande maison principale qui constituaient le ranch Perry.

On aurait dit un lieu touristique, mais dans sa tête Liam voyait son propre ranch. Depuis un an, il avait exercé deux activités : assumer ses responsabilités ici, et mettre tout son cœur et son âme dans l'avenir qu'il se bâtissait. Il possédait des terres et avait engagé des hommes et un contremaître. Il avait commencé à former des troupeaux de bétail et de chevaux pour établir la base de son exploitation.

Tout ce que Liam avait à faire, c'était tenir encore un mois, même si cela impliquait des entretiens avec des filles riches comme Chloe Hemsworth. Sterling Perry avait insisté pour que Liam rencontre cette femme, et le simple fait de se souvenir de cette conversation qui avait eu lieu une semaine plus tôt l'agaçait profondément. Il revoyait la scène dans sa tête.

— Je veux que tu parles à cette femme, lui avait dit Sterling ce jour-là, en tapotant ses doigts sur son bureau. Elle appelle ici presque tous les jours, et j'en ai assez de ses messages. J'ai fini par lui dire que la décision te revenait.

Pas surprenant, s'était alors dit Liam. Ce patron qui ne voulait que l'argent que lui rapportait le ranch sans la satisfaction de le gérer l'avait déjà placé dans des situations délicates.

Faisant preuve de patience, Liam avait saisi le bord de son chapeau et dit :

— Je suis votre contremaître, Sterling. Je m'occupe du ranch, pas des conversations mondaines.

Sterling avait plissé les yeux.

— En tant que mon contremaître, tu gères ce que je te demande de gérer. Et pendant encore un mois, tu travailles pour moi.

Exaspéré, Liam avait soufflé et fait claquer son chapeau de cow-boy contre sa cuisse droite. Il s'était efforcé de contenir sa profonde frustration. Encore un mois et il serait son propre patron.

— Bien. Que voulez-vous que je fasse ?

Sterling s'était aussitôt détendu et ses traits avaient affiché une expression affable. C'était trompeur, évidemment. Sterling Perry n'avait rien d'affable. Il était têtu et impitoyable en affaires, mais il avait l'art de prendre ses opposants par surprise jusqu'à ce qu'il soit trop tard pour qu'ils profitent de lui. Sterling avait amassé une fortune en se diversifiant. Pour lui, ce ranch n'était rien d'autre qu'un endroit où mener la grande vie devant tout le monde. Sterling avait, comme on disait au Texas, le chapeau sans le bétail.

— Va à cette réunion, écoute-la, avait dit Sterling. Si son idée ne semble pas tenir la route, dis-lui non. Cela me semble fou, et ce ne serait pas moi qui gérerais ça de toute façon. Mike Hagen s'en occupera une fois que tu seras parti.

— Eh bien, alors, avait contesté Liam, demandez à Mike de la rencontrer.

— Il n'est pas là depuis assez longtemps pour savoir ce qui marcherait et ce qui ne marcherait pas, avait fait remarquer Sterling en fronçant les sourcils. Toi oui.

Il avait pris un stylo et une feuille de papier, congédiant Liam. Puis il avait relevé les yeux vers lui.

— Je lui ai dit que la décision t'appartenait. Tu es la personne qui connaît le mieux le ranch.

Un véritable rancher aurait eu honte d'admettre qu'il ne connaissait pas son propre ranch aussi bien que son contremaître. Mais pas Sterling.

Encore un mois, s'était dit Liam ce jour-là. Après ça, tout ce qui arriverait au ranch Perry ne le regarderait plus. Même en y pensant, il savait que ce n'était pas entièrement vrai.

Son père avait été contremaître ici et Liam avait pratiquement grandi dans ce ranch. Il aurait toujours une place particulière pour lui, même quand ce ne serait plus sa préoccupation principale. Il veillerait toujours sur les intérêts à long terme du ranch. Même en s'occupant du sien.

— Bien. Je vais la rencontrer à Houston, avait dit Liam en observant son patron. Je lui consacrerai une demi-heure. Pas plus.

— Ça me convient, avait répondu Sterling en haussant les épaules.

Puis il s'était remis à travailler sur sa paperasse, ce que Liam avait pris comme un signe pour partir.

Il était sorti du bureau de son patron et avait refermé la porte derrière lui. Rencontrer Chloe Hemsworth ne faisait pas partie de ses priorités puisque ici, au ranch, deux juments étaient sur le point de mettre bas et le vétérinaire devait venir pour commencer les inséminations sur les vaches, sans parler du fait que Liam était occupé à former son remplaçant.

— Comment je vais pouvoir bosser sur un rendez-vous avec une femme de la haute qui a du temps à revendre ?

— Elle n'est pas comme ça.

Liam s'était arrêté pour se retourner vers le grand escalier qui menait au deuxième étage de la résidence. Esme Perry se tenait en bas des marches et souriait en s'avançant vers lui.

Elle était grande, avec de longs cheveux blonds raides, des yeux bleus aiguisés et un sourire naturel. Pour Liam, c'était l'exception à la règle selon laquelle les femmes de la haute société étaient inutiles. Et c'était une amie.

— Je ne t'avais pas vue, avait dit Liam, content de ne pas s'être plaint de son père à voix haute.

— Oui, je sais.

Elle avait haussé les épaules et mis ses mains dans les poches larges de son pantalon gris avant d'ajouter :

— Je sais depuis longtemps qu'on peut apprendre toutes sortes de choses intéressantes si les gens ne remarquent pas ta présence.

— En fait, tu es sournoise ? avait dit Liam avec le sourire.

— Je préfère dire « discrète », avait répliqué Esme, toujours le sourire aux lèvres. Écoute, Liam, je sais que mon père peut se montrer... difficile.

Il avait soufflé. En tant que directrice des relations publiques de la société Perry, Esme passait la majeure partie de son temps à justifier les actes de son père et à protéger l'entreprise familiale. Mais de tous les enfants Perry, Esme était la seule à toujours avoir été son amie.

— Mais il a raison sur ce point. Je sais que tu n'as pas envie de parler à Chloe, mais elle n'est pas comme tu le penses.

Peu convaincu, il souffla encore.

— Tu veux dire que ce n'est pas la fille d'un homme riche avec plus d'argent que de raison ?

— Je n'ai pas dit ça, avait concédé Esme. Mais Chloe est plus que ça. Elle travaille dur pour bâtir sa propre vie et je pensais que tu étais bien placé pour le comprendre.

C'était le cas et cela le dérangeait. Pourtant, de par son expérience, les femmes riches s'intéressaient principalement à leurs cheveux et à leur présence dans toutes les bonnes fêtes.

— Elle est vraiment sympa et obstinée, avait dit Esme avant d'ajouter : Comme toi.

— Obstiné ?

Liam n'était pas convaincu. Esme et lui étaient amis depuis longtemps, alors ses paroles ne le vexaient pas. Mais il n'avait pas l'impression que cela s'appliquait à lui.

— Oh ! je t'en prie, avait-elle dit en agitant une main comme si elle voulait chasser son incrédulité. Tu as toujours su exactement ce que tu veux et tu as tout fait pour y arriver.

Bon, peut-être que « obstiné » était un adjectif qui le qualifiait bien. Liam avait planifié sa vie depuis longtemps et ses projets allaient enfin devenir réalité.

— D'accord, je te l'accorde. Mais comment Chloe et moi pouvons-nous nous ressembler ?

— Parce qu'elle trace sa propre route, elle aussi. C'est une amie, Liam, et tout ce qu'elle veut, c'est qu'on l'écoute.

— Parler d'un camp pour des petites filles. Au ranch.

Elle avait levé un sourcil.

— Alors selon toi, seuls les petits garçons ont le droit de rêver de devenir cow-boy ?

Remis à sa place, il avait penché la tête.

— Tu m'as eu. Je vais l'écouter.

— Et lui donner réellement une chance, avait dit Esme.

— Et lui donner réellement une chance.

— Merci, c'est tout ce que je demande.

Esme s'était rapprochée, puis elle s'était mise sur la pointe des pieds pour l'embrasser sur la joue et lui caresser l'épaule.

— Ne fais pas la tête parce que tu as cédé. Ce n'est vraiment pas attirant.

Il s'était mis à rire avant de quitter la maison en secouant la tête en pensant à la famille Perry. Sterling avait un don pour l'intimidation. Et Esme faisait la même chose, mais avec un sourire et des arguments. Il préférait la méthode d'Esme.

— Hé !

Mike lui donna un coup de coude et Liam sortit aussitôt de ses pensées comme un homme en train de se noyer sortirait la tête de l'eau pour respirer. Les souvenirs de ces conversations avec Sterling et Esme disparurent et il se retourna vers son futur remplaçant.

— Quoi ?

Mike rit brièvement.

— Tu étais ailleurs.

— Ouais, trop de trucs à penser, admit-il.

Il était impatient de n'avoir plus qu'à se préoccuper de son propre ranch, de sa propre vie, de son propre avenir.

D'ici là, Liam allait devoir rencontrer cette mademoiselle Hemsworth, l'écouter, avant de retourner à la réalité de son travail.

Liam et Mike traversèrent la cour du ranch pour atteindre le corral où l'un des hommes mettait un étalon gris foncé à l'épreuve. Le cheval était particulièrement têtu, n'acceptait pas la bride et estimait que courir en rond dans un corral était une perte de temps. Liam ne pouvait pas lui en vouloir. C'était exactement le sentiment qu'il avait quand il pensait à ces dernières années.

Mike, déjà à l'aise dans son rôle de « presque contremaître », escalada la barrière du corral pour prendre la place du cow-boy. Liam l'observa, mais son esprit n'était pas concentré sur le cheval ou les hommes qui s'en occupaient. Au lieu de cela, il pensait à son propre ranch, et comme il était pressé d'y être.

Liam regarda longuement par-dessus son épaule la grande maison dont Sterling avait hérité de sa femme décédée. Ce dernier n'était peut-être pas un vrai rancher, mais il avait toujours profondément aimé cet endroit et il avait su le mettre en valeur. La maison était assez grande pour accueillir quatre familles. Sa façade était d'un blanc si éclatant qu'elle pouvait éblouir. Sans parler du fait que le soleil texan brûlant se reflétait dans le million de fenêtres. C'était une bâtisse tape-à-l'œil et fantasque qui correspondait parfaitement à l'image de Sterling.

Chez lui, Liam avait construit une maison en bois sur deux étages avec de grands porches au rez-de-chaussée et à l'étage. Elle était assez grande pour la famille qu'il pourrait décider d'avoir un jour, mais pas au point qu'un gamin puisse s'y perdre.

Il ressentit une pointe de honte en se disant qu'il ne devrait pas juger Sterling Perry comme ça. Malgré les problèmes qu'il avait dû affronter, cet homme avait donné une chance à Liam quand il en avait eu besoin. Il aurait toujours une dette envers lui.

Un grondement lointain attira son attention vers le sud-ouest. De gros cumulonimbus noirs et menaçants se rassemblaient sur l'horizon. Comme pour lui en donner la preuve, l'orage qui arrivait envoya une bourrasque dans son visage. Elle transportait l'odeur de la pluie et tout indiquait à Liam qu'ils devaient se préparer à une grosse tempête. Sans surprise pour lui, le présentateur météo ne l'avait pas du tout prévue.

Il secoua la tête et cria :

— Hé, Mike !

Son remplaçant se tourna vers lui.

— Oui ?

— Je vais devoir partir pour Houston. Alors assure-toi que les *yearlings* sont bien enfermés, tu m'entends ?

— Ne t'inquiète pas pour ça, Liam. J'ai bien compris.

Liam leva brièvement la main avant de se diriger vers son pick-up noir. Mike lui avait déjà prouvé qu'il savait ce qu'il faisait et qu'il ferait un bon contremaître une fois que le contrat de Liam arriverait à son terme. Et si Mike avait besoin d'aide pendant la courte absence de Liam, alors les autres cow-boys seraient là.

Bientôt, se dit-il, ce ranch ne serait plus son problème. Bientôt, il travaillerait sur sa propre exploitation au lieu de simplement faire le point avec son contremaître tous les deux jours. Il conduisit sur cette allée qu'il connaissait si bien et se demanda combien de milliers de fois il l'avait parcourue au cours des années. Puis il se dit que ça n'avait pas d'importance. Il appuya sur la touche « Bluetooth » pour appeler son contremaître.

— Joe, tu as bien tout attaché ? On dirait qu'une tempête monstrueuse approche.

— Je viens de le faire, patron.

Liam sourit. S'il y avait une chose sur laquelle on pouvait compter avec un homme qui travaillait la terre, c'était qu'il gardait toujours un œil sur le ciel. Le temps était la seule chose qu'un rancher ne pouvait pas maîtriser. Alors quand on avait constamment un ennemi prêt à déverser tout son malheur sur sa tête, on était obligé de rester constamment sur ses gardes.

— Les gars sont en train de rentrer les juments, dit Joe. On dirait qu'on a encore un peu de temps. Et puis, on va peut-être y échapper. Mais si ce n'est pas le cas, on aura tout préparé avant. Ne vous inquiétez pas.

— Je ne m'inquiète pas, mentit Liam.

Ce n'était pas qu'il ne faisait pas confiance à son contremaître ou aux autres hommes qui travaillaient avec lui, mais il se serait senti bien mieux s'il avait été là-bas, pour se charger personnellement de tout ça.

Il avait travaillé presque toute sa vie pour être propriétaire de son propre ranch. Il avait fait de gros investissements quelques années plus tôt, fait breveter une ou deux idées qu'il avait eues avec ses amis quand il était au MIT et avait aujourd'hui assez d'argent pour faire ce que son cœur avait toujours voulu.

C'était amusant de voir comment tout cela était arrivé. Le père de Liam avait été le contremaître du ranch des Perry pendant des années et, quand il était mort, Sterling avait proposé à Liam de payer ses études si, en contrepartie, le jeune homme revenait au ranch, une fois son diplôme en poche, pour rembourser sa dette en travaillant pour lui comme contremaître. N'ayant pas d'autres options puisque son père lui avait laissé plus de dettes que d'économies, Liam avait accepté ce marché avec gratitude.

Et c'étaient ses études à l'université qui avaient permis à Liam de devenir indépendant. Il était sorti du MIT avec un diplôme en génétique et assez d'argent pour faire ce qu'il voulait. Aujourd'hui, il était prêt à monter le programme d'élevage dont il avait toujours rêvé. Quand il aurait fini, les gens se battraient pour lui acheter des juments.

Actuellement quatre juments primées pleines représentaient le début du haras pour lequel il avait travaillé si dur, et il ne voulait pas qu'un orage vienne tout gâcher avant qu'il n'ait eu le temps d'en profiter.

— Je passerai après l'orage, dit-il à Joe.

Il raccrocha et remarqua que la rangée de chênes qui bordaient l'allée commençait à se balancer tandis que le vent se levait. Il maudissait Chloe Hemsworth de l'attirer loin d'ici pour un rendez-vous à propos d'un camp de vacances.

Liam n'avait jamais rencontré Chloe, mais il connaissait ce genre de femme. L'argent. La lignée. Aller d'un dîner de charité à un déjeuner au « bon » endroit avec les « bonnes » personnes. Elle fréquenterait la haute société jusqu'à ce qu'elle ait trouvé sa place et ouvre un commerce à Houston. D'après Sterling, Chloe gérait déjà sa propre entreprise d'organisation d'événements actuellement.

— Foutaises, marmonna-t-il en conduisant sa voiture sur la route qui le mènerait en ville. Cette femme n'a jamais rien fait d'autre de sa vie que la fête.

Il ne savait pas grand-chose sur elle. Si ce n'est qu'elle avait appelé le ranch Perry presque tous les jours pendant des semaines pour exposer son idée de camp pour petites filles.

Liam n'avait rien contre l'idée que des femmes travaillent dans un ranch. Il y en avait d'ailleurs deux qui bossaient pour lui chez les Perry. Ce qu'il n'appréciait pas, c'était l'idée d'un groupe de gamines qui courraient partout dans un ranch et gêneraient le travail des autres, ou, encore pire, risqueraient de se blesser. Mais Sterling lui avait ordonné d'aller à ce rendez-vous avec Chloe pour l'écouter. Si Liam approuvait ses idées, Sterling le suivrait.

Encore une bonne raison d'arrêter d'être le contremaître d'un autre.

Ses pneus grinçaient sur l'asphalte et, dans son rétroviseur, les nuages semblaient de plus en plus noirs et imposants.

— Cette entrevue sera la plus courte de l'histoire.

Le temps qu'il arrive à Houston, Liam était à cran. Les cheveux dans sa nuque se dressaient à cause de l'air rendu électrique par l'orage imminent. Ou alors c'était juste ce rendez-vous qui l'agaçait.

Il n'en avait rien à faire des femmes riches et futiles qui essayaient de se faire un nom. Cette Chloe n'avait probablement jamais eu un véritable travail et allait sans doute gérer un magasin à partir d'un bureau où elle pourrait prétendre être la patronne pendant qu'elle donnerait des ordres à toute une troupe d'employés. Sterling aurait vraiment dû se charger de cet entretien lui-même.

Quand la circulation devint plus dense, il marmonna tout seul.

— Tu entres, tu l'écoutes, tu dis non et tu retournes au ranch. C'est tout ce que tu as à faire.

Et c'était bien suffisant. Liam n'était pas étranger aux femmes riches. Avant qu'il ait de l'argent, il en avait croisé quelques-unes. Au Texas, vous ne pouviez pas faire un pas sans tomber sur une princesse du pétrole ou du bétail. Il était même sorti avec l'une d'entre elles pendant un temps quand il était à l'université au point de se dire qu'il y avait un avenir pour eux deux. Jusqu'à ce qu'on tire le tapis sous ses pieds. Après ce coup qu'il s'était pris sur la tête et dans le cœur, Liam avait retenu une leçon. Les femmes riches et égocentriques étaient comme les boules de Noël. Elles en mettaient plein les yeux, mais étaient vides à l'intérieur.

Il entra dans le centre-ville, jurant à chaque fois qu'il tournait le volant. Certaines personnes appréciaient la vie en ville, mais lui préférait les grandes routes vides de la campagne.

— Trop de monde.

Puis il repéra le bâtiment qui accueillerait bientôt le nouveau Texas Cattleman's Club à Houston.

Le club quittait le site original de Royal, et ses membres se disputaient déjà la place de chef. En tant que riche propriétaire de ranch lui-même, il les rejoindrait quand ces problèmes d'ego seraient réglés, mais Liam n'avait pas l'intention d'endosser de nouvelles responsabilités. Laissons les vieux lions du Texas se battre pour le club comme pour de la chair fraîche.

— Pas mal comme endroit.

Même si c'était en ville. Il s'était déjà rendu au club à Royal et le bâtiment là-bas était rempli d'histoire.

Ce nouveau local était autrefois un hôtel sur trois étages qui avait été réhabilité par l'entreprise de construction Perry. Liam avait une clé, puisque, en tant que contremaître de Sterling Perry, il avait souvent dû venir en ville avec des instructions pour les ouvriers.

Quand les travaux seraient finis, l'immeuble serait impressionnant. Au troisième étage, il y avait les chambres pour le président du club et le président du conseil. Le deuxième étage accueillerait les salles de conférences et les bureaux pour les membres du comité. Il y avait encore beaucoup de travail, mais Liam savait qu'au moins une des suites du dernier étage était terminée, puisque Sterling avait insisté pour avoir un logement pour lui ou d'autres membres du comité s'ils devaient séjourner à Houston. L'insistance de Sterling pour son confort et celui de ses amis ne le surprenait pas.

Il détourna son regard du club pour observer le vieux bâtiment en brique de l'autre côté de la rue. Liam vérifia le GPS juste pour être sûr, mais oui. C'était bien l'adresse de Chloe Hemsworth. Surpris, Liam étudia l'immeuble. Il avait l'air ancien, mais assez solide. Cela ne correspondait pas à ce qu'il avait imaginé. Il pensait qu'une fille riche voudrait un bureau de haut standing, luxueux, dans un bâtiment moderne.

Mais où qu'il ait lieu, ce rendez-vous ne pouvait être annulé. Il descendit de son pick-up et baissa le bord de son chapeau sur ses yeux. Le vent soufflait toujours et les bourrasques étaient assez fortes pour emporter un chapeau jusqu'à Albuquerque. Se frayant un chemin entre les gens pressés sur le trottoir, Liam se dirigea vers le bureau où les mots « C'est la fête » étaient inscrits à la peinture rose vif sur une grande vitrine. Il secoua la tête et ouvrit la porte vitrée, entra et s'arrêta net.

Il ne s'était pas préparé à ça.

Une femme – Chloe ? – était penchée pour ramasser quelque chose par terre. Son regard se riva sur ses formes pulpeuses moulées dans une jupe courte noire. Elle le regarda par-dessus son épaule et lui adressa un grand sourire.

— Bonjour ! Puis-je vous aider ?

Lentement, elle se redressa et le spectacle fut encore plus agréable. Elle portait un chemisier bleu foncé et ses longs cheveux châtain clair tombaient en vagues sur ses épaules nues. Ses escarpins vertigineux noirs mettaient en valeur ses superbes jambes bronzées. Elle avait de grands yeux couleur d'ambre, une bouche qui affichait toujours un sourire chaleureux et Liam ne sentait que la chaleur envahir son corps.

Il avait vu des photos d'elle avant. Comme tous les visages des autres femmes riches, celui de Chloe était affiché dans les sections « élite » des journaux de Houston et sur le site d'actualité qu'il parcourait tous les jours. Mais elle était encore plus belle en vrai. Il avait l'impression que chaque centimètre carré de son corps était tendu et chaud, et, quand elle lui adressa la parole, il réalisa qu'il n'avait rien entendu.

— Pardon. Quoi ?

Elle le fixa et Liam vit une lueur qui alimenta la flamme en lui.

— Je suis Chloe Hemsworth.

Cette voix fit apparaître toutes sortes d'images intéressantes dans son esprit, et son corps y réagit aussitôt. C'était exactement le genre de femme qu'il évitait... Et il la désirait. Ardemment.

Liam savait qu'il allait avoir des problèmes.

2

— Que s'est-il passé ?

Je n'arrive pas à croire que ça a aussi mal tourné si vite. Faire les cent pas dans cette fichue pièce n'aide pas, mais je me sens comme un lion en cage. Rien de ce que je peux faire ne pourra changer quoi que ce soit et d'ailleurs, si on réfléchit bien, ce n'est vraiment pas ma faute.

Je ne peux pas m'empêcher de fixer le Texas Cattleman's Club que je peux voir d'ici. Il commence à pleuvoir et je n'arrête pas de penser à ce qui s'est passé. Il est tout seul là-bas. Mais cela le dérange-t-il ? Dois-je m'en préoccuper ? Non. Je devrais partir. Mais non.

Tout a commencé des années plus tôt et ce qui s'est passé aujourd'hui n'en est qu'une malheureuse conséquence. Tout a été déclenché à l'époque. Les événements d'aujourd'hui ne forment qu'un autre maillon de cette longue et vilaine chaîne.

J'ai fait ce que j'avais à faire. Maintenant, je voudrais que mon estomac arrête de se nouer et mon cerveau de cogiter. Rien ne peut être changé et je ne sais même pas si je changerais quelque chose si je le pouvais. C'est allé si loin qu'il est impossible de faire marche arrière.

Est-ce juste que je sois la seule personne affectée par des décisions prises il y a si longtemps ? Pourquoi a-t-on oublié mon existence et enterré ma douleur ? Rien de tout cela n'est ma faute.

Rien.

Le cow-boy était grand et bien bâti, et avait des cheveux châtains blondis par le soleil jusqu'au-dessus du col de sa chemise. Ses yeux bleus étaient aussi limpides qu'un lac texan et emplis du même mystère. Il la fixait avec une fascination insistante qui enflamma sa sensibilité et quelque chose d'autre en elle.

Il portait l'uniforme habituel du cow-boy texan composé d'un jean délavé, de bottes marron usées et d'une chemise à manches longues retroussées jusqu'aux coudes et dévoilant des avant-bras puissants bien bronzés. Il tenait fermement son stetson à la couleur de la poussière et, debout là, il semblait prendre toute la place dans son petit bureau.

Il était étonnamment difficile de respirer pour Chloe et elle dut faire un effort délibéré pour remplir ses poumons. Elle ressentit une attirance immédiate, mais la réfréna. Il était probablement ici pour organiser une fête pour sa petite amie. Ou sa femme. Mais il y avait en lui quelque chose de presque irrésistible. Elle était née et avait grandi au Texas, donc elle était habituée à « l'homme des westerns ». Mais celui-ci avait une aura si fascinante qu'il était difficile de ne pas être touchée.

Silencieusement et avec rigueur, elle s'imposa de contenir ses émotions.

— Chloe, c'est bien ça ?

Il la dévisagea de la tête aux pieds avant de revenir à ses yeux.

— Je suis Liam Morrow. C'est Sterling Perry qui m'envoie.

Abasourdie, Chloe le fixa encore un instant. Elle s'attendait à voir un type plus vieux et bourru, avec un ventre confortable. Elle n'avait jamais envisagé que le contremaître d'un ranch de la taille de celui des Perry puisse être aussi jeune et... sexy.

— Oh ! bien sûr. Bonjour. Merci d'être venu.

Elle prit sa respiration. D'accord, il n'était pas là pour préparer une fête, mais cela ne voulait pas dire qu'il était célibataire.

— Vous voulez un café ? Un verre d'eau ? J'ai bien peur que ce soit tout ce que j'ai à vous proposer. Mais il y a un *diner* juste en bas de la rue. On pourrait y aller et...

Il leva une main et, comme si elle y était entraînée, Chloe ferma la bouche et s'arrêta de parler. Que c'était énervant.

— Je ne suis pas ici pour grignoter, dit-il. Sterling veut que je vous écoute. Alors parlez-moi de vos idées, montrez-moi votre projet, et je pourrai retourner au ranch.

D'accord, le physique n'excusait pas l'impolitesse.

— Waouh, dit-elle. Merci pour votre attention.

Il leva ses beaux yeux bleus au plafond.

— Pardon. Je suis ici pour vous écouter, et c'est ce que je vais faire. Quand nous en aurons fini, je dirai à Sterling si je pense que ça pourrait fonctionner au ranch ou pas.

— D'accord.

Chloe devinait à son langage corporel et son expression qu'il avait déjà pris sa décision et que ce serait un « non ». Il lui revenait donc de le convaincre. Ce ne serait pas la première fois que Chloe devrait se battre pour ce qu'elle voulait.

Elle se dirigea vers son bureau qu'elle avait récupéré de son ancienne chambre chez ses parents et attrapa un trieur.

— Sterling m'avait dit que ce serait vous qui prendriez la décision parce que vous connaissez très bien le ranch. J'espère juste que vous me donnerez véritablement une chance sans écarter mon idée d'emblée.

Il soupira, posa son chapeau sur une table, puis croisa les bras sur sa poitrine. Il se tenait debout, les pieds écartés comme s'il était prêt à se battre, et ce mouvement était si sexy en soi qu'elle sentit le feu s'enflammer au fond d'elle. Chloe ne savait absolument pas pourquoi elle réagissait comme ça. Peut-être qu'elle était célibataire depuis trop longtemps. Peut-être que cette attirance inattendue signalait qu'elle devrait sortir plus et passer moins de temps à travailler.

Mais son entreprise en plein essor était tout ce qui l'inté-ressait ces derniers temps. Chloe avait travaillé vraiment dur pendant longtemps pour se défaire des attentes et des projets que ses parents avaient pour *elle*. Elle avait eu d'autres rêves qui s'étaient dissous sous leurs regards insistants, mais elle se battait pour celui-là.

— J'ai donné ma parole que je vous écouterai. C'est la raison de ma présence.

L'expression sur son visage disait à Chloe qu'il était sincère, et cela lui suffisait. Il semblait résigné, mais ça lui irait. S'il était juste, alors il comprendrait que sa proposition était vraiment une bonne idée. Et avec son soutien, Sterling Perry accepterait de lui donner la terre dont elle avait besoin sur son ranch pour réaliser ce rêve.

— Super.

Elle l'invita à s'asseoir sur une chaise qu'il regarda avec scepticisme. C'était une chaise délicate avec un dossier en osier, un petit siège et des pieds fins.

— Je vais peut-être rester debout, fit-il remarquer.

— Ces chaises sont plus solides qu'elles n'y paraissent, lui garantit-elle.

Puis, comme pour lui en donner la preuve, elle ajouta :

— Quand j'étais petite, mes amis et moi les utilisions pour monter sur le toit et pouvoir grimper sur le chêne devant la maison.

Il haussa les sourcils. De l'admiration ? De l'incrédulité ? Qui aurait pu le dire ?

— Ouais, dit-il en secouant la tête. Vous aviez quoi ? Douze ans ? Elle ne supportera pas mon poids, alors je vais rester debout.

Elle haussa les épaules. De toute façon, qu'aurait-elle pu faire d'autre ? Une fois que son entreprise lui rapporterait de l'argent de manière régulière, elle achèterait d'autres meubles. Pour le moment, cela ne faisait pas partie de ses priorités.

— Comme vous voulez. Ce dont je veux vous parler, c'est...

— Un camp pour les petites filles sur le ranch Perry.

Chloe se figea, inclina la tête sur un côté et l'étudia brièvement.

— Donc Sterling vous en a parlé.

— Assez pour que je sache que c'est une mauvaise idée.

Chloe prit une profonde inspiration et ravala sa première réaction instinctive. Elle avait espéré qu'il arriverait avec un esprit ouvert, mais cet espoir était anéanti. Se disputer avec cet homme ne lui permettrait pas d'obtenir ce qu'elle voulait. Ce qu'elle devait faire, c'était lui montrer ses plans et le convaincre qu'il se trompait. Alors elle sourit, même si c'était pénible.

— Vous n'êtes pas prêt à m'écouter avec objectivité, n'est-ce pas ?

Il fronça les sourcils.

— Je suis ici. Je vous écoute. Convainquez-moi.

Son visage était fermé, ses yeux mi-clos, mais il avait raison. Il était là et elle avait l'opportunité de lui montrer ce dont elle était capable. Chloe était habituée à devoir se battre pour ce qu'elle voulait, alors cette fois ne faisait pas exception. Si elle avait réussi à se dresser face à son père et à enfreindre tous les projets qu'il avait faits pour elle, alors elle pouvait certainement gérer ça.

— D'accord, je vais vous exposer mes idées et on pourra en discuter.

Il lui adressa un signe de tête bref, presque souverain.

— C'est pour ça que je suis là.

Mais allait-il vraiment l'écouter ? Elle devait sauter sur l'occasion et se montrer convaincante.

— D'accord, super.

Elle fit semblant d'être confiante, puis l'invita à contourner son bureau. Une fois là, elle ouvrit un répertoire sur son ordinateur.

Elle ressentit un frisson en voyant le titre, le nom de son futur camp, « Les filles peuvent tout faire ». Celui qui se tenait derrière elle ricana.

Chloe lui adressa un regard dur. Qu'il soit beau ou pas, elle n'appréciait pas son attitude.

— Avez-vous quelque chose contre le design de mon site ou son thème ?

Il parut encore plus renfrogné.

— Je pense juste qu'il est fou de dire aux gamines qu'elles peuvent tout faire.

— Vraiment ? Même aujourd'hui, on ne donne pas aux filles les mêmes opportunités qu'aux garçons.

— Je vous en prie, dit-il en ricanant encore.

Agacée, elle répliqua :

— Dit-on aux filles qu'elles peuvent travailler dans un ranch ? Élever et dresser des chevaux ? Gérer un troupeau de vaches ?

— OK, mais on ne leur dit pas qu'elles ne peuvent pas le faire, si ?

— Parfois si, contesta-t-elle en se souvenant comment son père avait anéanti son propre rêve de gérer un ranch et d'élever des chevaux. Et, si je peux me permettre, votre attitude n'exprime pas une volonté d'objectivité de votre part.

Il haussa les épaules, mais elle voyait bien qu'elle avait mis dans le mille.

— Désolé.

Il n'avait pas l'air désolé, mais tant pis.

— Merci.

— Bien, montrez-moi ce que vous avez.

Chloe prit une profonde inspiration, mais n'aurait probablement pas dû parce qu'il sentait vraiment très bon. Sans parler du fait que sa proximité faisait réagir son corps en vibrant et chauffant. Et puis il était si grand. Et avait de larges épaules. Et... *Reste concentrée sur le travail*, se rappela-t-elle en silence.

Mais son corps réagissait à cet homme sans qu'elle puisse l'en empêcher. Chloe n'avait jamais vécu ça. L'attirance ? Évidemment. Le désir ? Bien sûr. Mais cette chaleur profonde était une nouveauté pour elle. Elle avait du mal à respirer sans trembler et avait même l'impression qu'elle aurait pu avoir un orgasme juste en l'imaginant en train de la toucher. Oh mon Dieu.

— Un problème ? demanda-t-il à voix basse.

Elle déglutit avec difficulté. *Sérieusement, Chloe ?*

— Non. Aucun problème.

Elle leva les yeux vers lui en se demandant s'il ne s'était pas rapproché d'elle. Comment pouvait-elle se concentrer ?

— Vous le faites exprès ?

Un éclat entendu brilla brièvement dans ses yeux.

— Quoi ?

— Vous me collez.

— Je ne vous colle pas. Je me tiens juste là.

— Très près.

— Ça vous fait peur ?

— Non.

— Alors ça ne pose pas de problème, non ?

— Non.

Tout ce qu'elle avait à faire, c'était se raccrocher à ce qui se produisait en elle. Chloe retourna à son ordinateur.

— Comme vous pouvez le voir, j'ai créé un site Internet... Il n'est pas encore en ligne, mais je voulais pouvoir vous montrer exactement ce que j'ai en tête et...

— C'est vous qui avez fait ce site ?

Elle le regarda et vit clairement de la surprise dans ses yeux.

— Oui, pourquoi ?

Il secoua la tête en plissant les yeux.

— Pour rien.

Elle savait exactement ce qu'il pensait. Comment Chloe Hemsworth avait-elle pu faire quelque chose d'aussi compliqué ? Quelque chose qui demandait du talent, des compétences. Ce n'était pas nouveau. Elle avait l'habitude d'être méprisée. Elle avait passé toute sa vie à convaincre les gens qu'elle était plus que ce qu'ils pensaient. Apparemment, aussi beau qu'il était, Liam Morrow n'était pas différent des autres personnes qu'elle avait rencontrées.

— Oh ! ce n'est pas grave, dit Chloe. J'ai l'habitude d'être sous-estimée.

— Quoi ?

— Vous savez comment sont les gens, dit-elle en le regardant dans les yeux. Au premier coup d'œil en me voyant, ils pensent : « C'est la fille futile d'un homme riche. » Ils ne prennent jamais le temps de réfléchir au fait que j'ai peut-être fait des études et appris des trucs. Que j'ai *mérité* mon diplôme d'école de commerce.

Quelque chose vacilla dans les yeux de Liam, et elle était presque sûre que c'était du respect. Bien. Chloe avait des rêves et des aspirations qui allaient au-delà du prochain gala de charité. Mais pourquoi les autres croiraient en elle quand son propre père ne le faisait pas ? Et pourquoi se souciait-elle de ce que Liam Morrow pensait d'elle de toute façon ? Elle n'avait pas la réponse à cette question.

— J'ai vécu à peu près la même chose, dit-il d'une voix grave qui excita les terminaisons nerveuses de Chloe.

— Vraiment ? dit-elle en souriant et secouant la tête. Les gens pensent que vous êtes jolie et écervelée ?

Il afficha brièvement un grand sourire qui envoya une vague de chaleur en elle. Ce n'était pas bon signe. Mais pour sa défense, elle pensait qu'aucune femme n'aurait pu être insensible à cet homme.

— Non, dit-il en riant. Mais la plupart des gens ne voient en moi qu'un simple cow-boy.

Il réfléchit une seconde tandis qu'elle plongeait dans ses yeux bleus et froids.

— Il n'y a rien de simple chez vous, n'est-ce pas ? lui demanda-t-elle.

Il afficha un petit sourire en coin.

— Je ne dirais pas ça.

— Eh bien, c'est pareil pour moi, lui dit Chloe en se redressant. Les gens ne me sous-estiment pas longtemps.

Il lui adressa un long regard d'approbation et finit par acquiescer.

— Je n'en doute pas.

Chloe n'aurait pas pu dire pourquoi cette reconnaissance la toucha. Elle ne le connaissait que depuis quelques minutes. Alors pourquoi se souciait-elle de ce qu'il pensait d'elle ? De ce qu'il voyait quand il la regardait ? Pourquoi avait-elle la sensation que tout son corps frémissait ?

Oh ! elle ne voulait pas penser à tout cela à cet instant.

— D'accord, dit-elle brusquement, retournant de nouveau à son écran d'ordinateur. Revenons à nos moutons. L'idée, c'est d'initier de jeunes filles – peut-être entre huit et seize ans – à la vie au ranch.

Il fronça les sourcils.

— Huit ans, ça fait vraiment jeune.

— On n'est jamais trop jeune pour rêver, protesta-t-elle aussitôt.

Elle avait huit ans quand elle avait envisagé de travailler dans un ranch pour la première fois.

— Toutes les petites filles que j'ai connues ont rêvé d'avoir un cheval. Il faudrait profiter de ce lien.

— Un ranch peut être un endroit dangereux, l'avertit-il avec un air de plus en plus critique.

— Je le sais, vraiment, insista-t-elle. On ne peut pas grandir au Texas sans savoir que la vie au ranch n'est pas facile. Mais les accidents peuvent arriver n'importe où. Vous pouvez descendre d'un trottoir à Houston et vous faire renverser par un bus.

— C'est vrai, mais il est rare de tomber sur un troupeau de bus.

— Je promets que je ne laisserai aucune fille se promener au milieu du bétail. Le fait que ça puisse être dangereux ne veut pas dire qu'on ne doit pas essayer de faire ce qu'on veut. Et en ce qui concerne ces enfants, elles seront entourées d'adultes. J'envisage de prendre des « moniteurs ». Des étudiants de l'université peut-être.

Elle marqua une pause, puis accéléra le rythme tandis que les mots se précipitaient.

— Je me disais qu'on pourrait avoir quelques chevaux – de votre choix – qui sont assez gentils pour les enfants, et qu'on pourrait apprendre aux filles à monter. À s'occuper des animaux et nettoyer leurs écuries. Prendre soin d'un animal enseigne l'empathie, la patience et...

— J'ai compris.

— D'accord. Les filles pourraient faire le travail au ranch la journée et des barbecues et des feux de camp le soir.

Elle cliqua sur la page suivante de son site.

— Cela pourra leur apporter la satisfaction de travailler, d'accomplir une tâche et l'opportunité de lier des amitiés avec des personnes qu'elles n'auraient pas rencontrées autrement.

Elles apprendront à faire de nouvelles choses, à vivre en communauté et à apprécier tout ce qu'elles peuvent accomplir.

— Hum hum.

Il regardait les photos du ranch Perry comme s'il imaginait un troupeau de filles s'emballer et courir dans tous les sens. Il n'avait pas l'air content, alors Chloe se remit à parler. Vite.

— Comme je l'ai dit, elles seraient surveillées de près, bien sûr...

Liam l'interrompit.

— Et une partie de cette surveillance devrait être faite par les employés du ranch qui ont déjà énormément de travail.

Il lui lança un regard ironique comme s'il la défiait de contester ce fait.

Chloe inspira et souffla. Ne pouvait-il donc pas voir ce qu'elle essayait de faire ? Bien sûr que ce n'était pas facile. Ni simple. Mais combien de grandes choses l'étaient ?

— Oui, vous avez raison. Nous aurions besoin de l'aide des employés du ranch. Mais il y a certainement des gars qui pourraient trouver le temps de montrer aux filles à quoi ressemble la vie au ranch sans que cela ne provoque la faillite de l'exploitation.

Dehors, le vent soufflait de plus en plus fort et de grosses gouttes commençaient à s'écraser sur les vitres, comme des dizaines de doigts qui auraient tapoté pour pouvoir entrer. Dedans, il faisait plus sombre, et Chloe se pencha pour allumer sa lampe de bureau.

Cette remarque sarcastique fit lever les sourcils de Liam.

— Ça représente une lourde responsabilité.

— J'en suis consciente.

Elle sentait son humeur se détériorer et menacer de s'enflammer. Il essayait délibérément de la rabrouer avant même qu'elle n'ait eu l'occasion de le convaincre.

— Mais les parents signeraient des décharges avant le séjour et le ranch serait complètement couvert.

— Je n'en sais rien.

Il secoua la tête et croisa les bras sur son torse impressionnant.

Si ça n'avait pas été un signe qu'il se fermait à toute discussion, elle aurait peut-être poussé un soupir.

— D'après ce que je sais, vous avez tendance à engager un avocat pour tout et n'importe quoi et que tout soit réglé en un claquement de doigts.

Chloe sentait qu'elle perdait patience, mais elle ne pouvait pas se laisser aller. Le ranch Perry était le lieu idéal pour son projet. Principalement parce que Sterling était prêt à la laisser utiliser ses terres. La plupart des ranchers n'auraient rien accepté qui puisse interférer avec leurs affaires. Mais aussi parce qu'elle connaissait bien le ranch, et qu'il y avait deux employées femmes qui y travaillaient. Si tout se passait bien, elle pourrait commencer à économiser de l'argent pour acheter ses propres terres. Bien sûr, elle toucherait l'héritage de sa grand-mère dans cinq ans, quand elle aurait trente ans, mais elle ne voulait pas attendre. Elle avait déjà patienté trop longtemps.

— Ce n'est pas une question d'avocat ou de responsabilité, dit-elle en croisant son regard en le défiant de contester. Tout cela pourra être géré. C'est de la logistique. La question, c'est simplement de savoir si vous êtes déterminé à aimer l'idée.

— Je suis déterminé à voir la réalité alors que vous regardez ça comme si c'était un rêve d'enfant.

Difficile de ne pas l'approuver puisqu'il appuyait là sur la raison pour laquelle elle avait eu cette idée au départ. Pendant toute sa vie, on avait dit à Chloe ce qu'elle *ne pouvait pas* faire. Et elle ne pouvait plus le tolérer. Ni de la part de sa famille. Ni de la part du cow-boy le plus sexy qu'elle ait jamais vu.

— C'est parce que c'était mon rêve quand j'étais petite, admit-elle, les yeux rivés aux images sur l'écran de son ordinateur, imaginant ce que ça aurait pu être. Quand j'avais dix ans, mon père a acheté un ranch près de Galveston. Il nous y a tous emmenés pour qu'on visite et ressente l'ambiance là-bas.

Elle se tourna vers lui avant de poursuivre.

— J'en suis aussitôt tombée amoureuse. Le contremaître

m'a montré les chevaux, m'a laissée les nourrir, puis m'a aidée à monter dessus pour la première fois de ma vie.

Sa voix se fit plus basse, un peu songeuse, mais elle ne put rien y faire.

— Je voulais tellement devenir cow-girl. Je me voyais grandir dans ce ranch, avoir mon propre cheval, aider les autres…

Le silence suivit jusqu'à ce qu'il demandât tranquillement :

— Je devine que ça ne s'est pas passé comme ça ?

Elle rit brièvement et secoua la tête.

— Non. On est rentrés à la maison et mon père a engagé des ouvriers pour rénover la maison. Je rêvais toujours, en dessinant ma chambre, donnant un nom à mon cheval imaginaire. Puis il nous a dit qu'une fois que les rénovations seraient terminées il vendrait le ranch pour faire « un joli bénéfice ».

Elle se souvenait toujours de la déception qu'elle avait ressentie quand elle avait appris que son père n'avait jamais eu l'intention de déménager avec sa famille dans ce magnifique ranch. Elle s'était sentie trahie, comme s'il l'avait laissée rêver juste pour la détruire.

— Quelques mois plus tard, il l'a vendu. Je ne suis jamais retournée au ranch.

— Donc vous essayez de recréer votre propre enfance ? C'est ça ?

— Non, dit-elle avec douceur.

Elle n'était pas aussi naïve. Mais elle réécrivait sa vie loin des projets de son père.

— C'est juste important pour moi d'œuvrer en faveur des rêves d'autres petites filles. Je veux qu'elles sachent qu'elles peuvent être et faire tout ce qu'elles veulent. Je sais qu'il y a plusieurs femmes qui travaillent avec les troupeaux au ranch Perry… Voir ça en vrai prouverait aux filles que tout est possible. Qu'est-ce qu'il y a de mal à vouloir montrer à de jeunes filles que leurs rêves peuvent devenir réalité ?

— C'est si important pour vous.

Ce n'était pas une question, mais elle y répondit quand même.

— Oui. Ça l'est.

Ses rêves avaient été systématiquement réduits en miettes par son père qui voulait qu'elle fasse un mariage convenable, ait des enfants et organise les œuvres de charité qu'il approuvait. Elle n'était pas contre l'idée d'avoir un jour un mari et des enfants… mais selon *ses* conditions. Et, indépendamment de ce qui se passait ici avec Liam Morrow, elle ne céderait jamais le contrôle sur sa vie à quelqu'un d'autre.

Chloe prit une autre inspiration et confia :

— Ce serait une sorte de test. Si ça marche, l'idée pourrait se répandre à d'autres ranchs, voire à d'autres États.

— Vous avez de grands projets.

— En effet, concéda-t-elle en lui adressant un bref regard et un sourire. J'aimerais un jour acheter une terre. Et y établir un camp permanent. Acheter des chevaux, du bétail, engager des cow-boys… Avoir un endroit où les filles pourront rêver.

Elle l'observa la toiser et vit que ses rêves, ses projets ne le faisaient pas rire. C'était un pas dans la bonne direction.

— Je vois combien c'est important pour vous, dit-il. Mais je ne suis toujours pas convaincu.

Il détourna son attention vers l'écran d'ordinateur, puis fit défiler la page pour voir les images qu'elle avait postées.

— Je n'ai pas encore terminé mon discours, l'informa-t-elle.

Et il n'était pas encore parti non plus. Bon signe ?

— Si vous regardez le plan que j'ai posté, vous verrez où je veux mettre les tentes.

— Les tentes, répéta-t-il. Et avec toutes ces filles, que pensez-vous utiliser comme sanitaires ?

Chloe fit la grimace. C'était l'un des points délicats sur lesquels elle travaillait encore.

— Je me suis dit qu'elles pourraient utiliser le bâtiment des ouvriers…

— Je ne suis pas sûr que les employés du ranch qui vivent sur place apprécieraient.

— C'est vrai, ça ne serait pas facile.

En fait, elle détestait l'idée que les filles utilisent la salle de bains des ouvriers. Parce que ce serait délicat et pourrait engendrer d'autres problèmes.

— Mais si ça ne fonctionne pas, alors peut-être que Sterling les laisserait utiliser la salle d'eau des cuisines.

— Vous connaissez son existence ? lui demanda-t-il, surpris, en la regardant.

— Je suis allée au ranch Perry à de nombreuses reprises, dit-elle avec le sourire.

— Ouais. Pour des fêtes.

— Vous dites ça comme une insulte.

— Je n'ai pas beaucoup de temps pour assister à des fêtes.

— Eh bien, peut-être que vous devriez le prendre, répliqua Chloe. Cela vous aiderait à vous détendre un peu.

— Je n'aime pas me détendre.

Elle soupira. Sérieusement, cet homme était un véritable sex-symbol, mais sa personnalité était si irritable qu'elle se demandait si quelqu'un s'était un jour approché suffisamment de lui pour voir s'il était aussi bon au lit qu'elle le pensait.

— Alors, proposa-t-elle, on pourrait installer des toilettes chimiques pour la semaine.

Il rit doucement.

— Et des douches portables ?

— Ce ne sont que de petits détails auxquels je trouverai des solutions plus tard, dit-elle, exaspérée. Vous recherchez volontairement la confrontation. Je ne comprends pas pourquoi.

Il déplia les bras et glissa ses mains dans les poches arrière de son jean délavé.

— Parce que c'est mon boulot de veiller au bon fonctionnement du ranch.

— Ce n'est pas comme si quelques fillettes allaient détruire quoi que ce soit.

Il haussa un sourcil.

— Juste la routine de travail des employés.

— Temporairement, lui rappela-t-elle. Je pense que le camp durera une semaine. Et je suis sûre qu'on trouvera une solution pour le problème des sanitaires, insista-t-elle en notant dans un coin de sa tête de parler à la gouvernante du ranch Perry.

Chloe était quasiment certaine qu'elle accepterait que quelques filles utilisent sa douche pendant une semaine.

— Écoutez, ce serait un test. Pour voir s'il y a assez de filles intéressées.

— Et si ce n'est pas le cas ?

— Alors je lâcherai l'affaire, dit Chloe, avant d'ajouter aussitôt : Mais ça va marcher. Si Sterling me suit dans ce projet, on pourrait organiser un camp d'une semaine par mois. Je pourrais même payer pour faire construire un bâtiment dortoir avec des sanitaires sur le terrain.

Intérieurement, elle n'aimait pas l'idée de sortir de l'argent de ses économies pour faire ça, mais ça vaudrait le coup.

— Donc quand vous déciderez d'installer votre camp ailleurs...

— Sterling aura un nouveau bâtiment qu'il n'aura pas eu à construire, dit Chloe en haussant les épaules.

Dehors, le monde s'assombrissait et une bourrasque fit crépiter la vitrine. La pluie battait encore plus fort contre la vitre de manière continue et les piétons couraient sur le trottoir pour s'abriter.

Quand Liam se redressa et regarda Chloe, elle sentit la chaleur l'envahir. Comment un homme qui l'agaçait autant pouvait provoquer une telle réaction ?

— Vous avez dit à un moment que vous chercherez un lieu permanent ?

— Eh bien, dit-elle, étonnée qu'il pose cette question, oui. Ce n'est pas un projet éphémère. J'y pense depuis longtemps et je crois sincèrement que les filles adoreront.

— Hum hum, répondit-il sèchement. Et vous pensez que Sterling acceptera de vous donner simplement une partie de son ranch pour que des enfants courent dans tous les sens ?

Sincèrement, elle ne savait pas s'il l'accepterait ou pas. Ce serait idéal, mais elle avait des solutions si ça ne se faisait pas.

— Je pourrais lui acheter un terrain, à lui ou à un autre propriétaire de ranch pas loin de Houston.

Il rit encore.

Elle en avait vraiment assez d'entendre ce son.

— Bien sûr que vous pourriez.

— Qu'est-ce que c'est censé vouloir dire ?

— Rien. Les ranchers vendent rarement leurs terres. Ils préfèrent généralement étendre la superficie. Mais encore une fois, les femmes comme vous ont l'habitude d'obtenir exactement ce qu'elles veulent de la part des hommes.

— Les femmes comme moi ?

Elle était tellement agacée qu'elle perdit patience. Alors oui, elle était follement attirée par cet homme, mais elle ne se laisserait pas insulter sans rien dire.

— Qu'est-ce que ça veut dire exactement ?

— Hé, hé, calmez-vous. Je ne voulais pas vous vexer, dit-il en levant une main en signe de paix. Je voulais simplement dire que la plupart des gens n'obtiennent pas ce qu'ils veulent si facilement. Mais une jolie femme peut persuader un homme de faire presque n'importe quoi.

— Waouh, dit-elle en se contentant de le fixer. En fait, vous n'êtes pas un cow-boy. Vous êtes un homme de Néandertal.

— Peut-être, mais je remarque que vous ne niez pas, fit-il remarquer.

Même si elle aurait beaucoup aimé le remettre à sa place, cela aurait été difficile. Elle l'avait constaté par elle-même toute sa vie. Sa propre mère menait toujours le père de Chloe par le bout du nez. Et dans son entourage, elle le savait très bien : c'était presque si on apprenait aux filles à faire pareil. Les jolies femmes mettaient en avant leurs charmes et cela suffisait généralement pour qu'elles avancent dans la vie.

— Eh bien, il est possible qu'il y ait une part de vérité dans ce que vous avez dit...

Il acquiesça.

— *Mais*, ajouta-t-elle, la beauté ne dure pas éternellement. J'utilise mon cerveau, Liam. Je travaille pour obtenir ce que je veux, et je n'utilise pas mon physique ou mon nom pour atteindre mon objectif.

Il l'étudia pendant de longues secondes.

— Je vois ça. Désolé. Encore une fois. Vous voyez, je ne suis pas un homme des cavernes et je ne suis pas idiot. Ce que vous essayez de faire est assez rude, mais si vous pouvez me convaincre que vous pourrez gérer ce camp sans interférer avec le travail sur le ranch, alors je dirai à Sterling que je suis d'accord.

Il marqua une pause et la regarda.

— Après ça, les détails de votre accord ne regarderont que Sterling et vous. Mais je le vois mal vous vendre une part de ses terres.

Chloe inspira et souffla à nouveau. Elle ne s'attendait pas à ce qu'il s'excuse ou lui montre son respect. Elle aurait juste aimé savoir s'il était sincère ou s'il disait ça simplement pour la calmer. De toute façon, se disputer avec le représentant de Sterling ne l'amènerait nulle part, et puis ce qu'il pensait d'elle n'avait aucune importance. Elle avait été alternativement méprisée, sous-estimée et il avait eu sur elle des a priori auxquels elle était habituée depuis des années. Ceux qui ne faisaient pas partie d'une famille riche et pensaient que tout était rose se trompaient invariablement, mais il était presque impossible de les convaincre du contraire.

La vie de Chloe avait été facile tant que cela concernait l'argent. Mais l'âme peut flétrir même si le corps est bien arrosé.

Pourtant, elle lui adressa un grand sourire et aperçut quelque chose dans ces fantastiques yeux bleus. Cela apparut si brièvement qu'elle ne savait pas exactement ce que c'était, mais son corps y réagit quand même. Honnêtement, il était de plus en plus difficile de rester concentrée sur le travail, malgré l'agacement qu'il lui inspirait à chaque instant. Elle s'y efforça toutefois.

— D'accord, comme je l'ai dit, ce que je veux, c'est initier les filles à la vie au ranch, dit-elle, replongée dans le sujet à la seconde où elle s'était remise à parler. La plupart d'entre elles viendront de la ville et ne connaîtront rien de ce monde où il n'y a pas de circulation, de bruit ou tant de lumière qu'on ne peut pas voir les étoiles la nuit.

Il la regarda d'un air songeur.

— On dirait que vous parlez d'expérience.

— J'ai grandi à Houston, et la seule fois où j'ai pu voir les étoiles, c'était quand j'ai rendu visite à mon grand-père à El Paso.

— C'est ce qui vous a donné envie de connaître la vie au ranch ?

— Oui, dit-elle tandis que les souvenirs étaient projetés dans sa tête. Une fois que mon père a vendu le « ranch de mes rêves », admit-elle avec le sourire, j'ai passé beaucoup de temps avec mon grand-père. Je suis sûre que j'étais souvent dans leurs pattes, mais j'aidais les hommes qui travaillaient pour mon grand-père quand j'étais là-bas. Ils m'ont appris à m'occuper d'un cheval, à monter et que tout ce qui comptait pour réussir, c'était de travailler dur.

Il haussa les sourcils.

— Et votre père était d'accord ?

— Non, pas vraiment. Mais ma mère, si. Elle avait grandi dans ce ranch et voulait que je vive les mêmes expériences. Maman est morte quand j'avais quatorze ans, alors je ne suis plus allée là-bas. Mon grand-père est mort deux ans plus tard, et mon père a aussi vendu cette exploitation.

— Donc vous faites tout ça pour cracher à la figure de votre père ?

Surprise, elle dut admettre :

— Non. Enfin, un peu, c'est vrai. Je n'avais pas vraiment vu ça comme ça, mais oui. Je suis une déception pour lui, je suppose, mais ma petite sœur, Ellen, est exactement le genre de fille qu'il voulait qu'on soit toutes les deux.

Un coin de sa bouche se releva brièvement, et Chloe sentit une vague de chaleur monter en elle.

— Et de quel genre de sœur s'agit-il ?

— Malléable, dit-elle avec un peu de peine. J'adore ma

sœur, mais elle accepte plus que mon père dirige sa vie que moi. Waouh, cela semble horrible dit comme ça, non ?

Elle ressentit un peu de culpabilité.

— Nous ne sommes pas très proches et je le regrette, mais c'est juste que je... ne la comprends pas, je crois.

Et pourquoi faisait-elle cette confession à un homme qu'elle ne connaissait même pas ?

— Je peux le comprendre, dit-il. Je ne vous comprends pas vraiment non plus.

Chloe se mit à rire.

— D'accord, c'est honnête. J'aime la franchise. Mais sérieusement, qu'y a-t-il de difficile à comprendre ?

Elle avait été très directe et même plus sincère qu'elle était déterminée à l'être au départ. Pourquoi donc était-elle allée lui raconter tout ça à propos de ses parents, de sa sœur et de son grand-père ? Cela n'avait rien à voir avec cet entretien.

— Je ne sais pas pourquoi, mais je vous raconte des choses que je n'avais pas l'intention de vous dire, alors vous me connaissez probablement mieux que ma propre sœur.

— Alors, concéda-t-il, ce n'est peut-être pas que je ne vous comprends pas, mais plutôt que vous ne correspondez pas à ce à quoi je m'attendais.

— Vous voulez dire que je ne parle pas de manucure et de mon dernier voyage à Paris ?

Il haussa les épaules et ce geste fit bouger son torse de manière très attirante. *Reste concentrée sur le camp, Chloe.*

Elle lui adressa un sourire éclatant.

— Alors je vais prendre ça comme un compliment.

— Vous pouvez, lui dit-il avec quelque chose dans le regard qui menaça encore sa capacité à rester concentrée. Montrez-moi donc la suite.

3

Gardant espoir, Chloe parcourut les pages une par une. Le ranch Perry était bien connu dans ce coin du Texas, et il avait été photographié des centaines de fois. Il lui suffisait d'utiliser quelques-unes de ces photos qui avaient été publiées dans de nombreux magazines et de demander à son ami Curtis d'y ajouter des jeunes filles grâce à Photoshop.

Dehors, il faisait de plus en plus sombre, la pluie tambourinait sur la fenêtre comme de minuscules poings et le vent soufflait avec jubilation dans la rue.

Mais pendant une demi-heure, Chloe ne le remarqua pas. Elle exposa tous les points positifs d'un camp pour les filles au ranch et Liam l'écouta. Il était attentif. Il lui posa des questions importantes et fit même une suggestion ou deux. Elle lui assura qu'elle serait elle-même présente pour que les filles n'embêtent pas les ouvriers. En fait, Chloe était de plus en plus optimiste. Dans un coin de son esprit, elle commençait à faire des projets et des plans, persuadée qu'il finirait par la soutenir. Qu'il parlerait à Sterling et que son rêve deviendrait réalité. S'il disait non maintenant, elle s'effondrerait.

— J'ai vraiment pensé à tout. Je monte ce projet dans ma tête depuis des années.

— Je vois ça.

— Et non seulement ce serait super pour les filles, mais cela ferait de la publicité pour le ranch Perry, ajouta-t-elle.

Pensez à la clientèle que se ferait Sterling en accueillant et finançant ce camp.

Il acquiesça encore, et Chloe prit cela comme un bon signe.

— Vraiment, le financement ne serait qu'une goutte dans l'océan pour Sterling Perry, et tout le monde en parlerait au Texas.

— Il adorerait ça, murmura Liam.

— Cela consisterait principalement à fournir les repas et les tentes pour le séjour des filles. J'aimerais que le camp soit gratuit pour les enfants défavorisés et peut-être à un coût modeste pour celles qui peuvent se le permettre. J'aimerais que le camp commence en juin.

Elle voyait qu'il était en train de réfléchir. Oui, on était déjà en avril, mais elle ne voulait pas perdre un autre été. Si elle commençait en juin, la saison ne serait pas énorme, mais ce serait un début.

— Nous n'aurons probablement qu'une poignée de filles pour cette première session, mais d'ici juillet on pourrait en avoir une douzaine ou plus.

— Et vous seriez là ? Pour tout superviser ?

— Bien sûr.

Elle se demanda comment elle allait faire pour s'éloigner de sa nouvelle entreprise pendant plusieurs jours d'affilée, mais elle avait un téléphone portable ; elle pourrait travailler par mail et sa tablette avait une bonne batterie. Elle pouvait le faire. Elle allait le faire, si cela permettait à son rêve de se réaliser.

— Je vais y réfléchir, finit-il par dire.

— Y réfléchir vraiment ? demanda-t-elle. Ou faire semblant d'y réfléchir en attendant quelques jours pour m'appeler et me dire non ?

Il haussa un sourcil.

— Quand je dis quelque chose, c'est la stricte vérité. J'ai dit que j'allais y réfléchir et vous tenir au courant. Je le ferai.

— OK, je vous crois. Mais ne me faites pas trop attendre, d'accord ? Je ne suis pas très patiente, et cette attente me tuerait.

Il rit doucement.

— Je me répète, mais vous n'avez rien à voir avec la femme que je m'attendais à rencontrer. Alors je ne sais pas encore que penser de vous.

— Et c'est important ?

— C'est toujours bon de savoir à qui on a affaire.

— C'est juste.

Après tout, elle ne savait pas trop que penser de lui non plus. Elle savait qu'elle le désirait. Elle savait qu'il pouvait être énervant. Mais au-delà de cela, c'était un mystère, et peut-être que cela alimentait la réaction de son corps face à lui.

— Si vous dites oui, nous apprendrons à nous connaître, parce que je serai sur le ranch Perry jusqu'à la fin du mois.

Il fronça les sourcils, ce qu'elle n'apprécia guère.

— Ouais, dit-il, songeur. Vous serez là.

Dans le silence soudain et tendu, il tourna la tête pour regarder par la fenêtre.

— Qu'est-ce qu'il y a ?

— Regardez. La tempête, murmura-t-il en observant la pluie qui tombait de biais et le vent qui se renforçait.

Le temps était si mauvais qu'on aurait cru qu'il annonçait la fin du monde.

— Je l'ai repérée à l'horizon quand j'ai quitté le ranch. Je pensais qu'on avait quelques heures. Mais non.

— Ça s'annonce mal, dit Chloe tout bas.

Elle se rendit compte en le disant que c'était un peu un pléonasme. Un éclair fendit le ciel et le tonnerre retentit dans un « boum » assourdissant. Quand un orage comme celui-là s'abattait sur Houston à cette vitesse, cela voulait dire que le déluge n'était pas loin. Elle avait déjà vu ça, avec les courants qui emportent les voitures, les animaux et même les gens.

— On devrait y aller.

Liam l'attrapa par le bras, mais Chloe se libéra pour prendre son sac et y glisser sa tablette. Passant son sac sur son épaule, elle se précipita derrière Liam qui se dirigeait vers la porte. Ils n'avaient pas fait trois pas qu'une rafale de vent frappa la grande vitre et la fit voler en éclats. Liam pivota en la serrant contre lui et baissant la tête contre son torse.

Liam sentit la puissance du vent et la pluie battante, mais par chance ni lui ni Chloe n'avait été blessé par les éclats de verre. L'arrière de sa chemise et son jean étaient trempés, mais il n'éprouvait aucune douleur. Ils avaient eu de la chance. Chloe le serrait dans ses bras et il sentait qu'elle tremblait. S'écartant juste assez pour la regarder dans les yeux, il cria :

— Vous allez bien ?

Question idiote, mais elle acquiesça en regardant derrière lui son bureau dévasté. Le vent hurlait comme des âmes damnées libérées de l'enfer et la pluie diluvienne s'engouffra à l'intérieur et couvrit bientôt le sol d'une nappe d'eau. Tout était mouillé et il y avait du verre partout. Dehors, les rues étaient déjà inondées jusqu'aux trottoirs et l'eau montait encore. Avec autant d'eau qui tombait si vite, les égouts de la ville ne pouvaient pas la contenir. Il savait que l'inondation allait s'aggraver.

— Vous n'avez rien ?

Elle dut crier pour se faire entendre malgré le vent.

Il garda un bras autour d'elle, ramassa son chapeau où le vent l'avait fait voler, puis l'enfonça sur sa tête.

— Ouais. Ça va. Il faut qu'on parte.

— Ma voiture est en bas de la rue.

Il émit un rire gras avant de s'arrêter brusquement.

— Il serait impensable de conduire par ce temps. Mon pick-up n'y arriverait pas, alors une petite voiture...

Il la tira contre lui et ignora la chaleur qu'il ressentit quand son corps se pressa contre le sien. Il luttait contre son attirance pour elle depuis l'instant où il était entré dans ce bureau, et cela n'allait pas en s'arrangeant. Ils devaient trouver refuge. Mais la question était... où ? Liam savait que dans quelques minutes son pick-up serait probablement en train de flotter dans la rue, alors ils devaient trouver un lieu plus proche pour se mettre en sécurité.

Puis, en regardant par la fenêtre cassée, il trouva une solution.

— On va aller là-bas.

Elle essuya son visage mouillé par la pluie et dégagea les cheveux sur son front.

— Au nouveau Texas Cattleman's Club ? demanda-t-elle. Il n'est pas ouvert. Les travaux ne sont même pas terminés.

Un éclair illumina de nouveau le ciel et se refléta dans ses yeux marron clair. Par-dessus le tonnerre et le hurlement du vent, Liam cria :

— J'ai une clé. Même si le rez-de-chaussée est inondé, l'une des chambres au dernier étage est presque finie. On pourra attendre là-bas.

Elle regarda autour d'eux comme si elle essayait de trouver une autre solution. Il aurait pu lui dire qu'il n'y en avait pas. Ils étaient coincés ensemble. La ville était isolée, sauf pour les véhicules de secours, et elle resterait ainsi jusqu'à ce que la tempête s'éloigne.

Elle finit par acquiescer.

— Bien, dit-il en lui adressant un signe de tête et un sourire crispé. Je vais vous tenir contre moi. Le courant est très fort dans la rue. Tenez-vous à ma ceinture et ne la lâchez pas.

Il garda un bras autour d'elle, la main juste en dessous de son sein gauche. Il était ridicule de remarquer dans cette situation le sentiment agréable que ce contact lui procurait.

— Vous êtes prête ?

Chloe acquiesça. Glissant un bras autour de sa taille, elle s'agrippa à sa ceinture et baissa la tête pour se protéger de la pluie quand il la guida en dehors de son bureau.

L'eau glaciale pénétra dans leurs chaussures, jusqu'aux chevilles et, rapidement, aux mollets. L'eau montait encore plus vite que ce qu'il pensait. Mais ce n'était pas surprenant. La pluie tombait vraiment dru maintenant et ne montrait aucun signe de faiblesse. Descendant du trottoir dans la rivière qu'était la rue, Liam luttait contre le courant pour garder l'équilibre et protéger Chloe.

Au-dessus d'eux, le ciel était presque noir de nuages menaçants. Avec des éclairs qui zébraient l'obscurité. Le grondement du tonnerre était constant. Les trottoirs étaient déserts, les gens s'étant abrités depuis longtemps. S'il n'avait pas été distrait par Chloe pendant qu'elle lui sortait son discours sur un camp de vacances pour gamines, il aurait pu remarquer le changement de temps assez tôt pour éviter de risquer la noyade.

Mais c'était trop tard. Tout ce qu'il pouvait faire maintenant, c'était la mettre à l'abri et leur trouver un endroit sec où patienter.

— Allez, l'encouragea-t-il, son bras musclé autour d'elle. Il faut qu'on avance. Ne vous arrêtez pas... Vous pourriez vous faire emporter par le courant.

Le milieu de la rue ressemblait à une rivière et non à un axe principal dans le centre-ville de Houston. Des voitures garées se soulevaient du sol et flottaient dans le courant comme des bouchons de pêcheur. Il faudrait probablement des heures pour que l'eau se retire, et cela n'arriverait que quand la pluie aurait cessé de tomber.

Quand Chloe tourna son visage contre la chemise mouillée de Liam, tout en lui se tendit. Ce n'était pas le moment d'être déconcentré par ses instincts primaires. Il ignora son agonie personnelle et se concentra sur son objectif. Chaque pas était comme une victoire tandis qu'ils se penchaient pour lutter contre le vent et avançaient avec peine vers le nouveau bâtiment du Texas Cattleman's Club.

— On y est presque.

Il baissa la tête vers elle, et pourtant sa voix se perdait dans le vacarme des intempéries.

— Dieu merci, cria-t-elle.

Il tourna la tête, la souleva sur le trottoir et la plaça entre lui et le bâtiment tandis qu'il sortait les clés de sa poche. Quelques secondes plus tard, la porte était ouverte, puis, une fois à l'intérieur, il referma la porte derrière eux. Mais beaucoup d'eau avait réussi à entrer et continuait à s'infiltrer sous la porte.

— Vous ne pensez pas que ces vitres risquent d'exploser, elles aussi ?

Chloe passa ses mains mouillées sur son visage trempé et, même avec ses cheveux plaqués sur sa tête et son maquillage qui avait coulé autour de ses yeux, elle restait l'une des plus belles femmes qu'il ait jamais vues.

Il secoua la tête et s'écarta d'elle.

— Peut-être. Mais pour le moment, elles tiennent, alors on est mieux ici que dans votre bureau.

— C'est vrai.

Elle regarda autour d'eux et Liam suivit son regard.

Le rez-de-chaussée était couvert de bâches de protection. Il y avait des poutres posées un peu partout et quelques outils laissés par les ouvriers. C'était une pièce en travaux, et pour le moment, le plus important, c'était qu'ils étaient à l'abri du froid, de la pluie et du bruit. Puis Liam baissa les yeux sur l'eau qui s'introduisait encore sous la porte.

— On va monter, dit-il en faisant un geste vers le grand escalier rénové qui trônait au centre de la pièce comme une vieille dame âgée qui avait fait de la chirurgie esthétique.

— L'eau va monter, c'est ça ?

À cet instant, les vitres craquelèrent sous l'effet d'une rafale et l'une d'elles à l'autre bout de la pièce céda sous sa force. La pluie et le vent s'engouffrèrent dans l'ouverture et les autres vitres tremblèrent comme si elles menaçaient d'éclater à leur tour.

— Ouais. Très bientôt. L'équipe de construction a commencé les travaux par l'étage et a terminé une chambre, sous les ordres de Sterling, avant de s'attaquer au rez-de-chaussée. Ces vieilles fenêtres n'ont pas encore été remplacées et il y a assez d'eau qui passe sous la porte pour que, dans une heure, on en ait jusqu'aux chevilles... Peut-être même avant.

— OK.

Houston était une ville cosmopolite et les gens extérieurs

avaient tendance à oublier que, bien qu'elle soit sophistiquée et civilisée, on était au Texas et le temps pouvait se retourner contre vous en un instant. Les inondations étaient fréquentes et Liam avait appris à se mettre à l'abri et à attendre patiemment. Il avait vu la dévastation laissée dans le sillage d'une tempête, mais il ne s'était jamais retrouvé piégé lui-même.

Ils furent bombardés par la pluie et le vent glacial quand ils passèrent devant la fenêtre brisée. Liam attrapa la main de Chloe et la tira derrière lui.

— Allons-y.

Quand elle retira ses escarpins, il se rendit compte qu'elle était minuscule, pieds nus. Un instinct de protection gonfla en lui et il n'essaya même pas de le réfréner. Cela aurait été vain de toute façon. Alors qu'ils étaient au milieu de l'escalier, ils sursautèrent en tandem quand les autres fenêtres explosèrent. Ils marquèrent une courte pause, se retournèrent pour regarder les dégâts, puis Liam serra sa main.

— Dépêchons-nous de monter.

Il la mettrait en sécurité. En tout cas, ce ne serait pas la tempête qui s'en prendrait à elle. Liam se réprimanda intérieurement. Lui non plus. Mais la situation serait inconfortable. Tant que son corps brûlait et son esprit faisait apparaître des images de Chloe Hemsworth et lui, nus, dans les bras l'un de l'autre. Les dents serrées, il chassa ces pensées.

Il devait lui reconnaître une certaine force. Elle arrivait à suivre ses grands pas en courant dans l'escalier derrière lui. Ils s'arrêtèrent sur le palier de l'étage et Liam regarda autour d'eux comme pour se rassurer et se dire que tout allait bien. Il manquait encore les peintures, et le nouveau parquet était empilé contre un mur. Mais il faisait chaud et sec, alors ça suffisait. Puis il posa une main dans le creux du dos de Chloe et l'invita à prendre l'escalier vers l'étage supérieur.

Il y avait là un grand salon avec un bar et un téléviseur à écran plat. On y trouvait deux petits canapés, des chaises et des tables surmontées de lampes en laiton. Cela ressemblait à une oasis après les intempéries auxquelles ils avaient échappé.

— Il y a deux chambres ici, dit-il en se dirigeant vers une porte sur la droite. Celle-ci pour le président du club et l'autre, quand elle sera meublée, sera pour le président du conseil d'administration, ou les invités.

— Quand elle sera meublée ? répéta-t-elle.

— Oui.

Il savait ce qu'elle se disait parce que cette pensée lui avait traversé l'esprit à lui aussi. Il n'y avait qu'un lit ici, donc ils devraient le partager. Ou, pensa Liam, peut-être qu'il devrait dormir par terre. Ou se recroqueviller en position fœtale et essayer de dormir sur le mini-canapé. Le manque de confort pourrait lui permettre de garder les idées claires.

Il ouvrit la porte de la chambre meublée et l'étudia. Quelque chose remua en Liam, mais il le calma. Un simple coup d'œil à l'immense lit couvert d'une couette rouge bordeaux et d'une montagne d'oreillers contre sa tête de lit en chêne sculpté suffit à lui donner envie de balancer Chloe dessus et de rouler avec elle pendant un long moment agréable. Mais il ne le ferait pas, alors il demanda à son cerveau perfide d'arrêter de lui envoyer ce genre d'images tentatrices.

— L'eau monte encore, dit-elle, sortant Liam de ses pensées.

Il détourna le regard vers elle, debout devant la fenêtre, en train de regarder en bas. En quelques grandes enjambées, il la rejoignit et contempla la scène. L'eau dépassait les passages de roues des voitures garées et le vent faisait ployer les arbres. Un éclair illumina le ciel et le tonnerre vrombit autour d'eux, assez fort pour résonner dans les fenêtres en double vitrage.

— Et, dit-elle dans un murmure tandis qu'elle regardait son téléphone dans sa main, le réseau est coupé. Super.

— Qui appellerions-nous de toute façon ? Les équipes de secours ont certainement plus important à faire, et personne ne pourrait conduire dans ce chaos.

Il pensa au ranch Perry en espérant que Mike et les ouvriers avaient tout bien mis à l'abri. Puis ses pensées dévièrent vers son propre ranch. Il représentait ce qu'il y avait de plus important dans la vie de Liam. Mais s'inquiéter ne lui servirait à rien, alors il refoula son angoisse. Il se raccrocha à l'idée que les hommes qui travaillaient pour lui étaient compétents et que son contremaître était intelligent et savait quoi faire.

— On est coincés ici pour un moment.

— Combien de temps ?

— Comment voulez-vous que je le sache ? aboya-t-il avant de hausser les épaules comme pour se débarrasser de cette mauvaise humeur. Désolé. Je ne sais pas. Mais il y a à manger ici. Les gars de la construction ont installé un réfrigérateur au rez-de-chaussée.

Il pensa au fait que l'eau était en train d'inonder tout le bas du bâtiment.

— Et si vous alliez prendre une douche ? Pour vous réchauffer et retirer ces vêtements mouillés. Il y a des serviettes, du savon et tout ce qu'il faut. Je vais descendre et trouver ce frigo avant qu'il ne soit submergé.

Elle leva ses yeux marron vers lui. Il ressentit cette vague de chaleur qui l'avait submergé au premier regard. Quand elle s'humidifia les lèvres, son entrejambe durcit comme du béton. Il aurait de la chance s'il arrivait à marcher.

Alors il détacha son regard et observa la chambre. Elle était conçue pour les VIP et contenait donc un mini-réfrigérateur dans le bar. Il espérait qu'il était plein, parce qu'il avait vraiment besoin d'une bière.

— Je reviens, dit-il sèchement en se dirigeant vers la porte.

Sur le seuil, il fut interrompu par la voix de Chloe.

— Merci.

Il se retourna pour la regarder.

— Pour quoi ?

Elle haussa simplement les épaules et son haut mouillé qui moulait ses seins suffit à allumer un feu qui ne voulait pas s'éteindre.

— D'être là, admit-elle. Si j'avais été seule quand la tempête a éclaté, j'aurais probablement essayé de prendre la voiture pour sortir de la ville.

— Vous ne seriez pas allée bien loin.

— Je sais. C'est pour ça que je vous remercie.

— De rien.

Elle était contente qu'il ait été là. Lui aurait préféré être n'importe où ailleurs. Parce que, maintenant, il était piégé dans une chambre avec une femme toute mouillée aux beaux yeux marron clair. Il secoua la tête et marmonna :

— Allez prendre cette douche.

Puis il partit.

De l'autre côté de la ville, le niveau d'eau était encore plus haut et continuait de monter. Ryder Currin attrapa un sac de farine de vingt kilos dans le garde-manger du refuge pour sans-abri et le balança devant la porte pour empêcher l'eau de pénétrer.

— Quel gâchis, monsieur Currin, dit la gérante du refuge. Vous veniez juste de nous acheter ces provisions.

Ryder tourna la tête et regarda la femme d'un certain âge.

— Ce n'est pas grave, Mavis. Je remplacerai tout ce qui sera abîmé. Mais ce sac de farine va nous aider à rester au sec... Pendant un temps, tout du moins.

Il regarda autour de lui et vit que plusieurs hommes avaient cloué des panneaux de contreplaqué sur les fenêtres. Comme ça, elles ne devraient pas se briser. Bien sûr, il faisait sombre comme dans une grotte, alors toutes les lumières étaient allumées, et Mavis et son assistante avaient rassemblé de vieilles lampes-tempête au cas où il n'y aurait plus d'électricité. Ce qui finirait par arriver tôt ou tard.

Il était juste passé dans la journée pour déposer des provisions, mais la tempête qui s'était abattue sur la ville sans prévenir l'avait coincé ici. Avec une poignée d'ouvriers, quelques personnes qui venaient régulièrement dans ce refuge pour trouver de l'aide, et... Angela Perry.

On aurait pu croire que l'univers se moquait de lui pour mettre la seule femme qu'il ne voulait pas voir dans une pièce où il ne pouvait pas l'éviter. Elle n'avait pas l'air plus contente que lui d'être bloquée ici, et il ne pouvait pas le lui reprocher. Il sentait toujours la gifle qu'elle lui avait donnée lors de la levée de fonds pour le club un mois plus tôt.

Il avait onze ans de plus qu'Angela, et c'était la fille de Sterling Perry, l'ennemi de Ryder. Et pourtant, il ne pouvait s'empêcher de la regarder dès qu'elle avait le dos tourné.

— Vous aurez besoin du dernier sac de farine ? demanda Mavis, le ramenant à sa tâche.

— Je ne pense pas.

Il se leva et observa les murs aux couleurs vives, les tables familiales et le long comptoir où étaient posés plein de sandwichs, une grande marmite de soupe odorante et une énorme bouteille isotherme contenant du café.

Il retourna son attention vers Mavis.

— On devrait s'en sortir. On a assez de nourriture et d'espace pour tout le monde.

Elle acquiesça. Mavis gérait le refuge depuis dix ans et elle n'était pas du genre à paniquer. C'était une Afro-Américaine pragmatique aux yeux marron perçants et elle savait mener sa barque.

— D'autres personnes pourraient atterrir ici pour obtenir de l'aide. Il vous reviendra donc de tirer ce sac pour leur ouvrir.

— Oui, m'dame.

Puis, pendant qu'elle continuait à parler, le regard de Ryder dévia vers Angela. Elle tendait un sandwich et un bol de soupe à un jeune homme qui lui fit un clin d'œil pour la remercier. Ryder était comme captivé.

D'une certaine manière, Sterling Perry, un homme pour qui l'argent et la position sociale voulaient tout dire, avait réussi à avoir une fille qui était tout à fait à l'aise dans un refuge où elle aidait les autres. C'était un mystère et elle intriguait profondément Ryder. On aurait dit qu'Angela avait hérité davantage des gènes de sa défunte mère, Tamara, que de son père.

Ryder avait été ami avec la mère d'Angela pendant trop d'années pour les compter. Et cette pensée lui rappela qu'il n'avait aucun intérêt à regarder cette femme en espérant que les choses étaient différentes. Il était trop vieux pour elle. Il y avait eu trop d'histoires dans le passé qui avaient encore des répercussions dans le présent. Et puis il y avait le fait qu'à cet instant Angela le détestait.

Elle portait un haut bleu marine et un jean gris avec des bottes noires et parvenait à paraître élégante même dans ces circonstances. Ses cheveux blonds et raides tombaient sur ses épaules, et ses yeux bleus reflétaient la couleur de son haut et brillaient encore plus que d'habitude. Il avait envie de lui parler. De lui expliquer certaines choses, si c'était possible.

Il n'avait entendu que récemment les rumeurs dont elle avait certainement eu vent juste avant de le gifler. Ryder voulait lui dire qu'il n'avait jamais eu d'aventure avec sa mère, Tamara. Qu'il ne lui avait pas fait de chantage et que le père de sa mère avait fait don à Ryder de cette terre vingt-cinq ans plus tôt parce qu'il avait été l'ami de Tamara quand elle n'en avait pas d'autres.

Il voulait vraiment clarifier les choses entre eux. Elle méritait la vérité. Bien sûr, cela n'avait rien à voir avec ce qu'elle lui faisait éprouver quand elle se trouvait à quelques mètres de lui. Même lui n'arrivait pas à le croire. Malgré son irrépressible envie de lui parler, il devrait attendre parce que sa sécurité et celle de tout le monde ici passaient en premier. À cet instant, quelqu'un tambourina à la porte.

— Ouvrez !

Aussitôt, Ryder se pencha pour enlever le lourd sac de farine, puis ouvrit. Un couple et deux jeunes enfants ressemblant à des rats sauvés de justesse de la noyade se pressèrent pour entrer, poussés par la pluie battante et le tonnerre.

— Waouh, quel déluge, dit l'homme en tendant une main. Je m'appelle Hank Thomas. Voici ma femme, Rose, et nos enfants, Hank Jr et June.

Ryder regarda les enfants. Le garçon avait environ cinq ans et June plutôt deux. Ils avaient l'air fatigués et frigorifiés, et leur mère semblait à bout.

— On dirait que ça fait un bout de temps que vous êtes dehors, fit-il remarquer.

— Notre pick-up a été submergé quand on a essayé de sortir de la ville, raconta Hank avant de prendre son fils dans les bras.

— On ne savait pas quoi faire, ajouta Rose, sa fille sur la hanche. Puis on a vu des lumières autour des panneaux de contreplaqué sur vos fenêtres.

— Eh bien, vous êtes les bienvenus. Laissez-moi vous donner des serviettes pour sécher ces bouts de chou, dit Mavis, prenant les choses en main.

— Merci, dit Hank en passant une main autour des épaules de sa femme.

Ryder ressentit une pointe d'envie. Sa femme, Elinah, lui manquait toujours, et il ne voyait pas assez ses enfants qui étaient maintenant adultes. Il était célibataire, mais cela ne le dérangeait pas vraiment.

— Suivez Mavis. Elle va vous donner de la soupe et du café, dit-il avant de sourire au petit garçon. Et peut-être un biscuit ou deux.

Il les regarda s'éloigner et vit Angela lever les yeux tandis que la petite famille s'approchait. Puis elle le regarda droit dans les yeux, et pendant une seconde il sentit une violente connexion même d'un bout à l'autre de la pièce. Il y avait quelque chose entre eux. Quelque chose d'inattendu. Il pensait que ce sentiment particulier avait disparu quand il avait perdu son épouse. Elle avait été son miracle. Il était déjà divorcé quand il l'avait rencontrée. Elle avait vu quelque chose en lui qui méritait de prendre des risques et il lui en serait toujours reconnaissant. Elinah était devenue sa femme et celle qui lui était destinée. Quand il l'avait perdue, c'était comme si sa vie était finie. Chaque matin, il se réveillait sans trop savoir quoi faire.

Le cœur lourd, il se dirigea vers la réserve pour récupérer des serviettes. Tôt ou tard, il aurait l'occasion de discuter avec Angela. Mais il ne savait pas si cela rendrait la situation plus simple ou plus délicate encore.

Liam regarda l'eau qui inondait le rez-de-chaussée du club. Des ruisseaux recouvraient déjà le sol, se frayant un chemin jusqu'aux différentes pièces et envahissant de plus en plus de surface. La pluie qui s'engouffrait par les fenêtres cassées le mouilla davantage – si c'était possible. Comme il ne pouvait rien y faire, Liam pataugea jusqu'à l'arrière-salle. Le réfrigérateur était grand, mais pas vraiment plein. Il prit un carton posé sur l'une des tables et y déposa des sandwichs, des fruits, des biscuits, un demi-sachet de chips et des bouteilles d'eau, puis avança péniblement dans l'eau qui lui montait maintenant jusqu'aux mollets.

De retour dans la chambre, il entendit la douche derrière la porte fermée de la salle de bains et essaya de ne pas penser à Chloe nue et ruisselante. Il rangea son butin dans le mini-réfrigérateur et se servit une bière. Il s'approcha de la fenêtre pour observer le chaos dans Houston.

La pluie ne s'était pas calmée et un déluge incessant se déversait toujours. Ce qui voulait dire que le niveau de l'eau allait continuer à monter et qu'il ne savait pas combien de temps il serait coincé avec elle. Sans téléphone ni moyen de sortir de ce sanctuaire, c'était comme si Chloe et lui étaient piégés sur une île déserte. Rien que tous les deux.

— Mince.

Il prit une autre gorgée de bière, puis posa la bouteille pour retirer sa chemise, ses bottes et ses chaussettes mouillées.

Il était trempé jusqu'aux os et pourtant le feu qui coulait dans ses veines ne s'éteignait pas. Quand Liam n'entendit plus le bruit de la douche, son esprit fit aussitôt apparaître des vues capables de le mettre à genoux. Chloe, chaude et mouillée, sortant de la douche, attrapant une serviette, la frottant sur son corps et...

— Oh ! ouais. Génial.

— Quoi ?

Il était tellement plongé dans ses rêves qu'il ne l'avait pas entendue ouvrir la porte de la salle de bains. Quand il tourna la tête vers elle, sa bouche s'assécha. Ses longs cheveux mouillés tombaient sur ses épaules nues. Elle était enroulée dans une épaisse serviette turquoise nouée entre les seins. Ses jambes nues avaient la couleur du miel et ses orteils étaient ornés de vernis violet foncé. Tout chez elle attisait son désir.

— Rien, parvint-il à dire malgré sa gorge sèche. J'ai... euh... trouvé à manger en bas. Avec le vin et la bière qu'il y a dans le réfrigérateur du bar. Vous voulez quelque chose ?

— Du vin, ce serait parfait.

— Très bien.

Liam était content d'avoir une tâche à accomplir pour l'occuper et ne pas rester là à la fixer en luttant contre l'envie de la toucher.

— Vous savez, dit-elle, tant qu'on est là, vous pourriez me dire ce que vous pensez de mon projet.

Il lui jeta un coup d'œil par-dessus son épaule. Elle était assise dans l'un des deux fauteuils tirés devant une cheminée à gaz qu'il devrait probablement allumer.

— Vous voulez parler de ça ?

— Pourquoi pas ? On est coincés ici, non ?

— Ouais.

Il rapporta un verre de vin qu'il lui tendit, puis appuya sur l'interrupteur pour allumer le foyer. Instantanément, les flammes s'animèrent sur les bûches artificielles.

Il prit un siège en face d'elle. Ses yeux le fascinaient et il n'arrivait pas à se détourner d'eux. Que pensait-il de son projet ? Personnellement, il pensait que c'était une bonne idée. Cela lui faisait penser à l'époque où il était petit et suivait son père partout dans le ranch, apprenait plein de choses sur les chevaux, distribuait l'eau au bétail et rêvait d'avoir un jour sa propre exploitation. De plus, deux femmes travaillaient pour lui sur le ranch Perry et elles étaient tout aussi compétentes que les hommes. Elles savaient monter à cheval, les dresser, mener les troupeaux, faire presque tout ce qu'on leur demandait. Pourquoi des filles n'auraient-elles pas le droit de rêver de travailler sur un ranch ?

Mais d'un autre côté, s'il disait oui et recommandait ce

projet à Sterling, il devrait passer les prochaines semaines avec Chloe. Et Liam ne voulait pas avoir à lutter contre son désir et le fait de ne pas l'avoir constamment dans son lit. Cela faisait certainement de lui un égoïste, mais il devrait apprendre à vivre avec.

— Alors ? insista-t-elle.

Liam se leva, incapable de rester assis.

— Je vais y réfléchir, dit-il sur un ton un peu plus brusque qu'il n'en avait l'intention.

— Qu'y a-t-il à réfléchir ? protesta-t-elle en se levant à son tour.

Elle prit une profonde respiration et la serviette nouée bougea. Il serra les dents.

— Écoutez, vous avez fait votre discours, j'ai été attentif, mais je ne veux pas être bousculé pour prendre une décision.

— Qui vous bouscule ? On discute. Vous pourriez juste me dire ce que vous en pensez.

Il souffla.

— J'en ai assez de ce son, dit Chloe en plissant les yeux.

— J'en prends note, râla-t-il en s'éloignant vers la fenêtre.

Il valait mieux tenir ses distances. Il aurait dû aller prendre une douche, mais il avait envie de se déshabiller devant elle. Rester près d'elle était une tentation insoutenable.

Elle le suivit. *Évidemment.*

— Pourquoi ne voulez-vous pas me dire à quoi vous pensez ?

Il détourna son regard des intempéries et vit une autre sorte de tempête dans ses yeux dorés. Et il savait qu'elle ne parlait plus du camp.

— Croyez-moi, vous ne voulez pas savoir à quoi je pense à cet instant.

— Peut-être que si.

Elle se rapprocha.

— Alors vous êtes folle.

— On me l'a déjà dit, admit-elle en inclinant la tête sur le côté pour mieux le voir. Vous êtes certainement l'homme le plus agaçant...

— C'est bon, dit Liam. Inutile d'en dire plus.

— ... et le plus beau que j'ai jamais rencontré.

Il retint un grognement. Il n'avait vraiment pas besoin des complications que pourrait engendrer cette situation, alors il éluda le sujet en riant.

— Ouais, je suis un vrai sex-symbol.

Quand elle tendit le bras pour passer le bout de ses doigts sur son torse nu, il eut le souffle coupé.

— Pourquoi suis-je autant attirée par vous ?

Il saisit sa main pour l'empêcher de le toucher à nouveau.

— Folie passagère.

Elle sourit et tout son visage s'illumina. Ses yeux l'attiraient comme un aimant et Liam ne savait pas combien de temps il pourrait encore résister à ce qu'elle lui offrait explicitement. Son regard descendit à nouveau sur la serviette et il se surprit à vouloir défaire ce nœud.

— On dirait que je ne suis pas la seule à être atteinte de folie passagère.

Il la regarda dans les yeux.

— C'est peut-être contagieux.

— Ce ne serait pas bien ?

Elle sourit et la courbe de sa bouche lui donna envie de l'embrasser et de se perdre en elle.

Il essaya une nouvelle fois de les sortir de cette situation.

— Chloe, ne vous lancez pas dans quelque chose que vous regretterez plus tard.

Elle soupira et secoua ses cheveux encore humides.

— Je ne regrette plus rien, Liam. Je vis ma vie comme je le sens et je ne m'en excuse pas.

— J'admire ce genre de comportement, murmura-t-il tandis que son regard se fixait sur le bout de sa langue qui passait sur sa lèvre inférieure. Mais vous et moi ? Vous vous attaquez là à quelque chose qui n'a rien à voir avec votre camp.

— J'espère bien, dit elle avant de se rapprocher suffisamment pour qu'il puisse voir le creux entre ses seins.

Le corps de Liam était tendu et il dut faire un gros effort pour se retenir de l'attraper et se jeter sur elle.

Puis elle dégagea sa main de la sienne et posa ses deux paumes sur son torse. Elle remonta sur ses épaules, puis dans sa nuque. En même temps, elle se hissa sur la pointe des pieds et s'arrêta quand sa bouche se trouva à seulement quelques centimètres de la sienne.

— Vous voulez parler du camp, demanda-t-elle, ou...

Liam plongea dans ses yeux dorés, vit la douce forme de son sourire et sut que c'était la fin de son combat. Il n'avait aucune chance de le remporter depuis le moment où il avait passé la porte de son bureau.

— Quel camp ? demanda-t-il dans un râle avant de la prendre dans ses bras.

4

C'est un cauchemar. Quand ils le découvriront, que vais-je faire ?

La tempête se déchaîne, donc pour l'instant je n'ai pas à m'inquiéter. Personne ne découvrira ce qui est caché. Mais quand la tempête sera finie...

Que devrai-je faire alors ? Mon Dieu, comment cela a-t-il pu arriver ? J'ai perdu le contrôle, c'est tout. C'est un accident. Je ne dois pas l'oublier.

De l'autre côté de la fenêtre, il fait noir, à part quand les éclairs frappent. La pluie tombe et inonde les rues, faisant flotter les voitures le long des routes comme des bateaux colorés sans gouvernail. Les véhicules de secours sont de sortie. Des gyrophares rouges percent l'obscurité.

Il y a un secret. Bien caché pour le moment.

Mais pour combien de temps ?

Que de complications. Liam se fichait de ce qui se passerait après ce moment passé avec elle. Il avait eu envie d'elle dès l'instant où il l'avait vue. Depuis lors, elle l'avait agacé, intrigué et complètement captivé. Et maintenant, il était mort.

La bouche de Liam couvrait la sienne et son petit gémissement de plaisir s'imprégnait en lui, parcourant son corps, accompagnant les flammes qui couraient dans ses veines. Sa langue écarta ses lèvres et elle l'accueillit avec une ardeur proche de la sienne. Elle lui rendait ses caresses tandis que leurs langues s'entremêlaient, les laissant hors d'haleine.

Les mains de Chloe glissaient sur son dos nu, ses ongles courts effleurant sa peau et mettant le feu partout où elle le touchait. Il fallait que Liam la prenne. Vite. Il arracha la serviette de son corps. Elle retint son souffle et bascula sa tête en arrière tandis que les mains de Liam couvraient ses seins et que ses pouces et ses doigts tiraient sur ses tétons durcis. Il baissa la tête pour les goûter brièvement, puis s'autorisa à glisser ses grandes mains vers ses fesses. Elle pressa son bassin contre son entrejambe, ce qui faillit le faire venir.

Waouh, il n'avait pas ressenti une telle excitation depuis sa première fois quand il était un jeune homme stupide de seize ans. Stupide.

Les sirènes d'alarme dans sa tête se turent et il recula son visage pour respirer. Pour retrouver le contrôle. Le souffle court, Chloe déglutit, se lécha les lèvres et le regarda, l'air abasourdi.

— Pourquoi t'es-tu arrêté ?

Il avait la poitrine serrée, son sexe criait et son esprit était en miettes, et pourtant il réussit à dire :

— Je n'ai pas de préservatifs. On ne peut pas...

Elle souffla, écarta les cheveux qui lui tombaient sur les yeux et demanda :

— Est-ce que tu es sain ?

— Bien sûr que oui, répondit-il, un peu vexé. Et toi ?

— Évidemment, dit-elle avec un grand sourire. Et je prends la pilule.

— Alléluia, grommela-t-il avant de l'attraper à nouveau en la gardant bien pressée contre lui.

Puis il pivota, la plaqua contre le mur et commença à défaire la fermeture de son jean.

— Pas de temps à perdre, Chloe.

— Je suis d'accord.

Elle leva les jambes, les enroula autour de sa taille et attendit en retenant son souffle.

— Vas-y, Liam. Maintenant.

Elle n'eut pas à attendre longtemps. Liam se libéra et, une seconde plus tard, enfonça son long membre bien au fond de son intimité. Il s'y sentait comme chez lui. C'était la seule pensée claire qui lui vint à l'esprit avant de s'abandonner aux sensations de son corps.

Il l'embrassa, fougueusement et longuement. Leurs langues dansèrent de nouveau ensemble, frénétiquement, désespérément. Leurs corps bougeaient avec empressement et avidité. Les talons de Chloe s'enfoncèrent dans le creux du dos de Liam tandis qu'elle le poussait à aller plus loin à chaque à-coup.

Il n'avait jamais eu une fille comme elle. N'avait jamais éprouvé cette vague de chaleur, ce désir et cette satisfaction incroyables tous en même temps. N'avait jamais eu une femme qui réagissait ainsi, si sauvagement, si librement. Il savourait chaque gémissement, chaque soupir, la sensation de ses doigts agrippés à ses épaules.

— Plus fort, Liam, ordonna-t-elle. Plus fort.

Jusqu'ici, il s'était retenu, ne voulant pas lui faire mal, mais sa prière fit céder son entrave mentale. Comme un tigre qui ferait craquer sa laisse, Liam chargea. Encore et encore, il la prit brutalement jusqu'à ce que leurs deux corps crient de désespoir.

Dehors, la tempête se déchaînait en contrepoint à celle qui faisait rage entre eux. Il la regarda dans les yeux, les vit briller tandis qu'elle hurlait son nom et que ses muscles internes se contractaient autour de lui. Il sentit son orgasme comme si c'était le sien, et un instant plus tard il se laissait aller et la remplit, chevauchant cette vague de soulagement comme un guerrier triomphant.

Essoufflé et à moitié aveugle, il posa son front contre le sien.

— Oh..., dit-elle entre deux respirations, c'était...

Liam acquiesça. Elle ne pouvait pas trouver de mot pour décrire ce à quoi ils venaient de survivre, et lui non plus. Savoir que ça s'était passé suffisait. Et que cela arriverait encore. Et encore.

— Ouais, je suis d'accord.

Gardant leurs corps scellés parce qu'il n'avait aucune envie de se retirer, il pivota, marcha jusqu'au lit et s'assit avec Chloe sur les genoux.

Elle remua la tête, envoyant ses cheveux en arrière, et lui sourit.

— Hé, cow-boy, si tu peux faire ça contre un mur, je me demande bien ce que tu es capable de faire sur un lit.

Liam lui sourit à son tour. Il n'avait jamais eu une femme aussi en accord avec lui sexuellement que Chloe Hemsworth semblait l'être. Et son sourire était contagieux. Mais le sien s'effaça quand il remua le bassin, frottant son corps contre le sien. Il émit un râle. Son corps brûlait à nouveau et en quelques secondes il était prêt à recommencer.

— Eh bien, m'dame, dit-il d'une voix traînante en la regardant dans les yeux, pourquoi ne pas vérifier ça tout de suite ?

Il descendit une main sur sa fesse et l'autre sur le point chaud et mouillé où leurs corps se touchaient. Elle sursauta quand son pouce caressa le bouton de chair sensible.

— Liam…

Elle remua contre lui.

Il lui vola un baiser et continua à utiliser ses mains pour lui donner du plaisir.

— Bon sang que tu es sexy.

Elle riva ses yeux sur les siens.

— Tu n'as pas encore tout vu.

Il afficha un large sourire. Il n'avait jamais connu ce genre de choses avec une femme. Ces sourires, ces plaisanteries, cette… connexion. Il aimait ça. Tout ça. Mais ce n'était pas le moment d'y penser.

— Retire ce jean, lui ordonna-t-elle à voix basse.

— OK.

Liam la posa sur le lit, et quelques secondes plus tard il s'était débarrassé de son jean et la reprenait dans ses bras.

— Oh ! dit-elle doucement en caressant ses cuisses, c'est mieux comme ça.

— Ouais, maintenant, je veux te goûter.

Il baissa la tête pour prendre l'un de ses tétons dans la bouche.

— Oh ! tu peux me goûter tant que tu veux. Ta langue est magique, Liam…

Elle entremêla ses doigts dans les cheveux de Liam, tenant sa tête contre elle, insistant sans le dire pour qu'il ne s'arrête pas. Ses lèvres, ses dents et sa langue s'occupèrent de ce bourgeon rose et durci jusqu'à ce que Chloe remue sous lui. Il glissa une main le long de son corps et enfonça deux doigts dans sa moiteur. Instantanément, elle souleva son bassin du lit et se balança dans sa main.

— On peut jouer à ce jeu à deux, susurra-t-elle.

Elle tendit alors la main, la referma autour de son membre dur et le caressa légèrement jusqu'à ce que les yeux de Liam brûlent de son feu intérieur. Quand elle serra sa main et passa son doigt sur son bout, Liam faillit craquer.

— Fini de jouer.

Il s'écarta, s'accroupit et la tira pour qu'elle vienne sur ses genoux. Elle se mit à genoux, puis vint s'installer lentement sur lui. Centimètre par centimètre, elle l'accueillit en elle et, pendant tout ce temps, leurs regards restèrent rivés l'un sur l'autre, à l'affût de leurs réactions respectives. Le feu qui brûlait en lui se transforma en quelque chose de sauvage et d'incontrôlable. Et il ne prit même pas la peine d'essayer de l'arrêter. Il préféra se jeter dans les flammes en emportant Chloe avec lui.

Quand il fut entièrement en elle, elle bougea son bassin, décrivant des cercles, se tortillant. Il la souleva assez pour pouvoir prendre un téton dur dans sa bouche. Il voulait la sentir en lui autant qu'il était en elle.

Elle bascula la tête en arrière, cambra le dos et accéléra le rythme qu'elle avait donné. Ensemble, ils s'engagèrent dans un tourbillon de sensations, dans un besoin frénétique de retrouver ce soulagement qu'ils avaient partagé seulement quelques minutes plus tôt. Il fallait qu'il le sente. Il fallait qu'il *la* sente. Liam ne savait pas comment il pouvait désirer quelqu'un si fort en si peu de temps, mais cela n'avait pas d'importance. Tout ce qui comptait, c'était la prochaine caresse, le prochain baiser.

Ses mains descendirent sur les hanches de Chloe tandis qu'il la guidait dans un rythme plus rapide encore. Ils étaient tous les deux essoufflés et se regardaient dans les yeux. Comme si leurs vies en dépendaient, ils ne parlaient pas. Ils ne se quittaient pas des yeux. Les seuls bruits dans la chambre étaient leurs respirations saccadées, leurs deux corps qui s'entrechoquaient et la pluie incessante contre les fenêtres. Le tonnerre retentit comme un point d'exclamation quand Chloe cria son nom en enfonçant ses ongles dans ses épaules.

Il ne s'arrêta pas. Il continua ses mouvements, plus fort, plus vite. Liam voulait la faire jouir encore, et cette fois en même temps que lui. Et tandis qu'elle reprenait ses esprits, il la sentit se contracter de nouveau autour de lui.

Elle secoua la tête, à bout de souffle.

— Liam, je ne peux pas...

— Si. Tu peux, murmura-t-il, enfouissant son visage dans le creux de son cou pour sentir son parfum et s'imprégner d'elle jusqu'à ce que chaque inspiration sente son odeur.

— Tu vas le faire. Viens avec moi, Chloe. Jouis encore.

Tremblante, elle se cramponna à lui alors que le plaisir explosait à nouveau en elle. Il sentit son pouls, le sang qui coulait dans ses veines et le martèlement de son cœur, et sut qu'elle allait venir. Lui aussi. Liam avait la sensation qu'il allait exploser s'il ne se lâchait pas, et pourtant il gardait le contrôle. Il savait que, s'il se retenait encore un instant, il sentirait leurs deux corps voler en éclats ensemble. Il n'était qu'à moitié conscient. Son esprit l'abandonnait. Et ce n'était pas important. Plus rien n'était important, à part la femme qui criait déjà.

Pendant qu'elle le chevauchait en s'agrippant désespérément à ses épaules, Liam finit par céder et un rugissement s'échappa de sa gorge alors que son corps rejoignait le sien dans un mélange de plaisir et de soulagement.

Et dans le silence qui suivit, ils s'écroulèrent ensemble.

Ils passèrent la nuit à s'explorer mutuellement, en pique-niquant du fromage, des biscuits secs et du vin au lit, pour finir par dormir deux petites heures juste avant le lever du jour. Comme la tempête se déchaînait toujours, Chloe était enveloppée dans une couverture devant le feu en train de regarder l'homme en face d'elle.

En vrai cow-boy, Liam donnait cette impression d'extrême confiance en lui, sans parler du fait qu'il était presque trop beau. Un corps musclé et hâlé. Des yeux qui brillaient de passion et de secrets qu'elle aurait aimé pouvoir décrypter. Et waouh, ce qu'il était capable de faire à son corps. Chloe n'avait jamais vécu une nuit comme celle qu'elle venait de passer. Elle n'avait jamais pensé que son corps était capable d'éprouver autant de choses. La passion et l'infatigabilité de Liam étaient presque magiques.

Liam lui servit un autre verre de vin et s'appuya contre le fauteuil. Les lampes étaient allumées et le feu projetait des ombres dans la pièce.

Chloe but une gorgée, puis prit une bouchée de l'un des sandwichs que Liam avait sauvés dans le réfrigérateur du rez-de-chaussée. Elle ne comprenait pas tout ce qui s'était passé la veille. Un simple rendez-vous à propos de son projet de camp de vacances avait pris une tournure incroyable. Tout cela, à cause d'une tempête qui faisait encore rage sur Houston. Elle regarda par la fenêtre où la pluie battait la vitre et les éclairs faisaient briller les gouttes comme des diamants.

— On dirait que ce n'est pas près de s'arrêter, fit remarquer Liam.

— Alors on est coincés ici.

Chloe le regarda. Ses cheveux châtains étaient un peu trop longs, ce qui lui donnait un air dangereux tandis que les ombres et la lumière dansaient sur ses traits. La couverture sur laquelle il était assis était repliée sur son entrejambe, laissant son torse musclé et mat nu. Chloe soupira légèrement en se souvenant de la sensation de cette chair chaude et ferme pressée contre elle.

Elle n'avait jamais ressenti quelque chose de similaire à ce qu'elle avait avec Liam. D'accord, elle n'avait pas eu beaucoup d'hommes dans sa vie, mais ce n'était pas exactement une vierge timide non plus. Et elle devait l'admettre, Liam était... incroyable. Aussitôt, son esprit revint sur les quelques heures qu'ils avaient passées ensemble. Elle avait toujours apprécié le sexe. Mais le sexe avec Liam était une expérience qui vous changeait la vie. Il lui faisait ressentir tant de choses qu'elle n'était pas sûre de pouvoir le supporter. Et pourtant, elle était encore ici, des heures plus tard, à en vouloir encore et toujours plus.

— On dirait bien, dit-il en détournant son regard du foyer pour le river sur elle.

Ses yeux bleus miroitaient à la lueur du feu et semblaient aussi ardents que les flammes.

— J'ai vérifié le réseau pendant que tu prenais une autre douche, dit-il. Toujours rien. Et je suppose que ça ne va pas s'améliorer. On va sûrement ne plus avoir d'électricité. Je suis même surpris que ça ne soit pas déjà le cas.

À cet instant, les lumières s'éteignirent et, surprise, Chloe se mit à rire.

— Tu devrais utiliser tes pouvoirs pour faire le bien, pas le mal.

Il esquissa un sourire qui remua quelque chose en elle.

— J'essaierai de m'en souvenir, dit-il en jetant un coup d'œil à la cheminée à gaz qui brûlait toujours vivement. De toute façon, on a ça comme lumière. Encore un peu de vin ?

— Avec plaisir.

Du vin au petit déjeuner. C'était nouveau. Mais d'une certaine manière, c'était comme s'ils étaient hors du temps, alors quelle importance ? Elle lui tendit son verre et le regarda le remplir avec le liquide doré qui brillait à la lueur du feu. Puis il remplit son propre verre et le leva.

— Aux... tempêtes et aux surprises.

Elle sourit avant de prendre une gorgée, toujours plongée dans ces yeux hypnotiques.

— Tu m'as surprise aussi.

— Ce n'est pas exactement comme ça que se terminent les réunions professionnelles habituellement.

— Pas les miennes en tout cas, dit-elle avant de prendre une autre gorgée de vin.

Chloe réfléchit une ou deux secondes avant de demander :

— Est-ce que tu détestes mon idée ?

Il étudia le vin dans son verre pendant une longue minute, avant de lever à nouveau les yeux vers les siens.

— Sérieusement ? Tu veux qu'on en parle maintenant ?

— Eh bien, dit-elle en haussant les épaules, ce n'est pas comme si on était débordés, si ?

— Pas pour le moment. D'accord. Non, je ne déteste pas ton projet. Et je le comprends.

— Vraiment.

Ce n'était pas une question, mais elle voulait quand même une explication.

Il tendit les jambes et le regard de Chloe dévia brièvement vers un coin de la couverture tendue sur son entrejambe. Elle prit une inspiration pour faire baisser la température qui était montée dans son ventre, mais cela ne marcha pas.

— Souviens-toi, j'ai grandi dans un ranch.

Puis il remonta un genou sur lequel il posa un avant-bras. La couverture bougea à nouveau et Chloe dut se forcer à garder son regard fixé sur ses yeux.

— As-tu toujours vécu au ranch Perry ?

— Presque toute ma vie, oui. Mon père y était contremaître et il m'a appris tout ce que je sais sur le métier... c'est-à-dire beaucoup de choses.

— Je vais être jalouse, dit-elle en secouant la tête. Quand j'étais petite, j'ai eu droit à des cours de piano et de danse qui m'auraient bien servi à Vienne au XVIIIe siècle.

Il souffla en riant et Chloe comprit que ce son ne la dérangeait plus.

— Au moins, ils m'ont aussi donné des leçons d'équitation.

Une partie de mon envie de devenir cow-girl vient de l'écurie où j'allais une fois par semaine.

Il l'observa par-dessus son verre et Chloe se demanda ce qu'il voyait quand il la regardait.

— Comment es-tu devenu le contremaître de Sterling ? Tu as pris la relève de ton père ?

— D'une certaine manière, oui. Quand mon père est mort, Sterling m'a proposé de payer mes études si je revenais travailler pour rembourser ma dette une fois mon diplôme en poche. Ça me paraissait une super opportunité. Alors je suis allé au MIT...

— Pourquoi le MIT ?

Elle se demandait pourquoi un vrai cow-boy texan était allé faire ses études dans le Massachusetts.

— Pourquoi pas à l'UT ou au Texas A&M ?

Un coin de sa bouche se releva encore une fois.

— Je voulais voir du pays, je crois. Découvrir autre chose que ces collines et ces chênes.

Il y eut un éclair et le tonnerre gronda. Il attendit que le silence revienne pour poursuivre.

— Le MIT a un grand programme de génétique, et l'une des choses sur lesquelles je vais me concentrer dans mon propre ranch, c'est l'élevage. Je voulais apprendre tout ce que je pouvais.

— Et ça a été le cas ?

— Ouais, dit-il en levant son verre pour contempler comment la lumière du feu passait dans le vin. Avec deux autres étudiants, nous avons fait des recherches et on a déposé quelques brevets.

Elle haussa les sourcils.

— Des brevets ? Sur quoi ?

— Deux méthodes d'élevage différentes.

— Il y a différentes méthodes ? demanda-t-elle avec un grand sourire.

— A priori, oui, répondit-il en lui souriant à son tour. Pour les chevaux en tout cas. Puis on a trouvé d'autres petits trucs aussi.

— Tu es un homme aux talents multiples, dis donc.

— Eh bien, maintenant, dit-il en bâillant, tu dois mieux le savoir que moi.

Chloe sentit son corps frémir.

— Ce n'est pas faux.

— Après avoir obtenu mon diplôme, je suis revenu ici et j'ai pris le boulot de contremaître de Sterling. Mais dans un mois, ce sera fini.

Quelque chose qui ressemblait affreusement à du regret la traversa comme les éclairs qui transperçaient le ciel.

— Tu t'en vas ?

Il secoua la tête.

— Non. J'avance. J'ai ma propre exploitation maintenant, et dans un mois j'y serai.

— Ton propre ranch ? dit-elle d'une voix qui sembla mélancolique, même à ses oreilles. Je suis encore plus jalouse.

Il sourit franchement.

— Je ne peux pas te le reprocher. La terre que j'ai achetée est magnifique. Quelques milliers d'hectares de prés et de collines. C'est parfait. J'ai fait construire la maison l'année dernière et mon premier troupeau est déjà sur place.

Cela semblait merveilleux pour Chloe. Tout ça. Le fait qu'il soit parti pour ses études, qu'il ait fait ses preuves et qu'il réalise aujourd'hui le rêve qu'il avait depuis des années. Elle plaisantait quand elle disait être jalouse, mais la vérité, c'était que c'était exactement ce qu'elle ressentait. Liam Morrow avait bâti la vie qu'il voulait pendant que Chloe vivait un rêve de second choix. Oui, elle appréciait être organisatrice d'événements, mais son cœur était toujours dans un ranch. Ne faire qu'une avec la terre, élever des chevaux, travailler avec eux. Et c'était vraiment ce qui lui avait inspiré cette idée de camp pour jeunes filles. Elle désirait sincèrement qu'elles puissent rêver et tout mettre en œuvre pour leurs rêves, mais c'était aussi un moyen pour elle de réaliser ce qu'elle avait nié.

Il parlait toujours, décrivant le ranch qu'il construisait, et Chloe l'imaginait très bien. Il en faisait un portrait magnifique et elle aurait adoré voir ça en personne. Elle se demanda si cette rencontre avec Liam se poursuivrait ou si elle prendrait fin en même temps que la tempête.

— Il y a une chose que je n'ai pas accomplie à ce jour, dit Liam d'un air songeur.

— C'est quoi ?

— Eh bien, pendant toutes ces années que j'ai passées au ranch Perry, je n'ai jamais vu Sterling s'y intéresser. Il aime la maison, il aime le pouvoir d'être l'un des plus grands propriétaires de ranch du Texas, mais il ne serait pas capable de donner un coup de main. Je pense qu'il a une sorte de relation amour-haine avec le ranch. Mais je n'arrive pas à comprendre pourquoi.

— Tu ne sais pas ? demanda Chloe avec un petit rire de surprise.

— Quoi ?

La lumière du feu dansait et léchait les murs de la chambre plongée dans l'obscurité. Des éclairs traversaient le ciel et le grondement du tonnerre faisait comme un battement de tambour constant.

— Oh ! cow-boy, tu devrais sortir du ranch de temps en temps, dit Chloe en secouant la tête. Comment pourrais-tu te tenir au courant des ragots sinon ?

— Les commérages ne m'intéressent pas, merci.

— C'est pourtant comme ça qu'on apprend tout, le taquina Chloe.

Et comme elle n'obtenait aucune réaction de la part de Liam, elle soupira.

— Les hommes ne savent clairement pas apprécier les petites choses. Sterling Perry adore ce ranch, mais tu as raison, il le déteste aussi.

— Tu ne m'apprends rien que je ne sais déjà.

Elle but une gorgée de vin.

— Attends. Ce n'est que le début. Sterling est toujours

furieux contre sa défunte femme, Tamara, et l'employé super sexy avec qui elle a eu une aventure.

— *Quoi ?*

Affichant un grand sourire, Chloe passa en mode narration. D'accord, répandre des ragots, ce n'est pas bien, mais elle n'était pas trop fière pour admettre qu'elle aimait bien se tenir au courant de ce qui se passait, et cela ne la dérangeait pas de le partager avec ce pauvre ignorant.

— Sterling était à l'époque contremaître de ce qui était alors le ranch York. Puis il s'est marié avec la fille du propriétaire, Tamara. La rumeur dit que Tamara aurait eu une relation passionnée avec l'un des employés du ranch. Ryder Currin.

— Currin ? répéta Liam en clignant des yeux. Le baron du pétrole ?

— Lui-même, confirma Chloe en tendant son verre pour que Liam le remplisse.

Quand ce fut fait, elle s'adossa au fauteuil derrière elle et reprit son histoire.

— Tamara avait dix ans de plus que Ryder à l'époque, mais apparemment cela ne les a pas arrêtés. On dit que leur relation a continué même après que Ryder s'est marié. Le sujet était sur toutes les lèvres en ville à l'époque. Je le sais parce que ma mère et ses amies ne sont pas franchement connues pour être discrètes.

— Comment ça se fait que je n'en ai jamais entendu parler ?

— À l'évidence, tu ne traînes pas avec les bonnes personnes. Bref, quand le père de Tamara est mort, Sterling a finalement pu passer des écuries au bureau. Il a viré Ryder et personne ne l'a revu jusqu'à la lecture du testament. Le père de Tamara a laissé à Ryder une bande de terre, et peu de temps après ce dernier y a découvert du pétrole.

— On dirait un vrai feuilleton.

— N'est-ce pas ? demanda-t-elle, radieuse. Bref, Sterling était furieux pour l'héritage de Ryder et a commencé à dire que Ryder avait fait du chantage à Tamara pour que son père lui fasse don de cette terre. Même si Tamara est morte il y a de cela plusieurs années, Ryder et Sterling sont toujours des ennemis jurés. Cette histoire ne semble-t-elle pas dramatique ?

— C'est le mot. Mais comment peux-tu savoir si c'est vrai ?

Elle haussa une épaule et laissa la couverture glisser un peu. Elle fut flattée quand elle vit les yeux de Liam s'écarquiller.

— Bien sûr, il est possible que rien de tout cela ne soit vrai. Mais, après avoir été témoin des histoires de mes parents toute ma vie, je ne serais pas vraiment surprise.

— Ton père a eu une aventure lui aussi ?

Elle éclata de rire et secoua la tête.

— Oh ! non. Mon père est bien trop soucieux des apparences. De l'image qu'il donne à l'extérieur. Lui et ma mère se ressemblent beaucoup sur ce point. Ni l'un ni l'autre n'aurait une aventure parce qu'ils ne seraient plus vus comme des gens parfaits.

Chloe fit la grimace en terminant sa phrase, comme si elle ne pouvait pas croire qu'elle venait de raconter tout ça à un quasi-inconnu. Un inconnu qui connaissait chaque centimètre carré de son corps. Elle frissonna.

— Waouh. Tu n'y vas pas de main morte, dis donc.

Elle le regarda dans les yeux.

— Non. J'ai grandi dans les mensonges polis et la prétention. Je ne compte plus vivre comme ça désormais. Ne te méprends pas, j'aime mes parents... C'est juste que je ne veux pas être ce qu'ils veulent que je sois.

— C'est-à-dire ?

— Ça t'intéresse vraiment ? demanda-t-elle soudainement. Je veux dire, hier, nous ne nous connaissions même pas.

— Et aujourd'hui, je sais que tu as une marque de naissance en forme de goutte à l'intérieur de la cuisse droite, dit Liam avec douceur.

La chaleur monta en elle tandis qu'elle se souvenait comme il avait été attentif à cette marque. Et comme elle voulait qu'il le soit de nouveau.

— Alors pour répondre à ta question, oui. J'ai vraiment envie de savoir.

Chloe acquiesça en prenant une autre gorgée de vin.

— D'accord. Ils veulent que je sois un autre maillon de la chaîne Hemsworth. Que je ne me démarque pas. Que je ne sois pas différente. Que je marche en harmonie avec la tradition familiale et n'attire pas l'attention sur moi.

Elle s'arrêta pour respirer profondément avant d'ajouter :

— Waouh. J'ai vraiment l'air amer quand je dis ça, non ?

— Un peu. Mais je comprends. Tu veux contrôler ta vie. Difficile de te le reprocher.

— Merci, mais tu serais surpris de voir que peu de personnes que je connais sont d'accord avec toi.

Il la regarda longuement.

— Peut-être que tu connais les mauvaises personnes.

Peut-être bien. Après tout, ses amies étaient des femmes avec qui elle avait grandi, qui empruntaient toutes les voies qu'on leur avait tracées. Elle, c'était le mouton noir. Celle qui faisait des vagues et piétinait cette voie plus qu'elle ne la suivait. Mon Dieu, des tonnes de clichés lui venaient en tête avec cette simple phrase.

— Eh bien, maintenant, je te connais toi.

Et très bien, ajouta-t-elle dans sa tête.

— Ouais. C'est vrai.

— Quel enthousiasme.

Il sourit légèrement et secoua la tête.

— Non, c'est juste que je réfléchis.

— À quoi ?

— À ton projet.

Chloe retint son souffle. À en juger par son expression, il n'allait pas lui donner la réponse qu'elle attendait. Alors, avant qu'il ne prenne la parole, Chloe prépara ses arguments.

— J'ai envie d'essayer, lâcha-t-il.

— Quoi ?

Assommée, elle se contenta de le fixer.

— Ouais, ça me surprend aussi, admit-il. Mais j'ai envie de donner une chance à ce projet, à une condition.

Chloe retint sa respiration et attendit la suite.

5

Angela Perry sortit une autre fournée de pop-corn du four et posa la plaque pour la laisser refroidir. Puis elle rangea les maniques et retourna dans la pièce principale où elle découvrit de nouveaux visages. La pluie tombait toujours et, même si elle semblait se calmer un peu, cela n'empêchait pas les gens de continuer à échouer au refuge. Comme les routes étaient toujours impraticables, elle était heureuse que le refuge soit conçu pour accueillir beaucoup de monde.

Des enfants hurlaient de rire et se couraient après entre des adultes anxieux, rassemblés en petits groupes. L'odeur du café flottait dans l'air, mêlé à l'arôme d'un énorme plat de chili. Des lits de camp avaient été installés un peu partout et des bénévoles entraient et sortaient de la cuisine. Mais elle n'avait d'yeux que pour l'un d'entre eux.

Ryder Currin.

Angela ne l'avait pas vu depuis la levée de fonds pour le club. Le soir où elle avait entendu les affreuses rumeurs sur l'aventure de Ryder avec sa mère. Le soir où elle s'était dirigée vers lui pour le gifler devant tout le monde.

Elle ferma brièvement les yeux en y repensant. Oui, elle était furieuse. Mais plus blessée qu'autre chose. Comment pouvait-elle être autant attirée par un homme qui avait couché avec sa mère ?

— Oh mon Dieu...

— Ça va, chérie ?

Angela prit une grande inspiration et sourit à la femme qui la regardait avec des yeux marron inquiets. Mavis était petite, ronde, avec des cheveux gris coupés court qui laissaient bien voir les énormes créoles dorés qui pendaient à ses oreilles. Elle gérait le refuge d'une main de maître, s'assurant que les donations étaient suffisantes et que tous ceux qui passaient ces portes se sentaient bienvenus et importants.

Angela estimait avoir de la chance de la compter parmi ses amies.

— Oui, Mavis. Je vais bien. Merci. Juste un peu de fatigue, je pense.

Mais elle eut honte de le dire. Mavis avait cuisiné toute la soirée pour servir les gens qui arrivaient trempés, débraillés, terrifiés, et avait à peine eu le temps de s'asseoir pour prendre une tasse de café.

Angela travaillait avec Mavis au refuge depuis quelques années maintenant, et cette dernière n'avait jamais l'air fatigué, bien qu'elle ait au moins vingt ans de plus qu'elle. C'était une inspiration et, apparemment, elle était infatigable.

— Oh ! va t'asseoir un peu, lui dit Mavis en lui tapotant l'épaule. Sers-toi un thé. C'est bon pour le corps et pour l'âme.

Angela était fatiguée, c'est vrai, mais ce n'était pas vraiment ce qui la préoccupait. Elle avait déjà été fatiguée et le serait encore. C'était Ryder Currin qui la hantait. Elle ne pouvait pas s'empêcher de le regarder. De l'observer.

— Je vois bien qui tu regardes, dit Mavis avec un sourire qui en disait long.

— Quoi ? Oh.

Prise sur le fait, elle se tut. Inutile de le nier après tout.

— J'ai vu Ryder t'aider à sortir des lits supplémentaires de la réserve, dit Mavis avec le sourire.

C'était vrai. En fait, il l'avait aidée à plusieurs reprises durant la tempête. Il avait été poli, respectueux. Il n'avait pas évoqué la fête du club ni la gifle... Bien qu'Angela ait eu le sentiment qu'il voulait lui parler. Mais elle ne lui en avait pas laissé l'opportunité parce qu'elle n'était pas sûre de vouloir entendre ce qu'il pourrait lui dire. Mais malgré tout, elle ne pouvait nier le lien ardent qui frémissait entre eux. Le simple fait de le regarder de l'autre côté de la pièce faisait battre son cœur un peu plus vite, attisant les flammes d'un doux frémissement dans son sang.

— Ryder est un type bien, dit Mavis. Il nous aide beaucoup ici au refuge.

— Eh bien, on fait tous ce qu'on peut en cas d'urgence.

— Oh non, chérie, dit Mavis en secouant la tête et en caressant l'avant-bras d'Angela. Je ne parle pas seulement de cette tempête. Ryder nous aide depuis des années.

— Vraiment ?

Étonnée, Angela fixa son amie. Comment pouvait-elle ne pas être au courant ? Elle travaillait avec le refuge depuis longtemps et jusqu'à aujourd'hui elle n'était jamais tombée sur Ryder. Elle ne l'imaginait pas faire du bénévolat. Aider les autres. Était-ce horrible de sa part ? Pour sa défense, elle n'avait jamais vu son propre père s'intéresser à quoi que ce soit en dehors de son entreprise et son nom de famille. Pour elle, tout ce qui intéressait la plupart des hommes avec le genre de fortune que Ryder Currin avait amassée, c'était d'en avoir encore plus.

— Oh oui. Tu as vu ce nouveau four qu'on a dans la cuisine ? C'est Ryder qui nous l'a offert.

Mavis sourit à Ryder même s'il ne la vit pas.

— Sa femme qui est décédée, Elinah – que Dieu la protège –, était très impliquée ici, au refuge. Et il l'accompagnait la plupart du temps, certainement parce qu'il était vraiment fou d'elle.

Elle marqua une pause et l'expression sur son visage devint songeuse, compatissante.

— Depuis qu'il l'a perdue, je pense que ce refuge représente son dernier lien avec elle. Il fait des dons de denrées alimentaires, mais aussi de matériel comme ces lits de camp et plein d'autres trucs. Je ne pourrais pas citer tout ce qu'il nous a donné. Et il n'accepte jamais ne serait-ce qu'un merci. Un homme bien, répéta-t-elle avec un clin d'œil, et un homme têtu. Il a eu des soucis, comme tout le monde. Mais il tend la main aux autres et ça en dit beaucoup sur lui, d'après moi.

Oui, ça en disait long sur lui ; Angela le confirmait en silence tandis que Mavis s'éloignait pour aider une jeune maman avec son bébé. En regardant Ryder maintenant, Angela essaya de comparer l'homme qu'elle pensait connaître avec celui que Mavis venait de lui décrire. S'il avait aimé sa femme Elinah si fort qu'il faisait perdurer sa contribution au refuge pour lui rendre hommage, pouvait-il vraiment l'avoir trompée avec la mère d'Angela ?

Elle était obligée de se demander si elle n'avait pas fait une erreur en croyant ces rumeurs.

Comme s'il pouvait sentir son regard, Ryder leva soudainement la tête et regarda de l'autre côté de la pièce, droit vers elle.

Angela sentit quelque chose de déroutant l'envahir. Horrifiée par les rumeurs concernant une aventure entre sa mère et lui et touchée par ce que Mavis lui avait dit, elle se sentait comme si on lui avait bandé les yeux et fait faire des tours sur elle-même. Elle ne savait tout simplement plus quoi penser.

Comme hypnotisée, Angela resta immobile et observa s'avancer vers elle cet homme grand en chemise à manches longues blanche, jean usé et bottes noires. Ses cheveux blond foncé étaient un peu longs et ses yeux bleus brillaient tandis qu'il s'approchait. Angela se dit qu'elle n'avait jamais vu un homme marcher avec autant d'assurance, de virilité brute suintant de chaque pore. Et elle n'avait jamais de toute sa vie rencontré un homme qui lui faisait autant d'effet que lui.

La question était : sa mère avait-elle éprouvé la même chose ?

— Angela, dit-il quand il s'arrêta à seulement quelques centimètres d'elle. Je pense qu'on devrait parler de ce qui s'est passé.

Discuter ferait-il empirer les choses ? Elle n'en savait rien.

— Ryder…

Il leva une main. Ce n'était pas un ordre pour qu'elle se taise, mais plutôt une prière pour qu'elle l'écoute.

— Je sais pourquoi vous m'avez giflé ce soir-là.

Sa voix était grave et douce, et il jeta un rapide coup d'œil autour d'eux pour s'assurer que personne ne les entendait. Puis il la regarda dans les yeux avec tant d'attention qu'elle eut l'impression qu'il avait accès à son âme.

— Écoutez, j'ai entendu les rumeurs qui ont dû vous faire réagir. Je n'arrivais pas à croire qu'elles refaisaient surface, comme des champignons après une bonne pluie.

Il secoua la tête et poursuivit :

— Probablement à cause du nouveau club. Les gens prennent naturellement parti dans les vieilles rivalités.

— C'est ça ? Une rivalité ?

Il la regarda.

— Honnêtement, je ne sais pas. Ce que je sais, c'est que ce ne sont que des rumeurs. Angela, je vous demande de me laisser vous raconter la vérité.

Il plongea ses yeux dans les siens et la retint prisonnière. C'était le seul mot qui pouvait expliquer pourquoi elle avait l'impression d'être piégée dans de l'ambre. Paralysée. Incapable de détourner le regard.

Angela ne savait pas trop ce qu'elle aurait pu dire, mais, quoi que ce soit, rien ne sortit puisque le jeune couple qui était arrivé quelques heures plus tôt avec ses deux enfants entra. L'homme, Hank, attrapa Ryder par le bras.

— On ne trouve pas notre petite fille. Notre Junette. Elle a... – il chercha frénétiquement autour d'eux – disparu.

La femme de Hank, Rose, plaquait sa main sur son cœur et tenait fermement son petit garçon avec l'autre. Des larmes remplirent ses yeux et coulèrent sur ses joues.

— Elle était là il y a une seconde. Je me suis tournée pour discuter avec quelqu'un et quand je me suis retournée...

Mavis n'était pas loin et entendit la conversation. Elle se dépêcha de les rejoindre et prit le petit garçon effrayé dans ses bras.

— Ne vous inquiétez pas. Je vais m'occuper de lui. Allez chercher la petite June. Elle est probablement effrayée et perdue, la pauvre. Ce vieux bâtiment est tellement grand ; même moi, il m'arrive de tourner en rond parfois.

— Elle a raison.

Ryder prit les choses en main et Angela admira cet aspect de sa personnalité. Sa voix était grave et ferme, et apaisa la panique de Hank et les larmes de Rose.

— Mavis va prendre soin de votre fils. Vous n'avez pas à vous inquiéter sur ce point. Hank, vous et Rose prenez l'étage. Angela et moi allons la chercher en bas.

Il tapa sur l'épaule de Hank.

— Ne vous inquiétez pas. Elle ne peut pas être allée loin. On va la retrouver.

— D'accord.

Hank prit une grande inspiration, et sembla se ressaisir et trouver la force pour le bien de sa femme. Et le sien.

— C'est un bon plan.

Hank prit la main de Rose et ils se dirigèrent tous les deux vers l'escalier.

Ryder jeta un coup d'œil à Angela.

— Très bien, allons-y.

Il traversa la pièce à grandes enjambées pour atteindre la réserve, Angela sur les talons.

— On va commencer par là, puis nous irons dans la cuisine et au porche de service. Regardez bien partout. Un enfant aussi petit peut se glisser dans des espaces vraiment minuscules.

Dans la réserve, Angela s'immobilisa pour bien observer. Il y avait des tas de nourriture, des cartons empilés partout, des tables, des armoires... Des centaines d'endroits où une petite fille aurait pu se cacher.

— Bon, dit Ryder en allant dans le fond de la pièce pour commencer à chercher, il n'y aura jamais de bon moment pour le faire, alors pendant qu'on la cherche, je vais parler.

— Maintenant ? demanda Angela en ouvrant un placard et en regardant à l'intérieur avant de le refermer et de passer au suivant.

— Oui.

Elle remarqua qu'il se déplaçait méthodiquement, vérifiant chaque centimètre carré de la pièce encombrée. Elle regarda dans les meubles, derrière les cartons remplis de couvertures et de serviettes et sous les tables. Ryder en fit de même, avec des gestes rapides, mais consciencieux.

Pendant qu'ils cherchaient, Ryder se mit à parler et Angela fut plus ou moins obligée de l'écouter.

— Comme je l'ai dit, je sais ce que vous avez entendu.

Il vérifia derrière un mur de cartons, puis se redressa pour la regarder.

— Mais ce n'est pas vrai. Rien n'est vrai. J'ai été *ami* avec votre mère pendant vingt-cinq ans. C'est tout.

Il la regarda droit dans les yeux, avec le désir sincère qu'elle le croie. Elle voyait, même de l'autre côté de la pièce, que son regard était brûlant, clair et déterminé.

— Tamara n'avait personne à qui parler à l'époque. J'étais jeune et elle paraissait seule et... – il marqua une pause pour reprendre son souffle. Bref, nous n'avons jamais couché ensemble. Il n'y a même pas eu de baiser. Et au sujet de la terre pour laquelle j'aurais fait chanter le père de Tamara d'après votre père ?

Elle attendit, ne sachant pas quoi penser. Angela était partagée. Elle voulait vraiment le croire, pas seulement parce qu'elle était très attirée par lui, mais parce qu'elle ne voulait pas penser que sa mère avait trompé son père.

Ryder vérifia à l'intérieur du dernier placard, puis se redressa avant de lui faire face à nouveau.

— Tamara a convaincu son père de me léguer cette terre pour me remercier de l'avoir écoutée quand elle n'avait personne d'autre.

Elle avait mal au cœur pour la femme que sa mère avait été, et, si ce qu'il disait était vrai, alors Angela était heureuse de savoir que Tamara avait eu Ryder à qui parler. Elle était toujours chamboulée. Toujours déconcertée... par cet homme et ce qu'elle ressentait pour lui.

— Je ne sais pas quoi dire, finit par murmurer Angela.

— Vous n'avez rien à dire, pour le moment. J'avais besoin de vous raconter tout ça, pour que les choses soient claires. Je n'ai pas besoin d'une réponse de votre part, Angela. Il fallait juste que vous sachiez la vérité.

Ryder se dirigea vers la porte et tendit une main à Angela.

— Mais là, nous avons des problèmes plus importants. Il faut qu'on retrouve cette petite fille.

Elle glissa sa main dans la sienne et sentit une vague de chaleur. Elle sut qu'il l'avait sentie aussi parce qu'elle vit ses yeux s'enflammer. Puis il replia les doigts sur les siens et la tira derrière lui. Leur histoire personnelle devrait attendre.

Ils commencèrent par le fond ; ils fouillèrent le porche de service où la machine à laver et le sèche-linge vrombissaient. Ils vérifièrent la porte qui menait à la petite cour et virent qu'elle était verrouillée, donc il était impossible que l'enfant soit sortie sous la pluie et dans l'eau qui montait encore.

Ils regardèrent dans le garde-manger et un espace de stockage. Aucun signe de la petite fille. Les nerfs d'Angela commençaient à craquer.

— Où peut-elle bien être ?

— Les gamins peuvent disparaître en un clin d'œil, dit Ryder qui cherchait toujours.

Il se sentait davantage sur un pied d'égalité avec Angela maintenant qu'il lui avait dit la vérité. Même s'ils n'en avaient pas discuté, au moins, il lui avait dit ce qu'il avait sur le cœur.

— Je me souviens quand mon Annabel avait deux ans, Elinah nous avait envoyés faire une course. J'ai tourné le dos une seconde et elle a disparu. Je crois que mon cœur s'est arrêté de battre jusqu'à ce que je la retrouve, endormie sous un portant de robes.

Bon sang, cela ne paraissait pas si loin. Cela faisait de lui un vieux croulant, non ? Un homme qui n'avait pas à regarder Angela Perry comme il le faisait. À penser à elle comme il le faisait. S'efforçant de dévier ses pensées sur le droit chemin, Ryder raconta un autre souvenir à Angela.

— Puis il y a eu cette fois où vous vous êtes disputée avec votre maman. Vous étiez adolescente, à la maison pour les vacances, et vous vous étiez mis dans une telle colère que vous avez fugué dans la nuit. Tamara m'a demandé de vous retrouver. Vous vous en souvenez ?

Elle s'arrêta et leva les yeux vers lui.

— Je m'en souviens. Vous m'avez trouvée près de l'étang. J'étais furieuse.

Il sourit.

— Oui, vous avez toujours eu un sacré caractère.

Puis il se frotta la joue comme si la gifle était récente.

— Je suis… désolée de vous avoir frappé. Je n'aurais pas dû.

Il secoua la tête.

— Ne vous inquiétez pas. Je suis désolé pour plein de choses dont nous n'avons pas le temps de discuter maintenant.

Elle acquiesça et peut-être se faisait-il des illusions, mais Ryder eut l'impression que ses yeux étaient plus doux, moins belliqueux. C'était déjà un bon début.

— Venez. On va regarder dans la cuisine.

Et c'est là qu'ils trouvèrent June, quelques minutes plus tard, en boule sous une table, entièrement cachée par une nappe qui tombait jusqu'au sol.

— Oh ! Dieu merci, soupira Angela en souriant devant le petit ange. Elle a l'air si paisible pendant que nous étions tous morts d'inquiétude.

Ryder porta la petite fille dans ses bras et elle se blottit contre lui, soupirant dans son sommeil. Il comprit que cela lui manquait. Avoir un enfant dans ses bras, un enfant qui compte sur lui, qui a besoin de lui.

— Pauvre petite puce, elle doit être épuisée, dit Angela qui caressa doucement les cheveux de June.

Ryder se tourna vers elle et leurs visages se retrouvèrent à seulement quelques centimètres l'un de l'autre. Son cœur battait très fort tandis qu'il regardait dans ses magnifiques yeux. Il voulait qu'elle le croie. Il le fallait.

— Il n'y avait rien d'autre que de l'amitié entre votre mère et moi, Angela.

— J'ai vraiment envie de vous croire, Ryder, admit-elle. Mais j'ai besoin de temps pour réfléchir à tout ça.

Ce n'était pas la réponse idéale, mais c'était mieux que ce à quoi il s'attendait.

— C'est normal, dit-il en prenant sa main dans la sienne. J'attendrai.

À son contact, il sentit un sentiment protecteur gonfler en lui, tout comme autre chose qu'il n'aurait vraiment pas dû ressentir.

— Allez, dit-il brusquement, rompant le sort inconnu qu'il y avait entre eux. Ramenons-la à ses parents.

— Oui, dit Angela en lui adressant un doux sourire.

Pour l'instant, ça lui suffisait.

Liam fixa Chloe quelques secondes en silence en essayant de se dissuader de faire ce qu'il était sur le point de faire. C'était une femme de l'élite, se rappelait-il. Tout comme celle pour laquelle il avait succombé six ans plus tôt. Mais, même en y pensant, il dut admettre que, s'il s'était retrouvé coincé avec Tessa, elle se serait plainte en permanence.

Il n'arrivait pas à l'imaginer apprécier un pique-nique avec du fromage, des biscuits secs et du vin par terre devant une cheminée à gaz. Elle se serait inquiétée pour ses cheveux, sa manucure et son maquillage. Elle l'aurait fait courir dans six directions différentes pour lui faire plaisir. Il avait honte aujourd'hui de se souvenir que c'était exactement ce qu'il avait fait pendant six longs mois. Jusqu'à ce qu'elle le plaque pour un homme plus vieux et plus riche en manque d'affection.

Chloe n'était pas Tessa. Elle s'en sortait très bien. Elle ne s'était pas plainte une seule fois. Elle avait ri avec lui, avait été une partenaire sexuelle absolument fantastique et, l'un dans l'autre, l'avait forcé au moins à revoir son opinion sur les femmes riches. En tout cas, sur *cette* femme riche en particulier. Mais cela ne voulait pas dire qu'il s'attendait à quelque chose de durable. Il lui faudrait du temps et beaucoup d'efforts avant de pouvoir ne serait-ce qu'envisager d'avoir une femme ou une famille dans sa vie. Et quand ce serait le moment, il ne se dirigerait pas vers une femme comme Chloe.

Parce que, même si elle l'intriguait beaucoup, elle venait d'un monde différent du sien ; elle aurait aussi bien pu venir de Mars. Il ne l'oublierait pas une seconde fois. Pour le moment en tout cas, pour une brève aventure sans engagement, Chloe Hemsworth était une femme de rêve.

Mais elle avait autant de chances de gérer un camp dans un ranch que lui en avait de jouer du tuba dans l'orchestre symphonique local. Mais c'était une femme têtue, alors Liam pensait que le meilleur moyen de la convaincre que ce camp ne serait pas une tâche facile était de lui montrer à quoi ressemble la vie au ranch, en lui faisant vivre cette expérience.

Oubliez la romance entre un cow-boy et une cow-girl. Il savait ce qu'elle pensait parce qu'elle avait bâti ses rêves de vie pendant son enfance. Alors que Liam avait grandi dans la réalité. Quand Chloe pensait à la vie au ranch, elle voyait des images de feux de camp, de beaux chevaux qui ne mordaient jamais ou ne donnaient jamais de coup de pied, de vaches qui la suivaient partout comme de gentils petits toutous.

Ce qu'il avait à faire pour mettre fin à cette idée, c'était lui montrer à quoi ressemblait la vraie vie. Les coulisses du métier. La poussière, la sueur, les douleurs dans tout le corps au moment d'aller se coucher. Cela devrait déjà calmer ses ardeurs sans même qu'il ait besoin de briser ses rêves.

— Écoute, finit-il par dire. J'ai envie de regarder ça de plus près. Tu devras venir au ranch Perry et tu y resteras pendant deux semaines. Tu me suivras partout, ainsi que le nouveau contremaître, Mike, pour apprendre ce que tu pourras sur le métier et comment ton camp pourrait s'adapter à un ranch en fonctionnement.

— Rester ?

Ouais, il se dit que ce ne serait pas facile de l'avoir à portée de main nuit et jour. Mais il pourrait le supporter, ensuite il n'aurait plus jamais à la revoir et ce serait mieux. La force de son désir le mettait déjà mal à l'aise. S'il passait plus de temps avec elle, il allait s'embourber encore plus. Alors, si elle était d'accord, il l'installerait dans la chambre d'ami, la ferait bosser dur, puis la renverrait à la ville et au monde auquel elle appartenait vraiment.

En fait, il savait exactement comment arrondir les angles pour qu'elle ne puisse pas refuser cette idée.

— Il n'y a pas d'autre moyen pour découvrir si ça va marcher ou pas.

Il replia un genou et ne remarqua même pas que la couverture qui couvrait son entrejambe était tombée. Il appuya son avant-bras sur son genou et la regarda dans les yeux.

— Tu ne peux pas décider de travailler dans un ranch en restant à Houston. Tu dis que tu y penses depuis des années, mais tu ne sais pas réellement tout ce que ça implique. Tu dois savoir dans quoi tu t'embarques, et nous aussi. Si ça marche, je te donnerai la terre pour ton camp sur *mon* ranch.

C'était difficile pour lui de dire ça, mais Liam pensait qu'elle ne le ferait jamais. Elle réaliserait bientôt que ce n'était pas vraiment ce qu'elle voulait. Il n'aurait donc pas à s'inquiéter de l'avoir constamment chez lui.

— Tu n'auras plus besoin de convaincre qui que ce soit ni d'avoir affaire à Sterling. Voilà le marché que je te propose. Ça te va ou pas ?

— Tu me laisserais établir le camp sur tes terres ?

Elle semblait incrédule et il ne pouvait pas lui en vouloir.

— C'est bien ce que j'ai dit, affirma-t-il en passant une main dans ses cheveux. Écoute, même si je recommande ton projet à Sterling, il voudra encore négocier avec toi. Tu ne seras jamais vraiment libre sur le ranch Perry. Mais si tu fais tes preuves, tu le seras sur le ranch Morrow.

Il la regarda et aurait pu jurer entendre les engrenages

dans son cerveau tandis que les idées se succédaient. Elle se mordit la lèvre inférieure et Liam se concentra sur ce geste. Sur sa bouche. Il avait encore envie d'elle et se dit que ce serait aussi difficile de l'avoir sur le ranch que ne plus la voir du tout.

— Je n'ai rien de prévu pour les trois prochaines semaines, dit-elle, songeuse. Le prochain événement que j'organise n'a lieu que le mois prochain. La fête pour les cinquante ans de mariage de M. et Mme Farrel.

— Félicitations, dit-il en secouant la tête.

— Et je peux m'occuper des plans et des arrangements par mail, dit-elle en le regardant. Tu as Internet, n'est-ce pas ?

— Non, répondit-il sèchement, mais on a des pigeons voyageurs si tu veux. Bien sûr qu'on a le wi-fi.

— Super.

Elle prit une grande inspiration et il observa sa poitrine gonfler sous la couverture.

— Bon, ben d'accord. J'accepte.

— Ce ne sera pas facile, l'avertit-il, lui donnant l'occasion de revenir sur sa décision.

— Je n'ai pas peur.

Elle aurait dû.

— Où est-ce que je vais dormir ?

— Dans ma cabane.

Il vit alors un éclat similaire à celui qui brûlait en lui dans ses yeux.

Ouais, ça n'allait vraiment pas être facile.

6

Quand la tempête s'éloigna et que les eaux se retirèrent, ils quittèrent leur nid temporaire pour découvrir les conséquences du déluge.

Les rues étaient encore couvertes d'eau boueuse, mais, quand ils sortirent pour la première fois de leur refuge dans le club, il n'y en avait plus qu'une dizaine de centimètres.

— Quel bordel, dit Liam en considérant la rue.

Chloe suivit son regard et remarqua que d'autres personnes sortaient des bureaux et des immeubles pour constater l'étendue des dégâts. Certains arbres plantés par la ville étaient cassés ou des branches avaient été emportées par les rafales de vent. Des fenêtres avaient explosé et plusieurs voitures couvertes d'eau et de boue étaient maintenant garées sur le trottoir.

— Ça va prendre un certain temps pour nettoyer tout ça.

— C'est vrai, concéda-t-il. Mais je ne serai pas là pour le voir. Il faut que j'aille constater l'état du ranch Perry et du mien.

Elle le comprenait, même si elle ressentait une pointe de regret à l'idée que leur temps ensemble arrivait à sa fin. Mais elle avait du pain sur la planche, elle aussi, avant de pouvoir débarquer au ranch comme il le lui avait proposé.

— Ça ira pour toi ? lui demanda-t-il avec un regard posé.

— Oui, le rassura-t-elle. Vas-y. J'ai ma voiture, tu te souviens ? Elle devrait être assez sèche pour que je l'utilise. Et si ce n'est pas le cas, j'appellerai mon père pour qu'il me raccompagne à mon appartement.

— Je n'aime pas l'idée de te quitter, admit-il.

Chloe se sentit s'embraser de l'intérieur. Mais cette flamme s'éteignit quand il ajouta :

— Je me sentirais mieux si je pouvais m'assurer que tu es en sécurité chez toi.

Donc ce n'était pas qu'il ne voulait pas la quitter, c'était son instinct de protection qui prenait le dessus. C'était gentil, mais un peu décevant toutefois.

— Ne t'inquiète pas pour ça. Je sais me débrouiller toute seule. Tu as des choses à faire et moi aussi. Alors allons nous en occuper pour pouvoir attaquer le défi au ranch aussi vite que possible.

Il inclina le bord de son chapeau noir et lui adressa un petit sourire qu'elle n'avait vu que rarement au cours des deux derniers jours. Cela lui fit toujours le même effet : comme des flammes qui lui léchaient la peau.

— Tu es toujours déterminée à le faire ? demanda-t-il.

Un vent chaud et doux souffla et Chloe coinça ses cheveux derrière ses oreilles. En bas de la rue, une voiture klaxonna et tout près quelqu'un balayait des bris de verre sur le trottoir.

— Bien sûr. Je vais te prouver que je peux faire tout ce que je veux que ces filles apprennent.

— Très bien.

Il acquiesça, mais ne semblait pas convaincu.

— Disons que tu viennes au ranch Perry dans trois jours. Cela nous laissera assez de temps pour nous pencher sur ton projet.

— Ça marche, dit-elle en lui tendant la main.

Il la regarda et sourit.

— On se serre la main ? Je croyais qu'on avait dépassé ce stade cette nuit.

Le feu en elle s'embrasa, surtout quand il prit sa main dans la sienne et la serra.

— C'est vrai. Mais je pense que, dans les rues de Houston, une poignée de main est plus acceptable que ce que nous avons fait.

— Mais clairement moins agréable, murmura-t-il.

Puis il serra une dernière fois sa main avant de la lâcher.

— On se voit dans trois jours, dit-elle.

— Tu risques de le regretter.

Non, elle ne le regretterait pas. Elle allait franchir cette dernière étape pour réaliser son rêve. Mais ce n'était pas que pour le camp. C'était sa dernière chance de vivre la vie qu'elle avait toujours souhaitée. La petite fille qu'elle avait été qui rêvait de monter à cheval, de porter des chapeaux de cow-boy et de contempler le ciel étoilé était sur le point d'obtenir exactement ce qu'elle avait voulu. Alors non, elle ne le regretterait pas le moins du monde.

Mais une fois qu'elle aurait passé son test, Liam ne serait peut-être pas emballé par les conséquences.

— L'un de nous risque de le regretter, concéda-t-elle avec le sourire.

— Tu me surprends vraiment, Chloe, dit-il en inclinant son chapeau en signe de respect. À bientôt alors.

Puis il s'éloigna.

Elle le regarda partir et ne put s'empêcher de pousser un petit soupir. Cet homme avait des fesses exceptionnelles qui le méritaient bien. Ses longues jambes dans ce jean usé qui tombaient sur ses bottes marron... Ces cheveux trop longs qui bouclaient sous son stetson brun. Oh oui. C'était un beau paquet.

Et elle était impatiente de l'ouvrir à nouveau.

Houston avait été frappée violemment, mais, en moins de vingt-quatre heures, toute la ville s'était activée pour nettoyer et réparer les dégâts. Des cagnottes en ligne avaient été créées et tout l'État tendait la main à Houston. Des bénévoles arrivaient de tout le Texas.

Pendant deux jours, Chloe se débrouilla vaillamment. Elle passa beaucoup de temps dans son bureau en ruine pour gérer son entreprise sur sa tablette et son téléphone. Son père, bien qu'il ne cautionne pas ses choix de vie, vint finalement à sa rescousse en engageant une équipe de nettoyage pour tout remettre en état. Elle avait été mise à disposition dans la ville, mais son père s'était assuré qu'elle soit la première à bénéficier de ses services.

Le propriétaire de l'immeuble demanda à des artisans d'intervenir pour tout rénover et elle était heureuse de ne pas être présente pendant les travaux. Si tout allait bien, quand ils auraient terminé, elle aurait une double baie vitrée et un parquet qui ne craquerait pas quand on marche.

Chloe passa beaucoup de temps en ligne avec ses clients pour les rassurer sur le fait que le programme n'avait pas changé. Elle leur garantissait qu'elle assurerait les événements qu'ils avaient prévus ensemble et que les invitations, l'approvisionnement et les réservations seraient faits en temps et en heure. Quand elle le pouvait, elle passait du temps à aider ses voisins à nettoyer le chaos sur la rue, et à la fin de la deuxième journée elle était épuisée.

Malgré tout, son esprit n'arrêtait pas de dériver vers Liam. Elle n'avait pas eu de ses nouvelles depuis l'après-midi où ils étaient sortis du club ensemble et avaient retrouvé leurs vies respectives. Il lui manquait. Discuter, rire, faire l'amour avec lui lui manquait. Beaucoup. Et elle se demandait s'il ressentait la même chose. À moins qu'il ait été content d'être retourné à sa vraie vie en l'oubliant.

Le troisième jour, quand elle fut sûre que Houston pouvait continuer sans elle, Chloe prépara son sac pour se rendre au ranch Perry.

Cinq jours plus tard, elle était forcée d'admettre, au moins pour elle-même, que travailler sur un ranch était bien plus dur qu'il n'y paraissait. Elle n'avait jamais éprouvé une fatigue ni un sentiment de satisfaction aussi forts de toute sa vie. Enfin elle vivait le rêve de la petite fille qu'elle était à dix ans.

Elle avait accepté les conditions de Liam pour deux raisons : la première, c'était qu'elle voulait passer plus de temps avec lui. Ces deux jours dans la tempête ne lui avaient pas suffi. Mais la seconde raison, c'était qu'elle voulait se prouver qu'elle était prête pour cette tâche. Qu'elle était tout à fait capable de faire ce travail alors que son père s'était moqué d'elle. Eh oui, peut-être qu'elle essayait de prouver quelque chose à Liam aussi.

Elle voyait dans sa façon de la regarder qu'il s'attendait à ce qu'elle se plaigne parce que sa manucure allait être abîmée, ou qu'elle était sale ou fatiguée. Elle avait peut-être été élevée pour devenir une princesse délicate, mais Chloe n'était pas vraiment comme ça et, pour des raisons auxquelles elle ne voulait pas penser, il était important que Liam le sache. Elle espérait gagner non seulement son attention, mais aussi son respect. Et pour cela, il fallait le mériter.

Bien sûr, utiliser une fourche pour nettoyer une stalle n'était pas le moyen qu'elle aurait choisi, mais au moins les grandes portes de chaque côté de l'écurie restaient ouvertes pour laisser la brise passer.

C'était comme si cette énorme tempête n'avait jamais eu lieu. Il faisait déjà chaud en avril au Texas et un été brûlant s'annonçait.

— Et en parlant de brûlures…

Elle posa sa fourche et retira son gant gauche en soupirant.

— Un problème ?

Liam avançait vers elle.

Elle sursauta, surprise par son apparition. Il se déplaçait parfois si furtivement qu'elle ne remarquait pas sa présence jusqu'à ce qu'il parle. Elle se tourna vers lui. Même à l'ombre dans l'écurie, ses yeux bleus semblaient torrides.

— Non. Aucun problème.

Chloe remit son gant. Elle refusait de se plaindre des tâches qu'il lui donnait, et elle ne voulait pas pleurnicher pour une stupide ampoule alors qu'elle savait très bien que c'était ce qu'il attendait.

— Voyons ça, dit-il en attrapant sa main et en retirant le gant pour examiner sa paume. Ah ouais, joli morceau.

— Ça va, dit-elle avec raideur, essayant désespérément de ne pas considérer la chaleur qui l'envahissait à ce simple contact.

Depuis son arrivée au ranch, ils n'avaient pas passé de temps ensemble. Elle dormait dans la chambre d'ami, l'apercevant brièvement chaque soir et tôt le matin quand ils se croisaient devant la cafetière. Il avait plus tendance à grogner qu'à parler. Il la laissait entre les mains de Mike, le nouveau contremaître, et semblait généralement éviter délibérément d'être près d'elle.

Chloe ne pouvait que penser qu'il regrettait ce qu'ils avaient partagé pendant la tempête, et cela la mettait en colère. Ces deux jours avaient été magiques pour elle et elle savait très bien qu'il avait été touché lui aussi. Mais le voir maintenant essayer de faire comme si rien ne s'était passé la rendait à la fois triste et furieuse.

Le plus ennuyant, c'était que le simple fait de se tenir près de Liam faisait frémir son corps et accélérer sa respiration. C'était humiliant parce que, apparemment, Liam n'avait aucun problème de ce genre.

N'avait-il réellement rien ressenti pendant ces deux jours ?

— Viens, dit-il en tenant sa main pour qu'elle ne puisse pas se libérer. Il y a de la pommade dans la sellerie.

— Ça va, protesta-t-elle en essayant de se dégager, en vain. Je n'ai pas terminé la dernière stalle et Mike veut que ce soit fait avant le dîner.

— Si, tu as fini. L'un des gars le fera à ta place.

Il la tira derrière lui, ne lui laissant pas d'autre choix que de courir pour le suivre. Une fois dans la sellerie, il referma la porte derrière eux et alluma une lumière.

Les volets de l'unique fenêtre étaient fermés, ce qui donnait l'impression d'être dans une grotte. C'était une petite pièce à l'arrière de l'écurie, remplie de matériel pour les chevaux et d'articles en cuir en attente d'être réparés. Les licols et les selles, elle le savait, s'usaient comme tout le reste, et ils étaient ici réparés ou remplacés.

C'était très bien rangé, pensa Chloe. Chaque chose était à sa place. Il y avait des étagères avec des crèmes et des savons, et des armoires vitrées qui contenaient des médicaments. Elle savait que de nombreux ranchers étaient capables d'administrer eux-mêmes un traitement à leurs animaux s'ils savaient de quoi il souffrait. Quand c'était grave, ils appelaient un vétérinaire. La pièce était petite, pratique et elle sentait comme... Liam. Le grand air, les chevaux, le cuir et... C'était pathétique.

Se ressaisissant, elle dit sèchement :

— Je n'ai pas besoin que l'un des « gars » fasse mon travail à ma place.

— Ce n'est pas ce que me disent tes mains.

Liam la lâcha et se dirigea vers une armoire en bois contre le mur du fond. Chloe mit ses mains derrière son dos comme une enfant. Quand elle en prit conscience, elle laissa pendre ses bras sur les côtés.

— Je fais mon travail et je n'ai pas besoin d'aide.

— C'est dommage, dit Liam en lui jetant un regard noir par-dessus son épaule. Parce que tu vas quand même avoir de l'aide.

— J'accepte mal les ordres, lui dit-elle froidement.

— Tu les acceptes de la part de Mike, lui rappela-t-il.

— C'est différent. C'est le boulot. Je pensais que j'étais là pour faire mes preuves. Pour apprendre le travail sur un ranch et te montrer que je suis capable d'accomplir ce qui doit être accompli.

Il attrapa une petite boîte en fer.

— C'est bien ça.

— Alors laisse-moi le faire.

— Bon sang, Chloe !

Il fit claquer la porte de l'armoire, se retourna pour la fusiller du regard et cria :

— Je ne t'ai pas fait venir ici pour que tu t'épuises, te blesses ou te fasses des ampoules.

— Mais enfin, une ampoule n'a jamais tué personne.

— Ce n'est pas la question. Je ne veux pas que tu te fasses mal. Ce n'est pas pour ça que tu es venue, marmonna-t-il.

— Alors pourquoi je suis venue, Liam ? Pour prouver que

je peux faire marcher le camp pour filles ? lui demanda-t-elle droit dans les yeux avant de pencher sa tête sur le côté. À moins que ce soit parce que tu pensais que j'échouerais et que j'abandonnerais de moi-même mon projet, sans que tu n'interviennes.

— D'où sors-tu cette idée ?

— J'y ai pensé toute seule. Crois-le ou pas, je suis capable de faire fonctionner mon cerveau.

— Je n'ai pas dit le contraire, mais tu te trompes sur ce point.

— Vraiment ? insista-t-elle en laissant sa colère se déverser après l'avoir contenue depuis qu'elle était arrivée au ranch et avait réalisé comment il allait la traiter. Tu m'as à peine adressé la parole depuis cinq jours que je suis ici. Je séjourne dans ta chambre d'ami et la seule fois où je te vois, c'est devant la cafetière au petit matin. Mince, je ne te vois même pas au dîner.

— Tu t'attendais à quoi ? grommela-t-il en soulevant le couvercle de la boîte.

— Honnêtement ? répondit-elle franchement. À du sexe. À beaucoup de sexe.

— Bon sang, Chloe...

Il retira son chapeau, le posa et passa ses doigts dans ses cheveux.

— Pourquoi aurais-je dû ne pas y penser ?

Chloe retira son autre gant et continua :

— Quand on s'est retrouvés piégés par les inondations, on était incapables de se retenir de se toucher. Ici, on est dans la même maison, mais c'est tout comme si on était dans des ranchs séparés. Si je ne t'intéresse plus, alors dis-le-moi...

Elle ne l'avait pas entendu bouger. Ne l'avait pas vu franchir d'un bond la distance qui les séparait, mais soudain Liam était là et la tirait brusquement vers lui. Il pencha la tête et prit sa bouche d'assaut avec une soif qu'elle n'avait pas même ressentie chez lui lors de leur première rencontre.

Chloe passa ses bras autour de son cou et s'agrippa, l'embrassant avec tout le désir qui avait gonflé en elle ces derniers jours. Il l'embrassa encore plus fougueusement tandis que son entrejambe se pressait contre la sienne. Elle le sentait, dur, droit, et eut envie de lui plus que jamais.

Quand il arracha sa bouche de la sienne, elle faillit lui crier de revenir. Mais il fit un pas vers la porte, tourna le verrou, puis revint dans ses bras une demi-seconde plus tard.

— On ne sera pas interrompus.

— Bonne idée, murmura Chloe, la bouche sèche et le cœur battant la chamade. Alors j'en déduis que tu es toujours intéressé finalement.

Il esquissa un sourire.

— On peut dire ça. Qu'est-ce que tu m'as manqué, Chloe.

— Toi aussi, dit-elle en posant ses mains sur ses joues. Allez, vas-y.

— Tu me plais vraiment beaucoup...

— Pareil pour moi.

Puis elle ne dit plus un mot quand les doigts de Liam s'affairèrent sur les boutons de son jean et qu'il le fit glisser sur ses genoux. Elle essaya de le retirer, mais ses bottes l'en empêchèrent, et puis il la touchait... Elle avait du mal à rester debout sous l'effet des sensations qui l'envahissaient.

Elle n'avait pas à réfléchir ou à faire quoi que ce soit pour se sauver parce que Liam était là. Il lui retira ses bottes et son jean, puis la souleva et la plaqua contre le mur.

— On fera dans la délicatesse plus tard, grogna-t-il en défaisant son jean pour se libérer. Là, faisons vite.

— Oui, dit-elle en enroulant ses jambes autour de sa taille.

Elle plongea ses yeux dans les siens. Elle vit les flammes et sut que la passion brûlait en elle aussi.

Quand il la pénétra, Chloe retint son souffle pour cette première invasion intime avant de s'abandonner aux délices. Son cerveau tournait à plein régime, son pouls galopait, son corps tremblait et frémissait à chacun de ses gestes. Ce qu'il pouvait lui faire aurait pu être illégal et elle était heureuse que ce ne soit pas le cas. Elle pencha la tête contre le mur, fixant le plafond sans vraiment le voir tandis que Liam la faisait sienne avec fougue et force.

Elle ressentit l'impatience monter en elle alors que son corps se contractait, serrait le sien. Cela faisait des jours qu'elle ne s'était pas sentie aussi bien. Tremblante, retenant son souffle, elle plongea dans le feu et renforça son étreinte en atteignant l'extase. Chloe enfouit son visage contre son épaule, étouffant le cri dans sa gorge alors que son corps volait en éclats.

Un instant plus tard, Liam émit un râle les dents serrées et frissonna dans ses bras, son corps se balançant tandis qu'il trouvait le même soulagement magique qu'il lui avait donné.

Essoufflée et consciente du bien que lui procurait le fait d'être avec lui, Chloe prit une profonde inspiration et souffla. Quand elle leva la tête et le regarda, elle murmura :

— Je commence à considérer cette position contre le mur comme « notre truc ».

Il étouffa un rire et secoua la tête.

— Tu es la plus incroyable des femmes que je connaisse. Je te jure que je ne te comprends absolument pas.

Elle inclina la tête sur le côté et le regarda dans les yeux.

— Beaucoup de gens disent ça, et je ne sais pas pourquoi. Je suis pourtant franche concernant ce que je veux. Pourquoi est-ce si difficile à comprendre ?

Il la reposa sur ses pieds. Pendant qu'ils se rhabillaient, il dit :

— À chaque fois que je m'attends à ce que tu sois d'une certaine manière, je me trompe. Puis j'oublie et tu me surprends encore.

— C'est adorable.

Elle aimait le surprendre. La façon dont ses yeux s'enflammaient quand il la regardait la surprenait toujours. C'était bon de savoir qu'elle pouvait en faire de même.

— J'étais sûr que ça te plairait.

— Tu vois ? dit-elle avec un grand sourire. Tu me comprends mieux que tu ne le penses.

Il boutonna son jean, puis s'approcha d'elle.

— Écoute, quand tu es arrivée ici, je ne suis pas venu te voir parce que je ne voulais pas que tu penses que je t'avais fait venir pour le sexe.

— Pourquoi ? demanda-t-elle en secouant la tête. Tu as eu l'impression que je n'avais pas apprécié ce qu'on a fait à Houston ? Pourquoi n'en voudrais-je pas plus ?

— Encore surpris, dit-il à voix basse. La plupart des femmes auraient été vexées à l'idée que j'aie pu présumer qu'on partagerait le même lit.

— Je ne suis pas comme la plupart des femmes, Liam, lui rappela-t-elle. Et on a déjà partagé le même lit... et le sol et le mur... Alors où est le problème ?

Il passa ses deux mains dans ses cheveux. Chloe avait remarqué qu'il faisait ce geste pour se donner un peu plus de temps pour réfléchir à ce qu'il voulait dire. Elle le lui octroya alors qu'elle luttait pour enfiler ses bottes.

— Ça n'ira pas plus loin que dans un lit, Chloe.

Elle le regarda. Après ces quelques secondes de réflexion, c'était la conclusion à laquelle il était arrivé ?

— Pardon ?

— Je ne cherche pas une épouse.

Chloe secoua la tête.

— J'en prends note.

— Maintenant, tu es énervée.

— Presque, admit-elle.

Une minute plus tôt, elle était sûre qu'il la voyait telle qu'elle était vraiment. Et voilà qu'il était clair que non.

— Liam, je ne cherche pas un mari. Je veux un camp. Tu t'en souviens ?

— Il est peu probable que je l'oublie.

— Alors arrête de faire d'autres suppositions que les clauses de notre marché. Je fais ça quelques semaines, te prouve que je suis déterminée et capable, et tu me donnes la terre pour mon projet.

— Ouais...

— Tu sais, les femmes ont le droit d'aimer le sexe autant que les hommes.

— Oh oui, crois-moi, je le sais. Et j'en suis très heureux. C'est juste que je ne veux pas qu'il y ait de malentendus entre nous.

— D'accord. Et c'est honorable de ta part de vouloir être honnête à propos de tes sentiments.

Il fronça légèrement les sourcils.

— Cela dit, je suis franche aussi.

Elle caressa son torse du bout des doigts avant d'ajouter :

— Je veux ce camp. C'est mon principal objectif. Alors je suis ici pour travailler. Pour apprendre. Et, tous les soirs, après une dure journée, on pourrait coucher ensemble sans engagement. Ni pour toi ni pour moi.

— En théorie, cela semble parfait, songea Liam en lui prenant la main. Le rêve de n'importe quel homme célibataire.

— Et de n'importe quelle femme célibataire, crois-moi, lui dit Chloe. Toutes les femmes n'ont pas besoin de petits cœurs et de fleurs pour apprécier le sexe. Et on ne cherche pas toutes un mari.

— C'est vrai ? la taquina-t-il avec un sourire.

— Oui. Je n'attends pas de promesses d'éternité, Liam, alors pourquoi ne pas se détendre et apprécier ce que l'on a, hein ?

— J'en prends note, dit-il avec ironie, lui renvoyant ses paroles.

Chloe esquissa un sourire. Honnêtement, cet homme la touchait sur bien des plans. Il l'écoutait quand elle parlait. Il lui souriait dans les moments les plus intimes. Il la touchait, et elle pouvait aussi bien exploser que fondre. Il la faisait rire, la mettait en colère, lui faisait ressentir tellement de choses.

Elle éprouvait trop de sentiments différents pour Liam Morrow. Elle tenait à lui, mais, si elle le lui disait, il pâlirait et s'enfuirait. Si elle commençait à s'attacher plus qu'elle ne l'avait prévu, alors cela devrait rester son secret. Comme elle l'avait dit, elle n'avait pas besoin de cœurs et de fleurs, mais elle commençait à se dire qu'elle les avait trouvés sans les chercher.

Faisant taire ce fil de pensée, elle lança :

— Je dois aller finir les stalles.

— Chloe…

Elle leva une main pour ne pas entendre ses arguments.

— C'est mon boulot, Liam, et je peux le faire.

— Quelle tête de mule, dit-il en secouant la tête. Je ne sais pas pourquoi j'aime autant ça. D'accord, si tu comptes le faire, donne-moi ta main.

Quand elle la lui tendit, il ramassa la boîte en fer qu'il avait posée sur le bureau avant leurs ébats. Il appliqua soigneusement une pommade épaisse sur sa paume et sur l'ampoule. Chloe ne savait pas ce qui lui faisait le plus de bien : ses caresses ou la crème. Il lui remit son gant, la regarda dans les yeux et dit :

— Allez, vas-y. On se retrouve à la maison après le travail.

Elle tendit le bras, l'attrapa par la nuque et tira sa tête vers la sienne. Puis elle l'embrassa, fougueusement, et lui adressa un sourire radieux.

— Rendez-vous noté, cow-boy.

7

Elle s'était rendue dans la chambre de Liam cette nuit-là, et depuis ils avaient dormi ensemble. Le cerveau de Liam était inondé d'images d'eux et de ce qu'ils avaient fait ces dernières nuits, et son corps se raidit. Cette femme allait finir par le tuer.

Il y avait encore beaucoup à faire pour réparer les dégâts de la tempête. Il fallait nettoyer les points d'eau, rassembler les troupeaux qui avaient essayé de s'abriter dans les canyons et tirer les trois peupliers de Virginie qui étaient tombés sous le vent. Et tout cela, ce n'était que pour le ranch Perry.

Liam n'avait pas encore eu l'occasion de passer chez lui, mais il avait parlé à son contremaître, Joe Hardy, tous les jours. La tempête les avait relativement épargnés là-bas. Ils avaient juste perdu une partie du toit d'une étable et quelques barrières étaient tombées quand des dizaines de vaches avaient pris peur.

Ce que la tempête avait causé de plus perturbant finalement, c'était ce truc avec Chloe. Liam ne s'attendait pas à ce que ça continue. Être coincés ensemble à cause des intempéries était une chose. Mais dans le monde réel, ils formaient un couple pour le moins improbable.

Ce n'était pas une question d'argent, parce que, grâce aux idées que lui et ses amis avaient eues et fait breveter, il avait probablement plus d'argent que la famille de Chloe aujourd'hui. Mais il n'avait pas grandi avec un gros héritage ou le sentiment de lignée qui allait avec.

Chloe, d'autre part, était une princesse du Texas. Elle pourrait essayer de le nier, mais elle avait été habituée à toujours avoir le meilleur. Son rêve de ranch n'était que ça, un rêve, et il était presque sûr que, dès qu'elle en serait lassée, elle retournerait sa veste et rentrerait chez papa. Il avait déjà vu le cas se produire.

Son attention fut détournée vers elle tandis qu'elle menait un cheval de l'écurie au corral. Chloe affichait un sourire si radieux qu'il aurait pu illuminer toute une ville, mais allait-elle le conserver ? Tessa aussi avait apprécié les choses simples au début… Jusqu'à ce que ça change. Puis elle était partie et Liam s'était retrouvé seul comme un idiot à se demander ce qui s'était passé. Il n'avait pas du tout l'intention de subir ça à nouveau.

La présence de Chloe ici était autant une bonne chose qu'une mauvaise. Les nuits étaient fantastiques, mais ce n'était pas une vraie relation. Il détestait cette expression. Peut-être qu'il s'inquiétait pour rien. Avec Tessa, c'était différent. Il s'était laissé croire que ce qu'ils partageaient durerait longtemps.

Cette fois-ci, il ne se faisait pas d'illusions.

Pourtant, quand la fin inévitable arriverait, elle lui manquerait. Alors évidemment, en laissant cette affaire continuer, il se mettait dans une situation vouée à le rendre malheureux à un moment ou un autre. Mais même en en ayant conscience, il n'arrivait pas à se tenir loin d'elle.

Cette femme le rendait fou. Ses sourires. Son parfum. Ses baisers. Sa manière de se tourner vers lui la nuit en enroulant une de ses jambes douces et galbées autour de lui. Ces dernières nuits avaient été une véritable révélation. Chaque fois qu'il la touchait, il ne faisait qu'alimenter le désir de la toucher encore. Il ne se lassait pas d'elle, et ce n'était probablement pas une bonne chose.

Le corps de Liam était à fond dans cette situation, mais son cerveau n'arrêtait pas de lui murmurer des avertissements. Peu importait son apparence, se disait-il. Ce qui comptait, c'était qui elle était au fond d'elle. C'était une femme de la haute société depuis sa naissance. Même si elle luttait contre sa nature, la vérité, c'était qu'elle avait du sang bleu et que cela ne changerait pas.

Alors il ne devait pas oublier qu'il s'agissait d'une relation uniquement physique. Il ne pouvait pas prendre le risque de se dire qu'elle était différente. Il ne devait pas oublier qu'elle allait l'utiliser pour obtenir ce qu'elle voulait, puis tourner la page.

Et lui aussi.

— Hé, Liam !

Reconnaissant qu'on lui offre cette distraction, il se tourna vers l'origine de ce cri et vit Mike debout devant l'écurie.

— On dirait que Starlight va pouliner. Tu veux que j'appelle le vétérinaire ?

L'une des juments primées de Sterling Perry. Liam se dirigea vers l'écurie pour vérifier la situation par lui-même. Quand il arriva près de Mike, il lui dit :

— On va la surveiller. Si elle se débrouille bien toute seule, on n'aura pas besoin du véto.

— D'accord.

Se plonger dans le boulot était le meilleur moyen de ne pas penser à Chloe. Cette jument mériterait une bonne pomme bien brillante pour l'avoir ramené à la réalité.

Le déluge a été une bénédiction.

Oui, je suis triste pour les personnes qui ont été touchées, mais ces inondations ont été d'une grande aide pour moi. Ils ne l'ont toujours pas découvert. Peut-être que ça n'arrivera pas. Mais même s'ils y parviennent, le temps que quelqu'un découvre le corps, toute preuve aura été détruite par les eaux.

Ils appelleront ça un meurtre.

Et peut-être que c'est le cas, mais je ne peux pas le concevoir. Je n'ai pas voulu le tuer après tout. C'était pour me défendre. Il fallait le faire. Ce qui est arrivé n'est que de la légitime défense. N'importe qui aurait fait pareil, non ?

La fatigue m'accable. Mon cœur est si lourd. J'ai eu mal pendant si longtemps que j'ai l'impression que cette douleur est en moi depuis ma naissance.

Rien de tout cela n'est ma faute. Quelqu'un d'autre a commencé et je n'ai fait que terminer. Si les choses avaient été différentes, rien de tout cela n'aurait eu lieu.

Je voudrais pouvoir arrêter d'y rêver.

Cette vengeance a mis du temps à venir, et d'un jour à l'autre les gens connaîtront ma douleur. Les gens ressentiront ce que j'ai ressenti pendant des années.

Et quand ils apprendront la vérité, je serai enfin libre.

Si seulement je pouvais dormir.

— Qu'il est beau.

Chloe était accoudée sur la barre supérieure de la porte de la stalle. Ses yeux étaient rivés sur le nouveau-né couché dans la paille près de sa mère.

Le silence les enveloppait. Au milieu de la nuit, cette quiétude était... réconfortante. D'autant plus qu'elle et Liam étaient seuls dans la semi-obscurité.

Elle était dans l'écurie depuis des heures, à aider quand elle le pouvait et si prise par le travail de la jument qu'elle n'aurait pas pu la quitter même si quelqu'un le lui avait demandé. Chloe avait observé la patience et la douceur dont Liam avait fait preuve avec l'animal. Il avait passé une grande partie de la journée à genoux dans la paille près d'elle, frottant son long cou musclé quand elle était en détresse et lui murmurant des paroles de réconfort et d'encouragement.

Même si la jument ne pouvait probablement pas les comprendre, elle savait que ses caresses et son ton doux étaient utiles. Et Chloe n'avait jamais été aussi touchée. Liam avait simplement pris une place dans son cœur.

Elle se soucierait de ce que cela voulait dire plus tard.

— Il est magnifique, dit Liam à son tour, imitant sa position sur la porte de l'écurie.

Son bras effleura le sien et elle sentit son estomac se serrer.

Elle se demanda si elle réagirait toujours ainsi à sa présence. Elle l'espérait en tout cas.

Ils n'avaient pas eu besoin d'appeler le vétérinaire finalement et Chloe avait été si fière de la jument qu'elle avait eu envie de l'applaudir. Mais elle s'était contentée de pleurer quand le poulain était né et avait fait ses premiers pas tremblants sur ses jambes grêles.

— C'est idiot, mais je n'ai pas envie de partir, admit-elle en posant son menton sur ses bras croisés.

— Pas si idiot que ça. Je comprends ce que tu veux dire.

Elle tourna la tête vers lui.

— Tu dois voir ça tout le temps, non ?

— Souvent, oui, dit-il en relevant légèrement le chapeau qu'il ne quittait jamais. Mais c'est toujours comme si c'était la première fois.

Elle aperçut un léger sourire sur ses lèvres tandis qu'il regardait le nouveau-né et Chloe eut le sentiment qu'ils partageaient un moment vraiment spécial. La naissance d'un poulain n'aurait pas intéressé les autres hommes qu'elle avait connus.

Liam était différent. Sur tant de plans. Il touchait son cœur aussi profondément qu'il touchait son corps. Il était têtu, fier et entièrement dévoué à réaliser le rêve qu'il envisageait depuis des années. Et elle pouvait le comprendre, vu qu'elle était pareille. Malgré ce qu'elle lui avait dit seulement quelques jours plus tôt, sur le fait qu'elle ne cherchait pas une relation sur la durée, Chloe ne pouvait s'empêcher de sentir que les choses changeaient.

Elle aurait juste aimé savoir que faire de ces sentiments.

Chassant cette pensée, elle demanda soudain :

— Vous lui avez choisi un nom ?

Il la regarda longuement.

— Pas encore. Sterling ne s'implique pas vraiment là-dedans.

Il secoua la tête comme s'il n'arrivait pas à croire que cet homme puisse s'intéresser aussi peu à son propre ranch.

— Pourquoi ne t'en chargerais-tu pas cette fois ? lui proposa-t-il.

Touchée et heureuse, Chloe sourit.

— Vraiment ?

Elle reposa son regard attendri sur le petit cheval noir à la flamme blanche sur le front.

— D'accord. Que penses-tu de Shadow ?

Liam réfléchit quelques instants, puis acquiesça.

— Shadow. C'est sympa. J'aime bien.

Chloe poussa un soupir de soulagement et retourna son attention vers le bébé.

— Bienvenue dans ce monde, Shadow, dit-elle à voix basse.

Le poulain baissa la tête sous le ventre de sa mère pour téter et Liam émit un petit rire doux et chaleureux.

— On dirait qu'il se moque du nom qu'on lui donne.

— Peut-être, dit Chloe en posant une main sur l'avant-bras de Liam. Mais pas moi. C'est important pour moi, Liam, ajouta-t-elle en soupirant à nouveau. Maintenant, je sais que, même quand je ne travaillerai plus ici, il restera un souvenir de moi.

Les yeux de Liam s'assombrirent comme un lac la nuit. Il s'immobilisa complètement et dit :

— Ouais. On dirait bien.

Mais elle eut l'impression que cela ne lui faisait pas plaisir.

Une semaine plus tard, elle fascinait toujours autant Liam. Elle promenait le poulain comme un chien et le petit animal la suivait vraiment comme un bon petit toutou. Et même avec les heures supplémentaires qu'elle passait avec le poulain, Chloe travaillait deux fois plus dur que tout le monde et ne demandait jamais d'aide. Il respectait sa manière d'être indépendante, mais il devait se forcer à ne pas oublier que, même si elle était consciencieuse, cela ne voulait pas dire qu'elle était faite pour ce genre de vie.

Il n'arrivait pas à oublier qu'elle n'était pas juste née avec une cuillère en argent dans la bouche, mais carrément avec toute l'argenterie. Son sang était aussi bleu que le ciel texan, et tôt ou tard cette nature se révélerait. Un jour, elle en aurait assez d'avoir chaud et d'être fatiguée. Elle voudrait une manucure, un soin en institut ou ce à quoi les femmes riches occupaient leurs journées.

Tessa avait un jour passé six heures dans les magasins pour trouver des chaussures sans rien acheter. Il avait compris que c'était pour voir et être vue. C'était ce qui intéressait Tessa. Être au bon endroit au bon moment avec les bonnes personnes.

Et c'était aussi le monde de Chloe, malgré tout ce qu'elle disait actuellement. Il ne devait pas l'oublier. Parce qu'il ne s'autoriserait pas à être entraîné dans une relation qui était vouée à l'échec.

Tout comme avec Tessa, Liam et Chloe venaient de deux mondes entièrement différents. Il comprenait le sien, mais ne pigeait rien à celui de Chloe.

Comme pour prouver ce qu'il pensait, une décapotable rouge flamboyante arriva dans l'allée à toute allure, soulevant un nuage de poussière. Il détacha son regard de Chloe, qui ramenait le poulain à l'écurie, et regarda la voiture déraper dans un virage puis Tim Logan, l'un des employés du ranch, bondir pour éviter d'être renversé.

— Hé, mademoiselle ! Faites attention !

Tim fusilla du regard la femme au volant.

La voiture s'arrêta brusquement devant l'étable, faisant voler un autre nuage de poussière.

— Pardon, pardon ! cria-t-elle en adressant un geste souverain de la main à Tim qui jurait dans sa barbe en s'éloignant.

Liam secoua la tête. Il ne savait pas qui c'était, mais, comme il ne l'avait jamais vue ici, il aurait parié qu'elle avait un lien avec Chloe.

Cette belle femme en robe d'été bleue qui révélait ses jambes nues sortit gracieusement de sa voiture. Elle portait des escarpins bleus avec des talons de sept centimètres et ses cheveux châtain clair étaient comme un nuage qui s'élevait autour de sa tête dans la brise chaude.

Elle fit claquer la portière, leva une main pour protéger ses yeux du soleil et regarda autour d'elle jusqu'à ce qu'elle voie

Liam. Elle lui adressa un sourire rodé et serpenta vers lui. Serpenter était le seul mot qui pouvait décrire son déhanchement délibérément sensuel. Liam décida qu'il pouvait apprécier le spectacle tout en l'associant mentalement à un danger.

— Bonjour ! lança-t-elle avec un large sourire qui n'atteignait pas ses yeux. Je suis Ellen Hemsworth et je cherche ma sœur, Chloe.

— Évidemment, marmonna-t-il.

En fait, Ellen était exactement comme il avait imaginé Chloe le jour où il était allé la rencontrer pour la première fois.

— Je vous demande pardon ?

Elle ne semblait pas du tout amusée.

Liam haussa les sourcils sans s'en rendre compte. C'était la petite sœur de Chloe. Qui conduisait une voiture que la plupart des hommes mettaient un an à se payer et qui donnait l'impression de sortir d'un magazine de mode. S'il avait besoin de quelque chose pour renforcer son opinion sur Chloe et l'environnement dans lequel elle était née, elle était là.

— Y a-t-il un problème ?

Elle s'adressait à lui comme une reine à son serviteur.

— Non, m'dame. Chloe est dans l'écurie. Par là.

— L'écurie ? répéta Ellen avec une grimace. Y a-t-il des chevaux ?

— Oui, m'dame. C'est une écurie.

— Vous êtes malpoli.

— Moi ?

— Est-ce que je ressemble à une « m'dame » pour vous ?

Liam sourit.

— Non, m'dame.

— Arrêtez de m'appeler « m'dame » !

— Oui, m'dame.

Elle prit un air renfrogné et songeur, mais il savait qu'elle ne pensait déjà plus à lui. Les femmes comme elle ne se concentraient jamais très longtemps sur autre chose qu'elles-mêmes. Elle était certainement en train de se dire qu'elle ne voulait pas prendre le risque de s'approcher d'animaux si elle n'y était pas obligée. Puis elle se retourna vers lui.

— S'il vous plaît, dites à ma sœur que je suis ici pour elle.

Il rit brièvement. Elle était jeune, jolie et riche, et n'avait probablement jamais entendu le mot « non » de sa vie. Il était heureux d'être le premier à le lui dire.

— Non, m'dame. J'ai du travail. Si vous voulez la voir, ajouta-t-il en agitant la main, il vous suffit d'entrer.

Le choc apparut sur son visage.

— Vous savez qui je suis ?

Bizarrement, Liam commençait à apprécier cette rencontre. Deux gars se rapprochèrent pour écouter et il ne pouvait pas le leur reprocher. Elle était bien agréable à regarder, mais ça s'arrêtait là. Au ranch Perry, de riches invités allaient et venaient régulièrement. Mais la plupart ne ressemblaient pas à Ellen Hemsworth.

Liam était habitué au genre de regards dédaigneux qu'elle lui jetait. Et il se demanda si elle changerait d'avis sur lui si elle savait qu'il avait plus d'argent que son père. Mais même s'il avait doublé son salaire net, il ne deviendrait jamais comme le genre de personnes qui avaient élevé Chloe et sa sœur.

— Oui, m'dame, dit-il d'une voix traînante en donnant volontairement l'impression d'être lent et idiot. Je sais qui vous êtes, puisque vous venez de me le dire. Maintenant, si vous voulez bien m'excuser, j'ai du travail qui m'attend.

Il se retourna pour partir et vit Chloe passer de l'ombre de l'écurie au soleil. Et il remarqua son expression qui changea quand elle découvrit sa sœur. Elle n'avait pas l'air contente.

— Tenez, dit-il en décidant de rester où il était, la voilà.

— Dieu merci, murmura Ellen avant de crier : Chloe ! Par ici !

Elle marcha avec ses chaussures ridicules et chancela puisque la terre était encore un peu humide depuis la tempête. Liam secoua la tête en espérant qu'elle n'atterrirait pas sur les fesses. Non qu'il s'inquiète pour elle, mais il ne voulait vraiment pas entendre ses jérémiades.

Chloe se précipita vers elle et allait instinctivement la prendre dans ses bras. Mais Ellen évita son étreinte.

— Chloe, tu es répugnante !

Les yeux écarquillés, elle affichait une grimace de dégoût.

— Je travaillais, dit Chloe en s'essuyant les mains sur le jean serré délavé qu'elle portait presque tous les jours.

— Tu faisais quoi, pour l'amour de Dieu ? Tu te roulais dans la boue ?

Elle la dévisagea et Liam eut envie de prendre la défense de Chloe.

À ses yeux, elle était absolument magnifique. Sa peau avait pris une jolie teinte miel après ces quelques jours à travailler au soleil, et des mèches dorées étaient apparues dans sa chevelure. Elle portait une chemise à manches courtes bleu vif, ce jean qui lui moulait le bas du corps comme un amant passionné et des bottes bien plus sales et usées qu'elles ne l'étaient quand elle était arrivée une semaine plus tôt.

— Ça n'a pas d'importance.

Chloe soupira, jeta un coup d'œil à Liam comme si elle lui présentait ses excuses, puis demanda à sa sœur :

— Qu'est-ce que tu fais ici, Ellen ?

— Oh ! je voulais te dire deux choses, dit-elle en sautillant sur la pointe des pieds. Je garde le plus important pour la fin. Déjà, papa m'a demandé de te dire que les travaux de ton bureau sont terminés.

— Déjà ?

Chloe semblait surprise, et honnêtement Liam l'était aussi. Avec tous les dégâts causés par la tempête et l'inondation, il était étonnant que son bureau soit déjà prêt.

Ellen leva une main en l'air, ignorant la surprise de sa sœur.

— Papa a offert aux artisans un gros bonus pour qu'ils finissent rapidement, et tu sais comment sont les gens. Remuez quelques billets et ils se jettent dessus ! Et tant mieux, non ?

Liam leva encore les sourcils, et cette fois ils restèrent là. L'un des cow-boys derrière lui étouffa un rire. Il vit Chloe grimacer et savait que, si sa sœur ne s'en était pas rendu compte, ce n'était pas son cas. Le chéquier de papa à la rescousse. Bon sang, c'était tellement cliché que c'en était drôle. Ellen Hemsworth aurait parfaitement pu se présenter pour être élue Princesse du Texas.

Le pire, c'était que, pour Liam, c'était le portrait craché de Tessa. La femme qui s'était bien moquée de lui. C'était comme si l'univers était venu le gifler pour lui rappeler comme les choses avaient mal tourné la dernière fois où il avait essayé d'être avec une femme comme ça. Et tandis qu'il écoutait Ellen, Liam se sentait un peu honteux de s'être laissé attirer dans la toile de l'araignée Tessa.

— D'accord, merci de m'en avoir informée, dit Chloe en essayant de prendre le bras d'Ellen pour l'écarter de Liam.

— Mais je n'ai pas terminé. J'ai d'autres nouvelles, ajouta-t-elle en évitant habilement la main de Chloe. Tu es sale, tu te souviens ?

Chloe prit une profonde inspiration et lança à Liam un regard qui voulait clairement dire : « Va-t'en. »

Ce qu'il ne fit pas.

Chloe secoua la tête et dégagea ses cheveux, laissant une trace de terre sur son front.

— Qu'est-ce que tu voulais me dire d'autre ?

Ellen jeta elle aussi un rapide coup d'œil à Liam comme si elle lui donnait silencieusement l'ordre de partir. Il croisa les bras sur son torse, écarta les pieds et lui fit comprendre qu'il n'avait pas l'intention d'aller où que ce soit. Elle fronça les sourcils, puis l'ignora.

— Ça ! fit-elle en agitant sa main gauche sous le nez de sa sœur pour lui montrer un diamant de la taille de la ville de Galveston. Je suis fiancée ! Ma bague n'est-elle pas sublime ? Je te jure, il a failli me faire tomber à la renverse avec ce diamant. Toutes mes copines sont carrément jalouses... Enfin, Tina ne l'admettra jamais, mais je l'ai vu dans ses yeux quand je lui ai montré ma bague...

Liam secoua la tête. Le flot de paroles et la voix haut perchée lui faisaient l'effet d'une craie qui crissait sur un tableau noir.

Il pensa vaguement qu'Ellen était peut-être encore pire que Tessa, même s'il s'était dit à une époque que c'était impossible.

— Je veux que tu m'aides à trouver la robe idéale, ordonna Ellen, ignorant complètement l'expression choquée sur le visage de sa sœur. Tu es douée pour faire des croquis et j'envisage de faire faire une création unique, parce que je ne veux pas que quelqu'un d'autre porte une robe comme la mienne. Je pensais à un bustier avec peut-être de la dentelle et il doit y avoir des sequins pour attirer la lumière sur moi quand je marcherai vers l'autel...

— Avec qui ? demanda Chloe.

— Quoi ?

Ellen regarda sa bague et soupira.

— Qui t'a donné cette bague ? dit Chloe en hachant bien ses mots.

— Oh ! fit Ellen en riant. Brad, bien sûr. Brad Tracy. Tu sais que je suis folle de lui depuis six bons mois et il est vraiment parfait. Grand, charmant et il est si beau en smoking, et tu sais comme c'est important. Il travaille pour son père à Dallas, alors nous déménagerons après le mariage et son père nous fera construire une maison dans le quartier idéal et c'est moi qui choisirai tout parce que cela n'intéresse pas Brad, alors...

— Brad ?

Chloe répéta le nom de cet homme, et même Liam put entendre le dégoût dans sa voix. Mais pas Ellen, bien sûr.

— Oui. Brad. Honnêtement, Chloe, d'habitude, tu n'es pas si lente. Tu es restée trop longtemps au soleil ? Tu sais que ce n'est pas bon d'avoir la peau toute noire comme ça. Est-ce que tu mets de la crème solaire ?

— Je vais bien, Ellen, dit sèchement Chloe. Mais tu as raison. Il fait si chaud que tu risques de prendre un coup de soleil. Ce n'est pas ce que tu veux.

— C'est vrai. Je ne peux pas prendre ce risque. J'ai ma fête de fiançailles samedi soir et...

Liam observait Chloe et vit tant d'expressions différentes passer sur son visage et dans ses yeux qu'il était difficile de les identifier. Mais en gros, cette annonce ne lui plaisait vraiment pas.

— Samedi ?

— Je ne te l'ai pas dit ? demanda Ellen en riant. Je sais que c'est dans pas longtemps, mais c'est tellement merveilleux que je n'ai pas voulu attendre. C'est tellement excitant, tu sais ? La fête, puis ma *bridal shower* ! Il faudra que tu t'en occupes parce que Tina voudra le faire, mais elle est vraiment nulle pour ce genre de chose. Puis il y aura le mariage, la lune de miel... Bref, la fête a lieu à la maison. Samedi. 20 heures, d'accord ? Tu viendras, hein ?

— Bien sûr, dit Chloe quand elle put glisser un mot. Je serai là.

Liam remercia mentalement le ciel de ne pas avoir à y assister.

— Oh ! super ! Tenue correcte exigée, évidemment. J'adore l'allure de Brad en smoking ! Bon, je ferais mieux d'y aller. Je dois acheter une nouvelle robe pour la fête et il faut qu'elle soit spectaculaire !

Elle fit un signe de la main et se dirigea vers sa voiture, chancelant toujours à chaque pas sur ses talons hauts. Puis elle remonta dans sa voiture et ressortit de la cour aussi vite qu'elle y était arrivée.

Un silence bienvenu tomba tandis que Liam observait Chloe qui regardait sa sœur partir. On aurait dit qu'elle était en état de choc et il pouvait tout à fait le comprendre.

— Ta sœur, hein ? finit par dire Liam.

— Ne dis rien, marmonna Chloe avant de retourner dans l'écurie.

8

Ils ne parlèrent pas de la visite brève mais mémorable d'Ellen. Chloe lui avait fait comprendre qu'elle ne voulait pas aborder le sujet et Liam lâcha l'affaire. Peut-être que la visite de sa sœur lui avait rappelé que le ranch n'était pas vraiment son monde. Et si c'était le cas, alors Liam voulait lui donner le temps d'intégrer cette idée.

La visite d'Ellen avait déclenché le système d'alarme personnel de Liam. Il s'était tellement habitué à la présence de Chloe, à l'avoir dans ses bras chaque nuit et à passer toutes ses journées avec elle, qu'il s'était autorisé à oublier que cette situation était temporaire. L'égoïsme d'Ellen lui avait révélé la vérité et il ne l'oublierait plus.

Le lendemain matin, Liam se prépara pour aller à Houston. Les sinistrés des inondations avaient toujours besoin d'argent, de dons de vêtements, de nourriture et d'eau. Naturellement, Sterling Perry s'était mêlé de tout ça parce qu'il n'y avait pas de meilleure publicité qu'une bonne action en cas d'urgence. Mais cela signifiait que Liam était responsable de la distribution des provisions que Sterling avait fait livrer au ranch.

Mais il était impatient d'aller faire cette livraison. Cela le ferait sortir du ranch, l'éloignerait de Chloe pendant quelques heures... Et il avait besoin de souffler. Et puis, entre l'aide aux sinistrés, Chloe et le travail au ranch, il n'avait pas encore eu l'occasion d'aller chez lui pour constater l'étendue des dégâts par lui-même. Aujourd'hui, il y passerait pour la première fois. Les rapports quotidiens de son contremaître étaient une bonne chose, mais Liam n'arriverait pas à se détendre tant qu'il n'aurait pas vu la situation de ses propres yeux.

Alors qu'il vérifiait le chargement à l'arrière de son pick-up, il ne remarqua pas Chloe quand elle s'approcha avec le poulain âgé de seulement quelques jours. Elle s'arrêta près de Liam, une main sur la tête du petit cheval qui s'appuya contre elle.

Il n'aurait pas pu expliquer pourquoi cette image l'agaça. Mais peut-être que c'était juste parce qu'elle se sentait trop bien au ranch. Elle souriait, et il comprit que ce sourire allait le hanter pendant des années. Elle occupait déjà ses rêves et ses pensées quand il aurait dû se concentrer sur le travail. C'était inquiétant. Ce qui expliquait son besoin de faire une pause loin d'elle.

Liam regarda l'animal avant de lever les yeux vers ceux de Chloe.

— Tu sais que ce n'est pas un caniche, n'est-ce pas ?

Vexée, Chloe caressa la tête du poulain.

— Bien sûr que je le sais. C'est un magnifique cheval, grand et courageux, hein ?

Sa voix avait pris le ton qu'on utilise pour s'adresser aux bébés et le poulain vint se blottir contre elle.

— Bon sang, marmonna Liam en secouant la tête. Ce n'est pas un toutou.

— C'est un amour et il m'aime bien, lui dit Chloe. Ça te dérange, c'est ça ?

Liam la regarda. Ses cheveux longs étaient lâchés, malgré la chaleur. Elle portait un jean moulant et un T-shirt rouge avec un décolleté plongeant qui dévoilait le début de ses seins. Elle était si belle qu'il aurait voulu la déshabiller sur-le-champ et l'allonger sur le coffre de sa voiture juste pour admirer la vue.

Zut.

Il fit éclater la bulle de frustration au creux de son ventre, prit une profonde inspiration et souffla.

— Pas vraiment, non. Mais tu ne seras bientôt plus là, alors tu ne devrais pas trop t'attacher.

Chloe tressaillit en sentant un pincement au cœur s'installer dans sa poitrine. C'était ridicule et elle le savait. Mais d'une certaine manière, en étant ici, à travailler au ranch et à vivre avec Liam, une partie d'elle avait commencé à prétendre que ce n'était pas temporaire. Que c'était désormais sa vie.

Elle continuait à s'occuper de son entreprise d'organisation d'événements, mais le cœur n'y était plus. C'était difficile de se soucier de serviettes et de nappes brodées d'argent alors qu'elle pouvait être dehors à travailler avec des animaux, à parler avec des cow-boys et à monter à cheval avec d'autres employés pour inspecter les barrières. La vie ici était ancrée dans la réalité. Dans le présent. Elle avait assisté à la naissance de Shadow et elle n'avait jamais rien vécu de similaire avant. Ça avait changé sa perception de la vie.

Ces deux dernières semaines, tous les rêves qu'elle avait faits petite étaient devenus réalité. Elle vivait comme elle l'avait toujours voulu et elle ne voulait pas perdre ça. Rien de tout ça.

Et cela incluait le cow-boy qui, à cet instant, refusait de la regarder. Ils n'avaient pas vraiment discuté depuis qu'Ellen était passée à l'improviste la veille et le simple fait de se souvenir de l'arrivée de sa sœur donnait à Chloe envie de rugir. Elle l'avait bien vu à la tête de Liam dès qu'il avait vu sa sœur : il les avait mises toutes les deux dans le même panier. Il voyait Chloe comme il avait vu son idiote de sœur superficielle... et ça la blessait profondément.

— Ne pas m'attacher, répéta-t-elle, songeuse. C'est comme ça que tu fais ?

Cela attira son attention. Il se tourna vers elle.

— Faire quoi ?

— Pour passer de torride à froid comme le marbre en quelques secondes ?

— Je ne vois pas de quoi tu veux parler.

— Waouh. C'est la première fois que tu me mens, fit remarquer Chloe.

Il se contenta de la regarder.

— Nous n'avons pas parlé depuis le passage d'Ellen.

— Tu m'as bien fait comprendre que tu n'en avais pas envie.

— Tu as raison, admit-elle en se souvenant comme elle était gênée à propos de tout ce qu'Ellen avait dit. Mais je ne suis pas comme ma sœur. Tu devrais déjà le savoir.

— Je n'ai pas dit que tu l'étais.

Le soleil brillait dans un ciel bleu éclatant. Un arbre dessinait des taches d'ombre sur eux, mais ne suffisait pas à faire baisser la température. Même l'air était figé, comme si l'univers retenait son souffle en attendant de voir comment cette conversation allait évoluer.

— Ouais, tu n'as pas besoin de le dire, dit Chloe en soulevant les cheveux dans sa nuque et regrettant de ne pas avoir de pince. Le fait que tu ne me parles pas... C'est ta manière de ne pas t'attacher ?

Il se raidit et baissa le rebord de son chapeau jusqu'à ce que ses yeux bleus soient à moitié cachés. Pour se protéger ? Ou *la* protéger ?

— Il n'y a pas d'attachement, Chloe, dit-il toujours avec une voix grave. Il n'y en aura pas. Nous nous sommes mis d'accord là-dessus dès le début.

Elle eut un nouveau pincement au cœur, mais s'efforça de parler.

— C'est vrai. Mais parfois, les choses évoluent.

En tout cas, elles avaient évolué pour elle. Cet homme s'était insinué dans son cœur, son âme, son esprit. C'était comme s'il faisait partie d'elle maintenant et l'en extraire risquait de la tuer.

— Et parfois non.

Sa voix était toujours grave, mais tendue comme pour lui faire comprendre qu'il n'avait pas l'intention de discuter plus longtemps.

— Alors que parfois, si, mais on fait semblant que non, protesta Chloe.

Il la toisa en plissant les yeux et elle soutint son regard sans se dérober. Une tension palpable s'étira entre eux, comme un câble électrique. Les secondes passèrent et tout ce qu'on pouvait entendre, c'était les cow-boys dans le corral et le poulain qui s'ébrouait.

— Il faut que j'y aille, finit par dire Liam.

— Où apportes-tu tout ça ?

— Au refuge à Houston, répondit-il sèchement en nouant la corde qui retenait la bâche blanche sur son chargement.

Elle sourit. Parfait. Si elle l'accompagnait, ils auraient le temps. Le temps pour discuter. Pour savoir ce qu'ils faisaient et où ils allaient... S'ils allaient quelque part.

— Je viens avec toi.

Il tourna brusquement la tête.

— Je ne crois pas, non. Tu as du travail ici, tu te souviens ? Tu dois apprendre auprès de Mike ?

— Oh ! je sais.

Chloe caressa le haut de la tête de Shadow et sourit en haussant les épaules.

— Mais il a pris sa journée pour rendre visite à la famille de sa femme, alors il a dit que je pouvais prendre ma journée aussi.

Cela ne sembla pas du tout lui plaire, mais tant pis. Elle en déduisait qu'il n'était pas aussi insensible à sa présence qu'il essayait de le faire croire.

— Je ne crois pas que ce soit une bonne idée.

Il vérifia les liens sur la bâche.

— Pourquoi ça ?

— Parce que je vais m'arrêter chez moi en passant. Il faut que je passe voir l'état du ranch. Pour m'assurer que tout va bien après la tempête.

— Quelle bonne idée ! lança-t-elle avec un grand sourire. J'adorerais voir ton ranch. Après tout, si je réussis ton test, c'est là-bas que j'établirai mon camp.

— Je n'ai aucune chance de me débarrasser de toi aujourd'hui, c'est ça ? demanda-t-il en secouant la tête.

— On dirait bien, répondit-elle, toujours avec le sourire.

Il réfléchit une ou deux secondes, et Chloe était contente de ne pas pouvoir lire dans ses pensées.

— D'accord, dit-il. Si tu viens...

Il siffla et attira l'attention de Tim Logan. Le cow-boy s'approcha.

— Amène Shadow à sa mère, tu veux bien ? lui demanda Liam.

— Bien sûr, patron.

— À plus tard, Shadow, dit Chloe en se penchant pour déposer un baiser sur le front du petit cheval.

— Pour l'am...

Liam ravala le reste de sa phrase, mais Chloe n'avait pas besoin de l'entendre pour le deviner.

Elle grimpa sur le siège passager du pick-up et le surprit en train de l'observer tandis qu'elle bouclait sa ceinture.

— On y va ou quoi ?

— Ouais.

Il fit claquer la portière et Chloe cacha un sourire alors qu'il contournait le véhicule d'un pas lourd et montait derrière le volant. Il fit démarrer le moteur et lui lança un regard lourd de sens.

— On dirait bien qu'on y va... ensemble, grogna-t-il.

Le ranch de Liam était magnifique.

Chloe en tomba amoureuse au premier coup d'œil.

Des chênes parsemaient la cour et faisaient presque partie intégrante de la maison. Liam ne les avait pas arrachés pour construire le bâtiment. Au lieu de cela, sa maison avait été construite autour d'eux. Contrairement à la résidence massive et tape-à-l'œil de Perry Sterling, celle de Liam était un bâtiment tentaculaire avec un grand porche qui bordait la structure. Les murs étaient faits de rondins de bois et de galets, et le toit de plaques de cèdre qui lui donnaient des airs de chalet de montagne.

Mais c'était bien plus qu'un chalet. C'était une maison chaleureuse et accueillante qui serpentait entre les chênes qui protégeaient le toit du ciel brûlant du Texas.

— J'adore, murmura-t-elle.

Elle se tourna vers lui tandis qu'il arrêtait le moteur.

— Tu as bien fait de laisser les arbres. C'est magnifique.

Il haussa les épaules, mais elle voyait bien que ce compliment lui faisait plaisir.

— Ces arbres sont ici depuis plus longtemps que moi.

— La plupart des gens les auraient arrachés.

Puis elle se tourna vers la maison. Elle vit les deux patios en pierre, créés près de la maison et encerclant un arbre ou plusieurs. Ces patios contenaient des tables en bois, des fauteuils avec des coussins aux couleurs vives. À l'ombre des chênes, on aurait dit de petites oasis.

Liam descendit de son pick-up et Chloe fit de même. Alors qu'il traversait la cour du ranch vers un homme bien plus petit qui venait à sa rencontre, elle contempla les alentours. Il y avait peu de traces de la tempête. Quelques arbres semblaient avoir perdu des branches et le sol sous ses bottes était toujours humide à cause de la pluie. Mais sinon, tout ici était parfait.

D'ailleurs, il n'y avait pas que la maison qui était impressionnante. Tout le ranch était organisé soigneusement, avec un grand corral, une écurie et une immense étable. Il y avait des appentis, des bâtiments dortoirs certainement pour les cow-boys célibataires et deux maisons plus petites, dont l'une était probablement pour son contremaître. La barrière du corral était peinte en blanc éclatant, alors que l'étable et l'écurie l'étaient en rouge brique avec des garnitures blanches.

Pendant que Liam discutait avec l'homme qu'elle supposait être son contremaître, Chloe pivota sur elle-même lentement pour avoir une vue d'ensemble. Même la terre était superbe, avec les arbres, les prés et, au loin, l'eau miroitante d'un étang. Le calme régnait, à l'exception du bruit du vent dans les arbres, des chevaux dans le corral et des chants des oiseaux.

Si tout se déroulait aussi bien qu'elle l'espérait, son projet verrait le jour ici. Elle respira profondément et regarda au fond du terrain, derrière la maison. Ce serait là, se dit-elle, qu'elle installerait le camp des filles. Maintenant, il ne lui restait plus qu'à convaincre Liam qu'elle en était capable. Qu'elle était faite pour ce genre de vie.

— Je vois des projets qui pétillent dans tes yeux.

— Quoi ?

Elle sursauta et se retourna pour découvrir que Liam l'avait rejointe sans qu'elle s'en aperçoive.

— Tu sais, je commence à croire que tu fais exprès de marcher aussi discrètement parce que tu aimes me voir sursauter.

— Peut-être bien, dit-il en haussant les épaules.

Bon, au moins, il n'était plus énervé. Elle désigna la direction où des chênes formaient un cercle, comme s'ils attendaient qu'un groupe de filles viennent y allumer un feu de camp.

— J'aimerais établir le camp là-bas. Près de la maison, mais assez éloigné pour préserver ton intimité.

— C'est sympa de ta part, grommela-t-il.

On avait l'impression qu'il avait des regrets. Elle le regarda.

— Tu m'as dit que tu me donnerais le terrain nécessaire au camp si je faisais mes preuves.

— C'est bien ce que j'ai dit, confirma-t-il en retirant son chapeau et en passant les doigts dans ses cheveux. Mais ce n'est pas encore fait, alors ne t'emballe pas.

Le dédain dans sa voix la surprit. La déçut.

— Euh... Les deux dernières semaines ne signifient rien pour toi ? Je ne t'ai pas prouvé ce dont j'étais capable. Tu t'attends toujours à ce que j'échoue, c'est ça ?

Il respira profondément et la regarda dans les yeux.

— Ce n'est pas que je m'y attends mais... Bon, OK. En fait, si.

Lentement, soigneusement, elle dégagea ses cheveux emportés par le vent de ses yeux, se donnant le temps d'accepter ce qu'il venait de dire. Mais ça n'avait pas d'importance. Elle ne *pouvait* pas l'accepter. Elle ne l'accepterait jamais.

— Pourquoi ?

— Tu n'es pas faite pour cette vie, Chloe, tout simplement.

— Alors je suis faite pour quoi ? demanda-t-elle en croisant les bras sur sa poitrine. Le shopping ? Les boîtes de nuit ? Boire le thé avec les reines douairières de Houston ?

Il leva ses deux mains en l'air.

— Comment pourrais-je savoir ce pour quoi tu es faite ?

— Tu devrais le savoir, l'accusa-t-elle en se rapprochant de lui, légitimement furieuse. Toi plus que quiconque. Tu sais ce que ça signifie pour moi. Tu sais comme j'ai travaillé dur pour faire mes preuves.

— Ouais, c'est vrai, dit-il sèchement. Mais je dois voir au-delà de tout ça.

— Vraiment ?

Elle avait la gorge serrée, mais elle ne voulait pas que ses émotions perturbent cette dispute. Alors elle lutta contre la peine et la déception, et se raccrocha à la colère.

— Qu'y a-t-il d'autre, Liam ? À quels autres tests cachés ai-je échoué ?

Au moment de le dire, elle comprit.

— Ça concerne ma sœur, c'est ça ?

On aurait dit qu'il allait nier, mais il finit par acquiescer.

— En partie, oui. Bon sang, Chloe, tu viens du même monde qu'elle. Et elle ne pourrait pas plus survivre dans un ranch que je pourrais essayer de respirer sous l'eau.

Maintenant, en plus de ressentir de la rage, elle se sentait insultée.

— C'est comme ça pour Ellen puisqu'elle n'a jamais voulu vivre ou travailler dans un ranch. La différence, c'est que moi, si. Je me suis détachée de cette vie, tu te souviens ?

Il rit doucement en secouant la tête.

— Peut-être bien, mais cette vie ne s'est pas détachée de toi. Toute la ville de Houston a besoin d'être reconstruite, mais ton riche papa s'est pointé pour s'assurer que ton bureau était remis à neuf en premier.

— Sérieusement ? dit-elle stupéfaite, les yeux écarquillés. C'est ma faute si mon père a payé grassement des artisans pour que les travaux soient faits rapidement ?

— Non. Mais j'ai remarqué que tu ne lui as pas demandé de ne pas le faire.

— Tu as raison. J'aurais dû insister pour passer en dernier.

Mince, je n'aurais carrément pas dû les laisser réparer le bâtiment. J'aurais dû bosser dans un taudis afin de m'assurer de passer ton test pour être « pauvre mais fière ».

— Et voilà.

— Non, à mon tour maintenant.

Elle pivota, fit deux ou trois grands pas pour s'éloigner, puis revint vers lui. Elle agita son index et dit :

— Tu sais ce qui cloche chez toi, Liam ? C'est fou que je ne l'aie pas remarqué avant. J'avais bien vu que tu étais têtu. Grincheux. Mais ça, ça m'avait échappé. La vérité, c'est que tu es snob.

Il haussa les sourcils.

— Pardon ?

— Et de la pire espèce, en plus. Un snob contrarié. Tu es tellement occupé à regarder les personnes qui ont de l'argent de haut, que tu ne leur reconnais pas la qualité d'être des personnes en soi.

— Ce n'est pas vrai.

— Vraiment ? dit-elle en tapant la pointe de sa botte dans l'herbe et en croisant les bras sur sa poitrine. Sterling te rend fou. Tu as vu ma sœur cinq minutes et tu l'as méprisée.

— Elle est bête, argumenta-t-il.

— Peut-être, mais tu ne peux pas la juger comme ça en te basant seulement sur une conversation que tu as entendue.

— Ça m'a bien suffi.

— Et le pire, poursuivit-elle comme s'il n'avait rien dit, c'est que tu considérais que j'avais échoué avant même que cette expérience ne commence, je me trompe ?

Il secoua la tête.

— Je t'ai donné une vraie chance.

— Une chance, peut-être. Vraie, je ne crois pas. Pas si tu m'avais déjà jugée avant que je commence.

— Je t'ai dit que je trouvais que tu avais fait du bon boulot jusqu'ici.

— Ha, ha ! Jusqu'ici. Ce qui me laisse du temps pour me planter.

— Écoute, dit-il clairement agacé, tu ne peux pas me reprocher de juger les autres. J'ai connu des tas de femmes comme ta sœur, et tu viens du même milieu. Pourquoi devrais-je croire que tu es différente ?

— Oh ! je ne sais pas. Il te suffirait peut-être d'ouvrir les yeux, non ?

C'était tout simplement exaspérant. Chloe tremblait d'indignation. Toute sa vie, elle avait été l'intruse de la famille. Celle qui n'entrait pas dans le moule. Qui n'avait pas sa place. Maintenant qu'elle avait trouvé l'endroit où elle voulait être, elle n'y avait toujours pas sa place.

— N'ai-je pas fait tout ce que toi et Mike m'avez demandé de faire ?

— Si.

Il remit son chapeau et baissa le bord sur ses yeux.

— J'ai nettoyé les stalles, nourri les bêtes, réparé les barrières, et tout ça sans me plaindre.

Et elle était vraiment fière d'elle.

— Oui, admit-il avant de croiser les bras sur son torse à son tour.

Ils se tenaient face à face, ni l'un ni l'autre n'ayant l'intention de céder.

— Alors si tout cela est vrai, pourquoi penses-tu encore que je vais échouer ?

— Parce que tu ne fais ça que depuis deux semaines. Une fois que l'attrait de la nouveauté sera passé, les choses changeront.

— Parce que je ne tiens pas autant à mes rêves que toi aux tiens ?

— Les rêves n'ont rien à voir là-dedans, dit-il avec un air renfrogné.

— Bien sûr que si !

Elle tendit les bras pour embrasser ce magnifique ranch. La vie qu'il s'était bâtie parce qu'il l'avait rêvée et réalisée.

— Tu as construit tout ça grâce à tes rêves.

— Et ça m'a pris des années, pas quelques semaines.

— Et ça fait une différence ?

— Oui, aboya-t-il. Quand on obtient quelque chose facilement, on ne l'apprécie pas autant.

— Facilement ?

La douleur l'étrangla et lui serra la poitrine, donnant l'impression qu'elle manquait d'air.

— J'ai travaillé toute ma vie pour déterminer ce que je voulais. Je me suis écartée des attentes de ma famille pour prendre ma propre voie, et tu appelles ça la facilité ? Mon Dieu, pour qui tu te prends ?

— Je sais exactement qui je suis, Chloe, dit-il doucement. C'est toi que je ne suis pas sûr de connaître.

Encore une gifle qui faillit la faire chanceler. Elle pensait qu'il y avait une connexion entre eux. Qu'ils avaient forgé un lien durant les deux jours où ils avaient été coincés ensemble à cause de la tempête. Depuis, ils avaient bâti leur relation là-dessus. En tout cas, c'était ce qu'elle pensait. Ces deux dernières semaines au ranch Perry, Chloe pensait qu'elle avait au moins gagné son respect, mais apparemment, elle se trompait.

— Facilement, répéta-t-elle d'une voix qui trahissait sa peine et son sentiment d'être insultée. C'est bien ce que tu as dit ? Que je réaliserais mon rêve trop facilement ?

— Chloe...

— Tu as dit un jour que tu admirais le fait que je mette tout en œuvre pour mon rêve, tu te souviens ?

— Oui.

Il enfonça ses mains dans les poches de son jean.

— J'ai honoré ma part de notre engagement, non ?

— Si.

— Il me reste quoi, encore une semaine ?

— À peu près.

— Bien.

Elle respira profondément, avalant assez d'air pour remplir le vide immense au creux de son ventre.

— Quand l'heure sera venue, tu devras bien admettre que j'ai gagné.

— Ce n'est pas un concours, Chloe.

— Oh ! si, c'en est un.

Elle secoua ses cheveux, leva la tête et riva son regard sur le sien.

— Toute ma vie, les gens m'ont dit : « Non, tu ne peux pas », « Non, tu n'y arriveras pas. » Eh bien, à chaque fois, ces paroles n'ont fait qu'attiser ma détermination à leur prouver qu'ils avaient tort. Cette fois ne sera pas différente.

— Bon sang, Chloe...

— Et quant à « l'attrait de la nouveauté » qui pourrait passer..., poursuivit-elle, lui coupant la parole, eh bien, tu n'as pas à te soucier de ça. Je vais passer ton test et obtenir cette terre. C'était notre marché.

— Je connais notre foutu marché.

— Bien. Assure-toi de le respecter alors.

— Je ne reviendrai pas sur ma parole, dit-il avec le même ton insulté qu'elle.

— Comment pourrais-je en être sûre ? Finalement, je ne te connais pas vraiment non plus.

Deux jours plus tard, Liam était à cran et traverser la cour pour se rendre à une réunion avec Sterling n'arrangeait pas son humeur.

Depuis leur confrontation, Chloe et lui ne s'étaient presque pas adressé la parole. Elle avait quitté sa chambre pour se réinstaller dans la chambre d'ami, et cela le rongeait. C'était probablement mieux comme ça – c'était ce qu'il n'arrêtait pas de se dire –, mais ce qu'il y avait entre ses jambes ne le croyait pas.

Et il n'y avait pas que le sexe qui lui manquait.

Il aimait se réveiller avec elle blottie contre lui. Sa manière de lui sourire quand elle ouvrait les yeux le matin. Comme elle chantait sous la douche. Il aimait bien trop de choses chez elle en fait.

Mais les souvenirs de sa sœur apparaissaient régulièrement

dans sa tête et lui rappelaient que Chloe n'était pas différente au fond d'elle. Comment aurait-il pu la croire quand une partie de lui s'attendait qu'elle devienne la personne que sa naissance avait prédite pour elle ?

9

— J'ai besoin que tu fasses quelque chose pour moi samedi.

Sterling Perry s'enfonça dans son fauteuil et tapota ses doigts sur le bureau.

Liam plaqua son chapeau contre sa cuisse. Il commençait à montrer des signes d'impatience, après quelques minutes à parler de choses anodines avec Sterling. Il était censé retrouver Mike dans le pré pour lui montrer les canyons où il était fort probable que le troupeau se soit égaré. Au lieu de cela, il était là, à attendre que Sterling en vienne au fait. Mon Dieu, qu'il avait hâte d'être son propre patron.

Il appréciait Sterling, mais il avait tendance à tourner autour du pot, ce qui le rendait fou.

— Oui, vous me l'avez déjà dit. Qu'est-ce que c'est ?

— C'est simple, dit son patron. J'ai été invité à la fête de fiançailles de la petite sœur de votre copine Chloe.

Liam se raidit. Même s'ils avaient été discrets et que Sterling était souvent absent et rarement à l'extérieur, ce dernier avait bien remarqué qu'il y avait quelque chose entre Chloe et lui.

— Ce n'est pas ma copine. C'est la copine de personne. C'est une femme.

— Donc tu l'as remarqué, dit Sterling, amusé.

Oh oui, ça, il l'avait bien remarqué. Mais cela ne concernait absolument pas son patron.

— Sterling...

Ce dernier secoua la tête et leva un doigt pour qu'il se taise.

— Ça ne me regarde pas. Ce que tu fais de ton temps libre n'appartient qu'à toi. Mais pour son père, c'est autre chose. Hemsworth est un client. Je devrais assister à cet événement, mais ça ne m'intéresse pas.

— Moi non plus, râla Liam.

Sterling se mit à rire.

— Oui, je sais. Mais tu es encore mon contremaître et j'ai besoin que tu y ailles, pour me représenter et représenter le ranch.

Ce n'était pas la première fois que Sterling refilait le bébé à Liam comme ça. Il l'avait remplacé à des réunions, au club, à des ventes aux enchères de chevaux et maintenant, apparemment, à une fête de fiançailles. Mais il ne comptait pas céder sans se battre. Il avait vu Ellen Hemsworth seulement cinq minutes et n'avait pas pu la supporter. Sans parler du fait que Chloe y serait et qu'actuellement il l'évitait un maximum.

— Assister à des fêtes ne fait pas partie de mes fonctions.

Pour lui, il n'y avait rien de pire que se rendre à cette célébration en particulier. Ça ressemblait à de la torture. Se mêler aux riches et futiles. Bavarder avec des personnes dont il se fichait royalement. En plus, il fallait être bien habillé. Lui, porter un smoking toute une soirée ?

— Maintenant si, dit Sterling sur un ton plat. Tu représenteras le ranch Perry à cette fête, Liam. Pour la satisfaction de notre client.

— Envoyez-y Mike, dit Liam en se raccrochant à ce qu'il pouvait. C'est votre nouveau contremaître. Il devrait s'habituer à remplir ce genre de mission.

Même à soixante-dix ans, Sterling Perry restait intimidant. Ses cheveux châtains grisonnaient sur les tempes, mais c'était le seul signe de son âge. Liam attendit une réaction, même s'il était quasiment sûr de ce qu'il allait dire. Et il ne se trompait pas.

— Mike Hagen n'est pas contremaître tant que tu n'as pas payé ta dette envers moi, dit Sterling, l'air dur. Tu as presque fini, alors contente-toi de faire ton travail quand je te le demande et on n'aura pas de problème.

Liam était piégé et il le savait. Il avait donné sa parole pour travailler et éponger sa dette envers Sterling. Jusqu'à ce que le vieil homme lui dise que c'était bon, Liam n'avait pas le choix. Et le vieil indiscret le savait très bien.

Sterling prit son téléphone et commença à composer un numéro, signifiant de manière évidente à Liam qu'il devait partir. Il dut ravaler sa colère. Sterling gérait son ranch comme un royaume et, comme tout bon roi, il ne se laissait pas importuner par ses paysans.

Il semblait donc que Liam allait se rendre à une fête.

Frustré, furieux et prêt à arracher la tête de quelqu'un, Liam sortit en trombe du bureau. Alors qu'il se trouvait dans le hall, Esme Perry l'arrêta.

— Waouh, papa te fait de l'effet, dis donc.

Il tourna la tête vers elle.

— Je ne suis pas d'humeur, Esme.

— C'est à propos de la fête de fiançailles ?

— Tu es au courant ?

Il la regarda descendre l'escalier comme la dernière fois qu'il avait eu un entretien avec Sterling. Celui qui l'avait mis dans cette situation.

— Tu te caches en haut de l'escalier en attendant que je me dispute avec ton père ou quoi ?

Elle rit doucement.

— Crois-moi, j'ai mieux à faire. En ce qui concerne cette fête, tout le monde est au courant. C'est censé être un gros événement. Les Hemsworth ne sont pas franchement connus pour leur discrétion.

— Super. Tu y vas ? demanda-t-il en pensant que, si c'était le cas, il ne serait pas obligé de s'y rendre.

Qui pourrait mieux représenter les Perry qu'un membre de la famille ?

— Oh non, dit-elle en riant. Cet honneur te revient. C'est toi l'ambassadeur cette fois.

— Quelle chance.

— Non, c'est moi qui ai de la chance. Ellen Hemsworth est une vraie idiote. Elle me donne la migraine.

— C'est un phénomène, marmonna-t-il en se souvenant de cette femme qui bondissait en agitant un gigantesque diamant dans les airs.

Puis il se souvint de Chloe en jean et en bottes qui l'observait, médusée, et avait un comportement à l'opposé de celui de sa sœur.

— Grâce à Dieu, tout ce que Chloe et Ellen partagent, c'est leur nom de famille, dit Esme comme si elle lisait dans ses pensées. Chloe est intelligente. Compétente.

— Ouais, murmura-t-il à contrecœur. C'est vrai.

— Je l'aime bien.

Il entendit la curiosité dans sa voix. Liam lui lança un regard étonné.

— Pour une raison particulière ?

— Il en faut une ? demanda Esme en riant et en secouant sa tête pour dégager les cheveux qui tombaient sur son visage. Honnêtement, Liam, je ne suis pas aveugle. Et je vis ici. Je vous ai vus tous les deux. Je te connais bien.

Liam n'aurait pas dû être surpris que les personnes du ranch – dont Esme et son père – aient remarqué que lui et Chloe passaient du temps ensemble. Mais ça l'énervait quand même.

— Les gens portent trop d'attention à ce qui ne les regarde pas.

— Probablement, je m'ennuierais si je ne m'occupais que de mes affaires.

Elle descendit les dernières marches et leva la tête vers lui. Son air amusé s'effaça quand elle remarqua son regard.

— Des nuages au paradis ?

Il lui lança un regard noir. Ils étaient peut-être amis, mais il n'était pas le genre d'homme qui parlait de ses problèmes pour qu'on le console en lui tapant sur l'épaule. Il n'était pas du genre à « partager ».

— Laisse tomber, Esme.

— Qu'est-ce que tu peux être têtu, dit-elle avec un soupir. Bon, très bien. Ne parlons plus de Chloe et revenons à la fête.

Détends-toi, Liam. Bientôt tu ne travailleras plus ici au ranch. Ce n'est qu'une dernière mission. Il te reste quoi ? Une semaine ?

— Un peu moins.

Elle sourit.

— Tu vois, tu seras bientôt libre.

— Ouais.

Aussi libre qu'il le pouvait avec le camp de Chloe sur son ranch et la perspective de la voir au moins une fois par mois. Il ne savait pas ce qui lui était passé par la tête quand il lui avait proposé ce marché. S'il ne l'avait pas fait, elle se serait installée ici chez Sterling et il n'aurait pas été obligé de la revoir.

Soudain, il ne savait pas ce qui aurait été le pire. La voir souvent ou plus jamais.

Elle allait donc établir son camp et ils seraient... des inconnus qui s'étaient vus nus. Pas de problème.

— Intéressant, dit Esme, songeuse, en tapotant un doigt sur sa lèvre inférieure.

— Quoi ? fit-il, sur ses gardes, en lui lançant un regard dur.

— Eh bien, pour un homme bientôt libre, tu n'as pas l'air très heureux.

— Je suis pleinement heureux, aboya-t-il.

— Oui, dit-elle avec un grand sourire en haussant les sourcils. Je l'entends dans ta voix insouciante.

Elle resta là, détendue et amusée, et cela agaçait profondément Liam. Ami ou pas, il n'avait pas l'intention d'être son divertissement de la journée.

— Bon, Esme, j'ai du travail.

Il traversa le hall et passa la porte, poursuivi par les rires d'Esme.

Il avait vraiment besoin de prendre l'air.

Chloe s'ennuyait à mort.

La fête de fiançailles de sa sœur ressemblait à tous les autres événements formels auxquels elle avait assisté. Et cela confirmait le fait qu'elle détestait ça. Il y avait du monde, du bruit et elle avait déjà envie de s'enfuir. Elle n'était là que depuis trois quarts d'heure et elle avait commencé à chercher la sortie la plus proche. Comme elle était dans le jardin avec la majeure partie des invités, tout ce qu'elle aurait à faire serait de se faufiler par le portail et de demander à l'un des voituriers de lui ramener sa voiture.

Puis elle soupira. Elle savait très bien qu'elle ne s'enfuirait pas, même si son plan l'avait beaucoup amusée. Faire partie de cette famille n'était pas toujours facile. Ellen était naïve, trop jeune pour se marier et absolument pas prête à entrer dans la vie d'adulte, mais Chloe était sa sœur, donc elle était obligée de rester. Elle espérait juste que les serveurs continueraient d'apporter du champagne.

Le groupe était installé dans un coin, près du patio, et jouait des classiques de la génération de son père. Quelques couples dansaient, mais la plupart des invités formaient des petits groupes, plongés dans des conversations qui semblaient glisser sur elle comme les vagues sur l'océan.

Chloe but une gorgée de champagne et observa la fête avec l'œil critique d'une organisatrice d'événements. Des guirlandes de lumière blanche clignotaient dans les arbres. Les tables et les chaises étaient disposées un peu au hasard et les serveurs déambulaient dans le jardin pour proposer des plateaux d'amuse-gueules et de boissons.

Si elle avait été chargée de cette fête, Chloe aurait arrangé les tables en cercle pour laisser plus de place aux danseurs. Les guirlandes lumineuses n'auraient pas clignoté et les serveurs auraient su comment sillonner le jardin pour s'assurer que personne n'était oublié.

Mais son père n'avait même pas pris la peine de lui demander d'organiser l'événement. Selon elle, c'était essentiellement parce qu'il ne voulait pas l'aider à réussir dans cette voie. Il voulait qu'elle essuie un échec lamentable pour qu'elle revienne dans le droit chemin et suive les projets qu'il avait pour elle. S'il avait fait arranger son bureau si vite, c'était parce qu'elle ne pouvait pas échouer si elle n'avait pas de bureau où travailler.

D'ailleurs, que penseraient les gens si le père de Chloe la laissait travailler dans un local froid, humide et délabré ? Oh ! elle savait ce que pensait son père. Ce qu'il attendait d'elle. Et elle savait qu'une partie de son dégoût pour sa « petite » entreprise était liée au fait qu'elle risquait d'avoir certains de ses amis comme clients. De travailler pour des gens qu'il fréquentait.

— Et ça ne te mènera nulle part, Chloe, murmura-t-elle avant de prendre une autre gorgée de champagne.

Elle resterait encore une heure, puis elle partirait. Rentrerait au ranch Perry. Dans la maison où elle et Liam vivaient comme des étrangers.

Chloe regarda à l'autre bout de la pelouse soigneusement tondue où sa sœur et Brad recevaient les félicitations de la foule en adoration. Au moins, Ellen avait l'air heureuse. Chloe espérait que ce mariage fonctionnerait, et ce serait peut-être le cas. Ellen et Brad voulaient les mêmes choses après tout. Le prestige et de jolies vies.

Tandis que sa poitrine se serrait, elle pensa qu'il valait peut-être mieux vivre comme Ellen. Ne pas avoir trop d'espérance pour ne jamais être déçue. Mais ainsi, on n'est jamais vraiment heureux non plus. Alors devait-elle prendre le risque d'être blessée pour avoir une chance de connaître le bonheur ? Ou valait-il mieux se contenter de prendre ce qu'on nous offrait et se convaincre qu'on était satisfait ?

Une autre gorgée de champagne chassa ces pensées. Elle avait eu beaucoup de temps pour réfléchir à ce qu'elle avait fait ou aurait dû faire. Des années. Elle ne pouvait pas imaginer ressentir pour quelqu'un d'autre ce qu'elle ressentait pour Liam. Comment pouvait-elle essayer de trouver l'amour avec quelqu'un d'autre alors que son cœur lui appartiendrait à jamais ?

— Sombres pensées pour une fête.

Elle sursauta et plongea son regard dans les yeux bleus de Liam. Elle ne l'avait pas entendu approcher. Encore une fois.

— Tu sais, ta furtivité est vraiment agaçante.

Il lui adressa un petit sourire.

— J'y penserai.

Mon Dieu, qu'il était beau. Un stetson noir, un smoking qui avait clairement été taillé pour s'ajuster à son corps grand, musclé et élancé, et des bottes vernies. Le vrai cow-boy des fantasmes romantiques. Et il la fixait comme s'il voulait la dévorer.

Elle frissonna en regrettant qu'il ne le fasse pas.

— Qu'est-ce que tu fais ici, Liam ?

— Sterling m'a envoyé le représenter, dit-il en regardant la grande cour et la foule d'invités réunis.

Quand il retourna vers elle, il la dévisagea.

La température de Chloe monta et elle fut brièvement soulagée d'avoir fait du shopping spécialement pour cette fête. Elle portait une robe en soie bleu nuit tissée de fils argentés. Elle moulait son corps et tombait jusqu'au sol. Il y avait une fente sur le côté qui montait jusqu'au milieu de sa cuisse droite et le corsage était soutenu par deux bretelles fines sur ses épaules. Le dos formait un grand V et l'air doux caressait sa peau tandis qu'il la contemplait.

— Tu es... magnifique.

Sa voix était douce, presque inaudible dans le bruit des conversations environnantes.

— Merci. Tu es très beau.

En toute honnêteté, pensa-t-elle en appréciant le voir dans cet élégant smoking. Le stetson noir ne faisait qu'agrémenter le tout.

— Ça a l'air d'être une fête sympa.

Elle rit en secouant la tête.

— Tu détestes ça.

— C'est vrai, dit-il en haussant les épaules, mais ça a quand même l'air plutôt sympa.

— Honnêtement, je m'ennuie à mort, admit-elle alors que son regard déviait vers la pelouse. Je suis ici pour Ellen, même si je ne pense pas qu'elle ait remarqué ma présence.

— Je ne vois pas comment elle pourrait te rater.

Chloe le regarda dans les yeux et vit la passion briller. Son corps réagit en frémissant, mais son cœur se serra parce que la passion ne lui suffisait plus.

Ces derniers jours, elle était confrontée à une vérité qui lui était tombée dessus. Elle était en train de tomber amoureuse de ce cow-boy à la tête dure. Un homme qui ne respectait pas ses capacités. Qui pensait que, parce qu'elle était la fille d'un homme riche, elle était incapable d'être plus.

Et cela lui brisait le cœur.

— Je ne pense pas apprécier ce que je vois dans tes yeux, fit-il remarquer.

Un serveur s'arrêta pour leur proposer un plateau avec des flûtes de champagne, mais Liam refusa.

— Que crois-tu voir ?

— En un mot, de la déception.

— Bien vu.

C'était étrange qu'il puisse voir ça dans ses yeux, mais pas l'amour qu'elle éprouvait pour lui. Une mèche de cheveux tomba de son chignon décoiffé à l'arrière de sa tête et elle la coinça derrière son oreille.

— Liam...

— Tu te trompes, dit-il calmement.

— Sur quoi ? demanda-t-elle, curieuse.

Il respira fort.

— Sur ce que je pense de toi.

— Oh ! je pense que tu as été très clair l'autre jour.

— J'étais énervé, confia-t-il. J'ai dit des choses que je n'aurais pas dû dire.

Étonnée, elle le regarda.

— Si ce sont des excuses, elles ne sont pas très bonnes.

— Oui, ce sont des excuses.

— Oh ! super. Eh bien, merci d'être passé me voir.

Chloe regarda de l'autre côté de la cour sa sœur se jeter dans les bras de Brad.

Quoi que puisse penser Chloe du futur mariage d'Ellen, au moins, sa sœur avait trouvé quelqu'un qui l'aimait. Elle avait des kilomètres d'avance sur Chloe.

— Il y a quelque chose que je ne t'ai pas assez dit, dit-il avec douceur. Tu as fait du super boulot, Chloe.

Elle tourna la tête vers lui.

— C'est vrai ?

— Oui. Tu as tenu le coup et je ne t'en croyais pas capable. Tu as fait le job sans jamais te plaindre.

— Quel doux son à mes oreilles, Liam, dit-elle en esquissant un sourire.

Il ne savait pas présenter des excuses, mais il savait lui faire des compliments, même si c'était à contrecœur.

Son sourire fit déferler une vague de chaleur en elle.

— Si c'est ce que tu penses, où est le problème ? lui demanda-t-elle.

Son sourire disparut.

— Un tas de trucs dont je n'ai pas envie de parler.

— Ça ne m'aide pas, Liam.

— Ouais. Je sais.

Clairement agacé, il retira son chapeau et le plaqua contre sa cuisse.

— Je ne peux pas l'empêcher. Mais écoute, Chloe, il nous reste quelques jours avant la fin de notre marché. Tu veux vraiment les passer à se disputer ?

Non, elle ne voulait plus se battre avec lui. Elle détestait dormir dans la chambre d'ami. Elle détestait ne pas lui parler, ne pas sentir ses bras autour d'elle. Elle détestait se réveiller le matin dans un lit vide, sans lui.

Il la regardait. Attendait. Elle sentait la tension entre eux comme un cœur battant. Il avait raison. Dans quelques jours, leur marché serait terminé et qui savait ce qui se passerait ensuite ? Voulait-elle vraiment gâcher le temps qu'il lui restait avec lui ?

— Non, finit-elle par dire, suivant son cœur.

Si elle écoutait sa tête, elle lui dirait que rien ne pouvait être résolu en prétendant que tout allait bien. Mais ce n'était pas ce qu'elle voulait entendre.

— Dieu merci.

Il l'attrapa par la main et la tira vers lui.

Elle rit doucement et lui demanda :

— On va danser ?

— Jamais de la vie. Je ne danse pas.

Mais il la tenait comme s'ils dansaient et décrivit lentement un cercle sous les petites ampoules blanches. Et tandis qu'ombres et lumières passaient sur le visage de Liam, Chloe accepta ce dernier moment d'amour.

À cet instant, elle savait que, quelle que soit la fin de leur marché, rien ne serait plus jamais pareil pour elle.

De retour chez lui, ils entrèrent dans sa chambre ensemble. Seule la lueur de la lune qui passait par les fenêtres venait percer l'obscurité. Liam ferma la porte derrière eux, puis se tourna vers elle. Il fit glisser ses bretelles sur ses épaules et descendre son corsage, exposant ses seins à la fraîcheur de la pièce. Quand ses tétons durcirent, il sourit.

— Ton goût m'a manqué, murmura-t-il avant de prendre un mamelon après l'autre dans sa bouche.

Chloe resta là, les mains sur les épaules de Liam pour garder l'équilibre pendant que le monde tournait autour d'elle. Il léchait et mordillait sa chair, ce qui lui donnait le tournis. Il était en train de prendre le contrôle sur son corps.

— Liam, dit-elle avec un gémissement, je vais m'écrouler d'ici une minute.

Il se redressa pour la regarder dans les yeux.

— Je peux arranger ça.

Il la souleva dans ses bras, la porta jusqu'au lit et la déposa sur le matelas.

— Reste là.

Elle n'avait nulle part ailleurs où aller, pensa-t-elle, en caressant son propre corps et attrapant ses seins pendant qu'il la regardait avec un regard plein de désir. Il se débarrassa de sa veste de smoking, de sa cravate et de sa chemise, puis s'agenouilla devant elle avant de la tirer vers le bord du lit.

— Liam ?

— Je te l'ai dit : ton goût m'a manqué.

Il souleva sa robe en soie et sourit quand il comprit qu'elle ne portait pas de sous-vêtements.

— Eh bien, si je l'avais su, on n'aurait même pas pris la peine de rentrer chez moi.

Elle sourit.

— Je ne voulais pas qu'on voie de marque sous ma robe.

— Voilà qui fait de moi un grand amateur de mode.

Il caressa la marque de naissance en forme de goutte à l'intérieur de sa cuisse droite avec son pouce, puis remonta, se rapprochant de son centre brûlant et palpitant.

Chloe retint son souffle et écarta les cuisses pour lui. L'excitation rugissait en elle.

Il la caressa, enfonça ses doigts en elle, puis recommença ses caresses. Chloe remuait sur le matelas tandis que le désir montait et palpitait dans tout son corps. Elle ne pouvait s'empêcher de balancer le bassin. Liam déposa des baisers sur sa cuisse et lécha cette tâche qui semblait le fasciner. Puis enfin, il la prit comme elle voulait être prise.

Sa bouche la couvrit, sa langue lécha ses plis, et son souffle chaud effleura son creux, attisant un feu qui menaçait de la consumer. Chloe se tortilla entre ses mains pour essayer de se rapprocher et avoir encore plus de sensations. Elle tendit les mains vers lui et passa ses doigts dans ses cheveux en maintenant sa tête contre elle pour lui faire comprendre, sans rien dire, qu'elle adorait ce qu'il lui faisait. Qu'elle voulait que ça ne se termine jamais.

Elle baissa les yeux et l'observa la prendre de cette manière si intime qui nourrissait ces flammes qui dansaient en elle. Chloe remuait, bougeait, se balançait pour assouvir son désir et le plaisir qui montait en elle. Encore et encore, il la lécha, la mordilla, puis, quand il glissa un doigt en elle, cela dépassa son seuil de tolérance.

Elle ne put se retenir plus longtemps, faire durer le plaisir une seconde de plus. Quand elle atteignit l'orgasme, Chloe cria son nom et ce puissant soulagement la fit trembler. La jouissance sembla continuer infiniment et elle chevaucha cette vague interminable en frémissant et gémissant.

Liam se redressa, retira ses derniers vêtements et se retrouva sur elle en quelques secondes. Il la pénétra profondément alors qu'elle tremblait encore. Pour Chloe, il était impensable de jouir à nouveau aussi rapidement, mais avec Liam tout était possible.

Elle enroula ses jambes autour de ses hanches pour qu'il s'enfonce au plus profond d'elle. Quand il la regarda dans les yeux, elle lut son envie. Elle ressentait la même chose, le désirant encore plus que la dernière fois. Avec assurance et précision, il fit monter son plaisir jusqu'à ce qu'elle explose à nouveau, et cette fois elle l'emporta avec lui. Pendant qu'elle le serrait dans ses bras, qu'ils étaient si intimement connectés, ils plongèrent dans l'obscurité et la firent briller.

Après une longue nuit de sexe qui l'avait comblée, Chloe se réveilla dans les bras de Liam et savoura l'instant. Aussi merveilleuse qu'ait été cette nuit, elle savait que rien entre eux n'était résolu. Rien n'avait été décidé.

Ils avaient beau être intimes, proches, Liam se retenait vis-à-vis d'elle et elle ne savait pas pourquoi.

— Je t'entends réfléchir, murmura-t-il.

— Oui.

Elle regarda par la fenêtre l'aube se lever et teinter le ciel de rose et de doré. Ils devraient bientôt se lever pour aller travailler, s'affairant chacun à ses tâches, sans jamais aborder le sujet de leur avenir.

Et elle ne pouvait pas le supporter.

Elle s'écarta de lui, se redressa sur un coude et le regarda dans les yeux.

— Qu'est-ce qu'on fait, Liam ?

Il tendit la main pour coincer ses cheveux derrière son oreille.

— On a passé une super nuit et maintenant c'est le matin.

— Ne fais pas ça, dit-elle en secouant la tête. Ce n'est pas ce que je voulais dire, et tu le sais. Je veux savoir ce qui se passe entre nous.

Elle posa sa main sur la joue de Liam.

— Je ne parle pas du camp, du ranch ou de quoi que ce soit d'autre. Juste de nous.

Il soupira et sortit du lit.

— Pas maintenant, Chloe.

— Le problème, c'est que tu ne veux jamais en parler.

Liam lui jeta un regard noir par-dessus son épaule.

— Et tu continues.

— Évidemment, Liam. Je veux savoir.

Elle parcourut son corps ferme et hâlé du regard. Elle connaissait chaque trait, chaque cicatrice. Et pourtant, il y avait encore tant de choses qu'il lui cachait.

— Peut-être que tu ne préférerais pas.

Ces paroles énigmatiques ne firent que renforcer son besoin d'entendre la vérité.

Elle se redressa et tira les draps assez haut pour couvrir sa poitrine.

— Pourquoi ? Comme tu l'as dit, il ne nous reste que quelques jours, alors soyons honnêtes l'un avec l'autre.

Il attrapa un jean et l'enfila, sans prendre la peine de fermer les boutons. Il écarta ses cheveux longs de son visage.

— Qu'est-ce que tu ne comprends pas dans « Je n'ai pas envie d'en parler » ?

— Tout, riposta-t-elle. Qu'est-ce que tu ne comprends pas dans « Parle-moi quand même » ?

Il la fixa avant de sortir de la chambre d'un pas lourd. Elle savait qu'il allait dans la cuisine. Se servir un café. Alors elle prit la chemise qu'il portait la veille, l'enfila et le suivit.

Il était debout devant l'évier et regardait le ranch par la fenêtre en buvant son café comme si c'était la dernière chose qui le tenait en vie. Il ne la regarda même pas quand elle entra dans la pièce. Chloe se servit une tasse elle aussi parce qu'il était impensable de se lancer dans la confrontation sans le fameux excitant. Et, à en juger par sa posture et sa mâchoire contractée, le combat allait être acharné.

— Raconte-moi, lui demanda-t-elle. Il y a plus qu'un simple problème avec moi. Alors pourquoi est-ce que tu ne commences pas par m'expliquer pourquoi tu détestes autant les riches ? Tu es riche, toi aussi, tu te souviens ?

Il la regarda du coin de l'œil.

— J'ai travaillé pour avoir cet argent.

Complètement interloquée, elle le fixa.

— Et tu es le seul ?

— Pour les autres, ce n'est pas pareil.

— Alors explique-moi.

— OK.

Il se retourna, appuya une hanche contre le comptoir et la fixa par-dessus son mug de café.

— Tu es née dans la fortune. Et probablement que ton père aussi.

— Et c'est mal.

Ce n'était pas une question, parce qu'elle voyait dans ses yeux qu'il pensait sincèrement que ça posait problème.

— Pas mal. Juste facile. On n'apprécie pas quelque chose si on n'a pas eu à travailler pour l'obtenir, affirma-t-il avant de poser sa tasse. J'ai vu tous ces gens à la soirée d'hier. Les femmes couvertes de diamants et les hommes qui se vantaient de leurs country clubs, de leurs voitures, de leurs résultats au golf ou quels que soient leurs centres d'intérêt. Personne ne parlait de travail.

— C'était une fête, dit Chloe en ressentant une première vague de frustration qui menaça de l'étrangler. Ces personnes étaient là pour s'amuser.

— Et pour se montrer.

Il marquait un point, mais...

— Pour certains, c'est ça, s'amuser.

Il rit doucement en secouant la tête.

Elle essaya encore de percer ce mur de silence qu'il avait

érigé autour de lui. Ce qu'ils partageaient arrivait à sa fin et elle méritait au moins de savoir pourquoi.

— Je ne vais pas m'excuser d'avoir cette famille. Je t'ai déjà dit que j'avais quitté cette vie dès que j'ai pu. Je travaille pour gagner ma vie, tu te souviens ?

— Pour le moment, fit-il remarquer.

Ces trois mots furent comme un déclic pour Chloe. Elle sentit physiquement céder la bride qui contenait sa colère.

— Comment peux-tu proclamer de telles choses sur *mon* avenir ?

Il lui jeta un regard enragé et elle sut qu'il avait lui aussi atteint le point où la vérité allait être lâchée ou enterrée à jamais.

— J'ai déjà vu ça.

— Avec qui ?

— Une femme comme toi. D'une famille riche. Elle était belle. Elle disait construire sa propre vie, et je l'ai crue. Et pendant un temps, c'était vrai. Puis un jour, elle a décidé qu'elle en avait assez de jouer un rôle et est redevenue celle qu'elle avait toujours été.

Aussi exaspérante que puisse être cette révélation, c'était aussi un soulagement. Ils abordaient enfin la raison pour laquelle il n'arrivait pas à la voir comme une femme qui travaillait dur, avec sa propre volonté et des rêves à réaliser.

— Alors tu me juges en fonction de ce qu'une autre a fait ?

Chloe n'arrivait pas à y croire. Elle n'avait pas fait tout ça pour le convaincre qu'elle était capable d'accomplir ce travail. Elle était en compétition avec un souvenir... un mauvais souvenir. Et le fantôme avait gagné.

— Comme elle était une garce, toutes les femmes sont pareilles ?

— Pas toutes.

— Juste les riches.

— En gros, oui.

— Très bien.

Cette conversation était tellement stupide qu'elle secoua la tête et, quand elle reprit la parole, sa voix trahissait sa colère grandissante.

— Tu sais, mon arrière-grand-père était chercheur de pétrole. Il a creusé des trous dans plus de la moitié de l'est du Texas à la recherche de l'or noir. En même temps, il allait de gisement en gisement pour travailler et trimballait sa famille avec lui. Ils vivaient dans des tentes, pêchaient pour manger et travaillaient dur.

Elle en avait assez de ne pas être considérée comme digne de respect parce que sa famille avait de l'argent. Pourtant, ça n'avait pas toujours été le cas.

— Lui et mon arrière-grand-mère ont eu cinq enfants, et ils ont quand même réussi à économiser assez d'argent pour acheter un lopin de terre près de Beaumont. Mon arrière-grand-père avait le nez, comme il disait.

Au moins, Liam l'écoutait.

— Ils ont travaillé la terre pendant une bonne année avant de trouver du pétrole.

Il prit une gorgée de café et acquiesça.

— C'est une belle histoire. Et on dirait que ton arrière-grand-père était un sacré bonhomme. Mais où veux-tu en venir ?

— Si tu ne comprends pas, c'est que tu le fais exprès. Ils formaient une équipe. Mon arrière-grand-mère permettait à la famille de rester unie pendant que son mari œuvrait pour leur avenir. Leurs fils ont fait grandir l'entreprise et leurs enfants l'ont encore développée. Je veux en venir au fait que les gens travaillent pour obtenir ce qu'ils ont, d'une manière ou d'une autre. Tous. Et moi aussi.

— Ouais, mais si les choses tournent mal pour toi, tu pourras toujours compter sur l'argent de papa, non ? Cela rend l'échec plus confortable.

Chloe leva brusquement les mains.

— Tu es impossible. D'accord. Donc si tu arrives un jour à trouver une femme qui répond à tes standards irréprochables, que se passera-t-il si tu as des enfants ?

— Quoi ?

— Eh bien, dit-elle avec véhémence, ils seront nés dans une famille riche. Cela ne fera-t-il pas d'eux automatiquement des perdants à qui on ne peut pas faire confiance ?

— Non, protesta-t-il, parce qu'ils ne seront pas pourris gâtés. Comme ta sœur.

— Laisse-la en dehors de tout ça.

— Avec plaisir.

Waouh. Leur nuit fantastique et ce beau réveil avaient complètement disparu en un instant. Chloe prit une grande inspiration et souffla. Elle ne gagnerait pas. Le visage de Liam n'affichait aucune expression, ses yeux étaient fermés et il aurait tout aussi bien pu être dans un autre comté. Une part de Liam lui avait déjà dit au revoir. Peut-être qu'il lui avait dit au revoir dès le jour de leur rencontre... mais elle ne l'avait pas entendu.

— Je pense que j'en ai assez de notre marché, dit Chloe en gardant les yeux rivés sur les siens. Alors dis-moi maintenant. Réussite ou échec ? Ai-je droit à la terre que tu m'as promise ? Est-ce que je reste ici chez Sterling ou est-ce que tu vas me dire que ce projet de camp pour filles ne tient pas la route ?

— Tu auras cette terre chez moi. Je tiens ma parole.

Elle pencha la tête pour bien le regarder.

— Et tu ne décideras pas un jour que tu veux autre chose ? Tu ne changeras pas d'avis ?

— Non, dit-il visiblement insulté qu'elle puisse penser ça.

— Je vois, lui dit Chloe d'un air triste, moi non plus. La différence entre nous, c'est que je te crois. Je prends cette décision en sachant pertinemment que tu ne retourneras pas ta veste.

— Chloe...

— Arrête, dit-elle, les mains en l'air. Je vais faire mes valises. Je serai partie avant ce soir.

— Bien.

Il restait comme une statue. Immobile. Inflexible. Les rayons de soleil du matin passaient par la fenêtre de la cuisine et projetaient des ombres sur son visage.

Elle garderait de lui cette image, se dit Chloe, comme s'il était coincé entre le passé et l'avenir. Entre l'obscurité et la lumière.

— Tu sais, j'espère que tu l'as vraiment aimée, dit Chloe en l'observant. La femme qui t'a appris à ne jamais refaire confiance à qui que ce soit. J'espère que tu l'as aimée et que la perdre t'a détruit.

— C'est le cas, merci.

— Tant mieux, parce que maintenant tu fais pareil avec moi, et je veux m'assurer que tu saches l'effet que ça fait.

— Qu'est-ce que tu racontes ?

— Exactement ce que tu ne veux pas entendre, dit Chloe en levant la tête. Je t'aime, Liam.

— Merde...

Elle étouffa un bruit entre un rire et un sanglot.

— Jolie réponse. Je la chérirai à jamais.

Quand il fit un pas vers elle, elle recula. S'il la touchait maintenant, elle s'écroulerait.

— Ce n'était pas censé arriver.

Mon Dieu qu'il était bête. Les hommes étaient-ils tous aussi ridicules ou avait-elle eu la chance de tomber sur un phénomène « spécial » ?

— Ne t'inquiète pas, dit-elle sèchement. Je ne suis qu'une fille riche. Je tournerai probablement rapidement la page et je n'y penserai plus du tout.

Puis elle partit. Tant qu'elle en était encore capable.

10

Deux jours plus tard, Liam se disait que c'était mieux comme ça. Chloe partie, il n'avait plus aucune distraction. Il pouvait terminer ses tâches au ranch Perry dans un semblant de paix. Un semblant. Mais même lui ne croyait pas à ce mensonge.

Elle n'était pas là physiquement, mais elle était toujours partout où il posait les yeux. Leur conversation dans la cuisine se répétait sans cesse dans sa tête comme si elle tournait en boucle. Il voyait ses yeux, entendait sa voix et se souvenait du mal qu'il avait eu à rester là sans rien faire, sans la toucher. S'il l'avait fait, cela n'aurait pas aidé. Cela n'aurait fait que prolonger l'inévitable.

Elle était différente de toutes les autres femmes qu'il avait rencontrées, et pourtant Liam n'arrivait pas à y croire. À croire en elle. Il avait poursuivi ce qu'il avait voulu une fois, et ça avait très mal tourné. Comment pouvait-il y croire encore ?

Elle était amoureuse de lui.

— Merde, marmonna-t-il, je n'ai rien demandé. Elle non plus.

Qu'était-il censé faire de tout ça ? Les sentiments de Chloe. Ses sentiments à lui qu'il avait résolument niés. Liam n'en savait rien. Il n'avait aucune réponse. Et cela le perturbait parce que habituellement il savait ce qu'il faisait et où il allait. Jusqu'à aujourd'hui.

Liam tendit le fil barbelé contre le poteau de la clôture et le cloua. Il essayait de rester concentré sur son travail. C'était son dernier jour au ranch Perry après tout. Mais son esprit n'arrêtait pas de s'égarer et sa poitrine se serrait. Et ça, ça le déconcentrait.

Mais demain, il serait sur sa propre exploitation. Sur ce pour quoi il avait tant travaillé. Il avait le droit de savourer. Pendant des années, il avait donné sa vie aux autres. Il avait préservé le ranch Perry et avait participé à son expansion. Maintenant, il était temps de se concentrer sur ce qui comptait pour *lui*. Et il ne pouvait pas laisser Chloe se mettre en travers de son chemin. Il ne pouvait se le permettre. Elle ne pouvait pas appartenir à son avenir même si cela avait été merveilleux d'être avec elle. Malgré lui.

Il se frappa le pouce avec son marteau et la douleur suffit à détourner son esprit de celle dans son cœur. Il secoua violemment la main.

— Merde !

— Un problème, patron ?

Il se tourna vers Tim.

— Non. Aucun problème.

Ou rien qu'il puisse arranger en tout cas.

— Et dès demain, reprit-il, je ne serai plus le patron. Ce sera Mike. Tu te souviens ?

Tim sourit et se remit au travail sur la clôture.

— Quand on sera demain, patron.

Une vraie réponse de vacher, pensa Liam. Ne pas voir au-delà du jour même. Se contenter de faire le boulot et laisser l'avenir arriver. Mais Liam n'était pas comme ça. Il ne l'avait jamais été.

Aujourd'hui, son avenir était à portée de main. Tout ce pour quoi il avait toujours travaillé s'étendait devant lui, et le fort potentiel de tout ça semblait aussi parfait que dans le passé.

Le local professionnel de Chloe était de nouveau en état et les affaires avaient repris, mais beaucoup d'autres n'avaient pas cette chance. Depuis deux jours, elle s'était portée volontaire auprès de ses voisins pour éponger la boue, débarrasser les débris et, de manière générale, aider tout le monde.

— Ça aurait pu être pire, fit remarquer Hank Cable. Je vivais à Galveston en 1969 et les dégâts qu'a faits l'ouragan cette année-là font passer tout ça pour une journée à Disneyland.

Le salon de coiffure de Hank était tout en bas de la rue, et Chloe était non seulement une amie, mais aussi une cliente de la fille de Hank, Cheryl. Les coiffeurs avaient tout vidé pour faciliter le nettoyage, mais c'était surtout l'esprit de camaraderie qui était efficace.

— Oh ! pop, tu parles toujours de Camille, le taquina Cheryl.

— C'était une sacrée tempête, insista-t-il. C'est normal d'en reparler. Et pourtant, on ne l'a pas connue au maximum de sa force.

Chloe ferma un autre sac. Tout le monde dans la rue empilait ses poubelles sur le trottoir en attendant que les camions de la ville passent à nouveau.

— L'eau s'est complètement retirée ? demanda Chloe.

— D'après ce que j'ai entendu, répondit une femme à l'autre bout de la pièce, c'est bon dans presque toute la ville maintenant, mais les quartiers les plus bas pompent toujours.

— Pas que là-bas, dit Cheryl. Beaucoup de ces vieux immeubles ont des sous-sols et ils ont bien été inondés. Les gens se débrouillent comme ils peuvent pour trouver des pompes et se débarrasser de toute cette eau.

En sortant les poubelles, Chloe s'arrêta quelques secondes sur le trottoir pour étudier cette rue qu'elle connaissait bien. La majeure partie des dégâts était nettoyée, bien que plusieurs bureaux aient encore des planches clouées devant des fenêtres. Des arbres avaient désespérément besoin d'être taillés après avoir eu des branches cassées, mais ce n'était pas une priorité.

Naturellement, son regard dévia vers le bâtiment du Texas Cattleman's Club, en face de son bureau. Cela ne faisait-il vraiment que trois semaines qu'elle et Liam avaient été obligés de se réfugier ici ? Elle avait l'impression que c'était hier et à la fois qu'elle le connaissait depuis toujours.

Des artisans montaient un échafaudage devant le bâtiment et elle savait qu'il y en avait d'autres à l'intérieur. Elle avait vu à quel niveau l'eau était montée et maintenant, grâce à Cheryl, elle se posait des questions sur le sous-sol. Il devait être complètement submergé.

Son regard monta vers le troisième étage et la chambre où était née la folie entre elle et Liam. Mon Dieu, qu'il lui manquait. Il lui manquerait toujours. Mais, depuis qu'elle l'avait rencontré, elle avait beaucoup appris sur elle-même. Elle avait travaillé dans un ranch. Elle s'était très bien débrouillée. Elle avait gagné le respect des autres travailleurs et, le plus important, ses rêves d'enfant étaient désormais sa réalité.

Elle allait se concentrer sur le camp. Sur le fait de montrer aux filles quel effet ça faisait de se prouver à soi-même qu'on était capable de faire plein de choses. Elle construirait un petit dortoir, avec des toilettes et des douches, sur la terre que Liam lui avait promise. Elle sera là-bas en permanence, et si cela voulait dire qu'elle devrait voir Liam sans l'avoir, eh bien, elle devrait trouver un moyen de vivre avec.

Aimer Liam avait rendu ses rêves réalité. Elle ne regrettait aucun moment de cette histoire.

Le lendemain matin, le pick-up de Liam était rempli des dernières affaires qu'il n'avait pas encore apportées chez lui. Il était prêt à partir, et pourtant, en regardant une dernière fois le ranch Perry, il dut prendre une minute. Il avait vécu la majeure partie de sa vie sur cette exploitation. Il avait grandi ici, appris ici et, grâce à Chloe, aimé ici.

Oui. Au milieu de la nuit, Liam avait dû admettre la stricte vérité. Il était amoureux de Chloe. Mais cela changeait-il quelque chose ? Cela voulait-il dire qu'il pouvait soudainement avoir confiance en quelque chose qui l'avait gravement blessé la première fois ?

Mais pouvait-il vraiment comparer ces deux situations ? Ce qu'il ressentait pour Chloe était bien plus fort que ce qu'il avait éprouvé pour Tessa. Il n'avait pas réussi à l'identifier, mais ce qu'il ressentait pour Chloe était...

— Prêt à partir ?

La voix de Sterling Perry interrompit le fil de ses pensées, et Liam regarda le vieil homme traverser la cour du ranch, puis s'approcher de lui.

— Il était temps, vous ne croyez pas ? demanda Liam. Je repensais juste au fait que je suis sur ce ranch depuis mes sept ans.

Sterling acquiesça en riant.

— Je n'avais jamais vu un gamin aussi gringalet. Mais tu avais un don avec les chevaux. Déjà à l'époque.

Liam regarda son ancien patron. Il portait l'un de ses costumes, avec un stetson noir et des bottes étincelantes. Il incarnait le parfait patriarche texan pour Hollywood. Et Liam était presque sûr que Sterling le savait et jouait le jeu.

— Mon départ vous rend sentimental, Sterling ?

— Ce serait étonnant, non ?

Il appuya une épaule contre une colonne du porche et secoua la tête.

— Non. Mais en vieillissant, on regarde davantage en arrière qu'en avant, Liam. Et là, je vois un enfant, un adolescent et un jeune homme plein de projets pour l'avenir.

— Ouais.

Liam retira son chapeau d'un air penaud et passa une main dans ses cheveux.

— Je vous en ai fait voir de toutes les couleurs, hein ?

— Plus à ton père qu'à moi, répondit Sterling qui regardait de l'autre côté de la cour comme s'il contemplait un passé qu'il était le seul à pouvoir voir. Ton père était un homme bien, dit-il avec douceur. Mais quand il a perdu ta mère, il a perdu une partie de lui-même. Cette partie douce où vit l'amour.

Liam fronça les sourcils en se souvenant de cette époque. Sa mère était morte peu de temps après que son père avait commencé son travail de contremaître ici. Un accident de voiture sur la route pour aller faire du shopping à Houston un samedi. Une catastrophe qui avait tout changé pour Liam et son père.

Sterling tourna la tête vers Liam.

— Ça a été dur. Pour tous les deux.

— Oui, c'est vrai.

Certains hommes, Liam le savait, se seraient noyés dans ce chagrin, oubliant leurs enfants, ou, pire encore, fuyant l'injustice de ce deuil. Cela n'avait pas été le cas du père de Liam. Il avait juste repris sa vie. Plus dure. Plus froide. Mais il avait été là, jour après jour.

— Perdre ta mère a brisé le cœur de ton père, Liam, mais il n'a pas abandonné. Pas une fois.

— Non, monsieur.

Liam prit une profonde inspiration pour résister à la vague de vieux souvenirs et se demanda où voulait en venir Sterling.

— Il faut être fort pour prendre le risque de souffrir et continuer sa route.

Soupçonnant la direction que prenait cette conversation, Liam se tourna vers lui.

Sterling le regarda dans les yeux.

— Tu as toujours eu tes projets et tes rêves. Être ton propre patron, mener ta barque, dit-il avec un air de grand sage. Je peux le comprendre. Et je le respecte. Mais cela signifie-t-il vraiment que tu doives être seul ?

Liam allait répondre, mais Sterling l'en empêcha.

— Tu sais, j'ai eu ma Tamara. On a connu des hauts et des bas comme tout le monde. Mais c'était un bon mariage. Les gens disaient que je l'avais épousée pour ce ranch, mais la vérité, c'est que j'ai aimé cette femme jusqu'à sa mort... sans me soucier des ragots.

Il n'avait pas porté attention aux rumeurs jusqu'au soir où Chloe lui avait raconté cette histoire. Il lui dit ce qu'il lui avait dit alors.

— Je n'écoute pas les rumeurs.

— Alors tu es plus fort que la plupart des personnes par ici, affirma Sterling en lui adressant un sourire triste. Ce que je veux dire, c'est que, pendant que tu seras là à construire ta vie et que tu réaliseras tous ces grands projets, tu pourrais avoir envie de te poser pour réfléchir un peu.

Liam s'appuya contre une autre colonne du porche et l'écouta. Sterling avait toujours été bon envers lui. Même quand il était furieux contre lui, Liam n'oubliait jamais ce qu'il lui devait. Le moins qu'il puisse faire pour sa dernière journée ici, c'était le laisser faire son discours.

— Je vous écoute.

Sterling sourit.

— Tu n'en as pas envie, mais tu vas quand même le faire. Tu as vraiment la tête dure. Tu ressembles beaucoup à ton père, tu sais. Il a appris tôt la leçon que je suis sur le point de partager avec toi. Les projets, les plans, l'argent et le succès, c'est du vent, fiston, si tu es seul.

Sterling regarda de nouveau au loin et continua à parler.

— Tu trouveras une femme qui remplira tous les trous de ton âme, puis tu seras assez intelligent pour l'attraper et ne jamais la laisser partir.

Il marqua une pause pour tourner la tête et regarder Liam dans les yeux.

— Parce qu'une fois que tu l'as perdue une partie de toi disparaît et ne revient jamais.

Un long moment de silence passa. Liam ne savait pas quoi dire parce que chaque parole résonnait en lui. C'était comme si son âme était une passoire depuis des lustres et il ne l'avait même pas remarqué jusqu'à ce que Chloe comble ces trous.

Et maintenant qu'elle était partie, c'était comme s'il avait une fuite et que la bonté et la lumière en lui s'écoulaient.

— Juste un truc auquel tu devrais réfléchir, dit Sterling avant de se rapprocher de lui pour poser sa main sur l'épaule de Liam. Je sais que tu feras de ton ranch une belle réussite, mon garçon. Mais tu passeras quand même me voir de temps en temps, hein ?

Il commença à descendre les marches et ne s'arrêta que lorsque Liam l'appela.

— Oui ?

Le cerveau de Liam tournait à cent à l'heure. Il se gratta le menton, jeta un coup d'œil aux écuries, puis son regard revint sur Sterling.

— Le nouveau poulain. Vous me le vendriez ?

Sterling le regarda longuement, puis esquissa un sourire.

— Prends-le avec toi. Appelle ça un cadeau d'installation.

Il se remit à marcher et s'arrêta de nouveau pour regarder par-dessus son épaule.

— Par contre, tu pourras me payer sa mère, parce que tu auras besoin d'elle. Au moins jusqu'à ce qu'il soit sevré.

Liam sourit, puis demanda sur un ton affectueux :

— Vous n'oubliez jamais les affaires, hein, vieux filou ?

Sterling lui adressa un clin d'œil.

La rue devant le bureau de Chloe était animée. La circulation était coupée puisqu'on continuait à réparer les dégâts de la tempête. Chloe s'assit à son nouveau bureau, devant son nouvel ordinateur, et s'occupa des derniers détails pour la fête d'anniversaire de mariage des Farrel prévue la semaine suivante. Tout était en ordre, donc elle n'avait en fait pas grand-chose à vérifier, mais elle le fit quand même parce que ce n'était pas seulement sa dernière fête, mais le dernier événement qu'elle organisait pour son entreprise.

Elle avait déjà trouvé un autre organisateur de mariages pour prendre la relève avec les deux autres petites fêtes qu'elle avait acceptées. Dès qu'elle aurait offert aux Farrel le plus bel anniversaire de mariage du monde, elle allait se dévouer à son camp pour cow-girls.

Que Liam le veuille ou non, elle serait présente sur son ranch chaque jour jusqu'à ce que le camp soit prêt et ouvert. Puis elle serait là chaque jour pour le gérer.

— Il va devoir s'habituer à m'ignorer, se dit-elle en riant tandis qu'elle ouvrait ses mails. Il sera probablement très doué pour ça. C'est moi qui aurai le plus de mal.

Elle répondit à un mail du groupe de musiciens qu'elle

avait réservé pour la fête pour leur fournir l'heure et l'adresse. Puis elle l'envoya dans un répertoire de sauvegarde et passa au suivant.

— Tu pourrais établir le camp chez Sterling, se dit-elle. Ça reste une option.

Mais en fait, non.

— Le cadre chez Liam est parfait. Les chênes, les écuries. Il faudra que je m'y fasse. Après quelque temps, ce ne sera plus aussi dur de le voir. Juste... triste.

— Qu'est-ce qui est triste ?

Elle sursauta et découvrit Liam dans l'encadrement de la porte. Non. Elle ne s'habituerait jamais à le voir. Ne se ferait jamais à cette vague de chaleur et d'amour instantanée qui l'envahissait au moindre échange de regards. Et ça allait bien au-delà de la tristesse.

— Tu aimes vraiment te pointer sans prévenir, hein ?

Il lui adressa un petit sourire qui la fit fondre. Honnêtement, ce n'était pas juste que son corps réagisse de cette façon même quand sa tête lui hurlait que c'était inutile.

— Peut-être bien.

— Waouh. Quelle franchise.

Chloe ferma son ordinateur et se leva, gardant délibérément son bureau entre eux.

— Pourquoi es-tu ici, Liam ?

— C'est joli chez toi, dit-il clairement pour essayer de gagner du temps en contemplant son bureau nouvellement rénové.

— Tu n'es pas venu pour parler de ce local. Alors pourquoi es-tu venu ?

— Tu veux que je sois honnête, cette fois encore ?

— Ce serait gentil, oui.

Bon sang, pourquoi n'y avait-il pas de poches dans ce pantalon noir ? Qu'était-elle censée faire de ses mains ? Elle croisa les bras sur sa poitrine et réalisa qu'elle devait donner l'impression d'être sur la défensive. Eh bien, tant mieux. C'était ce qu'elle éprouvait.

— D'accord.

Il avança dans la pièce en laissant la porte se refermer derrière lui.

Il était beau. Ce qui ne la surprenait pas. Un jean noir, une chemise blanche avec les manches roulées jusqu'à ses coudes. Il retira son stetson et le tint dans une main pendant qu'il la regardait.

— Alors je vais être honnête.

Il prit sa respiration et soutint son regard.

— Je t'aime, Chloe.

— Quoi ?

Elle secoua la tête parce qu'elle n'arrivait pas à croire ce qu'elle venait d'entendre. Ça, elle ne s'y attendait pas. Elle en avait certainement rêvé. Mais elle pensait que ce qu'il y avait entre eux était terminé, alors ce retournement de situation lui donnait le vertige. Mais elle n'arrivait toujours pas vraiment à l'accepter, alors elle lui dit :

— Redis-le ?

— Je t'aime, Chloe.

Des larmes lui montèrent aux yeux, mais elle les repoussa. Cet instant était trop important pour troubler sa vue. Son cœur battit plus vite et si fort dans sa poitrine qu'elle se demanda s'il pouvait l'entendre.

— Je n'ai pas fini.

Il fit un pas vers elle et posa son chapeau sur son bureau.

— Je t'aime. Mais je veux que tu saches aussi que j'ai confiance en toi, Chloe. Je te respecte. Je sais qui tu es et j'y crois. Je crois en toi.

Elle inspira profondément en espérant que cela l'aiderait à se calmer, mais cela ne marchait pas. Rien n'aurait pu la calmer. Il lui donnait tout. Elle dut presque se pincer pour être sûre qu'elle ne rêvait pas.

— Que s'est-il passé, Liam ? Qu'est-ce qui t'a fait...

— Tu es partie. C'est aussi simple que ça. Je pensais que je pourrais le supporter, que ce serait mieux pour nous deux. Mais j'ai alors compris qu'en partant tu avais emporté avec toi une partie de moi et je n'arrivais plus à respirer.

Son cœur battait la chamade et sa respiration était difficile aussi. En regardant dans ses yeux bleus, elle vit qu'il disait la vérité. Chaque mot était sincère et c'était mieux que tous les rêves qu'elle avait poursuivis au cours de sa vie.

Liam sourit.

— Ce matin, Sterling m'a dit que, si je trouvais une femme qui me donnait le sentiment d'être complet, je ne devrais jamais la laisser partir.

— Sterling Perry ? dit-elle en riant, surprise.

— Ouais, ça m'a étonné aussi.

Il contourna le bureau, mais s'arrêta net avant de la toucher. Son regard balaya son visage, puis revint à ses yeux.

— Il avait raison. Je ne veux pas avancer dans ma vie en me demandant ce qui aurait pu se passer si j'avais saisi ma chance. Si j'avais fait confiance à mes tripes.

— Tes tripes ? répéta-t-elle.

— Ouais.

Liam finit par la toucher, posant une main sur sa joue, et Chloe ferma brièvement les yeux pour laisser cette tendre caresse s'imprégner en elle.

— Depuis ce premier jour avec toi, Chloe, j'ai su que tu étais différente de toutes les femmes que j'avais connues, dit-il avant de soupirer et de secouer la tête. Je ne voulais pas y croire parce que j'aurais dû prendre des risques à nouveau.

Il posa ses deux mains sur les épaules de Chloe et la tira vers lui.

— Mais le plus gros risque serait de vivre sans toi. Je ne crois pas que je pourrais le supporter. Et je sais que je ne veux pas essayer.

Il monta ses mains jusqu'à ses joues et inclina sa tête vers lui.

— Alors j'ai préféré venir ici, pour m'excuser d'être un idiot...

— En fait, tu ne t'es pas encore excusé, l'interrompit-elle parce qu'elle se sentait si heureuse, si soulagée, qu'elle avait envie de rire.

— Eh bien, ce n'est pas dans mes habitudes, alors je ne suis pas très doué pour ça.

Chloe riait et se sentait bien, ce qui n'était pas arrivé depuis plusieurs jours.

— On y reviendra alors.

— Si tu veux bien me laisser terminer…, commença Liam, impatient.

— Très bien. Vas-y.

— Je veux t'épouser, Chloe. Aujourd'hui. Demain. Je peux attendre une semaine, mais pas trop longtemps.

Abasourdie, elle le fixa.

— T'épouser ?

Il sembla insulté.

— Eh bien, pour quoi d'autre serais-je là ?

Chloe se remit à rire. Du Liam tout craché. Agacé, impatient et absolument parfait pour elle.

— Eh bien, si tu es venu ici pour me demander en mariage, est-ce que tu as apporté une bague ?

— Bien sûr, dit-il en mettant sa main dans la poche de son jean. Je ne suis pas encore allé dans un magasin, alors je t'accompagnerai dans la plus belle bijouterie et tu pourras choisir celle que tu voudras.

Il lui tendit une bague en or avec trois petits diamants disposés en cœur.

— Elle était à ma mère, dit-il avec douceur. Je l'ai apportée pour marquer le coup… Si tu dis oui. Mais comme je te l'ai dit, on pourra aller faire les boutiques et tu pourras en choisir une que tu aimes.

Chloe porta sa main droite à sa bouche et regarda consécutivement la bague élégante et simple et l'homme qui la lui offrait. Cet homme qui ne savait pas faire confiance lui offrait la bague de sa mère. Il avait foi en elle et voulait qu'elle vive avec lui. Qu'elle reste avec lui. Et il le prouvait en lui offrant quelque chose de très important à ses yeux.

— Rien ne pouvait être aussi significatif pour moi, dit-elle.

— Ah bon ?

Il haussa les sourcils et afficha un sourire en coin.

— Alors c'est un oui ?

Elle tendit sa main gauche et il glissa la bague à son doigt.

— Bien sûr que c'est un oui, Liam. Pour toi, ce sera toujours oui.

— Dieu merci, murmura-t-il en la tirant contre lui pour l'embrasser.

Elle sentit tout ce qui avait été brisé en elle se rassembler et toutes les arêtes tranchantes se polir comme s'il n'en avait jamais rien été. Puis elle s'écarta pour le regarder.

— Je ne veux pas d'une autre bague. Je veux celle-là.

La chaleur et l'amour brûlèrent dans ses yeux et elle sentit son corps – et son cœur – se réchauffer.

— Parfait. Je m'assurerai que le groupe pour la fête est bien tape-à-l'œil alors. Qu'est-ce que tu en penses ?

— D'accord, mais pas autant que celui d'Ellen, dit-elle avec humour.

Le sourire de Liam s'effaça et il la regarda droit dans les yeux.

— Tu ne ressembles pas à Ellen. Tu ne ressembles à personne que je connaisse.

Le cœur de Chloe fondit avec son corps. Il la *voyait*. Il voyait qui elle était, qui elle était devenue par elle-même et qui elle voulait être. Et il l'aimait. Il n'y avait pas de plus beau cadeau.

— Je t'aime, Liam.

Elle sentit une douce chaleur envelopper son cœur et briller si fort qu'elle était presque surprise de ne pas voir de lumière sortir du bout de ses doigts.

— Je ne me lasserai jamais de l'entendre.

— J'espère bien.

Chloe se mit sur la pointe des pieds et passa ses bras autour de son cou.

Elle n'arrivait pas à croire la vitesse à laquelle la vie pouvait prendre un virage. Comme elle pouvait passer du désespoir au bonheur en une fraction de seconde. Soudain, elle sentit que tout était possible.

Il la serra dans ses bras, enfouit son visage dans le creux de son cou et chuchota :

— Que tu sens bon. Tu m'as manqué, Chloe. Je ne pouvais pas imaginer être à mon nouveau ranch seul.

Il leva la tête pour la regarder.

— Je devais déménager aujourd'hui. Mais je ne pouvais pas le faire sans toi.

— Tu ne vas pas me faire pleurer, dit-elle en étouffant un rire.

— Tu veux parier ?

Il l'embrassa, puis plongea ses yeux dans les siens.

— J'ai un cadeau de mariage. Shadow et sa mère sont à toi.

— Quoi ?

Elle n'arrivait pas à le croire. Croire qu'il ferait ça pour elle. Qu'il devinerait bien ça comptait pour elle. Elle était présente à la naissance de Shadow et le laisser avait été plus dur qu'elle n'avait voulu l'admettre. Les larmes qu'elle avait refusé de verser coulèrent alors sur ses joues.

— C'est vrai ?

— Oui. Je ne te l'ai pas dit tout de suite parce que je ne voulais pas que tu m'épouses juste pour avoir ce cheval.

Elle rit encore, enchantée par cet homme et par la vie qu'ils bâtiraient ensemble.

— Les chevaux doivent être au ranch à l'heure qu'il est. Tim a dû les charger et les conduire à leur nouvelle maison, expliqua-t-il avant de l'embrasser à nouveau et de la regarder dans les yeux. Je suis là pour en faire de même avec toi.

— Oui, Liam. Oh oui, Liam, dit-elle en appuyant sa tête contre son torse. Allons à la maison.

Il prit son chapeau et l'ordinateur de Chloe. Elle attrapa son sac à main et ils se dirigèrent vers le pick-up de Liam. Le soleil brillait et les rues encore sales parurent soudainement belles. Chloe aurait pu danser sur tout le trajet jusqu'au ranch.

— Hé, Liam !

Ils s'arrêtèrent en entendant ce cri et virent un ouvrier qui travaillait sur le chantier du Texas Cattleman's Club leur faire signe. Tandis qu'ils traversaient la rue, Liam passa un bras autour des épaules de Chloe comme s'il avait peur qu'elle s'enfuie. Cela valait aussi pour elle.

— Salut, Bill. Comment ça va ?

— C'est le bordel ici, dit-il avant de faire un signe de tête vers Chloe. Pardon, m'dame.

Bill était solidement charpenté, avec une barbe rousse broussailleuse, une salopette blanche tachée et des cheveux roux rêches qui s'échappaient sous sa casquette de peintre.

— C'est la demoiselle avec qui vous avez été coincé ici ?

— Oui, confirma Liam avant de déposer un baiser sur le front de Chloe. Je vous présente ma fiancée, Chloe Hemsworth.

— M'dame.

— On a essayé de ne rien déranger quand on était là-haut, dit Chloe.

— Oh non, m'dame. Ce n'est pas votre faute.

Bill secoua la tête et regarda par-dessus son épaule vers la porte d'entrée du bâtiment.

— C'était une sorte d'hôtel avant, vous savez ?

Liam acquiesça.

Chloe regarda l'intérieur du club et remarqua qu'une foule était rassemblée.

— Le sous-sol est inondé depuis la tempête, se plaignit Bill. On a réussi à trouver une pompe assez puissante, mais c'était dur de faire sortir toute l'eau. On doit la faire couler dans la rue, mais pas trop vite pour éviter que ça bouche les égouts à nouveau.

— Ça n'a pas l'air évident, concéda Liam.

— Et vous n'imaginez même pas l'odeur. J'ai dû sortir pour prendre l'air.

À l'intérieur, de plus en plus d'hommes étaient réunis en cercle et Chloe essaya de voir ce qui se passait. Elle tira sur la main de Liam.

— Il se passe un truc là-dedans.

— Quoi ? fit Bill en se retournant. Il vaut mieux aller voir.

Liam haussa les épaules.

— Ouais, je vais jeter un œil. J'avertirai Sterling s'il y a un problème.

À cet instant, quelqu'un cria :

— Oh mon Dieu ! Un cadavre !

Bill se précipita à l'intérieur, Liam sur les talons. Chloe le suivit et ils marchèrent avec précaution sur les bâches tendues sur le sol endommagé. Un mélange d'odeur de peinture, de vernis et de sciure flottait dans l'air.

— Tu ferais peut-être mieux d'attendre dehors...

Liam céda face au regard déterminé de Chloe.

— Peu importe.

Chloe était avec lui quand la foule s'écarta pour leur permettre de voir ce qu'ils avaient trouvé. En bas de l'escalier, flottant dans l'eau boueuse, il y avait un corps en état de décomposition avancée. Chloe ferma aussitôt les yeux et se retourna. Mais c'était trop tard. Elle n'oublierait jamais.

— Vous feriez mieux d'appeler la police, Bill, dit Liam avant de guider Chloe de l'autre côté de la pièce.

— Il est là depuis la tempête ? murmura-t-elle. Est-ce qu'on a passé tout ce temps dans cet immeuble avec un mort ?

— On dirait bien.

Le visage de Liam affichait un air sinistre.

— Je dois appeler Sterling, Chloe. Il faut l'informer de la situation.

Sterling Perry était content de lui. Il avait fait sa bonne action en parlant à Liam.

— Avec un peu de chance, il ne gâchera pas tout avec la petite Hemsworth, murmura-t-il en riant.

Tout le monde au ranch avait vu Liam tomber lentement amoureux. C'était le seul à n'avoir rien remarqué.

Sterling secoua la tête et se mit au travail. Le soleil entrait dans son bureau par les fenêtres. Il admira, comme toujours, cette vue qu'il adorait sur le ranch. Tout allait bien.

L'entreprise de construction s'était remise au travail sur le bâtiment du Texas Cattleman's Club. Cela avait été long parce que la moitié de Houston avait besoin d'équipement pour vider l'eau après les inondations. Mais bientôt, cette tempête serait derrière eux et ils seraient prêts à ouvrir l'antenne du club à Houston.

Sterling avait bien l'intention d'en être le premier président. Ryder Currin pourrait aller se faire voir s'il pensait se pointer pour prendre cette place.

Le téléphone sonna et Sterling décrocha.

— Perry.

— Sterling, c'est moi.

La voix de Liam Morrow était grave, inquiète.

— Si cela concerne ta copine, dit Sterling, je suis occupé là et...

— Non, ça ne concerne pas Chloe.

En fond, Sterling entendait des voix et des cris étouffés. Il fronça les sourcils.

— Qu'est-ce qu'il y a ?

— Je suis avec elle, là. Nous sommes au club et il s'est passé quelque chose.

Mince. Cela ne présageait rien de bon.

— Qu'est-ce qu'il y a exactement, Liam ?

— Ils ont trouvé un cadavre. Un homme mort. Au sous-sol.

— Quoi ?

Son esprit encore aiguisé se vida momentanément.

— Ouais, écoutez, Sterling, continua Liam. Apparemment, il est ici depuis longtemps. Peut-être depuis avant la tempête. Les ouvriers pompaient l'eau et c'est comme ça qu'ils l'ont découvert.

Sterling se leva lentement et son cerveau se remit à fonctionner et même à tourner très vite.

— Qui est-ce ?

— On ne sait pas. On a fermé la pièce et Bill Baker a appelé la police.

— Merde !

Dans sa tête, Sterling voyait déjà les gros titres. « Un cadavre découvert au nouveau Texas Cattleman's Club. Meurtre ou accident ? »

C'était une catastrophe. Sterling réfléchit rapidement. Il devait endiguer la nouvelle. La garder secrète au moins jusqu'à ce qu'on connaisse l'identité de la victime et la cause de sa mort. Si l'affaire était dévoilée et que les médias en faisaient une histoire sordide, ce qu'ils feraient avec plaisir, cela ternirait grandement l'image du nouveau club.

— Très bien, Liam, écoute, dit Sterling sur un ton d'urgence. Demande aux ouvriers de la fermer à propos de ce qu'ils ont découvert.

— D'accord, mais cela ne changera rien, Sterling. La police va arriver.

— Je m'occuperai de la police. Explique à l'équipe que ça leur coûtera leur place si j'entends que l'un d'entre eux en a parlé à la presse. Ou à qui que ce soit d'autre.

Cet homme était-il mort avant ou pendant la tempête ? Avant, il aurait eu besoin d'une clé pour entrer. Pendant, avec les fenêtres explosées, il aurait pu pénétrer sans problème. Mais Liam et Chloe étaient là, à l'étage. Il y avait trop de questions et pas assez de réponses.

Les sourcils toujours froncés, il ordonna :

— On ne sait rien. Alors inutile de faire des spéculations devant les médias.

— Bien. Je vais leur dire. Mais, Sterling, comme je l'ai dit, la police arrive. Tenez, j'entends les sirènes. On ne peut pas les faire taire.

— Écoute-moi.

Sterling entendit les sirènes dans le téléphone et se frotta la nuque.

— Liam, quand la police arrive, demande au responsable de m'appeler dès qu'il aura examiné la scène. Je m'arrangerai pour lui obtenir des faveurs de la part du chef et du maire.

— Vous êtes sérieux, Sterling ? Un homme est mort.

Il jura dans le téléphone. Liam était un type bien, mais il ne voyait pas aussi loin que Sterling. Et ce dernier était sur le point de voir ses projets anéantis parce qu'un idiot était mort.

— Et il ne sera pas plus mort si on suit ma méthode. Je m'en remets à toi, Liam. Il faut que ça reste secret, tu comprends ?

Sterling grinçait tellement des dents qu'il en avait mal à la mâchoire.

— Avec tous les sinistres dus à la tempête, on devrait pouvoir cacher cette affaire au moins quelques jours. Avec un peu de temps, on pourra donner à cette histoire un aspect correct. J'ai besoin de cette discrétion, Liam.

Angela Perry déboula dans le bureau de son père juste à temps pour entendre la fin de sa conversation téléphonique. Elle était venue voir son père pour lui demander la vérité sur Ryder Currin. Les rumeurs qu'elle avait entendues ne collaient pas avec l'homme avec qui elle avait passé du temps pendant la tempête.

Mais à présent, sa soif de vérité était soudainement relayée en arrière-plan.

— Papa ? Pourquoi as-tu besoin de discrétion ? Que s'est-il passé ? Que veux-tu cacher ?

Sterling raccrocha brusquement le téléphone et regarda sa fille.

— Angela, que fais-tu ici ?

— Je suis encore chez moi, aboya-t-elle en se disant qu'il avait l'air soucieux.

Son père ne s'inquiétait jamais. Ou, si c'était le cas, personne ne pouvait le deviner. Il savait cacher ses émotions quand il le fallait, c'est-à-dire presque tout le temps.

— Qu'est-ce qu'il y a ? répéta-t-elle en traversant la pièce et s'arrêtant devant son bureau. Parle-moi, papa.

Il grommela dans sa barbe et finit par déclarer :

— L'équipe de construction a trouvé un cadavre au club.

— Quoi ? ! Quelqu'un est mort ? Qui ?

— On ne sait pas, admit-il clairement dégoûté. Apparemment, ils ont trouvé le corps au sous-sol quand ils ont enfin commencé à pomper l'eau. Bon sang, ça va mettre le désordre.

— Le désordre ? répéta-t-elle, abasourdie par la réaction de son père. Quelqu'un est mort, papa.

Et elle se demanda aussitôt : « Qui ? Pourquoi ? Et qu'est-ce qu'il faisait au club ? »

Sterling lui jeta un regard noir, mais Angela ne faiblit pas. Elle connaissait les accès de colère de son père et savait que c'était plus du vent qu'autre chose.

— Je ne sais même pas ce qu'il faisait là. Peut-être qu'il a trouvé refuge au Club comme Liam et Chloe. Peut-être qu'il s'est introduit pour essayer de piller les lieux. Peut-être qu'il est tombé dans l'escalier qui mène au sous-sol et s'est rompu le cou.

Sterling enfonça ses deux mains dans les poches de son pantalon.

— C'est une catastrophe. Si la nouvelle se répand, cela risque de repousser les projets pour le club pour une durée indéterminée.

— Sérieusement ? C'est ça qui t'inquiète ? Le club ? Quelqu'un est mort, papa.

— Tu parles comme Liam. Cet homme est déjà mort. Rien de ce que je dis ne fera changer les choses. Tout ce que je peux faire, c'est endiguer la situation. Arrête d'être aussi gentille, Angela. C'est ton principal problème, tu sais. Tu *ressens* trop les choses et ne réfléchis pas assez objectivement. Personne n'avance dans ce monde avec un cœur aussi tendre.

Elle avait entendu ce conseil plus d'une fois dans sa vie.

— Il vaut mieux ça qu'être froide.

— Pas froide, la corrigea-t-il. Pragmatique. Il y a une différence.

— Vraiment ?

Il secoua la tête et, quand le téléphone sonna, il l'attrapa et lui fit signe de partir.

— Inspecteur Hansen, était en train de dire Sterling tandis qu'elle quittait le bureau. Il paraît que nous avons un problème sur le site de mon entreprise...

Angela sortit du bureau et referma la porte derrière elle. Elle n'avait pas obtenu de réponses concernant Ryder. Et maintenant, elle avait en plus d'autres questions sur ce cadavre.

Qui était-ce ?
Que faisait-il là ?

J'ai attendu plusieurs jours et personne n'a parlé du cadavre au club. Le sujet a été brièvement évoqué aux informations et puis... rien. Pourquoi ?

Je me frotte les yeux sans que cela ne me soulage. La fatigue m'accable. La peur, ça épuise.

J'attends constamment que le couperet tombe. Que quelqu'un, quelque part, se souvienne soudainement avoir vu quelqu'un au Texas Cattleman's Club. Et puis quoi ? Pas étonnant que je n'arrive pas à dormir. Je parie que Sterling dort comme un bébé, le vieux salopard.

A-t-il fait usage de son influence pour tout passer sous silence ? Les journalistes n'ont-ils donc plus à cœur de faire leur travail ? Tant que personne ne parle du meurtre, Sterling est en sécurité. Si cette histoire de cadavre était exposée, cela retarderait les projets du club, voire pire. Mais surtout, cela ruinerait Sterling Perry, parce que c'est son entreprise de construction qui a découvert le corps. La police enquêterait sur lui pour chercher un lien. Les gens se demanderaient si Sterling essaie d'étouffer un meurtre. Les gens parleraient. Je dois faire quelque chose. Attiser l'intérêt. Les rumeurs. Je ne peux pas continuer à attendre. Je dois trouver un moyen de retourner ce cadavre contre Sterling.

Et pourtant, je doute.

Essayer de ruiner cet homme est une chose, mais monter un coup contre lui pour qu'il soit accusé de meurtre en est une autre. Et, même s'il était arrêté, il ne serait pas reconnu coupable. Comment serait-ce possible ? Il n'a rien fait.

Non, sa réputation serait mise à mal et son nom serait sali, mais il n'irait pas en prison.

Tuer cet homme était un accident. Mais peut-être que quelque chose de bien peut en résulter.

Je compose le numéro du journal de Houston sur le téléphone. On me met en attente. J'attends, j'attends. Enfin, un journaliste décroche.

Je ne donne pas mon nom. Je me contente de parler. De poser les bonnes questions.

« N'est-ce pas bizarre qu'un cadavre ait été découvert dans le nouveau bâtiment du Texas Cattleman's Club dans le centre-ville de Houston ? Les ouvriers de Perry Construction ont trouvé le corps, mais personne n'en a parlé. »

Je marque volontairement une pause.

« Je me demande pourquoi l'affaire est passée sous silence... Qu'est-ce que Sterling Perry et le Texas Cattleman's Club ont à cacher ? »

Je raccroche.

Souris.

Voyons donc comment Sterling va gérer ce retournement de situation.

JOSS WOOD

Un désir si insensé

Traduction française de
MARIE MOREAU

PASSIONS

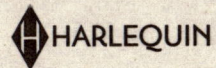

Titre original :
ONE LITTLE INDISCRETION

Ce roman a déjà été publié en 2020.

© 2020, Joss Wood.
© 2020, 2024, HarperCollins France pour la traduction française.

Prologue

1. L'alpinisme (le mal des montagnes, non merci).
2. Le mariage (une fois lui avait suffi).
3. Le rodéo sur un taureau mécanique (le pire souvenir de ses années de fac. Quatre tequilas et un jeu idiot qui lui avaient valu des haut-le-cœur mémorables et une humiliation sans précédent).
4. Fantasmer sur Carrick Murphy (oh ! ça, il était temps que ça cesse).

Voilà tout ce que Sadie Slade ne voulait plus jamais faire. Sous aucun prétexte. À cette liste, elle pouvait désormais ajouter la trachéotomie en urgence. Machinalement, elle toucha la petite compresse qui protégeait son cou. Elle avait eu la peur de sa vie.

De retour chez elle après une nuit passée à l'hôpital, Sadie respira profondément en savourant son soulagement et sa chance de s'en être sortie, puis elle se concentra. D'après les médecins, le manque d'oxygène qu'elle avait subi quand elle s'était étranglée au cocktail organisé par la famille Murphy avait été trop bref pour lui laisser des séquelles. Mais elle préférait tout de même s'assurer qu'elle avait encore toutes ses facultés mentales, en se récitant quelques faits la concernant.

Elle avait vingt-neuf ans, était titulaire d'un doctorat en histoire de l'art et avait créé sa propre société d'expertise pour proposer des estimations et mener des enquêtes sur les œuvres. Son meilleur ami était un prince arabe qu'elle avait rencontré à l'université. Beth, son assistante, était aussi une amie proche. Sadie se trouvait actuellement à Boston à la demande de l'entreprise Murphy International, pour rechercher la provenance d'une toile et l'authentifier. L'enjeu était grand, car il s'agissait peut-être d'une œuvre inconnue de Winslow Homer.

Et, depuis qu'elle avait accepté cette mission, elle devait lutter contre son désir insensé pour Carrick Murphy, le P-DG de Murphy International. Lui, l'homme au physique de rêve et à la mauvaise réputation.

Ne pouvait-elle pas être attirée par un homme à la fois brillant et respectable ? Par quelqu'un en qui elle pourrait avoir confiance ? Si seulement, pour une fois, elle pouvait tomber sous le charme d'un homme qui ne soit ni un tricheur, ni un menteur, ni un coureur de jupons...

Bref, il était temps qu'elle chasse le sublime et sensuel Carrick Murphy de son esprit. Mais, en dehors de cela, elle allait bien.

Elle s'enfonça dans son canapé et mit son bras devant ses yeux. Hier soir, avant l'arrivée de l'ambulance, elle avait gardé le regard fixé sur le visage de Carrick. Elle était fascinée par la teinte vert pâle de ses prunelles, par leurs reflets dorés et argentés et leur contour plus foncé, couleur sapin.

Ces yeux étaient deux lumières au milieu d'un visage délicieusement masculin, aux traits virils, au nez légèrement cassé et à la bouche à la fois sévère et excessivement tentante. Quant à sa carrure, c'était davantage celle d'un athlète de haut niveau que celle d'un éminent chef d'entreprise.

Il était grand, il était beau, il était intelligent.

Que demander de plus ?

Eh bien, qu'il ne soit pas la copie conforme de l'ex-mari de Sadie. Car à en croire Beth, dont il avait été le beau-frère, Carrick cachait de terribles défauts derrière ses qualités bien visibles.

Des défauts que Sadie fuyait depuis qu'elle avait divorcé de son mari infidèle. À tel point que quand Murphy International l'avait contactée pour lui confier cette mission, elle avait bien failli refuser. Oui, elle était devenue allergique aux hommes riches, puissants et sexy qui se croyaient autorisés à agir comme ils le voulaient, quand bon leur semblait, sans se soucier le moins du monde du mal qu'ils pouvaient faire.

Seulement, les grands principes ne payaient pas les factures, et son sens des affaires l'avait rappelée à la raison. Elle avait accepté la mission. Murphy International était l'une des trois plus grandes sociétés de ventes aux enchères qui soient, et ses clients étaient les collectionneurs les plus prestigieux. Cette entreprise était célèbre et très respectée dans le monde de l'art. Autant dire que ce travail allait permettre à Sadie d'ajouter une très belle ligne sur son CV.

Voilà pourquoi elle avait quitté son appartement parisien pour revenir s'installer provisoirement dans sa ville natale de Boston. Et, comme elle s'y était attendue, travailler dans les locaux de Murphy International et côtoyer Carrick au quotidien était une pure torture.

Car, quand elle se trouvait avec lui, elle oubliait tout ce qu'on lui avait dit sur lui. Elle ne pensait plus que c'était le type d'homme qu'elle devait fuir, qu'il avait été un mari déplorable et qu'il avait fait du mal à une femme qu'elle considérait comme une amie. Au lieu de cela, elle se laissait séduire par son intelligence, son esprit caustique et sa beauté irrésistible.

Et, lorsqu'elle était seule, soit elle rêvait de lui jusqu'à l'imaginer dans le plus simple appareil, soit elle pestait contre lui en lui reprochant de s'être si mal comporté avec la sœur de Beth.

Passer du désir au mépris et vice versa était tout bonnement épuisant. Cela faisait un moment qu'elle mettait cette attirance gênante pour Carrick Murphy sur le compte de la fatigue. Mais le fait d'avoir failli mourir ne faisait qu'intensifier les émotions qui se bousculaient en elle.

Gratitude, peur, solitude, vulnérabilité...

Elle s'allongea et ferma les yeux. Pour l'instant, le meilleur moyen de fuir ces pulsions et ces pensées contradictoires était de glisser vers le sommeil...

Carrick tambourinait contre sa porte depuis au moins deux minutes, et était même sur le point de la forcer, quand Sadie vint enfin lui ouvrir. Elle lui parut un peu hébétée, et surtout plus sexy que jamais.

Manifestement, il l'avait réveillée. Elle avait la marque d'un coussin sur la joue et son regard était embrumé. Il aurait dû se sentir coupable de la déranger dans son sommeil, surtout après l'épreuve qu'elle venait de traverser, mais il était seulement soulagé de la voir debout devant lui, de l'entendre respirer, de pouvoir regarder le bleu persan de ses prunelles.

Voir ces yeux sublimes envahis par la peur l'avait mis dans un état de terreur absolue hier soir.

La main agrippée au montant de la porte, il recula légèrement pour regarder Sadie. Leur relation était depuis le début strictement professionnelle, et pourtant, pour la première fois depuis dix-huit heures, il sentit les battements de son cœur se calmer et son souffle retrouver son rythme normal.

Pourquoi était-il aussi touché par le sort de cette jeune femme qu'il connaissait à peine ? Il était incapable de le dire. Peut-être se sentait-il responsable d'elle comme des employés de Murphy International, puisqu'elle faisait momentanément partie de son équipe. Du moins, c'était la seule explication plausible, étant donné qu'il n'avait aucun lien affectif avec elle.

Il évitait les liens affectifs en général.

Après ce qu'il avait vécu, il avait retenu la leçon.

— Carrick ? murmura Sadie. Bonsoir. Euh, que faites-vous ici ?

— Je suis venu prendre de vos nouvelles.

Il avait voulu avoir l'air détaché, mais il entendit au son de sa voix que c'était complètement raté.

— Vous avez l'air...

Il changea encore de position tout en cherchant le mot juste. Elle portait un legging et de grosses chaussettes noirs, ainsi qu'un sweat-shirt rouge, large, dont le col glissait sur son épaule dénudée. Elle n'était pas maquillée, et ses cheveux étaient rassemblés en une queue-de-cheval faite à la hâte. Un petit pansement recouvrait l'entaille de son cou.

Elle était tellement belle. Si miraculeusement... vivante.

Elle recula et tint la porte pour l'inviter à entrer.

— Désolée, je ne suis pas très présentable. Je ne m'attendais pas à avoir de la visite. Mais soyez le bienvenu.

Non, c'est vrai, elle n'était pas présentable. Elle était à croquer.

Elle referma la porte derrière lui et regarda l'énorme bouquet de fleurs qu'il avait à la main. Comme il ne savait pas ce qu'elle aimait, il avait demandé au fleuriste de mettre un peu de tout. Le résultat était un festival de couleurs et de senteurs.

— C'est pour moi ? demanda-t-elle.

Oui, évidemment. Pour qui d'autre ?

Il acquiesça, et comme il lui tendait le bouquet, elle disparut derrière l'amas de pétales et de feuillages. Non, il avait besoin de voir son visage, de continuer à la regarder.

Pourquoi ?

Cela ne lui ressemblait pas, et il ne comprenait pas ce qui lui arrivait. Cela faisait un moment maintenant qu'il était divorcé, et depuis cette libération il profitait pleinement de sa vie de célibataire. Il suivait son propre tempo, ne s'embarrassait plus de relations compliquées et n'avait pas de temps pour les mises au point et les justifications.

Seuls ses proches comptaient vraiment pour lui. Il était présent pour sa famille et pour ses amis. Mais le reste...

Alors pourquoi Sadie Slade ? Il n'avait aucune raison de se faire autant de souci pour elle, de prendre autant à cœur ce qui lui était arrivé hier soir.

— Et sinon, lança-t-elle en le regardant entre les tiges, vous aviez quelque chose à me dire ?

À lui dire ? Non. Il pouvait s'exprimer d'une tout autre manière. Il reprit son bouquet et le laissa tomber par terre. Il attendit un instant, pour voir si elle allait protester. Rien. Alors il prit possession de ses lèvres pour sentir enfin sa chaleur, son piquant, son souffle. Pour sentir qu'elle était bien là, avec lui, vivante.

Il la fit reculer jusqu'au mur et posa les mains au-dessus d'elle, contre le plâtre frais et immaculé. Il s'interdisait de la toucher avec autre chose que sa bouche. S'il posait les mains sur elle, il avait peur de ne plus pouvoir les enlever tant qu'elle ne serait pas nue entre ses bras, en train de gémir de plaisir.

Sadie, en revanche, n'eut pas la même retenue que lui. Saisissant le tissu de sa chemise, elle la sortit de son pantalon et promena les mains sur son torse. Ses caresses habiles sur sa peau nue le firent frissonner d'excitation. Il manquait d'air tout à coup, mais peu importait.

Peu importait parce que Sadie l'embrassait. Et elle l'embrassait avec beaucoup d'enthousiasme.

Elle mêla sa langue à celle de Carrick et noua les bras autour de lui, lui faisant clairement comprendre qu'elle ressentait la même chose que lui. Qu'elle avait envie de lui comme il avait envie d'elle.

Incapable de résister plus longtemps à la tentation, il posa la main sur son épaule découverte, là où son grand sweat-shirt avait glissé. Sa peau était d'une douceur infinie.

— Oh ! oui, Carrick. Touche-moi.

Ses mots, sa voix haletante, ses baisers... Il n'avait pas besoin de plus d'encouragements que cela. D'un geste, il releva son sweat-shirt et découvrit avec bonheur qu'elle ne portait rien en dessous. Se penchant pour l'embrasser dans le cou, il lui susurra à l'oreille les paroles de désir qu'elle lui inspirait, et elle lui répondit par des murmures délicieusement érotiques.

Quand elle lui prit la main pour la mettre sur son sein, il ne put retenir un soupir rauque en sentant son mamelon se tendre sous l'effet du plaisir. Il lui enleva son sweat-shirt et resta ébahi devant la vision de perfection absolue qui s'offrait à lui. Puis, ivre de désir, il se pencha pour prendre la pointe de son sein entre ses lèvres.

— J'ai envie de toi, chuchota-t-il en passant la main dans ses longs cheveux.

Elle saisit le poignet de Carrick pour retenir son geste.

— Ah bon ? répliqua-t-elle avec un sourire.

Il appuya le front contre le sien pour la regarder dans les yeux.

— Je t'en supplie, Sadie, donne-moi une réponse.

Elle lui attrapa alors la main et l'entraîna vers le couloir. Après quelques pas, elle poussa la porte qui menait à sa chambre et enleva les quelques vêtements qu'elle avait encore sur elle. Il ne pouvait détacher le regard de son corps nu, sublime.

— Carrick, fais-moi l'amour. Avec toi, je me sens tellement... Sexy ? Brûlante ? Excitée ?

— Vivante, dit-elle dans un souffle. J'ai tellement besoin, maintenant plus que jamais, de me sentir vivante...

Il pouvait faire ça pour elle. Et il ne perdit pas une seconde pour le lui montrer.

1

Carrick Murphy entendit le bruit du loquet de la salle de bains et tourna la tête pour respirer l'oreiller de Sadie imprégné de son parfum.

Bon sang.

En quittant sa belle maison de Beacon Hill hier soir, il avait seulement eu l'intention d'aller prendre des nouvelles de l'experte en art qu'il avait engagée. Pendant tout le trajet, il s'était répété qu'il avait besoin d'elle uniquement pour ses compétences professionnelles. Il comptait sur elle pour authentifier un tableau. Si cette toile était bel et bien une œuvre de Homer, il pourrait l'intégrer à la grande vente aux enchères qu'il préparait pour le printemps prochain et que le monde de l'art attendait avec impatience.

Les fleurs qu'il lui avait achetées par pure courtoisie jonchaient encore le sol et devaient maintenant être en train de faner. Ce geste avait eu pour but de donner une tonalité conventionnelle à sa visite, comme s'il était allé la voir à l'hôpital pour s'assurer qu'elle était bien remise.

Évidemment, rien ne s'était passé comme prévu. Et pour cause. Comment avait-il pu se mentir à ce point à lui-même ? Sadie était tellement sexy qu'elle le rendait un peu plus fou chaque jour. S'il avait fait preuve d'un brin de sagesse, il aurait su que ce n'était pas une bonne idée d'aller chez elle.

C'était la première fois qu'il perdait à ce point le contrôle.

Il soupira et se redressa pour chercher ses vêtements du

regard. Il pouvait déjà commencer par s'habiller. Cela les aiderait certainement, Sadie et lui, à être un peu moins gênés quand elle se déciderait à sortir de la salle de bains.

Il trouva son boxer près de la porte et l'enfila aussitôt. Le reste devait se trouver éparpillé dans le couloir et dans la pièce principale, entre l'endroit où ils avaient commencé à s'embrasser et cette chambre. Prenant en sens inverse le chemin qu'ils avaient suivi hier, il ramassa ses chaussettes, son pantalon, puis sa chemise qui avait passé la nuit par terre, près du canapé gris du salon.

Tout en se rhabillant, il regarda la porte d'entrée et fut tenté de se sauver comme un voleur. Mais Sadie n'était pas une femme qu'il avait croisée en soirée et qu'il ne reverrait plus jamais. Il n'était pas question de se comporter comme cela avec elle. Du reste, même pour une aventure d'un soir, il ne se serait pas permis une chose pareille. Il ne partait jamais sans un au revoir et un mot aimable, que l'expérience ait été agréable ou non.

Cette fois, il ne pouvait même pas dire que l'expérience avait été agréable. Il venait de passer une nuit hors du commun. Comment réciter des paroles banales après ce qu'il avait vécu avec elle ?

Il allait pourtant devoir trouver les bons mots s'il voulait maintenir de bons rapports avec elle. L'enquête qu'il lui avait confiée était loin d'être terminée, et il avait grandement besoin d'elle.

Uniquement sur un plan professionnel, bien sûr.

Pour le reste, il avait appris à ne plus avoir besoin de personne.

Depuis qu'il avait divorcé de Tamlyn, avant de passer la nuit avec une femme, il prenait soin de réfléchir aux circonstances et aux conséquences éventuelles. Cette femme risquait-elle de raconter sa version des faits à la presse ? Allait-elle répandre des rumeurs sur la façon dont il l'aurait soi-disant traitée ?

Avec Sadie, il ne s'était posé aucune de ces questions. Son désir pour elle avait occulté toutes ses craintes et ses préoccupations. Il avait eu tellement envie d'elle…

Dès l'instant où il avait vu qu'elle ressentait la même chose, sa raison s'était envolée. Il n'avait plus pensé qu'à faire l'amour avec elle.

Maintenant, il n'avait plus qu'une peur : qu'elle s'imagine que c'était le début d'une véritable relation. Si elle attendait quoi que ce soit de lui, des *sentiments* par exemple, il allait être forcé de la décevoir.

Car il n'était plus capable de donner quoi que ce soit de cet ordre.

Il avait perdu trop de femmes qui comptaient pour lui. Sa mère, puis sa belle-mère, finalement sa belle-sœur. Elles avaient toutes les trois été emportées par la mort. Une séparation avait causé le départ de son autre belle-sœur. Et, lorsqu'il avait lui-même divorcé, les espoirs et les rêves qu'il avait pu avoir s'étaient complètement éteints. Il ne croyait plus aux belles histoires d'amour. Du moins pas pour lui. Il n'envisageait plus de s'engager avec une femme, encore moins de fonder une famille et de vivre heureux au sein d'un foyer uni.

Plus une personne était proche de lui, plus elle risquait de lui faire du mal. Son ex-femme en était la preuve.

Oui, Tamlyn l'avait rendu amer. À tel point qu'il préférait se contenter de relations passagères. Et tant pis si, sur le plan physique, ce n'était jamais aussi intense quand il n'y avait pas de sentiments.

Jamais ?

Si. Cette nuit avec Sadie avait été incroyablement intense.

En la tenant nue entre ses bras, il avait oublié qu'il la connaissait à peine, que c'était leur première fois. Faire l'amour avec elle lui avait paru aussi naturel que de respirer, comme si leurs corps étaient faits l'un pour l'autre. Il n'avait pas eu besoin de lui demander ce qu'elle préférait, ce qui lui donnait le plus de plaisir. Il avait agi guidé par l'instinct, comme s'il la connaissait par cœur, et elle avait répondu à chacune de ses initiatives par des murmures délicieusement sensuels et excitants. Et à son tour, par ses caresses et ses gestes, elle lui avait offert des sensations indescriptibles.

Le seul fait de se remémorer leur étreinte le faisait à nouveau frissonner de désir.

En fait, aussi étrange que cela paraisse, il n'avait jamais rien connu d'aussi fort avant cette nuit. Pas même aux débuts de sa relation avec Tamlyn, à l'époque où tout allait bien entre eux.

Sadie lui avait fait découvrir quelque chose qu'il n'avait pas imaginé auparavant. Le genre d'expérience qu'on ne vivait qu'une fois dans sa vie.

Sans prendre la peine de boutonner le haut de sa chemise, il se leva pour rejoindre le coin cuisine de la pièce principale. Puisqu'il avait décidé de rester et que Sadie n'était toujours pas réapparue, il pouvait toujours s'occuper en préparant le café.

Il changea le filtre de la cafetière, versa quelques cuillerées de café et remplit le réservoir d'eau. Après avoir mis la machine en marche, il retourna dans le salon et se baissa pour ramasser le sweat-shirt de Sadie. Dès qu'il l'eut entre les mains, il ne put s'empêcher de le porter à son visage pour sentir de nouveau son parfum. Il était envoûté par cette odeur de soleil et de vent chaud, et par cette senteur subtile qu'il n'arrivait pas à identifier.

— Je rêve ou tu es en train de renifler mon sweat-shirt ?

Il avait voulu être discret. C'était raté. Maintenant qu'elle l'avait surpris, la seule option était de passer à l'offensive.

— C'est quoi, ce parfum ? demanda-t-il avec autant de naturel que possible. Il me rend fou.

— Jasmin et fleur d'oranger, répondit Sadie.

Elle avait pris une douche. Ses cheveux mouillés étaient coiffés en arrière. Vêtue d'un jean délavé et d'un large pull rose foncé, elle paraissait jeune et fraîche.

— Rappelle-moi de t'en acheter un stock pour les dix prochaines années.

Sadie regarda Carrick en souriant. Elle aurait voulu ne pas être aussi conquise par son charme.

— Si seulement c'était possible, répliqua-t-elle. Mais mon parfumeur refuse de vendre en grandes quantités, et il n'ouvre sa boutique à Montparnasse que quand il est d'humeur à le faire, c'est-à-dire pas souvent.

Elle n'arrivait pas à détourner les yeux de son torse viril et de sa chemise à demi ouverte. Elle crut qu'il allait boutonner son col, mais il interrompit son geste, comme si cela lui plaisait de la voir le dévorer ainsi du regard. De toute évidence, il était assez observateur et expérimenté pour se rendre compte qu'elle avait le visage en feu et qu'elle brûlait de désir pour lui.

Ce qui s'était passé entre eux cette nuit ne se reproduirait pas. C'était une évidence. Pourquoi chercher les complications ? Carrick pensait certainement la même chose qu'elle, et il devait se dire qu'un peu d'appréciations mutuelles pour conclure ce moment ne feraient de mal à personne.

Il avait tort. À terme, cela pouvait faire beaucoup de mal.

Détends-toi, Sadie, et par pitié, retiens-toi. Sois forte. Ne pose pas les mains sur lui. Trouve quelque chose à faire pour t'occuper.

Le petit déjeuner. Elle pouvait préparer le petit déjeuner.

— Tu as donc un appartement à Paris, si je comprends bien, dit-il en la suivant dans la cuisine.

Elle ouvrit le réfrigérateur et en sortit des croissants, du beurre et de la confiture.

— J'ai un petit nid à Montparnasse, un studio où il y a juste la place pour moi, mes vêtements et mes ouvrages de référence.

Elle le regarda en souriant.

— Toi, dit-elle, dans cet appartement, tu aurais l'air de Gulliver chez les Lilliputiens.

— Pardon ? fit-il avec un air étonné. Ah, oui. Je connais. Jonathan Swift. *Les Voyages de Gulliver.*

— C'est ça. Oui, avec l'art, la littérature est mon autre passion. J'ai quelques obsessions comme ça. Les informations inutiles, aussi.

Elle frissonna en remarquant le regard brûlant qu'il posait sur elle.

— J'aime bien les gens obsessionnels. La plupart de mes proches sont concernés, d'ailleurs, ajouta-t-il en riant. Mon frère Finn est le roi des références obscures et des futilités. Je te rassure, j'ai l'habitude d'entendre des informations inutiles.

Comme le café était presque prêt, Carrick demanda à Sadie où étaient rangées les tasses. Il ouvrit le placard qu'elle lui montrait, en sortit deux mugs et les remplit pendant qu'elle plaçait sur des assiettes les croissants qu'elle avait réchauffés.

Quand ils eurent fini de mettre le couvert, ils s'assirent face à face sur deux tabourets de bar, de chaque côté de l'îlot central, et Carrick prit aussitôt une viennoiserie pour en manger une bouchée.

Bon, songea-t-elle. Finalement, la situation n'était pas aussi gênante qu'elle l'avait redouté.

Toutefois, elle ne pouvait pas dire qu'elle était naturelle. Elle jouait plutôt un rôle pour paraître parfaitement à l'aise. Qu'en était-il pour Carrick ? Était-il assez habitué aux aventures d'un soir pour vivre cette matinée comme une simple routine ?

Quoi qu'il en soit, elle devait dire quelque chose, n'importe quoi, pour s'assurer que tout était clair entre eux. Qu'il n'aille surtout pas imaginer qu'elle espérait donner une suite à cette nuit.

Mais elle ne trouvait pas les mots, tant cette situation était nouvelle pour elle. Ce n'était pas dans ses habitudes de partager son lit avec des inconnus. Et elle n'avait jamais couché avec un homme avec qui elle travaillait. Surtout, elle avait décidé de ne plus jamais, jamais coucher avec des hommes, comme son ex-mari et sans doute comme Carrick Murphy, qui traitaient les femmes comme des jouets.

— Disons les choses, déclara-t-il tout à coup, interrompant le fil de ses pensées. Ça n'aurait pas dû arriver.

Il venait de lui voler sa réplique !

Le plus tranquillement du monde, il mit de la confiture de fraises sur son deuxième croissant et le mangea avec délectation.

— Je suis passé voir comment tu allais, poursuivit-il, mais de toute évidence nous nous sommes quelque peu laissé emporter.

Pourquoi se montrait-il aussi calme et cordial ? Cela la mettait hors d'elle.

— J'espère que cela ne nuira pas à notre relation professionnelle, conclut-il.

Non mais ça alors ! Qu'est-ce qu'il entendait par là ? Croyait-il
que, pour elle, coucher avec un homme signifiait entamer
une relation ? Elle était plus moderne que cela. Elle était tout
de même capable de faire la différence entre le plaisir et les
sentiments, entre le lien physique et l'engagement émotionnel.
Elle ne risquait nullement de tomber amoureuse de lui après
une nuit d'extase absolue. Elle était au courant qu'il avait brisé
des cœurs dans tous les quartiers de Boston, mais elle n'était
pas aussi faible que ces femmes-là.

Elle ne l'était plus.

— Je suis sûre que tout va bien se passer, répondit-elle d'un
ton ferme. Du moment que tu as conscience que seules les
preuves influenceront mes conclusions sur le Homer.

Il prit une gorgée de café et lui lança un regard noir par-dessus
le bord de sa tasse.

— Je peux savoir ce qui te fait penser ça de moi ? Que je
pourrais m'attendre à ce que tu truques les résultats de tes
recherches ? Que tu me dises ce que j'ai envie d'entendre ?
L'art parle de lui-même. Cela a toujours été ainsi, et je ne vois
pas pourquoi cela changerait aujourd'hui.

Une telle phrase n'aurait jamais pu sortir de la bouche
de Dennis, l'ex-mari de Sadie, dont la ligne morale avait été
plus que floue. Dennis n'avait jamais hésité à employer tous
les moyens à sa disposition pour obtenir ce qu'il voulait dans
les affaires, dans ses relations personnelles ou simplement
pour satisfaire son intérêt propre. Certes, ce n'étaient que des
mots de la part de Carrick, mais elle n'avait pas besoin de plus
pour sentir que, sur ce point, il était très différent de Dennis.

Et, malgré elle, elle se sentit très soulagée.

Sur le plan professionnel, et c'était tout ce qui intéressait
Sadie, cette intégrité allait lui faciliter les choses.

Mais pour en revenir à la raison pour laquelle il partageait
le petit déjeuner avec elle en ce lundi matin...

— Soit, dit-elle. En tout cas, je suggère que nous oubliions ce qui s'est passé cette nuit. C'était agréable, mais tu m'as confié une mission et je préfère éviter les distractions pour la mener à bien dans les plus brefs délais.

Agréable ? répéta-t-elle intérieurement. Voilà qu'elle maniait à merveille l'art de l'euphémisme !

— Inutile de nous compliquer la vie, ajouta-t-elle d'une voix légère.

Carrick reprit une gorgée de café et serra les doigts sur l'anse de sa tasse.

— D'accord, répondit-il. Si c'est comme ça que tu le sens.

Non ! Ce n'était pas comme ça qu'elle le sentait !

Et pourtant si.

Bon sang, elle ne savait plus ce qu'elle voulait. Elle se souvenait seulement que la dernière fois qu'elle s'était laissé séduire par un homme, les conséquences avaient été terribles pour elle. Elle refusait de refaire la même erreur. Plus jamais elle ne voulait subir cela.

Elle reposa son croissant sur son assiette et se mordilla nerveusement l'intérieur de la joue. Elle n'avait qu'une envie : qu'il parte. Qu'il la laisse respirer, qu'il lui accorde un peu de temps pour se remettre de ces dernières heures. Elle avait failli mourir, avait passé la nuit la plus sensationnelle de sa vie, et voilà qu'elle prenait son petit déjeuner avec un sex-symbol. Cela faisait beaucoup d'un coup.

Carrick tendit la main vers elle et lui prit le poignet. Sa peau bronzée contrastait avec celle de Sadie, plus pâle.

— Sadie, dit-il. Regarde-moi.

Elle rejeta en arrière ses cheveux humides et inspira profondément avant de fixer les yeux sur ceux de Carrick. Il avait un regard si intense qu'elle ne put s'empêcher de frissonner de tout son être.

— Merci pour cette nuit incroyable, dit-il avec un sourire irrésistible. J'espère que tu l'as appréciée autant que moi.

Oui. Évidemment. Comment pouvait-il en douter ?

— Il faut que j'y aille, ajouta-t-il. Malheureusement, Murphy International a besoin d'un patron pour tourner.

Sadie aurait dû être soulagée, et même ravie, qu'il se décide à partir. Pourtant, elle ne ressentit que de la déception. C'était stupide. N'avait-elle pas rêvé, quelques minutes plus tôt seulement, d'un moment de solitude ?

Carrick lui lâcha le poignet et boutonna le haut de sa chemise. Puis il se leva et engloutit sa dernière bouchée de croissant.

— C'est vraiment excellent, ça, commenta-t-il.

Puis il contourna l'îlot central et vint près de Sadie. Comme il se penchait vers elle, elle se figea, le souffle coupé. Il approcha la bouche de la sienne. Puis, brusquement, il se redressa.

— Je suis sincèrement heureux que tu sois remise de ton accident d'hier, dit-il.

Elle pouvait remercier Tanna, la sœur de Carrick, dont la réaction aussi rapide que salvatrice lui valait d'être encore là ce matin. Sans Tanna, Sadie n'aurait même pas eu le temps d'attendre les secours. Et elle n'aurait jamais vécu cette nuit exceptionnelle.

Inoubliable.

Carrick lui prit délicatement le menton pour lui faire lever la tête et regarda le pansement qu'elle avait sur la gorge.

— Ça te fait mal ? demanda-t-il de sa voix grave et chaude.

— Non, ça va. La coupure est minuscule et la cicatrisation doit être rapide. Mais j'envisage quand même de devenir végétarienne, ajouta-t-elle en faisant la grimace.

Sa remarque fit sourire Carrick.

— La même chose aurait pu t'arriver avec un morceau de carotte, souligna-t-il.

— Tu as raison, mais je pense qu'il faudra un peu de temps avant que je retrouve le courage de manger un steak. Ou quelque autre viande que ce soit.

— Je comprends.

Il regarda sa montre et plissa le front.

— Il faut absolument que j'y aille, dit-il. J'ai un rendez-vous à 9 heures et je dois d'abord passer chez moi pour prendre une douche.

— Tu pourrais te doucher ici, proposa-t-elle. Si cela peut te permettre de gagner du temps.

Elle vit qu'il réfléchissait et songea que s'il faisait le moindre sous-entendu pour lui suggérer de venir avec lui, elle n'aurait sans doute pas la force de refuser, malgré ses bonnes résolutions de garder ses distances avec lui. La tentation de sentir de nouveau ses mains sur elle serait sûrement irrésistible. S'il restait quelques minutes de plus, elle risquait même de l'attirer personnellement sous la douche pour lui faire tout ce à quoi elle n'avait pas pensé la nuit dernière.

Des choses aussi délicieuses pour lui que pour elle.

— Merci, répondit-il finalement, mais ça ira. En fait, je vais aller directement au bureau et je me doucherai dans les vestiaires de notre salle de sport. Je garde toujours des vêtements de rechange sur place.

Comme il se dirigeait vers la porte d'entrée, elle se leva pour le raccompagner, non sans admirer sa silhouette de dos et ses fesses sublimes qu'elle avait eu tant de plaisir à caresser cette nuit.

— J'imagine que tu ne viendras pas travailler aujourd'hui, dit-il. Tu as sans doute besoin d'un peu de temps pour te soigner.

— Carrick, j'ai passé la nuit à faire l'amour avec toi. Cela me paraît difficile de me faire porter pâle en raison de mon accident d'hier. Mais je compte travailler chez moi ce matin. J'ai des recherches à faire sur Internet. J'espère trouver des informations sur le temps que Homer a passé en Virginie. Ensuite, j'irai dans une galerie d'art de Charles Street qu'Isabel Mounton-Matthews fréquentait beaucoup à l'époque où elle a constitué sa grande collection d'œuvres d'art. Il se pourrait que le tableau qui nous intéresse soit mentionné quelque part dans les archives.

Carrick lui demanda le nom de la galerie, et elle le lui donna. Elle se sentait plus détendue maintenant qu'ils parlaient d'art.

— Je connais cette galerie, dit-il. D'après ce que j'ai entendu dire, les propriétaires actuels, à l'instar de leurs prédécesseurs, ont une fâcheuse tendance à prendre quelques libertés avec la légalité. Ils ont la réputation de truquer parfois la provenance des œuvres ou d'inventer les données qui les arrangent pour pallier les informations manquantes.

— Ah, merci. C'est bon à savoir.

— Je ne les qualifierais pas de véreux, mais on ne peut pas dire qu'ils brillent par leur honnêteté et leur fiabilité. Je ne suis pas du tout sûr qu'ils tiennent des archives dignes de ce nom et, si c'est le cas, je doute qu'ils acceptent de te les montrer.

Elle était contente qu'il l'ait avertie, mais elle tenait quand même à vérifier. Juste au cas où. De surcroît, ce serait sûrement mieux pour lui comme pour elle de rester à l'écart l'un de l'autre. En tout cas, pour sa part, elle préférait l'éviter un peu, le temps de recouvrer ses esprits.

Pour l'instant, elle était obsédée par l'idée de se jeter de nouveau dans ses bras, et ce n'était pas en le croisant au bureau qu'elle allait se débarrasser des images érotiques qui envahissaient son esprit.

— Je te préviendrai quand j'aurai des nouvelles intéressantes, dit-elle. Ce ne sera sans doute pas avant plusieurs jours, voire plusieurs semaines.

Carrick ramassa les fleurs fanées restées sur le sol depuis la veille et les posa sur la table de l'entrée.

— Je ne serai pas vexé si tu les jettes à la poubelle, dit-il en souriant.

Elle sentait qu'il avait lui aussi envie de mettre de la distance entre eux. Elle aurait dû s'en réjouir. Elle n'avait aucune raison de se sentir déçue ou frustrée. Cette nuit avait été une parenthèse enchantée, rien de plus. Ce rêve ne pouvait pas se prolonger.

Sans expression particulière, Carrick se pencha pour déposer un baiser sur la joue de Sadie. Il le faisait sans doute par pure politesse, pour clore ce moment passé ensemble avant de tourner la page. Cela ne devait pas signifier grand-chose pour lui, même s'il avait apprécié cette nuit.

— Au revoir, Sadie, dit-il de sa voix profonde.

Il enfila son luxueux manteau en cachemire, glissa la

main dans sa poche intérieure et en sortit son téléphone. Il le regarda et fit la grimace.

— J'ai beaucoup de gens à rappeler, marmonna-t-il. Je te laisse. À bientôt.

Bientôt, non. Elle ne comptait pas le revoir tout de suite.

Sadie avait cinq minutes devant elle avant le début de sa réunion. La magnifique salle de conférences de Murphy International se trouvait juste au bout du couloir, soit à une trentaine de secondes de marche. Elle pouvait donc rester encore un moment enfermée dans les toilettes, seule et bien cachée.

Tout ce qu'elle voulait, c'était éviter de se retrouver en tête à tête avec Carrick.

Elle se regarda dans la glace fixée au-dessus du lavabo et ôta la minuscule tache de rouge à lèvres qu'elle avait sur une dent. Cela faisait une semaine qu'elle s'arrangeait pour ne pas le croiser et, de toute évidence, il en faisait autant avec elle, puisqu'ils n'avaient eu aucun contact depuis la nuit qu'ils avaient passée ensemble.

Ils étaient donc sur la même longueur d'onde, et c'était très bien comme cela.

Elle ne cessait de repenser au moment où elle lui avait ouvert la porte l'autre jour, quelques heures après avoir failli mourir étouffée par un morceau de viande. Elle aurait dû résister. Elle aurait dû garder ses distances et lui montrer la sortie au lieu de l'emmener dans sa chambre.

Mais voilà. Carrick Murphy était un homme superbe, terriblement sexy, et elle s'était sentie insouciante et impulsive, guidée seulement par son besoin de célébrer la vie après l'expérience terrifiante qu'elle avait vécue.

Carrick avait été à la hauteur. C'était le moins qu'on puisse dire. Jamais elle ne s'était sentie aussi vivante qu'en faisant l'amour avec lui.

Il lui avait donné tant de plaisir que, tout naturellement, cela faisait des jours et des nuits qu'elle rêvait de lui. Elle brûlait de le sentir de nouveau contre elle, dans son lit. De toucher son corps chaud et puissant. De recevoir ses caresses et ses baisers.

Mais hélas...

Comme une croisière dans les pôles en bateau à voiles ou un voyage en Orient-Express, faire l'amour avec Carrick était un luxe, une expérience qu'on ne vivait qu'une fois dans sa vie.

Un moment hors du commun, hors du temps, qui ne devait jamais se reproduire.

Quel dommage.

Mais, après les erreurs qu'elle avait commises par le passé, elle savait désormais ce qu'elle avait à faire. Renoncer tout de suite à Carrick Murphy. Ne pas se laisser piéger comme la première fois. Elle avait succombé au charme de Dennis, puis, en quelques semaines, elle était tombée amoureuse de lui. Elle avait voulu voir en lui un homme bien, qu'elle pouvait épouser en toute confiance et avec qui elle pouvait envisager l'avenir sereinement.

Cinq ans plus tard, elle ne pouvait que constater les dégâts après un mariage et un divorce aussi traumatisants l'un que l'autre. Mais elle pouvait au moins se féliciter d'avoir gagné en sagesse et en maturité. Elle savait à présent qu'un homme pouvait un jour la faire soupirer de plaisir et le lendemain devenir invivable. Un joli visage et un sourire envoûtant pouvaient cacher un cœur de pierre.

Dennis le lui avait prouvé.

Bien sûr, elle n'avait aucune raison de faire des généralités. Les hommes fiables et honnêtes existaient. Seulement, elle connaissait Tamlyn, l'ex-femme de Carrick, qui n'était autre que la sœur de Beth, l'amie et assistante de Sadie. Et elles lui avaient toutes les deux dit que Carrick ne valait pas mieux que Dennis.

Personne n'avait cru Sadie quand elle avait tenté de dire à ses amies et à sa famille que Dennis la harcelait. Il s'était pourtant mis à l'insulter, à faire preuve de violence verbale envers elle et à lui faire subir une véritable torture émotionnelle. Mais c'était en vain qu'elle avait confié sa souffrance à son entourage. Alors maintenant, quand une femme qu'elle respectait lui parlait de ses problèmes de couple, elle l'écoutait.

Mais pourquoi diable tombait-elle systématiquement sur des mauvais garçons ?

Elle ne parlait pas de ceux qui se donnaient une allure de rebelles mais qui, au fond, étaient doux comme des agneaux. Cela n'aurait pas été un problème pour elle. Non, Sadie, elle, était attirée par de vrais méchants. Des hommes qui trichaient, qui mentaient, qui n'hésitaient pas à se servir des autres.

Des hommes sans pitié.

De même que pour Dennis, personne n'aurait soupçonné Carrick Murphy, le grand chef d'entreprise et spécialiste de l'art reconnu dans le monde entier, d'être un sale type. Et pourtant, à en croire Beth et surtout Tamlyn, il ne fallait surtout pas se fier à son physique de rêve ni à son charme intellectuel. Toute femme qui s'approchait de lui avait plutôt intérêt à savoir à qui elle avait affaire.

C'était le cas de Sadie. Elle ne pouvait pas faire comme si elle n'était au courant de rien.

Elle regarda sa montre, remonta l'anse de son sac à main sur son épaule et regagna le couloir. Les talons de ses escarpins claquaient sur le sol carrelé. C'était la première fois qu'elle allait rencontrer les clientes de Carrick qui possédaient le tableau sur lequel elle enquêtait, et elle regrettait de ne pouvoir leur annoncer dès aujourd'hui que l'œuvre était un véritable Homer.

Elle le regrettait pour deux raisons. D'abord parce qu'une telle nouvelle ferait l'effet d'une bombe dans le monde de l'art et sur le CV de Sadie, mais aussi parce qu'elle avait hâte que sa mission se termine. Une fois qu'elle aurait fini, elle pourrait s'éloigner de Carrick Murphy et de la tentation qu'il représentait.

Mais elle avait encore des semaines, voire des mois de recherches devant elle avant de pouvoir rendre un rapport définitif. Il y avait encore tant de données en suspens, à commencer par l'analyse de la peinture... Elle cherchait aussi des pistes à partir de l'étiquette collée au dos de la toile et attendait des réponses des nombreuses galeries auxquelles Isabel et sa famille avaient régulièrement acheté des tableaux.

Établir l'authenticité d'une œuvre d'art prenait du temps. Elle espérait que les clientes de Carrick en avaient conscience.

Arrivée devant la porte entrouverte de la salle de réunion, elle frappa et entra. Pas de chance. Carrick était déjà là, seul, debout devant la baie vitrée qui surplombait le beau jardin public de Boston Common. Il se retourna et lui sourit, faisant apparaître la petite fossette sur sa joue gauche. Le cœur de Sadie se mit à battre plus fort. Si seulement elle avait pu contrôler ses sens... Mais c'était un fait, Carrick avait un pouvoir immense sur elle, ou du moins sur son corps.

L'alchimie, cela ne s'expliquait pas.

— Sadie.

Le simple fait d'entendre la voix grave de Carrick prononcer son nom la fit frissonner de désir. Elle dut prendre sur elle pour ne pas laisser échapper un soupir qui aurait trahi son émotion.

S'efforçant de détourner le regard le temps de recouvrer son sang-froid, elle posa son sac et ses documents, et le salua d'une voix aussi neutre que possible.

— Les héritières d'Isabel vont avoir un peu de retard, dit Carrick. Elles devraient être là dans une quinzaine de minutes.

Bon sang. De quoi allaient-ils parler pendant un quart d'heure ? De la météo ? Du tableau ? De l'excitation qu'elle ressentait à chaque fois qu'elle se remémorait leur étreinte ?

Voyons, Sadie. Ressaisis-toi.

Elle respira profondément, bien décidée à se comporter dignement, et marcha lentement vers Carrick en se gardant de trop se rapprocher de lui. Il ne fallait tout de même pas tenter le diable.

Alors qu'elle traversait la pièce, elle remarqua qu'il regardait sa tenue avec insistance. Sa robe rouge et orange était-elle trop osée ou trop bohème pour l'ambiance classique des bureaux de Murphy International ?

Elle s'en moquait. Elle n'était pas du genre à s'habiller en noir et blanc. En amoureuse de l'art, elle avait besoin des couleurs comme les autres avaient besoin d'air pour respirer. Carrick allait devoir s'habituer à son style vestimentaire, et s'il n'était pas content...

Eh bien tant pis pour lui.

Elle avait déjà changé pour un homme. Sa garde-robe, ses réflexions, ses opinions... Elle était allée jusqu'à se renier pour le satisfaire. Elle avait réglé sa vie en fonction de lui, et il l'avait remerciée en séduisant de nombreuses femmes de l'entourage de Sadie, de sa cousine à sa masseuse. Plus jamais elle ne sacrifierait ce qu'elle était pour un homme.

Elle fixa les yeux sur la vitre et admira la lumière du soleil couchant. Cette couleur lui rappelait les tutus des *Danseuses en rose* de Degas. À moins qu'elle soit plus proche de la teinte utilisée par Renoir pour *Gabrielle à la rose* ?

Mais voilà qu'elle distinguait une touche orangée...

Carrick la tira de ses pensées en frappant trois petits coups sur le carreau. Il aurait pu être agacé de sa distraction, mais au lieu de cela il eut l'air amusé.

— Il se passe quelque chose d'intéressant dehors ? demanda-t-il.

Elle secoua la tête et fit un geste vague en direction de la fenêtre.

— C'est moi, répondit-elle. À chaque fois que je vois des couleurs, je ne peux pas m'empêcher de chercher des références artistiques.

— Ah ? C'est-à-dire ?

D'ordinaire, elle n'essayait pas de s'expliquer, mais, pour une raison mystérieuse, elle avait envie que Carrick comprenne son obsession pour la couleur. S'il y arrivait, ils auraient peut-être quelque chose en commun, un lien tangible.

Autre que celui qui les avait unis pendant une nuit entière...

Surtout, il paraissait sincèrement intéressé par sa remarque. Alors elle chercha dans le parc de quoi illustrer son propos. Une femme passa, vêtue d'un manteau jaune. Sadie attrapa instinctivement le bras de Carrick et sentit ses muscles virils se contracter sous ses doigts.

— Tu vois cette femme en jaune ? demanda-t-elle.

— Oui.

— Dis-moi quel tableau te vient à l'esprit quand tu regardes son manteau, poursuivit-elle sans parvenir à le lâcher. Une toile dont l'auteur aurait utilisé cette couleur.

— *Les Tournesols* de Van Gogh, répliqua-t-il sans hésitation.

— Trop facile. Trouves-en un autre.

— La banane d'Andy Warhol sur la pochette de l'album du Velvet Underground ?

— Non, ça ne compte pas.

— Dis donc, tu es dure !

Il prit quelques secondes pour réfléchir.

— Le portrait d'Adele Bloch-Bauer par Gustav Klimt ?

Ça, c'était une excellente réponse.

— Voilà qui est mieux, concéda-t-elle à contrecœur.

Il fit résonner son rire grave et sensuel.

— Tu crois que tu peux faire mieux ? demanda-t-il sur un ton de défi.

Il osait l'affronter sur son propre terrain ? Très bien, très bien.

— Ce jaune me rappelle l'œuvre sans titre de Mark Rothko qui a été vendue à New York il y a quelques années. Ou, ajouta-t-elle en inclinant la tête, c'est peut-être la couleur de *La Conspiration de Claudius Civilis* de Rembrandt.

Elle sentit les yeux de Carrick sur elle et n'osa pas tourner la tête vers lui, ne sachant comment il allait réagir. Avait-elle réussi à l'impressionner ?

— L'art n'a donc vraiment aucun secret pour toi, dit-il.

— Mon doctorat est là pour en attester, lui rappela-t-elle.

C'est alors qu'elle se rendit compte qu'elle était en train de lui caresser le bras comme si c'était un chat à la fourrure soyeuse. Elle regarda sa propre main, rougit et la retira brusquement.

— Désolée, dit-elle. Je suis presque aussi passionnée par les matières que par les couleurs. Et ton costume est tellement doux, tellement agréable au toucher...

C'était vrai, ce tissu était merveilleux. Mais ce n'était pas pour cette raison qu'elle avait pris tant de plaisir à caresser sa manche.

Elle s'écarta de lui, croisa les bras et respira profondément en s'ordonnant de se comporter en professionnelle.

Tous deux face à la baie vitrée, ils observèrent en silence les habitants de Boston qui se promenaient dans le jardin en cet après-midi clair et froid. Au bout d'une minute, Carrick désigna une femme en manteau fuchsia qui tenait en laisse deux magnifiques dogues allemands, parfaitement sages et obéissants.

— Le manteau de la dame aux chiens est de la même couleur que le sol dans *L'Atelier rose* de Matisse, déclara-t-il.

— C'est aussi le rose du *Lever du soleil* de Georgia O'Keeffe.

Ils pouvaient parler d'art, heureusement. C'était un sujet neutre, qui les passionnait tous les deux et qui était beaucoup moins dangereux que leur autre intérêt commun : le plaisir qu'ils pouvaient se donner mutuellement.

— Je crois que c'est aussi la même couleur que la pointe de tes seins quand je passe la langue dessus.

Elle se figea sur place en entendant ses mots. Les joues en feu, elle revit les images de cette nuit qu'elle était incapable d'oublier. Il lui semblait sentir encore la bouche de Carrick sur sa peau et les vagues brûlantes qui s'étaient succédé en elle.

Elle n'osait plus le regarder. Si elle voyait la passion briller dans ses yeux comme ce soir-là, elle ne pourrait résister à l'envie de se jeter dans ses bras.

Ce n'était pas exactement l'attitude qu'on attendait d'une experte en œuvres d'art. Les clientes de Carrick risquaient de se sentir légèrement de trop.

Fixant obstinément le jardin, elle contempla la promeneuse de chiens s'éloigner, puis observa les autres passants emmitouflés qui offraient leur visage au soleil pour recevoir un peu de chaleur.

— Cela fait une semaine que je ne pense qu'à cette nuit.

En entendant la voix profonde de Carrick, elle soupira et cacha son visage entre ses mains. Elle aussi, elle ne pensait qu'à ça, mais elle refusait de l'admettre. Elle refusait de pour suivre cette conversation qui l'empêchait de se concentrer.

Comment parler d'art, de tableaux et de preuves scienti-fiques si elle revoyait sans cesse Carrick Murphy en train de lui faire divinement l'amour ?

— Carrick, s'il te plaît, ne parle pas de ça.

Il se rapprocha d'elle, lui faisant sentir la chaleur de son corps.

— Pourquoi ? demanda-t-il. Parce que tu regrettes ou parce que cela te fait de l'effet d'en parler ?

Ce n'était pas le comportement d'un homme résolu à l'éviter. Après son départ de chez elle, comme elle n'avait reçu aucune nouvelle de lui, pas même un texto, elle avait cru qu'il était rapidement passé à autre chose. Qu'elle n'avait été pour lui qu'une conquête de plus sur sa longue liste d'aventures sans lendemain. Pourtant, il venait bien de lui faire comprendre qu'il ne serait pas contre un deuxième acte.

Et elle ?

Comment le nier... Elle en mourait d'envie.

Mais elle ferait une bêtise en cédant à la tentation. Elle le savait et elle n'avait aucune intention de commettre une erreur en toute conscience. Elle avait perdu la raison l'autre soir chez elle, quand Carrick l'avait plaquée contre le mur pour l'embrasser. Mais, maintenant, elle était prévenue. Elle n'avait plus d'excuse.

Elle aurait pu se mentir à elle-même, prétendre qu'elle s'en voulait d'avoir couché avec lui, mais pourquoi regretter la nuit la plus extraordinaire de sa vie ?

Non, ce qu'elle devait faire, c'était avancer. Tourner la page, et tout de suite.

Elle leva les yeux vers lui. Son regard vert clair était brûlant de désir. Si seulement elle avait pu l'embrasser, rien qu'une fois de plus...

Non. Elle devait résister.

— Il vaudrait mieux que nous oubliions cette nuit, répondit-elle en mettant les mains dans le dos.

Sur ces mots, elle fit volte-face et s'éloigna de lui.

— Je ne vois pas comment c'est possible, dit-il d'une voix rauque. J'ai envie de toi, Sadie. Je sais, nous ne devrions pas, c'est une très mauvaise idée, nous nous étions mis d'accord pour que ça ne se reproduise pas. Mais, depuis l'instant où tu es entrée dans cette pièce, je n'ai qu'une seule envie : te faire l'amour ici et maintenant. Et à en croire cette flamme dans tes yeux, cette façon que tu as de me déshabiller du regard, il me semble que tu veux la même chose que moi.

Oui ! Oui, elle voulait la même chose. Évidemment.

Mais elle devait être raisonnable.

— Je voudrais aussi découvrir qui a servi de modèle à Léonard de Vinci pour *La Belle Ferronnière*, avoir une toile de Manet en face de mon lit, trouver la Chambre d'ambre russe. Mais je suis réaliste. Je sais que rien de tout cela n'arrivera, tout comme je sais que nous aurions tort de passer une autre nuit ensemble.

Surtout, elle n'oubliait pas que la dernière fois qu'elle avait été à ce point attirée par un homme, elle l'avait épousé et il avait fait de sa vie un enfer.

Carrick, d'après ce que lui avait dit Tamlyn, son ex-femme, était fait du même bois que Dennis. Ils commençaient par se montrer charmeurs et attentionnés pour capturer leur proie, après quoi ils se transformaient progressivement en monstres.

— Au diable la sagesse, dit-il. L'audace est tellement plus amusante.

Il mit les mains dans les poches de son pantalon, accentuant l'ouverture de sa veste et dévoilant son large torse. Sous son costume sombre coupé à la perfection, il portait une chemise vert menthe et une cravate impeccablement nouée.

Quiconque l'aurait croisé aurait vu en lui un grand homme d'affaires de Boston, brillant et impressionnant, sans imaginer ce qu'il cachait derrière cette stature charismatique et pleine d'autorité. Sadie, elle, savait désormais qu'il était aussi brûlant qu'un volcan.

Ce contraste entre son masque de froideur et ses talents d'amant brûlant et passionné le rendait encore plus sexy.

Que risquait-il d'arriver si elle passait une autre nuit avec lui ?

Inutile de se leurrer. Une nuit ne suffirait pas à assouvir son désir pour lui. Si elle cédait de nouveau, elle n'aurait qu'une seule envie : recommencer.

C'était dès aujourd'hui qu'il fallait se montrer solide, avoir la volonté et la force de résister.

Elle n'avait plus qu'à lui annoncer que non, il n'était pas question de donner une suite à leur aventure d'un soir. Elle prit son inspiration.

— Je vais y réfléchir.

Quoi ? Qui avait dit ça ?

Elle faillit se retourner pour voir quelle autre femme avait bien pu prononcer cette phrase. Mais c'était bien elle qui avait parlé. Et, à en croire le sourire de Carrick, il était enchanté par sa réponse.

Qu'allait-elle devenir si les mots commençaient à sortir de sa bouche sans qu'elle puisse les contrôler ?

Carrick s'approcha d'elle, posa la main sur sa joue et l'embrassa sur la tempe. Elle serra les poings pour se retenir de l'enlacer.

— Oui, Sadie, réfléchis bien, murmura-t-il. Et réfléchis vite.

2

Carrick recula d'un pas, boutonna sa veste et marcha jusqu'à la porte de la salle de réunion. Il l'ouvrit et s'effaça pour laisser entrer les deux femmes qu'ils attendaient.

Sans pouvoir repousser un léger élan de jalousie, Sadie regarda la ravissante blonde qui embrassait chaleureusement Carrick pour le saluer. C'était absurde, elle n'avait aucune raison d'être jalouse. Puis elle observa l'autre femme, brune, visiblement d'origine indienne, qui portait une tenue noire décontractée. Sadie fut frappée par sa beauté.

— Keely, Joa, je vous présente Sadie Slade, dit Carrick. Sadie est l'experte à qui nous avons confié l'enquête sur votre tableau. Sadie, voici Keely Mounton et Joa Jones.

Keely était la blonde et Joa la brune. Sadie les salua toutes les deux et fut tout de suite charmée par leur sourire et leur naturel. Elles étaient si irrésistibles toutes les deux que Sadie se tourna machinalement vers Carrick, pour voir laquelle des deux il était en train de dévorer des yeux.

Non sans surprise, elle se rendit compte qu'il n'était pas troublé le moins du monde.

Ils échangèrent quelques mots tous les quatre, après quoi Carrick les invita à s'asseoir. Sadie s'installa en face des deux jeunes femmes. Resté debout, Carrick mit les mains dans les poches de son pantalon. Il avait bel et bien la stature et l'assurance d'un grand chef d'entreprise.

Il se tourna d'abord vers Sadie.

— Isabel Mounton-Matthews était une cliente importante et estimée de Murphy International, dit-il. Je crois qu'elle a acheté son premier tableau chez nous il y a plus de quarante ans. C'était une amie intime de Raeni, ma belle-mère. Elle est malheureusement décédée il y a... un an ? C'est bien cela, Keely ? demanda-t-il en regardant sa cliente.

— Quatorze mois très précisément, répondit-elle.

— Keely et Joa sont les deux héritières d'Isabel, poursuivit Carrick. Elles ont décidé de vendre la plus grande partie de sa collection d'œuvres d'art par l'intermédiaire de Murphy International, et de faire don de la recette à la fondation d'Isabel qui finance plusieurs associations sur la côte Est. La vente de cette collection va être l'événement de la décennie dans le monde de l'art. On pourrait la comparer à celle de la collection Rockefeller qui a eu lieu il y a quelques années. Isabel avait en sa possession non seulement des chefs-d'œuvre de la peinture, mais aussi de l'art amérindien et asiatique, de la porcelaine, des bijoux, de l'argenterie, du mobilier, des tissus.

— Ma grand-tante était une collectionneuse passionnée qui avait les moyens de ses envies, dit Keely d'un ton amusé.

— Finn, mon frère, se charge de constituer le catalogue de la vente, dit Carrick à Keely et Joa. C'est déjà une tâche immense, c'est pourquoi il n'a pas le temps de creuser lui-même les mystères que contient votre collection. J'ai donc fait appel à Sadie, qui a établi que deux des trois tableaux concernés étaient des copies de Homer.

— Je ne peux pas dire que je sois surprise, répondit Keely. Je crois avoir entendu Iz dire qu'elle n'était pas convaincue de l'authenticité de ces toiles. Elle avait un instinct et un œil extraordinaires. Elle n'achetait pas pour investir. Ce qui comptait plus que tout pour elle, c'était d'être touchée par une œuvre. Alors ? demanda-t-elle à Sadie. Quels éléments vous ont permis de savoir qu'il s'agissait de copies ?

— L'artiste qui les a réalisées était très talentueux, reconnut-elle. Néanmoins, l'exécution n'est pas à la hauteur de Winslow Homer. Il manque son énergie et son brio. Certains détails concernant la signature et les couleurs sont également révélateurs. En revanche, le troisième tableau est exceptionnel.

— Celui qui n'est pas signé ? intervint Joa d'une voix discrète.

Sadie acquiesça.

— S'il est bien de Homer, poursuivit Joa, comment est-ce possible qu'il ne soit pas signé ?

— Cela arrive parfois, répondit Sadie. Un artiste peut avoir plusieurs raisons de ne pas signer une œuvre. Soit parce qu'il n'en est pas satisfait, soit parce qu'elle est inachevée. Soit parce qu'il a tout simplement oublié. Ce serait une grande déception pour vous deux si ce n'était pas un Homer ? demanda-t-elle à Joa et Keely. Votre grand-tante y était très attachée ?

Elles se regardèrent. Joa haussa les épaules, puis ce fut Keely qui répondit.

— Ce tableau était accroché dans le petit salon adjacent à la chambre d'Isabel, expliqua-t-elle. Plusieurs de ses œuvres préférées se trouvaient dans cette pièce, donc je pense que cela en dit long sur la valeur que celle-ci avait à ses yeux. Manifestement, les deux autres comptaient moins pour elle car je les ai découvertes dans un placard en faisant l'inventaire avec M. Snob. Chose pour laquelle tu devrais m'être redevable, d'ailleurs, glissa-t-elle à Joa.

— M. Snob ? répéta Joa avec un air perplexe.

— L'horrible Seymour.

— Vous parlez de Dare ? fit Carrick.

Comme Keely acquiesçait, il émit un rire grave.

— C'est le garçon le moins snob qui soit, affirma-t-il.

Sadie avait beau n'avoir jamais rencontré Keely, elle nota tout de suite son expression butée. Peut-être parce qu'elle l'avait déjà vue une fois ou deux dans le miroir, sur son propre visage.

— De toute évidence, dit Keely, nous ne connaissons pas la même facette de ce personnage.

— Je vous assure que c'est un homme charmant, insista Carrick.

Il avait le mérite de défendre son ami.

— Nous devrons nous résoudre à être en désaccord sur ce point, répliqua fermement Keely.

Sadie regarda Joa et remarqua son petit sourire. Était-elle en train de penser, comme Sadie, que la réaction de Keely était un peu trop excessive ? Cela semblait cacher quelque chose...

— Mais nous avons des sujets plus intéressants à aborder que celui des avocats désagréables, conclut Keely.

Sadie compatissait. C'était extrêmement agaçant d'être attirée par un homme que la sagesse conseillait de fuir.

Ce fut Joa qui referma définitivement la parenthèse Dare Seymour.

— Juste pour que les choses soient bien claires, dit-elle, nous parlons bien du tableau qui représente la femme afro-américaine dans un champ avec ses deux enfants ?

— Oui, répondit Sadie. Je vais vous expliquer.

Elle prit sa tablette et la connecta au grand écran qui se trouvait derrière Carrick. Quand le tableau s'afficha, il s'écarta et vint s'asseoir à côté de Sadie. Elle sentit son genou se presser contre le sien et perdit aussitôt ses moyens. Il faisait donc exprès de la déstabiliser ?

Tout le monde attendait qu'elle parle, qu'elle décrive l'avancée de ses recherches et justifie le salaire considérable que lui versait Murphy International pour cette mission. Mais non. Elle n'y arrivait pas. C'était comme si son cerveau s'était mis sur pause.

Le seul fait d'être en contact avec le corps de Carrick la privait de toute capacité à réfléchir. Elle le revoyait en train de s'étendre au-dessus d'elle, de se placer entre ses jambes et de la caresser en lui donnant du plaisir comme jamais aucun homme ne l'avait fait.

Elle sursauta presque en entendant la voix de Carrick qui comblait un silence qui devenait gênant.

— Sadie va vous donner des précisions sur ce tableau, dit-il. Ainsi, vous saurez mieux toutes les deux comment se déroule l'enquête et ce que nous pouvons attendre pour la suite.

Parvenant enfin à se ressaisir, Sadie se leva pour fuir la

présence envoûtante de Carrick et commença sa présentation. Elle put aller au bout sans se laisser derechef distraire. Quand elle eut fini, elle échangea encore quelques mots avec Keely et Joa.

— Vous pourrez me contacter dès que vous aurez du nouveau ? lui demanda Keely.

— Comme je suis engagée par Murphy International, c'est à Carrick que je suis censée adresser mes rapports, mais, s'il est d'accord pour que je me mette en lien direct avec vous, cela me convient parfaitement.

— Cela ne me pose aucun problème, dit Carrick.

— Keely, demanda Sadie, vous êtes sûre que votre tante ne vous a jamais dit où elle avait acheté ces toiles ?

— Hélas, pas que je me souvienne, répondit Keely. Peut-être que quelqu'un les lui a offertes. Iz était très populaire et... elle avait beaucoup d'amis, ajouta-t-elle pudiquement.

— Je vois. Et vous savez qui elle fréquentait à l'époque où elle a eu ces tableaux ?

— C'était il y a trop longtemps pour que je le sache. Elle mentionne ses visiteurs dans son journal intime, mais elle ne donne aucun nom.

Sadie remarqua le sourire de Joa, qui semblait amusée par les détours que prenait sa sœur adoptive pour parler de la vie amoureuse de leur tante.

— Dommage, dit Sadie. Cela aurait pu être une piste. Pensez-vous que ces amis dont vous parlez appartenaient à la haute société de Boston ?

— Oh ! oui. Iz était une personnalité très en vue dans son milieu. Et on l'adorait autant à Paris et à Londres qu'à Boston.

— Bon, conclut Sadie. Je vous tiendrai au courant.

Keely et Joa leur dirent au revoir et sortirent dans le couloir. Sadie entendit qu'elles entamaient une conversation avec Ronan, le frère de Carrick, qui passait à ce moment-là.

Restée seule avec Carrick, Sadie rangea ses affaires en silence. Elle sentait son regard sur elle.

— Tu veux une tasse de café ? demanda-t-il en s'approchant de la machine à expresso.

— Non merci, répondit-elle.

Elle avait plutôt besoin d'une tisane pour se calmer. Elle avait réussi à se concentrer le temps de leur réunion avec Joa et Keely, mais elle se sentait de nouveau à fleur de peau maintenant que les deux jeunes femmes étaient parties.

Carrick se servit une tasse et sirota son café tout en marchant jusqu'à la porte, qu'il ferma d'un coup de pied. N'entendant plus les voix qui venaient du couloir, Sadie eut la sensation d'être coupée du monde extérieur. L'atmosphère était si intime soudainement qu'elle frissonna de tout son être.

Elle ne voulait pas de cette intimité. Elle ne voulait pas être seule avec Carrick. S'il venait vers elle pour la toucher, l'embrasser, elle n'aurait jamais la force de le repousser. Elle risquait plutôt de se jeter à son cou.

Pourquoi fallait-il qu'il soit aussi irrésistible ? Quand serait-elle enfin attirée par un homme qui ne représenterait pas un danger pour elle ?

Il s'approcha d'elle, posa sa tasse et s'assit sur la table.

— Alors ? lança-t-il. Tu as réfléchi ? Je peux t'inviter à dîner ce soir ?

Elle s'était attendue à tout sauf à cette question. À quoi jouait-il au juste ?

Le fait qu'il fasse allusion à leur nuit de délices ne l'avait pas surprise. En revanche, cette invitation à dîner la prenait de court. Cela impliquait de passer du temps ensemble en dehors d'un lit, de faire connaissance, de parler, de rire. De faire comme si c'était le début d'une relation. Or ça, il n'en était pas question. Elle refusait de tomber deux fois dans le même piège. Elle avait suffisamment souffert.

— Carrick, répondit-elle, je crois qu'il vaut mieux nous en tenir à une relation strictement professionnelle.

— Il me semble que c'est trop tard pour ça, répliqua-t-il avec un sourire infiniment sensuel.

Non, elle n'allait pas céder. Elle devait tenir bon.

— Justement. Je ne vois pas l'intérêt de m'inviter à dîner alors que nous avons déjà couché ensemble.

— Pardon ? demanda-t-il en se levant. Qu'est-ce que tu entends par là ?

Elle soutint son regard de défi.

— Je sais que tu voudrais recommencer. Tu me l'as dit. Alors pourquoi sortir le grand jeu tout à coup ?

Il lui jeta un regard glacial.

— Non mais je rêve. C'est quoi ton problème exactement ?

— Toi, répondit-elle en appuyant la pointe de l'index contre son torse. Et les hommes de ton espèce. Tu n'es pas franc, et j'ai horreur de ça.

Il se dressa de toute sa hauteur, et elle vit dans ses yeux qu'elle l'avait mis en colère. Pourtant, curieusement, il ne lui fit pas peur. Face à Dennis, elle aurait tout de suite cherché un moyen de l'apaiser, de le distraire, de faire diversion pour éviter de subir un torrent d'injures.

Elle ne ressentait pas ce besoin avec Carrick. Elle n'avait pas la moindre angoisse, pas même une légère appréhension.

Étrange.

Par précaution, tout de même, elle se prépara à une éventuelle attaque. Les hommes tels que Dennis et Carrick prenaient mal d'être rejetés.

Elle leva la tête et redressa les épaules. Quoi que Carrick lui dise, elle refusait d'en être blessée. Elle ne lui accorderait jamais le même pouvoir qu'à Dennis. Elle avait appris de ses erreurs.

Lorsqu'il posa les mains sur ses épaules, elle se raidit. Pas parce qu'elle avait peur de lui. Non. Plutôt parce qu'elle mourait d'envie d'enfouir le visage dans son cou et de serrer les bras de toutes ses forces autour de lui.

Elle se considérait comme une femme forte et indépendante, mais cela ne voulait pas dire qu'elle n'avait pas besoin d'un peu de réconfort de temps en temps.

Hélas, Carrick Murphy n'était pas la bonne personne pour le lui donner.

— Sadie, murmura-t-il d'une voix douce comme une caresse,

qui a bien pu te faire autant de mal ? Dis-moi où je peux le trouver afin que je lui refasse le portrait.

Elle faillit sourire en imaginant Carrick réduire Dennis en bouillie d'un coup de poing. Elle ne pouvait pas nier que ce serait plaisant. Mais elle était responsable de ses propres erreurs. Personne ne l'avait forcée à épouser cet homme. Elle ne pouvait s'en prendre qu'à elle-même de s'être laissé aveugler par sa beauté et son charisme.

Elle avait pris Dennis pour le prince charmant qu'elle attendait. Il s'était changé en un être laid et manipulateur. Avec lui, elle avait appris que l'apparence la plus séduisante pouvait dissimuler une personnalité terriblement néfaste.

Carrick était la tentation faite homme, mais elle ne comptait pas se laisser duper cette fois.

Rassemblant toute sa volonté, elle s'écarta de lui et prit son ordinateur portable pour le ranger dans sa sacoche. C'est alors qu'il posa la main sur la sienne. Instinctivement, elle tourna la tête et le dévisagea.

Elle l'interrogea du regard en essayant de prendre un air détaché.

— Tu peux bien faire comme si ça te laissait indifférente, dit-il en lui caressant le poignet de revers du pouce. Mais je sens ton pouls qui s'accélère sous mes doigts.

Il était temps d'arrêter ça. De mettre un terme à leur très brève aventure.

— C'est non, Carrick. Non pour le dîner, non pour une autre nuit ensemble. Nous sommes des partenaires de travail, rien de plus. Il ne s'est jamais rien passé entre nous.

— Nous savons tous les deux que c'est faux.

— Nous devons faire comme si c'était vrai ! s'exclama-t-elle en ôtant sa main de celle de Carrick.

— J'aimerais avoir une baguette magique pour faire disparaître les souvenirs inopportuns, seulement ça ne marche pas comme ça. D'ailleurs, ces souvenirs ne me dérangent pas, moi. Bien au contraire.

Il s'interrompit et l'enveloppa d'un regard qui la fit rougir malgré elle.

— Tout à l'heure, poursuivit-il, tu as dit que je n'étais pas franc. Tu veux que je sois franc, Sadie ? Tu es prête à entendre le fond de mes pensées ?

Bien sûr qu'elle était prête. Enfin, probablement. Peut-être. Elle ne savait plus. Elle allait bientôt être fixée, car à en croire l'air sérieux de Carrick, il était sur le point de parler.

— Ce que je pense, Sadie, dit-il de sa voix grave et sensuelle, c'est que tu es magnifique. Tu es sans doute la femme la plus fascinante que j'aie jamais rencontrée. Je passe mes nuits à me souvenir de toi, à revivre ce moment incroyable que nous avons vécu ensemble.

Elle sentit ses joues s'enflammer.

— Je vais être encore plus honnête, ajouta-t-il. J'ai envie de toi. J'ai envie de sentir de nouveau ton corps nu contre le mien, de dévorer tes lèvres en entrant en toi. De t'entendre gémir encore et encore pendant que tu t'abandonnes entre mes bras.

Elle avait le cœur qui battait à tout rompre. S'il continuait à lui parler comme cela, elle ne répondrait plus de rien.

— Alors oui, conclut-il, peut-être que je t'ai invitée à dîner en espérant que la soirée se terminerait comme cela. Mais je ne vois pas en quoi ce serait une mauvaise idée de passer une heure ou deux à discuter autour d'un bon repas. Nous avons beaucoup de choses en commun, et cela me ferait plaisir de te connaître un peu mieux avant de repasser une nuit de rêve avec toi.

— Pourquoi ? demanda-t-elle. Dans quel but ?

Il la regarda en fronçant les sourcils.

— Il faut absolument qu'il y ait un but ? répliqua-t-il.

— Un dîner implique que l'on souhaite créer un lien autre que physique. Ce n'est pas mon cas. Je n'ai pas l'intention d'entamer une relation. À quoi bon consacrer mon temps et mon énergie à un homme en sachant que je finirai par être déçue ? J'ai déjà donné, merci. Je ne compte pas me faire avoir une deuxième fois.

— Il faut vraiment que tu me dises qui s'est si mal comporté avec toi.

Jamais elle ne lui dirait de qui il s'agissait. Elle avait parlé de son mariage et de ses problèmes de couples à des tas de gens, y compris les membres de sa famille, et personne ne l'avait crue. Pourquoi auraient-ils accordé le moindre crédit à ses propos alors que tout le monde savait que Dennis était un type extraordinaire et qu'elle avait eu une chance folle de l'épouser ? À leurs yeux, elle était stupide et inconsciente d'avoir voulu divorcer.

— Sadie, insista Carrick en croisant les bras, je te propose juste de t'emmener au restaurant et de passer un moment agréable. Je ne te demande pas de m'épouser et d'être la mère de mes enfants. Ta réaction me paraît quelque peu excessive.

C'était normal qu'il pense cela. Il ignorait tout ce qu'elle savait sur lui, sur Tamlyn et sur ce qui s'était passé entre eux. Mais elle ne comptait pas lui expliquer les choses. La situation était déjà assez compliquée entre eux, elle n'allait pas en plus lui révéler qu'elle connaissait son ex-femme et que celle-ci lui avait raconté comment il l'avait traitée.

— Carrick, répondit-elle, je suis attirée par toi. Sinon, je n'aurais pas couché avec toi. Mais je suis assez lucide pour savoir que tu es...

Dangereux. Voilà ce qu'il était pour elle. Mais elle préféra tourner sa phrase autrement.

— Pour savoir que ce serait compliqué entre toi et moi, reprit-elle. Or je n'aime pas les relations compliquées.

Elle fit une pause et, comme elle se sentait vulnérable rien qu'en le regardant, elle décida de passer à l'offensive.

— Je te rappelle que nous nous étions tout de suite mis d'accord pour oublier cette nuit.

— Je sais, tu as raison, concéda-t-il.

Il soupira et se passa la main dans les cheveux.

— Mais je n'arrête pas de penser à ce qui s'est passé. C'était tellement bien... Et je crois que tu y penses aussi.

Oh ! oui, elle y pensait. Beaucoup plus que de raison.

Mais cela ne changeait rien pour elle.

— Une liaison sans lendemain et sans attache ne m'intéresse pas, déclara-t-elle. Pas plus qu'une relation à long terme.

Elle se vouait donc à une éternelle vie de célibataire ?

Elle était si déstabilisée qu'elle commençait à dire n'importe quoi. Vraiment, il était temps qu'elle mette un terme à cette conversation.

Se redressant brusquement, elle parla aussi fermement qu'elle put.

— Soit nous oublions ce qui s'est passé chez moi, dit-elle, soit je m'en vais et tu n'auras plus qu'à chercher un autre expert. Je refuse de poursuivre cette discussion, aujourd'hui ou un autre jour.

Elle était obligée de se protéger. C'était la seule attitude sensée à avoir.

— Tu es sûre que c'est ce que tu veux ? demanda-t-il en plissant les yeux.

La réponse était non. Mais elle n'allait certainement pas l'admettre.

Elle se força à acquiescer d'un signe de tête.

— Bon, dit-il en fixant sur elle un regard indéchiffrable. Dans ce cas, je n'en parlerai plus.

Voilà. C'était parfait comme ça.

Elle avait obtenu ce qu'elle voulait.

Alors pourquoi ressentait-elle une si grande déception ? Pourquoi brûlait-elle de sentir ses bras autour d'elle et sa bouche experte contre la sienne ? Pourquoi avait-elle encore autant envie de lui ?

Apparemment, elle était toujours aussi faible face aux hommes qui lui plaisaient.

Désemparée, elle le regarda quitter la pièce en silence. Elle dut se cramponner à la table pour ne pas lui courir après. C'était dur, mais elle savait qu'elle faisait le bon choix. Elle devait se contenter de ce qu'elle avait connu avec lui. Il ne se passerait rien de plus entre eux.

Elle n'avait plus qu'à continuer ce qu'elle réussissait depuis une semaine. Faire son travail en évitant au maximum d'être en contact avec Carrick. Elle devait se focaliser sur son enquête, un point c'est tout.

3

Carrick rangea ses haltères et attrapa sa serviette pour essuyer son visage trempé de sueur. Il regarda la grande horloge fixée au mur. Il lui restait un quart d'heure, et il avait encore besoin de se dépenser, de libérer toute son énergie contenue pour soulager les tensions qui nouaient ses membres.

Il était dévoré par la frustration depuis sa discussion de la veille avec Sadie.

Il monta sur le tapis de course et sélectionna un programme de haute intensité. Avec un peu de chance, l'effort allait lui permettre de ne plus penser à elle, d'oublier combien il se sentait mal depuis qu'elle lui avait dit non.

Il courut, de plus en plus vite, en vain. Rien ne l'empêchait de penser à Sadie.

La façon dont elle l'avait rejeté lui rappelait tristement son mariage avec Tamlyn. Les souvenirs qu'il s'efforçait chaque jour d'enfouir au fond de lui remontaient soudain à la surface.

Son histoire était loin d'être originale. Il s'était marié de façon impulsive, sans vraiment prendre le temps de la réflexion, et une fois passée la fougue du début, ses sentiments pour sa femme n'avaient pas tardé à s'estomper. Finalement, il avait dû se rendre à l'évidence : cette union ne pouvait pas durer.

Quand il s'était résolu à en parler à Tamlyn, il avait fait son possible pour que la séparation se déroule dans la paix et le respect mutuel. Elle avait d'abord essayé de lui faire changer d'avis. Puis, comme elle n'y arrivait pas, elle s'était mis en tête de le punir.

Sadie avait-elle eu vent des fausses rumeurs qui circulaient sur lui ? Sans doute. C'était peut-être à cause de Tamlyn qu'elle tenait tant à garder ses distances avec lui. Ils appartenaient au même milieu, et les commérages allaient bon train.

L'idée de raconter à Sadie sa propre version de l'histoire était tentante, mais il la rejeta aussitôt. Il avait trop de fierté pour cela. Il refusait d'avoir à se justifier auprès de qui que ce soit.

D'autant qu'il ne connaissait pas suffisamment Sadie pour lui faire pleinement confiance et se livrer à elle. Même après plusieurs années, il ne supportait pas de savoir que les gens parlaient de lui et de sa vie privée. Cela avait été suffisamment pénible au moment de son divorce. Cette expérience lui avait laissé un goût amer, et il n'allait certainement pas remettre lui-même le sujet sur la table.

Il ne prétendait pas avoir été irréprochable dans cette histoire. Loin de là. Tamlyn avait des raisons de lui en vouloir. Il restait très tard au bureau. À vrai dire, plus le temps passait, plus il avait fui le foyer conjugal. Il s'était arrangé pour partager le moins de choses possible avec elle, en prétendant que son travail l'accaparait. Elle avait légitimement souffert d'être ainsi délaissée.

Cependant, il ne l'avait jamais trompée, il n'avait jamais été grossier ou méchant avec elle. Il s'était plutôt replié sur lui-même, autant verbalement que physiquement, et pour une femme qui avait un besoin criant d'attention, c'était le châtiment le plus cruel du monde. Il n'était pas fier de l'avoir fait souffrir comme cela. Et, au moment d'aborder le sujet du divorce, il aurait sans doute pu s'y prendre avec plus de délicatesse.

Cela aurait peut-être évité à Tamlyn d'être emplie par la haine et le désir de vengeance.

Car c'est bien ce qui s'était produit. Elle était devenue méconnaissable.

Tamlyn avait mal pris le fait d'être repoussée. Et apparemment il était comme elle, sinon comment expliquer qu'il soit d'aussi mauvaise humeur depuis hier ?

Dès le moment où la situation avait dégénéré entre eux, il avait décidé de ne pas s'abaisser à combattre les rumeurs qui circulaient sur lui. Il accordait trop peu d'importance à ce que les gens pensaient pour perdre son temps à cela. Il se moquait de savoir qui avait une bonne ou une mauvaise opinion de lui. Les gens qui comptaient pour lui, eux, connaissaient la vérité. Il n'avait jamais cherché à convaincre les autres et il n'avait pas l'intention de commencer à le faire avec Sadie.

Certes, cela le contrariait que Sadie le prenne pour le goujat que Tamlyn avait décrit à tout le monde, mais elle n'occupait pas une place assez importante dans sa vie pour qu'il lui raconte en détail cette période difficile et sombre de sa vie.

Du moins, c'était ce dont il essayait de se convaincre.

Cela ne servait à rien de remuer le passé. Les choses n'iraient pas plus loin entre Sadie et lui de toute façon. Elle n'avait pas envie de s'engager dans une relation, et lui non plus.

Alors pourquoi l'avait-il invitée à dîner ? Pourquoi avait-il dit qu'il voulait mieux la connaître ?

Il ne pouvait pas nier que c'était une femme passionnante. Sa tournure d'esprit le séduisait autant que sa beauté. Derrière ses tenues colorées et son visage parfait, elle cachait une intelligence et une culture impressionnantes. Il aimait les gens intéressants, et si une discussion enrichissante pouvait précéder un corps-à-corps torride, pourquoi voudrait-il s'en priver ?

L'attirance qu'il avait pour la personnalité de Sadie ne signifiait pas qu'il avait envie de construire quelque chose avec elle. L'amour, l'engagement, le mariage... C'était fini pour lui.

Il était temps qu'il cesse de penser à elle comme cela en permanence. Pour tirer un trait sur cette aventure, le mieux serait sans doute de faire une nouvelle rencontre. Oui, une autre femme pourrait l'aider à oublier Sadie.

Il appuya sur un bouton pour accélérer le rythme de sa course. Il commençait à avoir le souffle court. Son cœur battait de plus en plus vite. Alors qu'il s'essuyait le front avec la main, il vit un bras s'avancer vers le tableau de commande du tapis pour l'arrêter. C'était celui de Ronan.

Contraint de ralentir, Carrick lança un regard noir à son frère.

— Un problème ? s'enquit-il d'une voix haletante.

— Oui, répondit Ronan, vu que ça fait trois fois que je t'appelle et que tu ne m'entends pas. Est-ce que ça va ?

Carrick lui sourit. Il se serait volontiers confié à lui, mais il n'osait pas parler de femmes à Ronan qui n'était pas encore remis de la mort de sa merveilleuse épouse. Les frères Murphy n'avaient vraiment pas de chance en amour. Finn et Carrick avaient tous les deux divorcé, et Ronan était déjà veuf.

— Oui, ça va.

— Tu es sûr ? demanda Ronan avec un air sceptique. Parce que tu étais en train de parler tout seul dans ta barbe et tu semblais vouloir aller au bout de toi-même. C'est signe que quelque chose te tracasse.

Ronan le connaissait trop bien.

— Non, protesta Carrick en descendant du tapis de course, je t'assure qu'il n'y a rien.

— Menteur. Ça n'aurait pas un rapport avec Sadie Slade, par hasard ?

Carrick passa sa serviette sur son visage pour dissimuler sa surprise. Il prit tout son temps pour s'essuyer avant de réagir à la remarque de son frère.

— Qu'est-ce qui peut bien te faire penser ça ?

Ronan fixa sur lui un regard amusé.

— Peut-être le fait que tu sois devenu vert de peur le soir où elle a failli s'étouffer.

Ce moment avait été l'un des pires de la vie de Carrick, mais il n'allait certainement pas reconnaître tout haut que son frère avait vu juste. Il préféra le regarder de haut.

— Elle travaille pour nous en tant que consultante, et c'est un petit-four servi à *notre* cocktail qui a manqué de la tuer.

— Et à chaque fois que vous êtes ensemble, il y a de l'électricité dans l'air.

— N'importe quoi.

Carrick tourna le dos à Ronan et s'approcha de la fontaine pour prendre plusieurs verres d'eau fraîche. Il n'avait aucune envie de parler de Sadie. Cela faisait justement plus d'une semaine qu'il luttait pour la chasser de son esprit.

— Alors ? lança-t-il pour changer de sujet. Tu as trouvé une nounou ?

— Keely a suggéré que Joa garde mes enfants quelque temps. Elle a été jeune fille au pair, et il se trouve qu'elle est libre en ce moment.

Carrick sentit que Ronan était un peu mal à l'aise tout à coup. Cela cachait sans doute quelque chose.

— Tu la connais un peu, non ? demanda Ronan.

— Disons que je la vois de temps en temps, avec Keely, pour préparer la vente.

— Qu'est-ce que tu penses d'elle ?

Pourquoi étaient-ils en train de parler de Joa ? Carrick n'en avait pas la moindre idée, mais cela l'arrangeait.

— Elle a l'air charmante. C'est une femme splendide, évidemment, mais aussi intelligente. Elle a posé des questions très pertinentes sur l'art et sur Homer en particulier. Tu penses que tu vas l'engager ?

— Pas sûr, grommela Ronan avec un haussement d'épaules.

Carrick savait que son frère avait désespérément besoin d'une nourrice. Joa était disponible, elle avait de l'expérience et elle était recommandée par Keely. Pourquoi Ronan ne sautait-il pas sur l'occasion ?

Était-ce parce qu'il remarquait de nouveau les belles femmes ? Ce n'était plus arrivé une seule fois depuis la mort de Thandi. Carrick s'était inquiété de voir que, même avec le temps, Ronan ne reprenait pas goût au jeu de séduction et au plaisir d'être avec une femme. Il avait bien essayé d'aborder le sujet avec lui, mais à chaque fois Ronan s'était agacé en lui répétant qu'il avait trop de peine pour penser à ça.

Carrick avait renoncé à lui en parler.

Cette fois, les questions de Ronan sur Joa lui donnaient de

l'espoir. Pour la plupart des gens, Ronan était le plus drôle, le plus beau parleur et le plus charmeur des frères Murphy. Mais Carrick l'avait vu effondré, anéanti au cours des semaines qui avaient suivi la disparition de Thandi. C'était lui qui l'avait pris dans ses bras pour recueillir ses sanglots, lui qui avait veillé sur lui et sur ses enfants quand il avait essayé de noyer son chagrin dans l'alcool.

Ronan avait retrouvé son pouvoir de séduction, mais ce n'était qu'une façade. Au fond de lui, il était toujours brisé et meurtri.

Joa avait-elle réussi malgré elle à réveiller le séducteur qui sommeillait en lui ?

— C'est parce qu'elle est remarquable que tu hésites à l'engager ? demanda Carrick en guettant la réaction de son frère. En plus, elle est superbe, tu ne trouves pas ?

Une lumière passa dans le regard de Ronan, puis il haussa les épaules.

— Peut-être. Je ne me rends pas vraiment compte.

Carrick soupira. Il savait que pour Ronan, entamer une nouvelle relation reviendrait à tromper Thandi.

— Ro, tu as le droit d'être attiré par une autre femme.

— Ce n'est pas la question, répliqua Ronan avec un regard dur. Nous ne sommes pas censés séduire les femmes qui travaillent pour nous. C'est la catastrophe assurée, et tu es bien placé pour le savoir.

Carrick grimaça en entendant sa remarque.

— Je n'ai passé qu'une nuit avec Sadie, se défendit-il. C'est déjà fini entre nous.

Ronan le regarda avec stupeur.

— Ravi de l'apprendre, dit-il. Ce n'était pas à elle que je pensais, mais je ne veux pas en savoir plus sur elle et toi. C'était à Tamlyn que je faisais allusion. Tu l'as rencontrée en travaillant avec elle sur la restauration du Kahlo.

Carrick se mordit la lèvre. Il aurait mieux fait de se taire. Cherchant une échappatoire, il revint au sujet de conversation précédent.

— Au risque de paraître raisonnable, dit-il, puis-je me permettre de souligner que Joa représente la solution à tes problèmes de garde d'enfants ?

— Et la source de bien d'autres tracas, marmonna Ronan. Puis il s'éloigna pour aller s'installer sur le rameur.

— Ça ne va pas, Sadie ?

Sadie poussa la porte du restaurant japonais et entra. Cela faisait des semaines qu'elle n'avait pas vu Beth, et enfin, quelques jours plus tôt, elles avaient réussi à se donner rendez-vous pour ce vendredi soir. Elles avaient prévu de manger des sushis, puis d'aller dans un bar ou en boîte de nuit, selon leur humeur.

— Si, ça va, affirma Sadie pendant qu'elles enlevaient leurs manteaux. Pourquoi ?

— Tu as l'air fatiguée.

C'était vrai, Sadie se sentait épuisée en ce moment. Et un peu ballonnée. Il fallait qu'elle boive de l'eau et mange plus de légumes, sans doute.

À partir de demain, elle le ferait. Pour l'instant, elle voulait profiter de cette soirée pour se détendre et s'amuser un peu.

— Je travaille beaucoup en ce moment, c'est tout, répondit-elle à Beth.

Elles s'installèrent à table et commandèrent deux margaritas. Sadie savait qu'après quelques gorgées de son cocktail préféré, elle aurait retrouvé de l'énergie.

— Tu savais que seul le cœur de l'agave était utilisé pour faire la tequila ? demanda Beth.

— Non, je l'ignorais, admit Sadie en souriant.

— Et que les vers de terre avaient cinq cœurs ? J'ai appris ça aujourd'hui.

— Je ne le savais pas non plus.

C'était leur petit rituel. Échanger les informations inutiles qu'elles avaient pu collecter depuis leur dernier rendez-vous.

— Et sinon, ajouta Sadie en riant, tu as d'autres nouvelles essentielles à m'annoncer ?

— Je sais aussi que la dinde glougloute, que les papillons goûtent la nourriture avec leurs pattes et que tu as couché avec Carrick Murphy.

Comment les papillons pouvaient-ils bien...

Quoi ?

— Euh...

Sadie se tut en voyant la serveuse arriver avec leurs verres. Une fois de nouveau seule avec Beth, elle mit sa paille entre ses lèvres pour se donner le temps de réfléchir à ce qu'elle allait dire. Elle aurait menti en prétendant que c'était faux, or elle n'aimait pas mentir, surtout pas à ses amis. Mais elle avait tout de même couché avec l'ex-beau-frère de Beth. Ce n'était pas facile à assumer.

D'autant que, de toute évidence, Beth était fâchée contre elle à cause de cela.

— Inutile de nier, Sadie Slade, dit Beth en la fixant avec un regard préoccupé. Ça se voit tout de suite quand tu mens. Tu te mets à loucher et à t'agiter sur ton siège.

Sadie plissa le front et se redressa.

— Absolument pas, répliqua-t-elle.

— Si, si, insista Beth. Toujours. Alors ? Est-ce que tu comptes me regarder dans les yeux et affirmer que ce n'est pas vrai ?

— Non, murmura Sadie en baissant les yeux. Et, oui, c'est arrivé.

Le visage de Beth s'assombrit.

— Quand ? demanda-t-elle.

Était-ce important ?

— Il y a presque un mois, répondit Sadie. Il est passé chez moi, le lendemain de mon accident, pour prendre de mes nouvelles.

— Ça, pour prendre de tes nouvelles..., marmonna Beth d'un ton sarcastique.

Sadie ne releva pas. Elle n'avait aucune intention d'entrer dans les détails, ni de confier à son amie que cette nuit avec

Carrick avait été la plus incroyable de sa vie. Tout ce qu'elle voulait, c'était éviter de se faire sermonner.

— Ce n'était qu'une nuit, Beth. Il n'y a vraiment pas de quoi en faire tout un plat.

Sadie regrettait de ne pas pouvoir se confier à Beth. Elle aurait sincèrement aimé lui dire qu'elle s'était sentie mieux que jamais avec Carrick. Que pour la première fois de sa vie, elle avait été parfaitement à l'aise dans les bras d'un homme. Que malgré tout ce qu'on lui avait dit sur Carrick, il lui avait offert plusieurs heures de bonheur absolu. Il avait été l'amant idéal : attentionné, imaginatif, à la fois sensuel et délicieusement viril.

Mais Carrick était l'ex-beau-frère de Beth, et Tamlyn, sa sœur, était en quelque sorte l'amie de Sadie, elle aussi. Certes, Sadie ne considérait pas qu'elle avait quoi que ce soit à se reprocher. Carrick et elle étaient deux adultes célibataires et consentants. Néanmoins, elle savait que Carrick était un sujet sensible pour Beth et Tamlyn, et qu'elles étaient les dernières personnes à qui elle devait révéler à quel point il lui plaisait.

Moins elle en disait, plus elle avait de chances de passer une bonne soirée avec Beth.

— Sadie, dit Beth d'un ton grave, Carrick s'est mal comporté avec Tamlyn. Il était méchant, brutal, excessivement exigeant. Il avait un comportement destructeur. Il a tout fait pour la mettre sur la paille au moment du divorce. Il a fait piquer Jazz exprès pour faire de la peine à Tamlyn.

Jazz, le labrador adoré de Tamlyn.

Sadie avait du mal à imaginer une telle cruauté venant de Carrick. S'en prendre à un chien pour se venger de son ex-femme ? Non, vraiment, cela ne correspondait pas du tout à ce qu'elle connaissait de lui.

Et pourtant...

De toute façon, peu importait ce qu'il avait fait ou n'avait pas fait. À quoi bon se tracasser ? Ils avaient partagé un bon moment ensemble. Un point c'est tout. Ce qu'ils avaient vécu appartenait au passé. Leur relation était désormais strictement professionnelle, et c'était très bien comme cela.

— Écoute, dit Sadie, je n'ai pas prévu de le revoir. Il n'est pas question d'une relation entre lui et moi. Ce n'était qu'une nuit, rien de plus.

— Une nuit que tu regrettes ?

De toute évidence, Beth n'attendait qu'une seule réponse. Oui. Mais Sadie ne pouvait pas la satisfaire, car elle ne regrettait pas une seule seconde ce qui s'était passé entre Carrick et elle. Pour une raison simple : avec Carrick, elle avait vécu l'une des expériences les plus intenses de sa vie.

— Beth, c'est inutile d'en parler plus longtemps.

Envahie par une émotion soudaine, elle cligna les yeux pour retenir ses larmes. Son petit appartement de Montparnasse lui manquait. Elle avait envie d'être chez elle, au milieu de ses livres, de ses murs colorés, de ses plantes et de ses coussins. Elle avait envie de sentir l'odeur du pain chaud et des viennoiseries monter de la boulangerie qui occupait le rez-de-chaussée de l'immeuble. Elle voulait retrouver son marché, les commerçants de son quartier et l'ambiance chaleureuse de son bistro préféré.

— Je sais que tu t'inquiètes pour moi, ajouta-t-elle, mais évitons de nous emporter, d'accord ? Carrick et moi, nous avons été amenés à nous revoir pour le travail et nous faisons tous les deux comme s'il ne s'était rien passé. Nous n'avons ni l'un ni l'autre envie d'aller plus loin.

Comme on leur servait un plateau de sushis, Beth versa de la sauce soja dans une coupelle et saisit ses baguettes. Puis elle releva les yeux vers Sadie.

— Alors ? questionna-t-elle avec amusement. C'était bien au moins ?

« Bien » n'était pas le mot, songea Sadie. Ce terme paraissait très faible pour décrire ce qu'elle avait ressenti en faisant l'amour avec Carrick. « Magnifique », voilà qui était plus acceptable. « Exceptionnel » était encore mieux. Mais Sadie devait garder cela pour elle. Du reste, elle n'avait pas envie d'en parler. Elle aurait eu l'impression de dévaloriser ce qu'elle avait vécu avec Carrick en essayant de le décrire, que ce soit à

Beth ou à quelqu'un d'autre. Ce souvenir magique appartenait à son jardin secret. C'était son trésor caché.

Refusant de répondre à la question de son amie, Sadie lui lança un regard sévère.

— D'accord, dit Beth. Message reçu. Le sujet Carrick Murphy est clos.

Enfin !

— Sinon, s'enquit Sadie, sur le terrain professionnel, tu as des nouvelles intéressantes ?

Elle avala une petite gorgée de margarita et s'étonna de ne pas y trouver le plaisir attendu. Elle n'aurait su dire pourquoi, mais son cocktail était beaucoup moins bon que d'habitude.

Beth lui rapporta plusieurs projets éventuels, dont une expertise sur un Basquiat récemment acquis par le Metropolitan Museum of Art.

— Au fait, poursuivit Beth, tu as entendu parler du Gauguin qui avait disparu et qu'on a retrouvé dans un grenier en France ?

Un sujet neutre. Parfait. Sadie s'engagea dans la discussion, mais elle sentait bien que Beth et elle n'étaient plus vraiment naturelles. La soirée risquait de ne pas être si amusante que cela, maintenant que la tension s'était installée entre elles.

— Alors ? demanda Beth en prenant un sashimi. Tu ne manges rien ?

Sadie reprit son verre et le regarda avec méfiance, puis elle le tendit à Beth.

— Tu peux me dire si ma margarita a un goût normal ?

Beth but une gorgée et acquiesça avec enthousiasme.

— Elle est parfaite ! affirma t elle.

Ah. Bizarre. Mais cela ne changeait rien, Sadie n'avait pas davantage envie de boire son cocktail. Elle était écœurée. Elle avait peut-être attrapé un virus.

Elle adorait les sushis, ce restaurant japonais était l'un des meilleurs de la ville, et pourtant, lorsque l'odeur du poisson cru vint lui effleurer les narines, elle eut la nausée. Cette fois, il n'y avait plus de doute. Elle était bel et bien malade.

Beth posa ses baguettes et dévisagea Sadie.

— Qu'est-ce qui se passe, Sadie ? Tu es toute pâle tout à coup.

Sadie regarda le plateau de sushis et eut un haut-le-cœur.

— Ça sent le poisson, répondit-elle.

— Euh, oui. Logique.

Sadie mit la main devant sa bouche.

— Beth, dit-elle précipitamment, il faut que je sorte d'ici. Tout de suite.

Beth laissa échapper un juron et se leva à la hâte. Elle sortit deux billets de vingt dollars, les jeta sur la table et prit le temps de vider son verre de margarita avant de saisir son manteau.

— Nous n'allions quand même pas gâcher ça, marmonna-t-elle.

— Oh ! murmura Sadie en mettant son écharpe, je ne me sens pas bien.

— Il paraît qu'il y a un mauvais virus qui circule en ce moment.

Formidable.

Sadie adressa un mot d'excuse à la serveuse et se précipita à l'extérieur, suivie de près par Beth.

— Regarde le bon côté des choses, dit Beth quand elles furent sorties dans l'air froid de l'hiver.

Le bon côté des choses ? Sadie se sentait sur le point de défaillir. Elle ne voyait vraiment pas ce qu'il y avait de positif là-dedans.

— Ah oui ? demanda-t-elle d'une voix faible. Lequel ?

— Tu pourrais m'annoncer que tu es enceinte, répondit Beth. Ça, ce serait une vraie catastrophe. Au moins, avec un virus, tu n'en as que pour quelques jours.

Sadie se renfrogna.

— Je plaisante, dit Beth en soupirant. Bon, je vais t'appeler un taxi. Il faut que tu rentres chez toi et que tu te mettes au lit. Prends de la vitamine C et repose-toi. Moi, je vais rejoindre des amis au Copper Kettle.

Sadie acquiesça en s'efforçant de dissimuler le tremblement de terre qui était en train de la secouer.

Elle n'avait besoin ni de dormir, ni d'avaler des vitamines. Ce qu'il lui fallait, c'était un test. Car elle avait l'intuition effroyable que ce n'était pas un virus qui la mettait dans cet état.

4

Salut, il faut que je te parle. Dès ce soir. On peut se voir ?

La réponse de Carrick arriva presque dans la seconde.

D'accord. Où ? À quelle heure ?

Tout de suite. Je suis devant chez toi.

Sadie remit son téléphone dans son sac d'une main tremblante. Elle se sentait plus fébrile que jamais. Non seulement parce qu'un bébé était en train de grandir en elle, mais aussi parce qu'elle redoutait de l'annoncer à Carrick.

Elle ne pouvait s'empêcher de se sentir responsable. Elle aurait dû être plus rigoureuse, plus prudente. Mais, autant qu'elle s'en souvienne, Carrick avait utilisé des préservatifs. Qu'auraient-ils pu faire de plus ?

C'était tout de même absurde de tomber enceinte involontairement aujourd'hui, au XXIe siècle, alors qu'il existait tant de moyens de contraception. Elle qui avait toujours les idées claires et les pieds sur terre, comment avait-elle pu commettre une telle erreur ?

Enfin. Ils n'étaient pas les premiers à qui cela arrivait. C'était un accident banal, aux conséquences vertigineuses.

Sadie venait de passer une semaine à réfléchir aux options qui se présentaient à elle et à se demander ce qu'elle devait faire. Quelques jours plus tôt, elle avait envoyé un message à Carrick pour l'informer qu'elle partait à New York pour estimer un tableau, mais c'était faux. Elle avait menti seulement pour justifier son absence, pour se donner du temps avant de le croiser de nouveau dans les couloirs de Murphy International.

En réalité, elle était restée à tourner en rond dans son appartement, à faire les cent pas en essayant de mettre de l'ordre dans son esprit.

Un bébé. Un être qu'elle avait conçu avec Carrick. Il lui avait fallu du temps pour accepter la réalité de cette nouvelle. Puis elle avait dû se poser les vraies questions sur la façon dont elle allait procéder. Quel que soit son choix, elle allait devoir l'assumer pour le reste de sa vie. Jamais elle n'avait eu à prendre une décision aussi importante.

La société moderne permettait aux femmes de disposer de leur corps, et Sadie avait toujours été favorable à cette liberté. Mais, jusqu'à maintenant, ce concept avait été purement intellectuel pour elle. Cette fois, elle y était confrontée de façon très concrète.

Après des jours de réflexion et de conflit intérieur, elle avait décidé de garder le bébé. Quand elle s'était mariée, elle avait espéré tomber rapidement enceinte, mais ce n'était pas arrivé. Après son divorce, elle s'était estimée heureuse de ne pas avoir eu d'enfant qu'elle aurait été obligée d'élever avec Dennis. Rétrospectivement, le seul fait de penser au supplice que cela aurait été lui glaçait le sang.

C'était un comble. Voilà qu'elle se retrouvait enceinte d'un homme qui, à en croire sa réputation, ressemblait fort à Dennis. Elle avait de quoi s'inquiéter.

Toutefois, elle était incapable d'envisager l'avenir sans ce bébé. Elle ne voulait ni le faire adopter, ni avorter. Elle avait toujours rêvé d'avoir des enfants, avec ou sans homme à ses côtés. Financièrement, elle pouvait se permettre d'être mère célibataire. Elle ne pourrait plus voyager autant qu'avant, mais c'était un changement qu'elle acceptait de bon cœur. Cette nouvelle étape de sa vie arrivait seulement de manière inattendue, mais cela n'enlevait rien au bonheur qu'elle ressentait.

Elle était impatiente d'avoir quelqu'un à aimer de façon inconditionnelle. Rien qu'en y pensant, elle était à la fois euphorique et bouleversée. Devenir mère ne lui faisait pas peur. Ce qu'elle craignait, c'était la réaction de Carrick.

Comment devait-elle lui annoncer la nouvelle ? Avec quels mots ? Qu'allait-il répondre une fois qu'elle lui aurait tout dit ?

Elle se mit à bouger nerveusement sur le pas de sa porte. Pourquoi mettait-il tant de temps à venir lui ouvrir ?

Elle se retourna pour contempler la nuit brumeuse. C'était la fin du mois de janvier. D'ici fin septembre ou début octobre, son bébé serait né.

Cela paraissait si proche et si loin à la fois...

En entendant le bruit du loquet, Sadie dut résister à l'envie de partir en courant pour remonter dans sa voiture de location et s'en aller. En une heure, elle pouvait être à l'aéroport, et de là, s'envoler pour Paris, ou pour les Émirats arabes unis où elle irait se réfugier dans l'appartement de Hassan à Abu Dhabi. Elle savait qu'il ne lui poserait aucune question. Il serait même capable de lui proposer de l'épouser pour qu'elle profite du luxe dans lequel il vivait. Il y avait des avantages à avoir un prince arabe pour meilleur ami.

Cependant, la famille de Hassan n'était sans doute pas aussi ouverte d'esprit que lui. Sadie s'était toujours sentie très bien intégrée chez lui, mais ses proches n'auraient certainement pas accepté qu'il élève l'enfant d'un autre homme.

Peu importait. De toute façon, elle n'avait pas besoin de lui comme père de substitution pour son enfant, ni pour ses qualités humaines, ni pour la fortune dont il disposait. Hassan était son ami, un ami très précieux, et elle n'en attendait pas davantage de lui.

Elle n'aurait voulu qu'une chose : pouvoir éviter cette conversation avec Carrick.

— Désolé, dit-il en ouvrant la lourde porte de sa maison, je sortais juste de la douche quand j'ai reçu ton message. Voilà pourquoi j'ai dû te faire attendre.

Il recula dans le couloir et invita Sadie à entrer.

À la seconde où elle fut à l'intérieur, elle eut le regard happé par la grande peinture abstraite suspendue à sa droite. Tout en enlevant son écharpe, elle se rapprocha du tableau qui l'attirait comme un aimant. Elle aurait voulu pénétrer dans ce tourbillon de mouvements et de couleurs. Carrick avait-il conscience de la chance qu'il avait de pouvoir contempler cette œuvre tous les jours ?

— Quand as-tu acheté ce Pollack ? lança-t-elle. C'est la première fois que je le vois.

— Mon grand-père l'a acquis dans les années 1940 auprès de l'artiste lui-même, répondit Carrick en lui prenant son manteau.

— Comment s'appelle-t-il ?

— Sadie, tu n'es pas venue chez moi à 22 heures pour parler d'art. À moins que tu aies du nouveau à propos du Homer ?

Si seulement cela avait été la raison de sa visite...

Elle fit non de la tête et mit les mains dans les poches arrière de son jean.

— Est-ce que... Est-ce que nous pouvons nous asseoir ? demanda-t-elle.

— Bien sûr. Allons dans la bibliothèque.

Elle le suivit, non sans dévorer du regard sa silhouette sublime soulignée par son T-shirt à manches longues et son jean délavé. Il marchait pieds nus sur le carrelage ancien. Elle n'aurait su dire ce qu'il y avait de plus beau entre le corps de Carrick Murphy et les chefs-d'œuvre qui ornaient les murs du couloir. Le tableau devant lequel ils venaient de passer n'était-il pas un Picasso ? Et celui-ci, un croquis de Lucien Freud ? Un Rothko maintenant ?

Arrivé devant la porte de la bibliothèque, il s'effaça pour laisser passer Sadie devant lui. Elle avança et découvrit avec fascination la pièce emplie de livres et le bureau en bois massif qui trônait en face d'elle. Sur le mur opposé, une grande cheminée était entourée de deux fauteuils et un canapé en cuir. Dans cette ambiance chaleureuse, elle

225

eut l'envie soudaine de s'allonger pour s'endormir confortablement au coin du feu.

Carrick marcha jusqu'au bout de la pièce, ouvrit un placard qui contenait des alcools et des verres, et en sortit une carafe en cristal.

— Tu veux boire quelque chose ?

— Non, merci, répondit-elle en s'asseyant au bord de l'un des deux fauteuils club.

Elle serra les mains entre ses genoux.

— Du café ? Du thé ? proposa Carrick tout en se servant un verre de whisky.

— Non, merci, ça ira. Je n'ai besoin de rien, si ce n'est que tu viennes t'asseoir pour écouter ce que j'ai à te dire.

Carrick la regarda en fronçant les sourcils, puis il vint avec son verre et s'installa sur le canapé en posant ses pieds nus sur la table basse. Il but une gorgée de whisky, puis esquissa un sourire décontracté.

— Eh bien, Sadie, tu as l'air bien sérieuse ce soir. Pourquoi ? Tu vas m'annoncer que tu es enceinte ?

Il avait dit cela d'un ton léger, comme s'il n'y avait aucune possibilité que cela arrive. Il allait tomber de très haut.

— Oui, affirma-t-elle, c'est exactement ce que je suis venue te dire.

Il réagit à peine, mais elle remarqua qu'il serrait son verre dans sa main.

— Ce n'est pas très drôle, dit-il froidement, en plissant les yeux.

Mais ce n'était pas censé être drôle.

— Je me doute que tu n'as pas très envie de l'entendre, mais il se trouve en effet que je suis enceinte. Et, comme tu es le seul homme avec qui j'aie couché depuis mon divorce, je peux te dire avec certitude que tu es le père du bébé. Je porte ton enfant. Il m'a semblé important de t'en informer.

— Quoi ?

Elle ne lui laissa pas le temps de se remettre.

— Écoute, je sais que tu es sous le choc et que tu vas

226

avoir besoin de temps pour te faire à l'idée. Tout ce que je te demande, c'est de réfléchir à ce que tu veux faire. À quel genre de père tu voudrais être. Ce sera à toi de décider si tu veux jouer un rôle auprès de ton enfant et faire partie de cette aventure.

Voilà. C'était fait. Elle lui avait tout dit. Maintenant, elle n'avait plus qu'à guetter sa réaction.

Allait-il faire éclater sa colère ? Lancer son verre contre le mur, hurler, accuser Sadie ? Allait-il lui montrer la facette de lui qu'elle n'avait pas encore vue et qui avait tant fait souffrir Tamlyn ?

Vas-y, Carrick. Révèle ta vraie nature. Je suis prête. Je t'attends. Une minute passa, puis une autre. Carrick la fixait du regard, avec une expression qui semblait la supplier de retirer ce qu'elle avait dit. Mais ils ne pouvaient pas revenir un mois en arrière. Ce qui était fait était fait.

Songeant qu'ils avaient tous les deux besoin de temps pour assimiler cette nouvelle qui venait bouleverser leur vie, elle se leva.

— Tu me tiendras au courant quand tu auras pris ta décision, dit-elle. Je te laisse. Ce n'est pas la peine de me raccompagner.

Carrick sentit la brûlure du whisky dans sa gorge. Il avait dû mal comprendre les propos de Sadie. Ce n'était pas possible autrement. Elle ne pouvait pas être enceinte. Il avait mis des préservatifs cette nuit-là. Il en était sûr.

C'était un réflexe pour lui de se protéger, et de protéger sa partenaire. Il n'avait jamais oublié. Pas plus avec Sadie que les autres fois.

— Comment cela a-t-il pu arriver ? demanda-t-il d'une voix rauque.

Sadie se rassit sur son fauteuil et haussa les épaules. Au moins, elle ne faisait pas semblant de ne pas comprendre sa question.

— Le préservatif a pu glisser ou se déchirer. Ou peut-être qu'il était défectueux.

Ne s'en serait-il pas aperçu s'il y avait eu un problème ?

Peut-être pas. Il devait bien reconnaître que Sadie avait attiré toute son attention. Sa peau, son parfum, son corps brûlant et sensuel... Tout en elle l'avait émerveillé. Une bombe nucléaire aurait pu exploser dans la pièce à côté sans qu'il s'en rende compte.

Il fouilla dans sa mémoire pour se rappeler les gestes qu'il avait effectués lors de cette fameuse nuit passée chez elle. Il l'avait caressée, il l'avait embrassée, il lui avait fait l'amour encore et encore. Il la revoyait en train d'onduler entre ses bras, il entendait encore ses soupirs de plaisir et sentait ses mains avides se cramponner à lui.

En revanche, il ne gardait pas le moindre souvenir du moment où il avait ramassé les préservatifs usagés pour les jeter. Il savait qu'il l'avait fait, mais il n'avait peut-être pas vérifié leur état.

Il ouvrit la bouche pour parler, puis se ravisa. Qu'y avait-il à ajouter ?

Il aurait pu dire qu'il était désolé, qu'il regrettait son erreur s'il en avait commis une, mais à quoi bon ? Cela n'aurait rien changé.

Du reste, était-il si désolé que cela ? Regrettait-il vraiment ?

Il était surpris. Sous le choc. La nouvelle lui faisait l'effet d'un tsunami. Mais était-il désolé ? En toute honnêteté, il ne pouvait pas l'affirmer.

Il avait toujours rêvé d'avoir un enfant, mais il avait pris conscience qu'il y renonçait en divorçant de Tamlyn. Pour lui, les enfants devaient grandir au sein d'un foyer uni, et comme il avait décidé de ne plus s'engager dans une relation, il s'était résigné à ne jamais devenir père.

Mais Sadie était enceinte. Enceinte de lui. De façon complètement inattendue, il avait l'occasion de réaliser son rêve.

Certes, les circonstances n'étaient pas idéales, mais il avait plus de raisons de se réjouir que de se morfondre.

Sadie lui avait demandé quel rôle il comptait jouer auprès du bébé. À en croire l'expression de son visage, elle s'attendait à ce qu'il se défile.

Mais, s'il était sûr d'une chose, c'était bien celle-ci : il voulait être un père et assumer toutes les responsabilités que cela impliquait. De la pension alimentaire aux réveils en pleine nuit pour donner le biberon, des couches aux bains en passant par les histoires et les comptines, il voulait être là pour tout. Faire partie intégrante de la vie de son enfant, accompagner chaque étape de sa croissance.

Comment allaient-ils rendre cela possible, Sadie et lui, alors qu'ils vivaient séparément ? Dans deux pays différents ? Ces questions annonçaient de longues et difficiles conversations.

Mais il allait trouver une solution. Il avait huit mois devant lui.

En voyant Sadie s'avancer tout au bord de son siège, il sentit qu'elle mourait d'envie de s'enfuir.

— Écoute, dit-elle, tu as besoin de temps. C'est normal. Je crois que je devrais y aller.

Carrick se leva et traversa la pièce pour se servir un deuxième verre de whisky. Il regrettait de ne pas pouvoir en proposer un à Sadie. Visiblement, elle avait bien besoin d'un petit remontant. Les traits de son visage trahissaient son manque de sommeil. Vu son état manifeste de fatigue et de nervosité, il n'allait certainement pas la laisser repartir.

En tout cas pas tout de suite.

— Attends, Sadie. Reste un peu. Il faut que nous parlions.

— Oui, mais tu ne dis rien, répondit-elle en se levant. Ce que je comprends. C'est pourquoi je propose de te laisser du temps pour te remettre et réfléchir à l'avenir.

Voyant qu'elle chancelait, il se précipita vers elle et posa les mains sur ses épaules pour l'inciter à se rasseoir. Elle eut beau protester, il lui ôta ses bottes en cuir et attrapa une couverture en cachemire qu'il étendit sur ses jambes.

— Je peux faire du feu si tu as froid, dit-il.

Elle rejeta la couverture d'un geste brusque et le fusilla du regard.

— Carrick, arrête, bon sang ! Je vais bien.

Il ne la croyait pas. Il sentait bien qu'elle était glacée.

— Tu veux bien m'attendre ici ? lança-t-il. Juste quelques minutes ?

— Où vas-tu ?

Le fait d'être enceinte ne lui avait pas fait perdre son caractère bien trempé, songea-t-il avec amusement. C'était bon à savoir.

— Je vais te préparer une tasse de chocolat chaud. Cela devrait te faire du bien, à défaut d'alcool.

— Carrick, dit-elle en poussant un soupir agacé. Je n'ai besoin ni d'un feu, ni d'une couverture, ni d'un chocolat chaud. J'ai besoin que tu t'asseyes et que tu me dises ce que tu penses à propos du bébé que je porte.

Il recula d'un pas et sentit le luxueux tapis de Perse sous ses pieds nus.

— Accorde-moi cinq minutes, Sadie. Cinq minutes de solitude. Je me sentirai mieux une fois que j'aurai fait quelques mouvements. Pour l'instant, je suis trop tendu pour te parler calmement et raisonnablement. Alors je vais te préparer ce chocolat, et tu verras bien si tu veux le boire ou non. Quand je reviendrai, nous pourrons discuter.

Alors qu'il marchait vers la porte, il s'arrêta en entendant la voix de Sadie. La douceur soudaine de son timbre le bouleversa.

— Tu es colère ? demanda-t-elle. Contre moi ?

Sidéré par sa question, il se retourna pour la regarder. Elle avait les yeux baissés et les épaules qui tremblaient. Il fut tenté de retourner auprès d'elle pour la prendre dans ses bras et la réconforter, lui dire que tout allait bien se passer. Seulement, il ne pouvait rien lui promettre. L'avenir était trop incertain.

Après une seconde d'hésitation, il revint tout de même sur ses pas. Il n'avait pas le cœur de la laisser comme cela.

Il s'accroupit devant elle et posa les mains sur ses genoux fins et délicats.

— Sadie, je ne t'en veux pas. Je ne m'en veux pas non plus, parce que ça ne servirait à rien. Nous sommes adultes. Nous avons pris nos précautions. Il y a eu un accident, c'est comme ça. Alors non, je ne suis pas en colère contre toi. Je suis surpris, je suis sous le choc, atterré. Ça, oui. Mais en colère ? Non.

Il la regarda dans les yeux et vit qu'elle semblait soulagée. Elle n'était plus en prise à la même tension que tout à l'heure, en revanche, elle avait toujours l'air aussi épuisée.

Il était prêt à parier que si elle s'installait confortablement au fond de son fauteuil elle s'endormirait en quelques minutes. Mais ce n'était pas du tout ce dont il avait envie.

Une seule pensée l'obsédait. Il brûlait de lui prendre la main, de l'attirer avec lui sur le canapé et de goûter de nouveau au plaisir avec elle. Il ne pensait qu'à cela depuis la nuit qu'il avait passée chez elle, et aussi absurde que cela puisse paraître, la nouvelle qu'elle venait de lui annoncer ne changeait rien. Son désir pour elle était toujours aussi ardent et dévorant.

Il respira profondément et se redressa.

— Je reviens tout de suite, dit-il. Détends-toi.

Si quelqu'un avait besoin de se détendre, songea-t-il en se dirigeant vers la cuisine, c'était surtout lui. L'excitation avait mis tous ses sens en éveil. Il n'était pas sûr de pouvoir se calmer en cinq minutes.

Sadie se réveilla allongée contre Carrick, le visage enfoui dans son cou. Il avait glissé une main entre son jean large et sa petite culotte, et l'autre sous son T-shirt, si bien qu'il lui tenait à la fois les fesses et le haut du dos.

Elle aurait menti en prétendant qu'elle désapprouvait. C'était si bon d'avoir ses mains puissantes sur elle, de sentir à travers leurs vêtements son érection qui se pressait contre sa cuisse...

Peu à peu, elle se rappela le moment où il l'avait laissée pour aller dans la cuisine lui préparer un chocolat chaud dont elle n'avait pas envie. Elle se souvenait vaguement de s'être roulée en boule dans son fauteuil, jusqu'à l'instant où des bras musclés l'avaient soulevée. Carrick l'avait allongée sur le canapé et s'était installé à côté d'elle. À demi consciente, elle s'était dit que c'était une mauvaise idée, mais, au lieu de se lever, elle s'était blottie contre lui.

Elle s'était endormie dans la chaleur de son corps viril et l'odeur envoûtante de sa peau.

Hier soir, elle avait été trop fatiguée pour résister, pour garder ses distances avec Carrick, mais ce matin elle n'avait plus d'excuse. Elle devait s'écarter de lui avant de faire quelque chose de stupide... comme l'embrasser, par exemple.

Comme s'il avait senti qu'elle allait se lever, il la serra un peu plus contre lui.

— Ce que j'aime te tenir dans mes bras, chuchota-t-il. Sentir ta peau, ton parfum...

Cette fois, il fallait vraiment qu'elle réagisse. Elle mit les mains contre son torse pour se dégager, mais il la retint et bougea pour mieux lui faire sentir son sexe durci par le désir.

— Où vas-tu ? demanda-t-il dans un souffle.

— Je voudrais m'éloigner de toi.

— Pourquoi ?

Parce que si elle restait là, dans ses bras, elle ne répondrait plus de rien. Et elle n'avait aucune envie de compliquer encore un peu plus les choses avec lui.

— Nous devons aller travailler, murmura-t-elle sans conviction.

— J'ai juste envie de rester allongé ici avec toi et de te toucher.

Sur ces mots, il ouvrit un œil et regarda sa montre.

— Il est à peine 6 heures, ajouta-t-il. Beaucoup trop tôt pour partir au bureau.

— Alors moi, je devrais m'en aller et te laisser dormir un peu.

— Qu'est-ce qui te fait penser que je n'ai pas assez dormi ? répliqua-t-il en lui caressant les fesses.

— Tu as dû te sentir à l'étroit avec moi sur ce canapé.

— J'adore être à l'étroit avec toi. Tu en doutes peut-être ? demanda-t-il en faisant un mouvement de hanches pour placer son érection tout contre elle.

Elle ne put contenir un frisson d'excitation.

— Ce n'est pas la question, répondit-elle. Je te rappelle que c'est précisément ce qui nous a mis dans cette situation.

Même si elle se sentait délicieusement bien avec lui, et même si sa proposition était plus que tentante, elle n'oubliait pas la raison pour laquelle elle était venue chez lui hier soir. Elle portait son enfant, ce qui voulait dire qu'elle serait éternellement liée à lui.

— Ce qui nous a mis dans cette situation, susurra-t-il en l'embrassant sur le front, c'est la nuit la plus géniale de ma vie.

Il ondula de nouveau contre elle, attisant le désir qui la consumait. Elle avait encore plus envie de lui maintenant que le moment qu'elle avait tant redouté était passé. Elle avait dit ce qu'elle avait à lui dire, et à sa plus grande surprise cela s'était plutôt bien passé. Elle s'était attendue à une réaction violente, à des cris et des verres cassés. Au lieu de cela, Carrick avait fait preuve de calme, et même de délicatesse envers elle.

Cela n'effaçait pas tout ce qu'elle savait sur lui, mais il n'était peut-être pas aussi dangereux qu'elle l'avait imaginé. Et elle ne pouvait pas ignorer à quel point elle se sentait bien dans ses bras.

Elle leva les yeux vers lui et rencontra son regard. Si elle avait espéré trouver la force de se libérer de son étreinte, cette fois, c'était trop tard. Elle perdit d'un coup toute sa volonté. Elle n'aurait su dire qui en avait pris l'initiative, mais, une seconde plus tard, la bouche de Carrick était contre la sienne et ils s'embrassaient avec plus de fièvre que jamais.

Elle n'avait plus qu'une hâte : faire disparaître leurs vêtements et retrouver les sensations divines qu'elle avait connues en faisant l'amour avec lui. Elle savait que c'était insensé. Elle était enceinte de lui, et ils n'avaient encore discuté de rien. Ils avaient mille décisions à prendre. Ce n'était vraiment pas le moment de s'abandonner au plaisir.

— Carrick, murmura-t-elle en essayant de retrouver un semblant de sagesse.

— Oui ? dit-il sans cesser de l'embrasser et de la caresser.

— Tu crois que c'est une bonne idée ?

— Non, pas vraiment, reconnut-il. Mais cela m'est égal. D'ici une heure ou deux, nous reviendrons à la réalité. En attendant, rien ne nous empêche de profiter l'un de l'autre. L'avenir peut attendre. Bientôt, notre vie changera de façon irrémédiable. Alors accordons-nous un dernier moment d'insouciance. Dis-toi qu'il n'y a que toi et moi, et que, l'espace d'un instant, rien d'autre ne compte.

Comment résister à sa voix rauque, chargée de désir ? À son regard brûlant ? À ses gestes sensuels ?

Elle prit possession de ses lèvres et entremêla sa langue avec la sienne. Glissant les mains sous le T-shirt de Carrick, elle lui caressa le torse et les bras pour sentir ses muscles se contracter. Il respirait de plus en plus fort. Se sentant pleine d'audace, elle se leva, lui prit les mains pour qu'il la rejoigne et elle se hâta de lui ôter ses vêtements. Puis elle le repoussa pour qu'il tombe assis sur le canapé. Elle se déshabilla à son tour, non sans remarquer qu'il la dévorait du regard, et elle se mit à genoux entre ses longues jambes puissantes.

Posant les mains sur ses cuisses, elle remonta lentement, jusqu'à son sexe dressé qu'elle prit délicatement entre ses doigts. Elle le massa tout en écoutant avec délices les soupirs rauques qu'il laissait échapper. Enfin, elle se baissa pour poser la bouche sur la pointe de son érection.

— Sadie, tu me rends fou...

Le seul fait de l'entendre exacerba son excitation. Elle le saisit par les hanches et, avec ses lèvres, elle se mit à aller et venir sur son sexe. Il rejeta la tête en arrière et accompagna ses mouvements en bougeant le bassin.

— Sadie, viens, j'ai trop envie de toi.

En disant ces mots, il se redressa et la fit asseoir à cheval sur lui. Il prit alors ses seins dans ses mains et les caressa en passant les pouces sur ses mamelons.

Comme il lui avait manqué... Elle n'avait passé qu'une nuit avec lui, et pourtant cette intimité lui paraissait incroyablement naturelle. Peut-être parce que cela faisait un mois qu'elle ne pensait qu'à lui.

Lorsqu'il la prit par la taille, elle posa les mains sur ses larges épaules et se hissa juste assez pour qu'il puisse entrer en elle.

Leur étreinte lui parut encore plus intense que la première fois. Elle avait la sensation qu'ils respiraient ensemble, que leurs deux cœurs battaient à l'unisson. Jamais elle ne s'était sentie aussi proche d'un homme... pas même de Dennis.

Peu à peu, il se mit à bouger plus vite, plus fort, l'entraînant bientôt vers les cimes du plaisir. Ils poussèrent ensemble un cri d'extase, et elle retomba sur lui en enfouissant le visage dans son cou.

Pendant de longues secondes, ils restèrent ainsi, enlacés, à reprendre leur souffle. Puis Carrick prit le visage de Sadie entre ses mains et plongea les yeux dans les siens. Était-ce encore du désir qu'elle lisait dans son regard ? Elle sentit son sexe se raidir de nouveau entre ses cuisses.

Il venait de lui faire l'amour passionnément et il était déjà prêt à recommencer. Cette fois, elle n'envisagea même pas la possibilité de résister.

5

Après avoir pris une douche dans l'immense salle de bains de Carrick, Sadie se rhabilla et le rejoignit dans sa chambre. Au milieu de la pièce trônait un grand lit, et sur le mur une peinture à l'huile attirait tout de suite le regard, à la fois pour sa beauté et sa taille surdimensionnée. Tandis que Carrick, assis au bout du lit, enfilait ses chaussettes, Sadie se mit à genoux sur le matelas pour s'approcher de cette œuvre fascinante et chercher la signature de l'artiste, sans doute un impressionniste. La toile, où dominaient des dégradés de bleus et de verts, représentait une rivière de la campagne française au point du jour.

Elle ne parvenait pas à identifier l'auteur, mais de toute évidence c'était le travail d'un grand maître.

— Tu perds ton temps, dit Carrick d'un ton amusé. Il n'y a pas de signature.

Mais elle n'arrivait pas à le croire. Ce n'était pas possible qu'un tel chef-d'œuvre ne soit pas signé.

— De qui est cette toile ? s'enquit-elle.

— C'est un grand mystère. Nous ne savons rien sur ce tableau. Nous ignorons même comment il est entré dans notre famille.

C'était insensé. Une œuvre de cette importance avait forcément été tracée.

— Vous avez fait des recherches ? demanda-t-elle en effleurant le cadre avec émerveillement.

— Si tu savais ! répondit Carrick en se levant pour rentrer sa chemise dans son pantalon. Mes parents, Finn et moi, nous avons remué ciel et terre pour essayer d'en savoir plus. En vain.

— Je pourrais tenter ma chance, suggéra-t-elle, fascinée par cette énigme.

— Si tu veux, mais je refuse de te payer des honoraires exorbitants alors que je sais que tu ne trouveras rien.

— Je le ferai bénévolement.

Plus elle regardait cette peinture, plus il lui semblait y voir quelque chose de familier. Était-ce le lieu ? Les mouvements du pinceau ?

Alors qu'elle fouillait dans sa mémoire, elle sentit Carrick s'approcher d'elle et passer le bras autour de sa taille. Elle se redressa et posa les pieds par terre, mais quand elle fut debout, le dos contre son torse, il ne la lâcha pas.

— Comment te sens-tu ? susurra-t-il au creux de son oreille.

Elle ne voyait pas comment elle aurait pu se sentir mal après le réveil qu'il lui avait offert.

— À merveille. J'ai l'impression de flotter.

— Ravi de l'apprendre, dit-il en riant. Mais je faisais plus précisément allusion à ça.

Il plaça délicatement la main sur son ventre.

Ah, ça.

Oui, évidemment. La parenthèse voluptueuse de ce matin était refermée. Il était temps de revenir à la réalité.

Elle ferma les yeux et pensa au bébé qu'elle portait. Elle n'était pas encore sereine à l'idée d'avoir un enfant avec Carrick, mais le bonheur qu'elle ressentait était infiniment plus fort que toutes les craintes et les angoisses du monde.

— Ça va très bien, répondit-elle en se retournant pour se mettre face à lui.

— Tu n'as pas de nausées ? Pas de fatigue excessive, d'envies de femme enceinte ?

— Tu as l'air très bien informé sur les symptômes de la grossesse, fit-elle observer. Comment ça se fait ?

— Ronan a deux enfants et il ne cessait de nous parler de Thandi quand elle était enceinte.

Elle fut surprise d'apprendre que Ronan avait été marié et, lorsqu'elle le dit à Carrick, elle vit son regard s'assombrir.

— Thandi est morte peu après la naissance d'Aron, leur deuxième fils. Elle a subi une hémorragie que les médecins n'ont pas pu arrêter à temps.

— Oh ! murmura Sadie, la gorge nouée. C'est affreux. Je suis désolée.

— Cela a été très dur. Nous adorions tous Thandi, et Ronan ne s'en est toujours pas remis.

— Je n'ose même pas imaginer ce qu'il ressent.

Carrick soupira et la contempla avec douceur.

— Alors tu te sens bien ? demanda-t-il après un silence. Tu en es sûre ?

— Oui, vraiment. Je n'ai pas mal au cœur et mon énergie est intacte. Ma grossesse ne fait que commencer, tu sais. Il ne se passe pas grand-chose pour l'instant.

— Je te croirais si tu ne t'étais pas endormie en cinq minutes hier soir et si je n'avais pas dû te porter jusqu'au canapé sans même que tu ouvres un œil.

— C'est juste que je n'ai pas beaucoup dormi cette semaine. Je n'arrêtais pas de réfléchir à l'avenir, et à la façon dont je devais t'annoncer la nouvelle.

Il la regarda en plissant le front.

— Je suis donc si impressionnant que ça ? lança-t-il avec un demi-sourire.

Sadie s'assit sur le lit et posa les mains sur ses genoux.

— Je pense que ce n'est jamais facile pour une femme d'annoncer à un homme qu'elle est enceinte de lui, répondit-elle. Et, franchement, je ne m'attendais à pas à une réaction aussi calme de ta part.

Carrick se pencha pour attraper la cravate bleue qu'il avait sortie, puis il la noua autour de son cou.

— Ce qui est fait est fait, dit-il. Nous ne pouvons pas revenir en arrière. Alors à quoi bon s'énerver ? Tout ce qu'il nous reste à faire, c'est nous poser les bonnes questions et trouver un terrain d'entente pour l'avenir.

— Et toi, quel avenir imagines-tu pour nous ?

Il la fixa d'un regard inquiet.

— Qu'est-ce que tu sous-entends, Sadie ?

— Rassure-toi, répondit-elle en souriant, je ne te demande pas de m'épouser. Tout ce que je veux savoir, c'est si tu comptes jouer ton rôle de père ou si tu as l'intention de te défiler.

— Premièrement, je ne me suis jamais défilé de ma vie.

Même pas dans le cadre de son mariage ? se demanda-t-elle. Ce n'était pas ce qu'avaient dit Tamlyn et Beth.

— De surcroît, ajouta-t-il, j'ai envie de cet enfant. C'est quelque chose que je ne m'explique pas, mais c'est un fait. Je ne sais pas comment nous allons nous organiser, mais il me semble que nous avons du temps devant nous pour y réfléchir. As-tu déjà dit à quelqu'un que tu étais enceinte ?

— Non, pourquoi ?

— Le jour où la nouvelle sera rendue publique, la presse à scandale en fera ses choux gras. Mieux vaut repousser ce moment autant que possible.

— Tu penses vraiment que cela va intéresser les paparazzis ?

— Oh ! oui, lâcha-t-il d'une voix qui trahissait son irritation.

Elle se remémora les recherches qu'elle avait faites sur lui sur Internet et les nombreux articles qui rapportaient en détail les aspects les plus sordides de son histoire avec Tamlyn.

Il avait raison, les médias étaient toujours en quête d'histoires à raconter, et plus encore lorsqu'elles concernaient les membres d'une famille célèbre comme les Murphy. Ils l'avaient prouvé cinq ans plus tôt, au moment du divorce de Carrick et Tamlyn.

C'était sans doute mieux, en effet, de garder sa grossesse secrète autant que possible.

— Je suis d'accord pour attendre avant d'en parler, dit-elle. Cela ne regarde que nous, alors inutile de le clamer sur tous les toits.

— Et à propos de ta santé, demanda-t-il, y a-t-il des antécédents de grossesses difficiles dans ta famille ? D'ailleurs, as-tu une famille ?

La question de Carrick la fit rire.

— Je ne suis pas née dans une rose, tu sais !

— Non, bien sûr, dit-il en faisant la grimace. Mais... Nous allons avoir un bébé ensemble, et je me rends compte que je ne sais pratiquement rien sur toi.

C'était vrai. Malgré ce qui s'était passé entre eux, ils se connaissaient à peine.

— Je suis la troisième d'une famille de quatre enfants, et autant que je sache tout s'est très bien passé pour ma mère.

Il se passa la main sur le visage.

— Je crois qu'il va falloir y remédier, Sadie. Si nous devons élever un enfant ensemble, il faudrait au moins que nous soyons amis. Notre attirance mutuelle ne nous sera pas d'une très grande utilité dans ce contexte. Nous devons faire plus ample connaissance.

Sadie se rendit compte que cela lui faisait un bien fou d'entendre Carrick parler comme cela. Il avait bel et bien l'intention de jouer son rôle de père. Elle ne serait pas seule à assumer la parentalité de cet enfant. Elle l'aurait fait s'il ne lui avait pas laissé le choix, mais elle était soulagée de pouvoir compter sur Carrick.

Les choses étaient si loin de se passer comme elle l'avait imaginé... Elle s'était attendue au pire et, face à tant de sagesse, elle était presque décontenancée.

Envahie par l'émotion et la fatigue mêlées, elle se sentit au bord des larmes. Elle était si faible tout à coup...

— Sadie ? Ça ne va pas ?

La voix de Carrick lui parvint, lointaine, comme si elle venait d'un autre monde. La vue de Sadie se brouilla et elle perdit l'équilibre. Elle s'effondra.

— Tu t'es évanouie ?

Sadie vit l'air amusé de Hassan sur l'écran de son ordinateur portable et elle lui lança un regard sévère.

Assis dans son grand fauteuil de bureau à Abu Dhabi,

Hassan portait un élégant costume trois-pièces. Il affichait son sourire plein de charme. Et, cela ne faisait aucun doute, ses beaux yeux bruns étaient bien en train de se moquer d'elle.

— Je me suis littéralement écrasée sur la moquette, avoua Sadie. Quand j'ai repris connaissance, Carrick m'a fait un sermon à propos de ma santé et m'a traînée chez le médecin.

— Et qu'a dit le médecin ?

Sadie prit une gorgée de son infusion à la menthe avant de répondre. Elle avait du travail, mais elle avait aussi besoin de parler à son ami. Pour la plupart des gens, c'était le prince Hassan Ramid el-Aboud, le neveu du roi des Émirats arabes unis, mais, pour elle, c'était l'étudiant qu'elle avait rencontré à Princeton dix ans plus tôt et qui était devenu son confident. S'il y avait une personne avec qui elle pouvait partager son secret sans aucune crainte, c'était lui.

— Que j'étais enceinte, répliqua-t-elle. Que cela expliquait que je me sois évanouie, mais qu'il n'y avait aucune raison de s'inquiéter pour autant. Il a affirmé que j'étais en très bonne santé, mais Carrick ne l'a pas cru.

— C'est ce qu'il t'a dit ? lança Hassan.

— Non, mais dès que nous sommes sortis, il a appelé son assistante et lui a demandé de prendre rendez-vous pour moi chez un autre gynécologue. Il veut un deuxième avis.

— Et toi ? poursuivit Hassan en riant. Tu penses que c'est nécessaire ?

— Pas du tout. Je suis enceinte, pas malade.

— Et... Tu penses que tu vas recoucher avec lui ?

Elle aurait voulu pouvoir lui répondre non, sans hésiter. Mais elle savait qu'il y avait de très, très fortes chances pour qu'elle se retrouve de nouveau dans les bras de Carrick.

— Si seulement je pouvais te dire non ! s'exclama-t-elle. Mais ce serait sans doute un mensonge.

Hassan prit un air inquiet.

— Sadie, dit-il, c'est une chose de coucher avec lui. C'en serait une autre de tomber amoureuse de lui.

— Mais qui a parlé d'amour ?

Il laissa passer un silence avant de reprendre la parole.

— Que pense Beth du fait que tu sois enceinte de Carrick ?

— Elle n'est pas au courant, répondit Sadie en baissant les yeux.

— Tu ne lui as rien dit ? Mais tu sais que tu ne pourras pas le lui cacher éternellement, n'est-ce pas ?

— Carrick et moi, nous nous sommes mis d'accord pour ne pas en parler avant le deuxième trimestre. Tu es le seul à qui je l'aie dit. Je n'ai pas envie d'en discuter avec Beth, de toute façon, parce que je sais qu'elle va me faire la morale et me dire du mal de Carrick.

— Elle te dirait peut-être aussi que tu as déjà beaucoup souffert à cause de Dennis. Pourquoi vouloir t'infliger la même chose une deuxième fois ?

Curieusement, Sadie ressentait le besoin de défendre Carrick. Elle avait envie de dire à Hassan que Carrick n'avait rien en commun avec Dennis. Mais c'était une réaction irrationnelle. En réalité, elle ne savait pas grand-chose sur lui.

— Écoute, dit Hassan en se penchant en avant, je suis certain que Tamlyn a exagéré en dressant ce portrait épouvantable de Carrick. Elle devait lui en vouloir d'être parti, et sa colère a pris le dessus. Mais, quand tu m'as dit que tu étais enceinte de lui, j'ai fait quelques recherches sur Internet. Je suis tombé sur des photos d'eux à l'époque où ils étaient mariés. Franchement, ils n'avaient pas l'air heureux. Je pense que c'est vrai qu'elle n'était pas bien avec lui.

Oui, c'était sans doute vrai, mais cela signifiait-il forcément qu'il s'était mal comporté ? Du reste, quoi qu'il se soit passé autrefois, cela ne changeait rien pour Sadie. Carrick allait faire partie de sa vie pendant de nombreuses années. Ils allaient avoir un enfant ensemble.

Puisqu'elle était désormais liée à Carrick, elle espérait pouvoir devenir amie avec lui. En tout cas, elle se devait de le traiter avec respect, pour le bien de leur futur bébé. C'est ce qu'elle expliqua à Hassan.

— C'est tout à ton honneur, Sadie, répondit-il. Mais je m'inquiète pour toi.

— Pourquoi ?

— Tu es une femme forte et indépendante, mais je te connais. Au fond de toi, tu gardes l'idéal d'une famille unie. Vas-tu vraiment t'autoriser à avoir une vie sentimentale tout en élevant un enfant avec lui ? Ou vas-tu te laisser happer par lui parce que tu penses que c'est ton devoir, et parce qu'il te fait manifestement beaucoup d'effet ?

C'était une bonne question. Sadie laissa passer un silence, le temps de réfléchir à sa réponse.

— Après la naissance du bébé, dit-elle finalement, je n'aurai pas le temps de sortir avec d'autres hommes, même si j'en ai envie. Quel mal y aurait-il à coucher avec Carrick si nous en avons envie lui et moi ? Cela ne nous engagerait à rien.

— Mais j'ai peur que ton attirance pour lui se transforme en amour si tu poursuis cette relation avec lui. Et j'ai peur qu'il te brise le cœur.

Non, non. Elle avait déjà commis cette erreur. Elle ne tomberait pas dans le piège une deuxième fois.

— Carrick ne me fera pas de mal, assura-t-elle.

— Comment peux-tu en être aussi sûre ?

— Parce que je ne le laisserai pas faire. L'enjeu est trop important cette fois-ci.

— Oh ! Sadie. Comme j'aimerais pouvoir te croire.

6

Assise dans le petit bureau que Carrick lui avait attribué chez Murphy International, Sadie regardait son écran d'ordinateur sans parvenir à se concentrer. C'était comme si son cerveau refusait de se mettre au travail.

Tout cela parce qu'elle ne cessait de penser à Carrick.

Elle soupira, posa les coudes sur son bureau et mit sa tête dans ses mains. Comment sa vie avait-elle pu connaître un tel bouleversement en si peu de temps ?

Quelques semaines plus tôt, lorsqu'elle avait accepté cette mission à Boston, elle avait été loin d'en imaginer les conséquences. Si quelqu'un lui avait annoncé où ce travail allait la mener, elle ne l'aurait jamais cru.

Pourtant, elle était bel et bien enceinte, et complètement obsédée par un homme qui lui avait fait découvrir un monde de délices dont elle n'avait même pas soupçonné l'existence auparavant.

Elle repensa à sa conversation avec Hassan et se remémora ses conseils avisés. Elle devait faire attention. Son histoire avec Dennis l'avait déjà fait souffrir. Il n'était pas question qu'elle revive la même chose avec Carrick.

Mais devait-elle vraiment se méfier de lui ? Fallait-il croire tout ce qu'elle avait entendu dire ? Plus elle passait de temps avec lui, plus elle avait de mal à reconnaître en lui l'homme qu'avait décrit Tamlyn. Certes, il avait du charisme et une autorité naturelle qui pouvaient impressionner au premier abord. Mais jamais elle ne l'avait vu abuser de son pouvoir ou manquer de respect à son entourage. Que ce soit ses frères, ses amis, ses clients ou ses employés, il traitait tout le monde avec la plus grande considération.

Tout le monde, y compris Sadie elle-même.

Elle ne savait plus quoi penser. Peut-être qu'elle était seulement en train de se bercer d'illusions. Cela l'arrangeait d'être naïve, car au fond elle n'avait qu'une seule envie : voir uniquement ce qu'il y avait de meilleur en lui. Parce qu'il savait lui donner du plaisir comme aucun homme ne l'avait fait avant lui, et parce qu'il était le père du bébé qu'elle portait.

Cependant, elle ne pouvait oublier qu'elle avait commis la même erreur avec Dennis avant de l'épouser. Elle n'avait vu en lui que ce qu'elle avait voulu voir. Ce n'était qu'une fois installée avec lui qu'elle avait découvert la facette la plus sombre de sa personnalité.

Elle voulait désespérément croire que Carrick n'était pas un autre Dennis, mais comment en être sûre ?

D'après Tamlyn et Beth, il risquait lui aussi, avec le temps, de révéler ses pires défauts.

L'intuition de Sadie, en revanche, lui disait le contraire.

Alors que devait-elle écouter ? Les recommandations de ses amis, ou son propre instinct qui l'avait si mal guidée par le passé ?

Tous ces questionnements lui donnaient mal à la tête. Elle se massa les tempes et respira profondément en s'efforçant d'évacuer la tension qui montait en elle. À quoi bon se mettre dans cet état ? Elle n'allait pas épouser Carrick, de toute façon. Ni tomber amoureuse de lui.

S'il se comportait mal avec leur enfant, elle réagirait à ce moment-là pour le protéger. En attendant, elle n'avait aucune raison de se torturer l'esprit.

Ces pensées ne seraient sans doute pas venues la hanter si elle n'avait pas recouché avec Carrick. Mais autant être honnête avec elle-même : elle ne comptait pas se priver d'un tel plaisir dans le futur proche. Puisqu'il avait envie d'elle comme elle avait envie de lui, pourquoi s'abstenir ?

Le temps ferait son œuvre. D'ici quelques mois, son corps ne serait certainement plus en quête de sensations fortes. Et, une fois qu'elle aurait accouché, elle serait beaucoup trop occupée pour penser à sa vie sentimentale. Entre son bébé et son travail, elle n'aurait plus une minute à elle.

Carrick, lui, reprendrait le cours de sa vie. Le fait d'être père ne l'empêcherait pas de continuer à jouer les séducteurs.

Pourquoi cette idée lui serrait-elle le cœur à ce point ?

Peu importait. Elle ne voulait pas y penser. Tout ce qu'elle voulait, c'était profiter de cette période pour faire ce qu'elle n'aurait bientôt plus le loisir de faire. S'abandonner dans les bras de Carrick Murphy.

— Ça ne va pas, Sadie ?

Elle se redressa brusquement en entendant la voix de Carrick. Il se tenait là, devant elle, dans l'encadrement de la porte, plus beau et plus sexy que jamais.

— Si, si, répondit-elle avec un léger sourire. Je réfléchissais, c'est tout.

— À propos du travail ou... du bébé ? demanda-t-il en baissant la voix.

— Les deux.

En réalité, il n'y avait pas deux mais trois sujets qui la faisaient réfléchir. Il en avait oublié un. Lui. Lui qui la fixait de son regard irrésistible, lui qu'elle trouvait particulièrement séduisant à cet instant avec sa cravate desserrée, son col de chemise déboutonné et ses cheveux en désordre. Apparemment, il avait eu une journée éprouvante.

Elle eut l'envie soudaine de se lever pour s'approcher de lui et le serrer dans ses bras.

En tant que P-DG d'une multinationale, il assumait d'énormes responsabilités. Beaucoup de gens dépendaient de lui, comptaient sur lui pour être à la hauteur de son poste. Mais lui, sur qui se reposait-il ? À qui pouvait-il se confier quand il avait des doutes ou quand les choses ne se passaient pas comme il le souhaitait ?

— Tu as l'air fatigué, dit-elle avec compassion.

— Sale journée.

Elle fut surprise qu'il l'admette.

— Tu veux m'en parler ?

Il n'allait sûrement pas le faire, mais elle pouvait toujours proposer.

Elle l'observa tandis qu'il avançait vers elle. Il prit la tasse de tisane à la menthe qu'elle avait laissée à demi pleine sur son bureau et, avant qu'elle ait eu le temps de lui dire qu'elle était froide depuis longtemps, il en but une gorgée, puis une autre. Finalement, il vida la tasse avant de la reposer.

— L'une des pièces les plus importantes de notre vente aux enchères de la semaine prochaine en a été retirée, annonça-t-il.

— Pourquoi ?

— Notre client a consulté son guide spirituel, qui lui a dit que ce n'était pas le bon moment pour vendre. Qu'il devait attendre ses prochaines instructions.

— Non, tu plaisantes.

— Je t'assure que c'est vrai. On peut être fou et riche à la fois, et crois-moi, c'est une combinaison explosive.

Sur ces mots, il s'assit sur le coin du bureau de Sadie et se massa la nuque.

— En plus de ça, poursuivit-il, notre système de versement des salaires a planté. J'ai dû passer l'après-midi en ligne avec le service informatique pour résoudre le problème. Et, pour couronner le tout, mon assistante est malade et elle a dû rester chez elle.

Sadie savait que Marsha, la secrétaire de Carrick, jouait un rôle primordial auprès de lui. Il lui faisait une confiance aveugle.

— Tu sais ce qu'elle a ? questionna-t-elle. Elle va être absente longtemps ?

— Elle a une bronchite qui la rend complètement aphone. Elle s'était mise en télétravail et maintenant elle est furieuse contre moi.

— Parce que tu lui envoies trop de choses à faire ?

— Non, parce que j'ai demandé au service informatique de bloquer son accès à notre réseau, pour l'empêcher de travailler. C'est la seule façon de l'obliger à se reposer. Je ne connais pas deux bourreaux de travail comme elle. Elle est pire que moi.

En l'entendant, Sadie s'efforça de dissimuler sa stupeur. Décidément, cela devenait de plus en plus difficile de comparer Carrick à Dennis. Son ex-mari n'aurait jamais été aussi attentionné envers sa secrétaire, ou envers qui que ce soit d'autre.

Comme la porte était restée ouverte, Sadie vit Ronan qui passait dans le couloir. Il s'arrêta et lui sourit avant de se tourner vers Carrick.

— Justement, dit Ronan à son frère, je te cherchais.

— Un problème ? demanda Carrick.

— Oui, mais pas plus que d'habitude, répliqua Ronan avec humour.

Ils échangèrent un regard complice, et Sadie eut un pincement au cœur. À chaque qu'elle voyait combien les frères Murphy étaient proches, elle ressentait un grand vide. Sa famille à elle lui manquait.

— Tu peux t'en sortir tout seul ? lança Carrick. Si je peux t'aider, je le ferai volontiers, mais plutôt demain.

— D'accord, répondit Ronan, je te tiendrai au courant. Je vais prendre un verre au Pig and Plough. Vous voulez venir tous les deux ?

— Qui garde tes enfants ? s'enquit Carrick.

— Finn s'est proposé pour passer l'après-midi avec eux. Il m'a dit qu'il avait besoin de se changer les idées. Les garçons l'ont convaincu de les emmener à la grande animalerie qui se trouve à l'autre bout de la ville.

Carrick et ses frères avaient traversé de terribles épreuves, mais au moins ils avaient la chance de pouvoir compter les uns sur les autres. C'était une force que Sadie leur enviait. Si seulement elle avait pu recevoir le même soutien de sa propre famille...

— Il m'a envoyé une vidéo, dit Ronan en riant. Regardez-moi ça.

Il sortit son téléphone et s'approcha de Carrick et Sadie pour leur montrer l'écran. Les deux petits garçons, assis au milieu d'un enclos rempli de petits huskies, riaient aux éclats tandis que les chiots leur montaient dessus pour leur lécher la figure.

Carrick regarda son frère avec un air plein d'ironie.

— Tu es fichu, lui dit-il. Maintenant, ils vont t'en réclamer un jusqu'à ce que tu cèdes.

— À mon avis, renchérit Sadie, un chiot ne leur suffira pas. Chacun voudra avoir le sien.

— Si ces chiens font le bonheur de mes enfants, répondit Ronan, je veux bien en acheter dix. Chez qui avais-tu trouvé Jazz ? demanda-t-il à Carrick. C'était un chien extraordinaire.

Sadie frissonna. Elle n'avait pas oublié ce que Beth lui avait raconté. Comme Tamlyn et Carrick avaient tous les deux voulu garder Jazz après leur divorce, il avait réglé le problème en le faisant piquer.

— Il était dans un refuge pour animaux abandonnés, indiqua Carrick.

— Ah bon ? s'étonna Ronan. Pourtant, il avait des papiers. Tamlyn nous avait dit qu'il avait un pedigree long comme le bras.

— Non, non, répondit Carrick en secouant la tête. Jazz était un bâtard. Un adorable bâtard, mais un bâtard quand même.

Sadie remarqua que Carrick ne profitait pas de cette occasion pour s'en prendre à Tamlyn. Il ne la traitait pas de menteuse. Il se contentait de donner sa vérité, avec calme et concision.

Tout cela était trop étrange. Sadie avait besoin de savoir.

— Je peux te poser une question ? demanda-t-elle à Carrick.

— Oui.

— Pourquoi as-tu fait euthanasier Jazz ?

Il laissa passer un silence avant de lui répondre.

— Il avait un cancer des intestins. Tamlyn, qui adorait ce chien, refusait de voir qu'il souffrait terriblement. J'ai dû prendre la décision qui s'imposait pour épargner à Jazz une lente agonie.

— Mais elle...

Sadie s'interrompit en voyant le signe de tête que lui

adressait Ronan. Elle avait compris le message. Mieux valait ne pas insister.

De toute façon, peu importait ce qu'avait dit Tamlyn. Sadie avait voulu entendre la version de Carrick, et c'était chose faite.

Elle se tourna vers lui et fut saisie par son regard soudain glacial.

— Tu veux bien me dire qui t'a raconté cette histoire sur mon chien ? lança-t-il. Parce que c'est l'un des rares éléments qui n'ont pas été repris dans les médias.

Carrick se moquait complètement de ce que le monde pensait de son mariage, ou de l'opinion que la haute société de Boston pouvait avoir de lui. Les gens qu'il aimait savaient à quoi s'en tenir. Le seul avis qui comptait pour lui était celui de ses proches, or ses amis et ses frères n'avaient pas de doute sur la façon dont il s'était comporté avec son ex-femme. Ils savaient tous qu'il pouvait se montrer impatient et exigeant, mais injurieux et cruel, jamais.

Oui, son mariage avait été un échec. Mais les histoires qui avaient circulé au moment de son divorce n'étaient que des mensonges. Et, malheureusement, elles semblaient être arrivées aux oreilles de Sadie.

Qui avait bien pu lui parler de Jazz ?

Il l'observa et reconnut la perplexité dans son regard. De toute évidence, elle avait cru ce qu'on lui avait raconté sur lui. La femme qui portait son enfant se méfiait de lui.

Le cœur serré par la douleur, il sentit que, pour la première fois depuis cinq ans, son besoin de s'expliquer prenait presque le dessus sur son orgueil.

Presque, mais pas complètement.

Comme Ronan était parti, Carrick profita d'être de nouveau seul avec Sadie pour lui poser la plus simple de toutes les questions qu'il avait en tête.

— Comment es-tu au courant pour Jazz ? demanda-t-il.

Sadie respira profondément avant de lui répondre.

— Beth, la sœur de...

— Je sais qui est Beth.

— Eh bien, Beth travaille pour moi comme assistante indépendante. Je suis sa cliente principale. Et c'est aussi mon amie.

Carrick ferma les yeux, écœuré. Après Tamlyn, Beth était sans doute la personne qui disait le plus de mal de lui. Elle prenait pour argent comptant tout ce que racontait sa grande sœur et elle n'hésitait pas à répandre les pires rumeurs le concernant. Si Sadie était l'une de ses amies, il n'osait imaginer ce qu'elle avait entendu sur lui.

— Je suis également amie avec Tamlyn, ajouta Sadie.

C'était de mieux en mieux !

— D'accord. Alors tu as d'excellentes sources, si je comprends bien. Et je peux savoir pourquoi tu ne m'as jamais parlé de tes liens avec mon ex-femme ?

— Je ne voyais pas l'intérêt, répondit-elle en soutenant son regard. Écoute, Carrick, je n'ai entendu qu'une version de l'histoire. Je ne demande qu'à connaître la tienne.

— Il n'en est pas question.

Le visage de Sadie se durcit.

— Bon, dit-elle. Si tu préfères que les gens continuent à la croire, elle.

— Les gens peuvent croire ce qu'ils veulent. Je n'ai aucun pouvoir là-dessus.

— Bien sûr que si. Tu pourrais t'inscrire en faux. Réfuter ses allégations. Tu pourrais donner ta version des faits.

— J'ai bien d'autres choses à faire, merci. Nous ne sommes plus à l'école primaire. Je ne vais certainement pas perdre mon temps avec ces histoires puériles. J'ai décidé de laisser ce chapitre de ma vie derrière moi. Je n'en parle jamais et je ne dois d'explication à personne.

Il vit que ses paroles l'avaient blessée.

— Pas même à moi ? demanda-t-elle.

Sadie était justement la dernière personne auprès de qui il souhaitait se justifier. Il avait besoin qu'elle le croie, sans l'ombre d'un doute et sans demander de preuve. Il avait besoin qu'elle le connaisse suffisamment pour comprendre qu'il n'avait pas pu faire ce dont Tamlyn l'accusait. Ne pouvait-elle pas se fier à ce qu'elle ressentait et lui faire confiance, tout simplement ?

Ils allaient avoir un enfant ensemble. Si elle se laissait influencer par les rumeurs qui couraient sur lui, leur vie allait être un enfer.

Il laissa échapper un soupir dépité.

— À toi de te faire ton propre avis sur moi, Sadie.

— Il y a des raisons qui m'ont amenée à croire ce que disait Tamlyn, répliqua-t-elle d'un ton calme.

Mais il se moquait de ces raisons.

Ce qu'il voulait, c'était qu'elle ait confiance en lui.

Il avait besoin que la vérité s'impose à elle. Qu'elle comprenne d'elle-même qu'il ne pouvait pas être l'homme que décrivaient Tamlyn et Beth.

Voilà ce qu'il attendait de Sadie. Il s'était promis de ne pas contre-attaquer face à Tamlyn et il ne comptait pas revenir sur cette décision. Ni maintenant, ni plus tard.

Quand des rumeurs avaient commencé à courir sur lui, il avait eu la chance de voir sa famille et ses amis proches serrer les rangs autour de lui. Aucun d'eux n'avait émis le moindre doute. Sans qu'il ait eu à dire quoi que ce soit pour se défendre, ils avaient su que ces rumeurs étaient infondées.

C'était à Sadie de faire preuve de la même loyauté à présent.

Quand la maison de Carrick était pleine de monde, toutes ces vastes pièces dans lesquelles il ne faisait que passer quand il était seul se mettaient enfin à vivre. Les rires qui résonnaient lui rappelaient son enfance, au point qu'il s'attendait presque à voir apparaître son père et sa belle-mère.

Ses neveux étaient en train de jouer avec ses vieux Lego sur le tapis du salon. En les regardant, il fut envahi par l'émotion. Ce serait bientôt avec son propre enfant qu'il jouerait sur ce tapis.

Quand il y pensait, il était partagé entre l'incrédulité et un bonheur immense.

Il se tourna instinctivement vers Sadie, qui se trouvait à l'autre bout de la pièce et discutait avec Jules et Darby, les sœurs de Levi. Aujourd'hui, il la revoyait pour la première fois depuis leur conversation au bureau deux jours plus tôt. Entre-temps, il était parti à New York pour le travail.

Dès qu'il avait appris que Tanna et Levi étaient de retour à Boston, il avait pris son téléphone pour organiser cette petite réunion de famille chez lui.

Et il n'avait pas pu s'empêcher d'y inviter Sadie, tant il était pressé de la revoir.

Avant de lui répondre, elle avait été franche avec lui.

— Est-ce que tu m'en veux toujours de ne pas t'avoir dit que je connaissais Beth et Tamlyn ? avait-elle demandé.

Cette amitié était loin d'enchanter Carrick, mais que pouvait-il y changer ?

— Non, avait-il affirmé.

— As-tu changé d'avis ? Tu veux bien me parler d'elle maintenant ?

Parler de Tamlyn ? Jamais de la vie.

— Non.

Sadie avait répondu par un petit « d'accord », mais finalement elle avait raccroché sans vraiment lui dire si elle serait là ce soir.

Autant dire qu'il avait été stupéfait, et ridiculement heureux, en la voyant sur le pas de sa porte quelques heures plus tôt. Et son émotion avait été encore plus grande quand, en la débarrassant de son manteau, il avait découvert sa robe courte à manches trois quarts, noire, ornée de perles.

Il avait dû prendre sur lui pour ne pas l'emmener directement dans sa chambre.

Cette fois, c'était officiel. C'était insensé, mais il ne pouvait plus le nier : il était incapable de résister à Sadie Slade.

S'efforçant de se concentrer sur le moment présent, il promena les yeux autour de lui. Il vit que Finn parlait à Mason et Ronan, mais visiblement ce dernier ne prêtait pas la moindre attention à la conversation.

Carrick suivit le regard de son frère et vit qu'il avait les yeux rivés sur Joa Jones. Puis Ronan se tourna vers ses fils, et ce fut au tour de Joa de regarder Ronan.

Tiens, tiens… Voilà qui était intéressant.

Il n'eut bientôt plus le loisir d'observer le spectacle qui se déroulait sous ses yeux, car sa sœur s'approcha de lui.

— Tanna, dit-il en la serrant tendrement contre lui. Vous avez l'air tellement heureux, Levi et toi. Moi aussi, je suis heureux, maintenant que vous êtes rentrés à Boston, que tu vas venir travailler avec nous et que je vais pouvoir te mener à la baguette.

— Tu peux toujours essayer ! répliqua-t-elle en riant.

Elle passa les bras autour de lui, comme elle le faisait quand elle était petite. Il eut la gorge serrée en se remémorant les épreuves qu'ils avaient traversées ensemble. Elle s'était retrouvée orpheline à l'âge de dix ans, et à partir de là, Carrick et ses frères avaient dû l'élever comme leur fille.

Aujourd'hui, elle volait de ses propres ailes, et quand il la voyait avec Levi, il savait qu'il n'aurait pas pu rêver mieux pour elle.

— Profite de ta soirée de bienvenue, Tan, dit-il en l'embrassant sur le front.

Alors que Tanna levait les yeux vers lui en souriant, Levi les rejoignit. Il donna une tape amicale à Carrick, puis il prit Tanna par la taille et l'embrassa sur la bouche. Carrick fixa ostensiblement le plafond.

— C'est bon, Carrick, ironisa Tanna au bout de quelques secondes. Tu peux regarder maintenant.

— Ah, soupira Levi, je crois qu'il ne s'y fera jamais. Qu'en penses-tu, ma chérie ?

— Non, jamais, confirma Tanna.

— Tu veux bien me laisser une seconde avec ton frère ? Il faut que je lui parle.

Tanna acquiesça et s'éloigna.

Resté seul avec son ami, Carrick l'interrogea du regard.

C'était très amusant de voir à quel point Levi était gêné tout à coup. Il était si calme et posé d'habitude !

— Normalement, balbutia Levi, je devrais demander à ton père, mais...

Carrick fit mine de ne pas du tout comprendre où il voulait en venir.

— De quoi tu parles ? Et, au fait, tu as regardé le match hier soir ?

— Non. Euh, Carrick, écoute...

— C'était nul. L'arbitre les a favorisés.

— Bon sang, Carrick, j'essaie de te dire quelque chose !

— Quelque chose de plus important que le match ?

Tout en le taquinant, Carrick recula d'un pas, au cas où son ami s'énerverait vraiment.

— Je peux épouser ta sœur, oui ou non ? s'enquit Levi avec impatience.

Carrick lui sourit et s'amusa du soulagement qu'il lisait dans son regard. L'occasion était trop belle.

— Non, répondit-il.

Levi en resta bouche bée. Il regarda Carrick dans les yeux et laissa passer un long silence.

— De toute façon, je m'en fiche. Sache que rien ne m'empêchera de me marier avec Tanna cette fois.

— J'espère bien ! dit Carrick. Je plaisantais. Tu sais parfaitement ce que j'en pense. J'étais d'accord quand elle avait dix-neuf ans et je le suis encore plus maintenant. Même s'il va de soi que tu n'as pas besoin de mon accord. Félicitations, conclut-il en serrant chaleureusement la main de Levi. Je suis sincèrement heureux pour toi.

— Merci, répondit Levi avec un grand sourire.

Mais Carrick n'en avait pas tout à fait fini avec son futur beau-frère.

— Allez, courage. Tu en as un sur trois. Il ne t'en reste plus que deux.

— Comment ça ? fit Levi en fronçant les sourcils.

— Je t'ai donné ma bénédiction, mais il te faut aussi celle de

Ronan et Finn. Nous avons élevé Tanna tous les trois ensemble. Il me paraîtrait correct que tu leur demandes à eux aussi.

— Tu es conscient que je peux très bien me passer de leur permission, n'est-ce pas ?

— Oui, affirma Carrick en luttant pour ne pas éclater de rire, mais Ronan et Finn prennent leur responsabilité envers notre sœur très au sérieux.

Levi lâcha un juron et traversa le salon à grands pas pour aller voir Ronan. Carrick le vit faire un signe de tête à l'intention de Finn, pour l'inviter à les rejoindre.

Enfin, Carrick put libérer le rire qu'il retenait depuis plusieurs minutes.

— Qu'est-ce que tu manigances, Carrick Murphy ? lança Sadie en venant à côté de lui.

Ils échangèrent un regard, et il fut surpris de ressentir une telle complicité avec elle.

— Levi m'a demandé l'autorisation d'épouser Tanna, répondit-il. J'ai pensé qu'il était de mon devoir de le malmener un peu.

— Ah, les hommes, dit-elle en levant les yeux au ciel. Franchement...

— Il va sûrement annoncer leurs fiançailles dès ce soir.

— C'est une merveilleuse nouvelle. Mais tu sais, dit Sadie avec un air gêné, je ne peux pas m'empêcher de penser que je ne suis pas à ma place ici. Vous devriez être en famille et je me sens de trop.

— Tu es entré dans ma famille à l'instant où nous avons conçu un enfant ensemble, dit-il tout bas. Les autres ne le savent pas encore, mais moi oui. Tu es tout à fait à ta place.

Elle ne semblait pas convaincue, mais, au lieu d'insister, elle observa Levi qui parlait toujours avec Ronan et Finn. Carrick suivit son regard. À cet instant, Levi se tourna vers Tanna qui se trouvait à quelques pas de lui, et les yeux des deux fiancés s'emplirent de désir.

— Ils vont mettre le feu à ta maison si ça continue, dit Sadie en riant.

— Il y a des choses qu'un grand frère n'aimerait mieux pas voir, grommela Carrick en tournant le dos à Tanna et Levi. J'ai l'impression qu'hier encore elle avait dix ans.

Il sentit la main de Sadie se glisser dans la sienne et aussitôt il fut envahi par une délicieuse sensation de bien-être. Comment était-ce possible qu'elle ait un tel effet sur lui ? Possédait-elle des pouvoirs magiques ?

Il la guida jusqu'au bar, lui offrit un virgin mojito et se servit un verre de whisky.

— Cela a dû être terriblement angoissant pour vous trois d'avoir tout à coup la responsabilité d'une petite fille, dit-elle en prenant une gorgée.

— C'est vrai, admit-il en toute franchise, mais nous n'avions pas le choix. Et ensemble, à vingt, dix-neuf et dix-huit ans, nous avons pu relever le défi.

— Comment avez-vous fait pour mener de front votre vie familiale, vos études, et tout le reste ?

— Nous avons dû nous organiser. J'ai quitté la fac pour travailler à plein temps chez Murphy International. Par chance, j'étais très bien entouré. Notre équipe de cadres était assez compétente pour prendre l'entreprise en main en attendant que j'aie assez d'expérience pour assumer pleinement mon rôle de P-DG. Ronan et Finn ont poursuivi leurs études et m'ont rejoint une fois diplômés.

— Cela a dû être dur pour toi de renoncer à ton parcours universitaire.

Il n'avait pas eu l'impression de faire un très gros sacrifice. Bien sûr, il regrettait parfois de ne pas avoir un beau diplôme accroché dans son bureau, mais il s'était formé sur le terrain, et les nombreux ouvrages qu'il avait lus lui avaient apporté le bagage théorique dont il avait besoin. Aujourd'hui, il se sentait armé pour faire ce qu'il avait à faire, et l'entreprise n'avait jamais été aussi prospère.

— Je n'ose même pas imaginer ce que tu as ressenti le jour où Tanna a eu son accident.

Il avait vécu la nuit la plus horrible de sa vie. Il n'oublierait jamais les heures d'angoisse passées à attendre des nouvelles de sa petite sœur. C'était là qu'il avait fait la connaissance de Levi.

— Lorsque c'est arrivé, raconta Carrick, Levi était la première personne sur les lieux. Il a rendu visite à Tanna pendant toute la durée de son hospitalisation. C'est là qu'ils sont tombés amoureux.

— Et ils ont attendu tout ce temps pour être ensemble ?

— Ils se sont fiancés à l'époque, mais Tanna était tellement jeune... Elle l'a quitté quelques jours seulement avant la date prévue pour leur mariage.

Sadie regarda Tanna et Levi en souriant.

— Je ne crois pas qu'elle refera la même chose cette fois-ci, lança-t-elle en plaisantant.

— J'espère bien que non. Vu le prix que cette annulation m'avait coûté...

— Comme si c'était ta préoccupation première ! Je sais que ce qui compte pour toi, c'est son bonheur. Tu es un grand frère formidable, dit Sadie en mêlant ses doigts à ceux de Carrick. Je vois bien que Tanna t'adore.

Elle se tut et lui adressa le plus beau sourire qu'il ait jamais vu.

— Carrick, dit-elle, merci de m'avoir invitée ce soir. Cela faisait longtemps que je n'avais pas participé à une réunion de famille. Je... Je voyage beaucoup, poursuivit-elle en baissant les yeux, et j'ai rarement l'occasion de vivre ce genre d'événements. À part quand je suis chez Hassan, bien sûr.

La douceur avec laquelle elle prononça ce prénom ne laissa pas Carrick indifférent. Bon sang, était-ce vraiment de la jalousie qu'il venait de ressentir ? Cela ne lui ressemblait pas pourtant...

— Hassan ? répéta-t-il, la mâchoire crispée. Je peux savoir qui c'est ?

— Le prince Hassan Ramid el-Aboud. J'étais justement chez lui, à Abu Dhabi, quand tu m'as contactée pour authentifier le Homer.

Chez lui ? Qu'est-ce que cela voulait dire exactement ?

— Mais encore ? lâcha-t-il.

— Eh bien, il était question de nous marier, lui et moi, expliqua-t-elle gaiement.

Carrick sentit tout son corps se tendre comme un arc.

— Il t'a demandée en mariage ?

— Oui, oui.

Elle était enceinte de Carrick et elle parlait avec légèreté d'épouser un autre homme ? Alors ça !

— Tu es sérieuse ?

— Oui. Je m'entends très bien avec sa famille. J'étais présente au mariage de ses deux sœurs et à la fête donnée pour les quarante ans de mariage de ses parents. Hassan est leur seul fils et ils ont hâte de lui trouver une femme.

— Et ils t'ont choisie, toi ? Une Américaine non musulmane ?

— Sa mère est anglaise.

— Et il est au courant que tu es enceinte de moi ? questionna Carrick en luttant pour parler à mi-voix malgré toute la colère qu'il ressentait.

— Oui, je lui ai dit, répondit-elle avec un haussement d'épaules. Ça ne le dérange pas du tout. Au contraire, il est ravi.

— Tu ne vas pas l'épouser et il n'élèvera pas mon enfant ! s'écria Carrick.

Tous les convives se tournèrent vers lui, bouche bée.

Sadie émit un rire étouffé. Carrick soupira. Bon. C'était une façon comme une autre d'annoncer à sa famille qu'un nouveau petit Murphy allait arriver d'ici quelques mois. Heureusement, ses proches savaient garder un secret.

Il remarqua le sourire malicieux de Sadie et se demanda ce qu'elle manigançait.

— Non mais... Attends...

Alors qu'il commençait à comprendre, Sadie se tourna vers Levi et lui adressa un clin d'œil complice.

— Tel est pris qui croyait prendre ! déclara-t-t-elle en riant.

Levi vint jusqu'à elle et lui tapa dans la main pour célébrer le numéro qu'elle venait d'interpréter brillamment.

— Carrick, je plaisantais, dit-elle. Tu as joué un tour à Levi, c'était à moi de t'en jouer un. Non, je n'ai pas l'intention d'épouser Hassan. Ni maintenant ni plus tard. C'est vrai que j'ai de très bons rapports avec sa famille, mais tout le monde sait que nous ne serons jamais plus que des amis. Mais, dis-moi, tu as l'air un peu pâle. Tu voudrais peut-être t'allonger ?

Il la regarda dans les yeux, prit son visage entre ses mains et l'embrassa sur la bouche.

Cette femme allait vraiment le rendre fou.

À moins que cela ne soit déjà fait ?

7

Sadie avait mis son manteau, et tandis qu'elle enroulait son écharpe autour de son cou, Carrick la prit délicatement par le bras. Elle se retourna, et il l'attira dans un coin de l'entrée.

— Reste, murmura-t-il au creux de son oreille.

Un mot, un seul, qui avait le pouvoir d'une formule magique.

Elle le regarda dire au revoir à ses autres invités. La raison aurait voulu qu'elle parte aussi, mais elle n'en avait aucune envie.

Si elle restait seule avec lui, il y avait de fortes chances pour qu'elle se retrouve une fois de plus dans ses bras. Dans son lit. Et la frontière entre désir et sentiments allait devenir encore plus floue.

Elle ne pouvait pas, elle ne voulait pas tomber amoureuse de Carrick. Elle refusait de revivre les mêmes souffrances que par le passé.

L'amitié, le plaisir, la coparentalité, voilà ce qu'elle pouvait envisager avec lui. Lui donner son cœur, non. Seulement, plus elle passerait de temps avec lui, plus elle aurait de mal à préserver ses émotions.

D'autant plus qu'elle commençait vraiment à croire que Carrick ne correspondait en rien au portrait que Tamlyn et Beth avaient fait de lui.

Elle se figea en pensant à ce qu'elle venait de s'avouer.

Non, Carrick n'était pas ce démon cruel et manipulateur. Et cela rendait la situation encore plus compliquée pour elle.

Comment lui résister alors qu'il était non seulement beau et sexy, mais aussi drôle, gentil et attentionné ?

Elle devait partir. Maintenant.

Mais son corps refusait d'obéir à son esprit. Elle ôta son manteau, l'accrocha à une patère et se débarrassa de son écharpe.

Elle n'allait pas s'en aller.

Pas ce soir en tout cas.

Elle retourna dans le couloir et s'arrêta devant la porte ouverte de la salle à manger. Attirée par le grand tableau qui trônait au-dessus de la cheminée, elle entra dans la pièce et contourna la table pour aller admirer la peinture de plus près. C'était une sublime Vierge à l'Enfant, de style vénitien, sans doute du XVIIIe siècle. L'artiste devait être un disciple du Caravage.

À moins que ce soit une œuvre du maître lui-même ?

Non, elle ne pouvait pas y croire.

Et pourtant...

Elle se retourna en entendant des pas derrière elle.

— J'étais en train de me demander si c'était un vrai Caravage, dit-elle en souriant à Carrick.

— La réponse est non. Nous savons que l'auteur est un de ses élèves, mais nous ignorons lequel.

— C'est tout de même d'une beauté exceptionnelle, déclara-t-elle. Le tableau dégage une telle émotion...

— On y voit toute la force du lien entre la mère et son enfant, approuva-t-il en venant à côté d'elle. C'est un thème universel.

Sadie prit appui sur le dossier d'une chaise et contempla la Vierge dans le détail.

— As-tu des souvenirs de ta mère ? questionna-t-elle.

Elle sentit Carrick se crisper, mais il lui répondit quand même.

— Quelques-uns, assez vagues. J'avais six ans quand elle est morte. Je la revois en train de me lire un conte dans ma chambre, une histoire de chasse à l'ours.

Sadie se souvenait aussi de cette histoire.

— Je me rappelle son parfum, et la pâleur de son teint quand elle est tombée malade.

— De quoi est-elle morte ?

— Un cancer. On le lui a diagnostiqué en janvier, et en avril c'était fini.

Émue que Carrick accepte de se confier à elle, Sadie se tut un moment avant de reprendre la parole.

— Et ta belle-mère, demanda-t-elle, quand est-elle entrée dans votre vie ?

— Quand j'avais huit ans. Elle a vraiment redonné vie à notre famille. Mon père avait fait ce qu'il avait pu jusque-là, mais ce n'était pas facile pour lui. Il devait porter notre douleur à tous les trois en plus de la sienne.

Comme elle posait la main sur son bras, il prit ses doigts dans les siens et les serra.

— Raeni avait un cœur immense, poursuivit-il. Nous avons eu beaucoup de chance que notre père la rencontre et l'épouse.

Sur ces mots, il regarda autour de lui et fit une grimace.

— C'est un peu froid ici, non ? dit-il. Allons plutôt dans le salon. Ou dans la bibliothèque.

— Je boirais volontiers une tisane, s'il te plaît.

Il la conduisit dans la cuisine aussi vaste et bien équipée que celle d'un grand restaurant.

— Nous devrions peut-être remplir le lave-vaisselle, non ? suggéra-t-elle en regardant les assiettes et les verres sales qui couvraient le plan de travail.

— Une équipe doit venir demain matin pour tout ranger et faire le ménage, répondit-il en mettant de l'eau à bouillir.

Puis il ouvrit un placard rempli de boîtes de thé.

— Viens choisir ce que tu veux, dit-il. Je ne sais pas pourquoi j'en ai autant alors que je n'en bois jamais.

Elle opta pour de la camomille. Carrick lui prépara sa tasse, puis il se dirigea vers une pièce attenante à la cuisine. C'était un petit salon équipé de sièges confortables et d'un grand écran de télévision. Ils s'installèrent sur le canapé à rayures bleues et blanches, et Carrick enleva ses chaussures avant de poser les pieds sur la table basse.

— Je suis tellement heureux que Tanna soit de retour à Boston, dit-il. Et, surtout, je me réjouis pour elle et Levi. Ils sont faits l'un pour l'autre.

— Tu as dit qu'ils étaient tombés amoureux pendant la convalescence de Tanna ? demanda Sadie en se réchauffant les mains sur sa tasse de thé.

— Oui, répondit-il en posant la tête sur le dossier du canapé. Quand elle avait dix-neuf ans. Ses blessures étaient graves, et elle a mis des mois à se remettre. La nuit de l'accident a été cauchemardesque, mais la période qui a suivi n'a pas été facile non plus. Je dois dire que Tamlyn m'a été d'un grand soutien. Sans elle, je serais sans doute devenu fou.

Sadie s'efforça d'ignorer la pointe de jalousie qui lui nouait le ventre.

— Je suis heureuse qu'elle ait été là pour toi, déclara-t-elle.

Et c'était vrai. C'était important de ne pas être seul pour traverser les épreuves de la vie.

— C'est amusant de penser que mes frères et moi, à l'époque, nous étions tous les trois en couple avec celles qui sont devenues nos épouses respectives, dit-il d'une voix fatiguée. Ronan avec Thandi, Finn avec Beth. Nous nous sommes tous mariés dans l'année qui a suivi. Et aucune de ces unions n'a résisté au temps. Raeni aurait été furieuse. Furieuse de constater qu'aujourd'hui nous sommes traumatisés par nos expériences et terrifiés à l'idée de nous tromper de nouveau.

— Je pense que c'est la même chose pour tout le monde, murmura-t-elle. Après un divorce, on ne peut plus avoir la même confiance en soi.

Carrick la regarda avec étonnement.

— Tu as été mariée ?

— Oui.

— Combien de temps ?

— Trois ans.

— Que s'est-il passé ?

Elle détestait parler de Dennis et elle eut envie de changer de sujet. Elle s'en voulait tellement d'avoir commis une telle erreur de jugement... Elle n'aurait jamais dû accepter de l'épouser. Ni même de sortir avec lui.

Toutefois, si elle en parlait à Carrick, elle espérait qu'il comprendrait pourquoi elle avait cru Tamlyn.

— On m'avait mise en garde contre lui, dit-elle tout bas, prête à confier ce qu'elle n'avait jamais raconté à quiconque, pas même à Hassan.

— Qui t'a mise en garde ?

Elle posa sa tasse sur la table basse et se pencha pour ôter ses escarpins à talons. Puis elle releva les genoux et serra les bras autour de ses jambes.

— C'est arrivé quand je travaillais pour une galerie d'art de Charles Street. Un soir, je venais de baisser la grille et j'ai vu une jeune femme qui m'attendait. Elle m'a demandé si elle pouvait me parler. J'ai accepté, et nous sommes allées nous asseoir dans un café sur le trottoir d'en face.

Comme Carrick posait la main sur son genou, Sadie sentit qu'une part de sa tension se relâchait.

— Que t'a-t-elle dit ? demanda-t-il.

— Que Dennis, l'homme avec qui je sortais, était un tyran dont je devais me méfier. Elle était restée plusieurs années avec lui. Elle avait cru qu'ils allaient se marier, mais il n'a jamais tenu les promesses qu'il lui avait faites.

— Tu l'as crue ?

— Non. Il n'était pas comme ça avec moi à ce moment-là. J'ai raconté à Dennis ce qui s'était passé, et il m'a répondu que son ex-petite amie avait mal réagi à leur rupture, qu'il ne lui avait jamais rien promis et qu'elle était un peu instable psychologiquement.

— Et comme tu l'aimais, tu as préféré le croire, lui.

— Oui, d'autant qu'il était irréprochable. Même après notre mariage, pendant notre lune de miel, il s'est comporté comme le mari parfait. C'est lorsque nous sommes rentrés qu'il a commencé à montrer son vrai visage. Si seulement j'avais écouté les conseils de cette femme...

— Une inconnue que tu voyais pour la première fois et qui te disait des horreurs sur ton fiancé ? Oui, tu aurais pu la croire si tu avais déjà eu des doutes sur lui, mais tu étais heureuse avec lui. Tu n'avais aucune raison de te fier à elle plutôt qu'à lui.

C'était précisément ce que Sadie avait essayé maintes fois de se dire pour se consoler, mais le fait de l'entendre de la bouche de Carrick lui fit un bien fou.

— Parce que je n'ai pas cru l'ex-petite amie de Dennis, et parce que personne ne m'a crue quand j'ai raconté ce qu'il me faisait subir, j'ai tendance aujourd'hui à prendre pour argent comptant ce que les femmes disent des hommes qu'elles ont connus.

Il se redressa et la regarda fixement.

— Y compris tout le mal que tu as entendu sur moi, c'est ça ? Elle acquiesça d'un signe de tête.

— Carrick, tu sais ce que c'est de ne pas être cru ? Est-ce que ça t'est déjà arrivé ?

Tout en lui posant cette question, elle se souvint qu'il avait refusé de donner sa version de son divorce pour contrer celle de Tamlyn. Il ne cherchait pas à convaincre les autres. Il ne s'exposait pas au risque de passer pour un menteur.

— J'ai raconté à ma famille ce qui m'arrivait, poursuivit-elle. Tout le monde a dit que j'exagérais. Mon père m'a reproché de faire du cinéma, et ma mère a approuvé. Le lendemain du jour où je leur ai dit ce qui se passait, mon père a accepté une invitation de Dennis pour aller voir un match des Red Sox. J'en ai parlé à ma sœur, tout ça pour découvrir plus tard qu'elle avait eu de longues conversations avec ma mère à mon sujet, parce qu'elles pensaient que je devais consulter un psychologue. Elles ont organisé une consultation dans mon dos, elles considéraient que j'avais perdu la tête.

Carrick la fixa avec un air horrifié. Puis il lui massa doucement le genou, et elle sentit la chaleur de sa main se diffuser en elle.

— Je me suis confiée à des amis, mais mes propos arrivaient

systématiquement aux oreilles de Dennis, et il devenait encore plus terrible. Nos amis communs se sont mis à m'éviter. Mes propres amis ne me croyaient pas, et ma famille voulait me faire soigner. Malgré tout, j'ai fait mon possible pour maintenir le lien avec eux. Je me disais qu'ils finiraient par ouvrir les yeux. Je me trompais. Ils ont continué à soutenir Dennis, et les choses sont allées de mal en pis.

— Sadie, murmura-t-il, je suis tellement désolé...

— Je n'ai parlé à aucun membre de ma famille depuis mon divorce.

— C'était ta décision ou la leur ?

— Les deux, j'imagine. Je n'ai pas cherché à les contacter, et personne ne m'a appelée non plus. J'ai entendu dire que Dennis était toujours en bons termes avec eux. Il a même passé le dernier Thanksgiving chez mes parents.

— Il a récupéré ta famille et tes amis, dit Carrick avec une colère contenue dans la voix. Ce type mériterait bien de se faire refaire le portrait, et je m'en chargerais avec grand plaisir.

Sadie sourit. Elle n'en était pas fière, mais elle aurait aimé voir ça.

— Tu sais, dit Carrick avec un air pensif, tu devrais peut-être donner des nouvelles à ta famille. Juste leur dire que tu vas bien.

Cette idée lui avait traversé l'esprit, surtout maintenant qu'elle allait avoir un bébé, mais elle avait peur. Elle avait des raisons pour cela. Après avoir dû affronter le jugement de ses proches, comment leur annoncer qu'elle était tombée enceinte lors d'une aventure d'un soir et qu'elle s'apprêtait à devenir mère célibataire ?

Elle était déjà le mouton noir de la famille. Elle n'avait pas la force de lire une fois de plus la déception et le mépris dans les yeux de ses parents.

Pourquoi s'infliger cela ?

C'était plus simple de garder ses distances plutôt que de se confronter à eux et d'avoir la confirmation que ses craintes avaient été fondées.

— Je suis désolé que personne ne t'ait crue, Sadie. Je te promets que...

Elle l'interrompit d'un geste.

— S'il te plaît, ne fais pas de promesse. S'il te plaît...

Elle se tut en sentant que sa voix se brisait.

Carrick passa alors la main dans ses cheveux avec une douceur infinie.

— Je ferai de mon mieux pour ne pas te décevoir, Sadie.

Les paroles de Carrick auraient dû la réconforter. Au lieu de cela, elles la terrifièrent. Car elle se rendit compte que s'il la repoussait un jour elle serait dévastée.

À vrai dire, elle ne savait pas si elle s'en remettrait.

Allongée nue dans les bras de Carrick, Sadie contempla le tableau suspendu au-dessus de sa tête et soupira. Malgré les heures qu'elle avait passées à faire des recherches sur cette œuvre, elle n'avait toujours aucun indice, aucune piste. Elle ignorait toujours pourquoi elle avait cette impression de déjà-vu en la regardant.

Ce mystère devenait de plus en plus obsédant.

— Bienvenue dans mon monde, dit Carrick en lui caressant le dos.

— Comment ça ?

— Ce tableau va te rendre folle. Un conseil : accepte tout de suite que tu ne sauras jamais qui l'a peint, où et pourquoi.

— Impossible, répondit-elle.

Elle le fixa dans les yeux, s'étendit sur lui de tout son long et frotta ses seins contre son torse. Comme il soupirait d'excitation, elle recommença et il serra les mains autour de ses fesses.

Ce que c'était bon de se réveiller dans le lit de Carrick Murphy...

Hier soir, elle s'était confiée à lui. Elle lui avait tout dit de son histoire avec Dennis. Il l'avait écoutée avec sollicitude, mais, après cela, il n'avait pas dit un mot sur Tamlyn. Pas un mot sur son passé à lui.

Après tout, avait-elle besoin d'entendre ses explications ? Ce qui s'était passé entre Tamlyn et lui ne la concernait pas. Elle commençait à le connaître assez bien pour avoir confiance en lui. Elle savait comment il était avec elle, elle voyait combien il respectait ceux qui l'entouraient, et c'était tout ce qui comptait.

Pourquoi Tamlyn avait-elle fait courir ces rumeurs sur lui ? Sadie l'ignorait. Mais elle était de plus en plus sûre d'une chose : rien de tout cela n'était vrai. Elle ne pouvait pas imaginer une seconde Carrick en train de maltraiter sa femme.

Elle avait d'abord voulu croire Tamlyn par solidarité. Puis, quand elle avait connu Carrick, elle s'était accrochée à tout ce qu'elle avait entendu de négatif sur lui pour s'interdire de s'attacher à lui. Seulement, chaque minute passée avec lui faisait fondre la méfiance qu'elle s'était forcée à éprouver.

Dennis avait gardé son masque pendant longtemps. Carrick allait peut-être finir par montrer sa vraie nature, lui aussi...

Non, songea-t-elle en caressant sa peau brûlante. Elle n'y croyait pas une seconde. Elle n'avait rien à craindre de lui. Il ne lui avait fait que du bien depuis leur rencontre, et chacun de ses regards, chacun de ses gestes montrait qu'il n'avait que de bonnes intentions envers elle.

Après le traumatisme vécu avec Dennis, elle avait pensé qu'elle ne pourrait plus jamais faire confiance à un homme. Elle s'était trompée. Aujourd'hui, elle avait pleinement confiance en Carrick.

Mais elle allait aussi avoir un enfant avec lui, ce qui voulait dire qu'il aurait longtemps une place dans sa vie. Elle ne pouvait pas se permettre de tomber amoureuse de lui. Pour une raison simple : il ne l'aimait pas. Oui, il était attiré par elle. Il aimait faire l'amour avec elle. Mais rien de plus.

Si jamais elle ne pouvait pas s'empêcher d'avoir des sentiments pour lui, elle devrait trouver le moyen de le lui cacher. Sinon, la situation deviendrait invivable, pour lui comme pour elle.

Carrick vit sur le visage de Sadie qu'elle semblait préoccupée et il fut tout près de lui demander à quoi elle pensait.

Toutefois, il se retint de le faire.

Avait-il envie de connaître toutes les émotions de Sadie ? Elle lui avait déjà confié beaucoup de choses hier soir. À présent, s'il voulait garder un semblant de distance avec elle, il devait éviter ce genre de conversations trop intimes. Il refusait de s'impliquer sentimentalement dans cette relation.

Il avait déjà perdu trop de femmes qu'il avait aimées.

D'abord sa mère, puis Raeni. Ensuite, il était tombé amoureux de Tamlyn. Du moins, c'était à l'époque l'idée qu'il avait eue de l'amour. Et elle avait fini par raconter à tout le monde les pires horreurs sur lui.

Il avait assez souffert comme cela. Il n'était pas question qu'il reproduise les erreurs du passé.

De surcroît, Sadie et lui devaient garder les idées claires pour le bien de leur enfant. S'ils avaient une relation tumultueuse, ce bébé serait le premier à en souffrir.

Oui, Carrick était follement attiré par Sadie. Il ne comptait pas les priver du plaisir physique qu'ils savaient se donner l'un à l'autre. Mais, entre eux, cela ne pouvait pas aller plus loin. Engager ses sentiments représenterait un trop grand risque pour l'avenir.

— J'adore ta peau, murmura-t-il pour se concentrer sur son corps, et uniquement sur son corps.

— Et j'adore sentir tes mains sur ma peau.

Tout en disant ces mots de sa voix infiniment sexy, elle se mit à bouger contre son sexe déjà durci par le désir. Alors il la prit par la taille et la fit rouler pour se retrouver au-dessus d'elle.

Là, il la regarda un long moment. Son visage, ses seins, son ventre encore plat. Il passa la langue sur ses mamelons tout en la caressant entre les cuisses. Comme elle gémissait d'excitation, il se baissa pour mettre la bouche contre son sexe. Il sentait qu'elle était proche de la jouissance. Alors il se redressa, fixa les yeux sur les siens et il la pénétra pour aller avec elle jusqu'à l'extase.

8

Après avoir embrassé Beth, Sadie s'assit en face d'elle, à la table du joli bistro où elles s'étaient donné rendez-vous près du siège de Murphy International. Elle enleva ses gants et son manteau, et prit aussitôt la carte posée devant elle.

— Qu'allons-nous commander ? demanda-t-elle à Beth. Je meurs de faim.

Une fois de plus, ce matin, elle s'était mise en retard et elle n'avait pas eu le temps de prendre son petit déjeuner. Ou, plutôt, Carrick l'avait mise en retard...

Quand Beth lui avait envoyé un message pour lui proposer ce déjeuner, Sadie avait accepté avec enthousiasme.

Une soupe au poulet, décida-t-elle. Voilà qui était parfait pour combattre le froid.

Elle fit part de son choix à la serveuse et lui demanda un thé, puis elle se tourna de nouveau vers Beth. Elle savait qu'un jour ou l'autre elle serait bien obligée d'annoncer à son amie qu'elle était enceinte de Carrick, mais elle repoussait ce moment autant que possible.

Sadie était sincèrement attachée à elle, mais l'hostilité de Beth envers Carrick et envers la relation que Sadie entretenait avec lui risquait de devenir un problème entre elles. Beth allait devoir accepter ses choix.

Mais Sadie n'avait pas envie de penser à cela pour l'instant. Rien ne l'obligeait à parler à Beth dès aujourd'hui. D'autant qu'elles avaient plusieurs sujets professionnels à aborder.

— Est-ce que tu as pu prendre rendez-vous pour moi au Bethel Institute ? s'enquit Sadie en buvant une gorgée de thé.

— Oui, oui, répondit Beth en jetant un regard nerveux en direction de la porte.

Sadie la dévisagea avec étonnement. C'était rare que Beth soit distraite. Que lui arrivait-il ?

— Et sinon ? demanda Sadie. Tu as d'autres choses à me dire ?

— Je t'ai envoyé par mail un récapitulatif de nos affaires en cours.

Sur ces mots, Beth se leva et fit un signe de la main.

Sadie se retourna pour voir à qui s'adressait ce geste. Stupéfaite, elle vit Tamlyn qui venait vers elles.

— Beth ? questionna-t-elle avec méfiance. Tu peux me dire pourquoi Tamlyn vient déjeuner avec nous ?

— Il nous est souvent arrivé de sortir toutes les trois ensemble, non ? répliqua Beth d'un ton désinvolte.

Mais Sadie n'était pas dupe. Beth avait une idée derrière la tête.

— Ce que tu fais n'est pas correct, Beth.

Avant que Beth ait eu le temps de répondre, Tamlyn arriva à leur table, vêtue d'une petite robe noire en laine et de bottes à talons. Elle plaqua ses lèvres froides sur les deux joues de Sadie, puis s'assit en face d'elle, à côté de sa sœur.

Une fois installée, Tamlyn croisa les doigts sur la table et fixa Sadie comme si c'était une adolescente de quinze ans qui venait d'être surprise en train de faire l'école buissonnière.

— Bien, bien, bien, dit Tamlyn.

Sadie lança un regard noir à Beth avant de se tourner vers sa sœur.

— Tu as un problème, Tamlyn ?

Tamlyn fit tourner sur son annulaire le gros diamant qu'elle portait à la main gauche. Était-ce la bague de fiançailles que lui avait offerte Carrick ? Si oui, pourquoi la portait-elle toujours ?

— Beth m'a dit que Carrick et toi, vous sortiez ensemble, répondit Tamlyn avec de la fureur dans les yeux.

— Étant donné que nous sommes deux adultes consentants, je ne vois pas en quoi ça te regarde, lâcha calmement Sadie.

— Et puis-je me permettre de te faire remarquer à quel point ce comportement est peu professionnel de votre part à tous les deux ?

Sadie n'en croyait pas ses oreilles. Comment osait-elle ?

Du reste, ni le travail de Carrick ni le sien n'était affecté par ce qui se passait entre eux. Au contraire, elle s'investissait peut-être encore plus que d'habitude dans sa mission. Mais elle n'allait certainement pas se donner la peine d'expliquer cela à Tamlyn.

— Non, je ne te permets pas.

Tamlyn ne céda pas pour autant.

— Ne va pas croire que cela m'amuse de me mêler de vos affaires, Sadie. Je cherche juste à t'éviter de souffrir. Carrick n'est pas quelqu'un de bien. Tu le sais.

Non, justement, Sadie ne le savait pas. Elle était même désormais persuadée du contraire.

— Je ne préfère pas parler de Carrick avec toi, Tamlyn.

— Cela ne te dérangeait pas, avant. Et rappelle-toi tout ce que je t'ai dit. Rick était un mari épouvantable.

Sadie était de plus en plus exaspérée. Elle détestait entendre Tamlyn employer ce surnom. Elle détestait son sourire condescendant. Comment diable avait-elle pu croire à ses mensonges ?

Elle avait sans doute eu besoin d'entendre qu'elle n'était pas la seule à s'être fait avoir par un homme. Cela l'avait consolée de penser que Tamlyn s'était trompée sur Carrick comme elle s'était trompée sur Dennis.

Mais à présent elle connaissait la vérité. Carrick n'avait rien à voir avec Dennis. Elle n'avait plus besoin de preuve pour en être sûre, car elle le voyait avec son cœur. Elle...

Oui, peut-être qu'elle l'aimait.

Car, au fil du temps, elle avait découvert qui se cachait derrière cet homme distant et indépendant. Un être merveilleux, à la fois fort et généreux, qui faisait attention à elle comme aucun homme ne l'avait fait avant lui.

— Sadie, dit Beth d'une voix douce, nous essayons seulement de te protéger. Tu as fait de mauvais choix par le passé, et nous ne voudrions pas que tu recommences.

Sadie secoua la tête. Comme si elle avait besoin que quelqu'un lui rappelle ses propres erreurs de jugement !

Mais elle ne voulait plus se sentir coupable. Dennis s'était fait passer pour ce qu'il n'était pas. Était-ce sa faute ?

Il était peut-être temps pour elle d'avoir de nouveau confiance en elle.

Elle se cala au fond de son siège et regarda par la fenêtre du restaurant. Les yeux dans le vague, elle eut soudain la sensation d'être libérée d'un poids. Son cœur se mit alors à battre plus fort.

Ce qu'elle se sentait bien tout à coup !

Elle n'allait pas laisser les sœurs Sturgis lui gâcher ce moment. Elle en avait assez de les écouter. Elle observa Tamlyn, parfaitement maquillée et coiffée.

Cette femme était aussi ravissante que toxique.

Beth serait toujours loyale envers sa sœur. Sadie pouvait le comprendre, mais elle avait besoin de rompre ce cercle vicieux.

Maintenant.

Comme par enchantement, son téléphone portable sonna à cet instant. Cette interruption n'aurait pas pu mieux tomber. Elle le prit dans son sac à main et, dès qu'elle vit le nom de Carrick s'afficher sur l'écran, elle sentit son cœur bondir dans sa poitrine.

— Oui, Carrick, dit-elle en décrochant.

Elle remarqua aussitôt l'air renfrogné de Tamlyn.

— Tu es partie tôt ce matin, déclara-t-il de sa voix profonde. Pourquoi tu ne m'as pas réveillé ?

Elle ne put s'empêcher de sourire. Le seul fait de l'entendre, de savoir qu'il pensait à elle, la rendait heureuse. Et les regards qu'échangeaient Beth et Tamlyn n'y changeraient rien.

— J'avais des choses à finir avant de partir à l'aéroport.

— Rappelle-moi où tu vas et quand tu as prévu de rentrer ?

— Je vais faire des recherches au Virginia Museum of History and Culture. Je compte y rester deux jours.

Il laissa passer un silence avant de répondre.

— Tu vas me manquer, dit-il.

Elle frissonna de tout son être. Venant de lui, qui était si réservé d'habitude, ces quelques mots équivalaient à décrocher la lune.

Elle lui confia tout bas qu'il allait lui manquer aussi.

Il s'éclaircit la voix avant d'ajouter :

— Au fait, je crois que tu as oublié quelque chose dans la salle de bains.

— Je ne crois pas. J'ai bien pris ma trousse de toilette en partant.

— J'ai pourtant une boîte de vitamines prénatales dans la main.

— Oh ! non. Je pensais les avoir prises.

— Où es-tu ? demanda-t-il. Je peux te les apporter tout de suite si tu veux.

Il était si attentionné que cela lui fit chaud au cœur.

— Ce n'est pas la peine, j'en rachèterai facilement. En plus, ajouta-t-elle en regardant sa montre, je dois partir d'ici dix minutes si je ne veux pas rater mon avion.

— Ne te presse pas. Le stress est mauvais pour le bébé. Et pour toi.

— Je vais très bien, ne t'inquiète pas, assura-t-elle, de plus en plus émue.

— Évite de trop forcer, d'accord ? J'espère que tu pourras te reposer dans l'avion.

Elle ne lui fit pas remarquer qu'il n'y avait qu'une heure et demie de vol de Boston à Richmond.

— Je t'enverrai un message quand je serai arrivée, promit-elle.

— J'ai plusieurs réunions aujourd'hui, alors ne t'étonne pas si je mets du temps à te répondre, d'accord ?

— D'accord.

— Reviens vite, surtout.

Quand elle eut raccroché, Sadie ferma les yeux pour savourer le moment qu'elle venait de vivre. Voilà ce que cela faisait de tomber amoureuse. Il n'y avait rien de plus agréable et de plus merveilleux au monde. Car ce qui lui avait paru impossible devenait soudain envisageable. Être avec Carrick, élever son enfant avec lui, vivre tous les trois ensemble.

Si ce rêve devenait réalité...

— Tu es folle de lui, dit Tamlyn d'un ton accusateur.

Oui, elle était folle de lui.

— Mais qu'est-ce que tu as dans la tête à la fin ? lança Beth. Tout ce que nous t'avons dit sur lui ne t'a pas suffi ?

Si Beth se mettait à lui parler comme ça, Sadie ne voyait pas comment elles allaient pouvoir rester amies. Et, si Sadie n'avait plus confiance en Beth, il n'était pas question qu'elle continue à travailler pour elle et à avoir accès à toutes ses informations personnelles.

Sadie secoua la tête avec dépit.

— Beth, ton obstination à te mêler de mes affaires est en train de nuire à notre amitié et à notre relation de travail. Il faut que tu arrêtes. Tout de suite.

— Enfin, Sadie ! s'exclama Tamlyn. Tu ne comprends pas que nous essayons de t'aider ? Carrick est nocif. Jusqu'où devras-tu aller avant de voir la réalité en face ?

Beth lança à sa sœur un regard de panique. Manifestement, elle ne savait plus qui elle devait soutenir. Sadie ne comptait pas lui demander de choisir entre Tamlyn et elle, mais elle ne supportait plus d'entendre dire du mal de Carrick.

Néanmoins, elle ne voulait pas en dire trop sur sa relation avec lui. Tamlyn sauterait sûrement sur l'occasion pour répandre de nouvelles rumeurs.

— Carrick est quelqu'un que j'apprécie, dit-elle.

C'était un mensonge tellement énorme qu'elle crut que son nez allait s'allonger.

— Je crois sincèrement que c'est quelqu'un de bien, poursuivit-elle. Nous sommes amis. C'est tout ce qu'il y a entre nous.

Après tout, c'était vrai qu'ils étaient amis. Elle était amoureuse de lui, il n'était pas amoureux d'elle. Ils prenaient du bon temps ensemble, mais entre eux il n'y aurait sans doute jamais rien de plus que cela.

— Je crois aussi que ce que tu as dit sur lui n'était pas vrai, Tamlyn, ajouta-t-elle. En tout cas, je n'ai aucune envie de vous écouter toutes les deux me raconter les pires choses sur lui. C'est terminé.

— Mais...

D'un geste, Sadie empêcha Tamlyn de parler.

— Non, je t'ai assez entendue. Et je te préviens, si je m'aperçois que des bruits commencent à circuler sur Carrick et moi, je viendrai immédiatement te demander des comptes. Quant à toi, Beth, je préfère que ce soit clair. Je ne veux plus jamais t'entendre dénigrer Carrick. Tu m'as bien comprise ?

Beth acquiesça en silence.

— Tu veux bien me répondre à haute voix, s'il te plaît ?

— Oui, oui, c'est d'accord !

Sadie lui aurait bien fait remarquer qu'elle n'avait pas à lui parler sur ce ton, mais ce n'était pas le lieu et elle n'avait plus le temps de le faire. Elle se leva, prit son sac à main et saisit la poignée de sa petite valise.

— Beth, dit-elle, n'oublie pas de traiter les mails que je t'ai envoyés. Je voudrais aussi que tu appelles l'agence qui gère mon appartement à Paris pour les prévenir que je ne vais pas renouveler mon bail.

Elle remarqua le regard à la fois interrogateur et inquiet de Beth, mais ne prit pas la peine de réagir. Il faudrait du temps, beaucoup de temps, avant que Sadie ait de nouveau envie de se confier à elle.

— Et s'il te plaît, ajouta-t-elle, pense à rapporter à Finn Murphy les livres que je t'ai laissés l'autre jour. S'il n'est pas à son bureau quand tu y vas, tu peux les remettre à Cole, son assistant.

— D'accord.

Sur ce, Sadie sortit du restaurant en tirant sa valise à roulettes. Elle ne voulait plus entendre parler de Tamlyn. Quant à son amitié avec Beth, elle ignorait s'il en restait quelque chose après ce qui venait de se passer.

Elle ne regrettait rien. Elle espérait seulement qu'elle ne s'était pas trompée en décidant de suivre son intuition et de faire confiance à Carrick.

Assise en tailleur sur le lit de sa chambre d'hôtel à Richmond, Sadie regardait l'image épouvantable accrochée juste en face d'elle. Elle avait l'impression d'être une enfant gâtée, mais elle devait bien reconnaître que les heures qu'elle avait passées chez Carrick ces derniers temps lui avaient donné des goûts de luxe. Sa collection de tableaux était fascinante, et elle ne se lassait pas de se promener chez lui en admirant les murs.

Alors être ici, toute seule, dans cette chambre triste et mal décorée, représentait un dur retour à la réalité.

Elle adorait la maison de Carrick, ses grandes pièces, les moulures aux plafonds, les carreaux noirs et blancs sur le sol. Certes, la décoration était un peu stricte, mais quelques coups de pinceau, coussins et tissus colorés auraient suffi à y mettre de la vie.

Après la naissance du bébé, il faudrait placer à l'abri les objets fragiles, fixer des sécurités aux portes des placards et une barrière en haut de l'escalier…

Mais voilà qu'elle faisait des projets comme si elle allait elle-même emménager dans cette maison ! Comme si elle avait son mot à dire dans ce futur aménagement…

Non, Carrick n'allait pas la consulter. Et pour cause. D'ici là, leur relation aurait certainement pris fin. Elle serait la mère de son enfant, mais rien de plus.

Elle ne devait pas se bercer d'illusions. Si elle continuait à espérer et à rêver, elle risquait de tomber de très haut. Et cette chute, elle n'était pas sûre de pouvoir s'en relever.

Cependant, elle devait penser à l'avenir. Organiser sa nouvelle vie avec son bébé. Où allait-elle s'installer maintenant qu'elle avait rendu son appartement de Montparnasse ?

De toute façon, elle avait la ferme intention de rester à Boston. Il n'était pas question de s'éloigner de Carrick alors qu'il voulait jouer son rôle de père.

Vivre à Boston, oui, mais où ? Louer un appartement près de chez Carrick ou acheter une maison ? Mais les prix devaient être exorbitants dans son quartier.

Elle se pencha vers son ordinateur portable posé devant elle et fit une recherche sur un site d'annonces immobilières. C'était bien ce qu'elle pensait, songea-t-elle en grimaçant. Elle avait beau gagner très bien sa vie, les propriétés de Beacon Hill n'étaient pas dans ses prix.

Elle n'aurait sans doute pas d'autre choix que de louer. Ou alors, trouver une maison dans un coin moins luxueux de Boston. Mais un endroit où il y aurait de bonnes écoles.

À moins que Carrick exige que leur enfant fréquente les mêmes établissements privés que lui ? C'était un monde qu'elle ne connaissait pas. Elle avait fait toute sa scolarité dans le public et elle n'avait pas à s'en plaindre.

Il y avait tant de sujets sur lesquels ils allaient devoir se mettre d'accord... L'éducation, l'école, le partage de la garde.

Submergée par les questions et les doutes, elle s'effondra sur le lit, la tête au milieu des oreillers. Le jour de prendre des décisions allait arriver vite. Ils ne pourraient pas continuer éternellement à se cacher sous les draps en ignorant la réalité.

Quel dommage. Elle aurait volontiers passé sa vie dans les bras de Carrick, à ne penser à rien d'autre qu'à lui.

Elle entendit son téléphone vibrer et tendit la main pour le prendre sur la table de chevet. En regardant l'écran, elle sourit et sentit son cœur s'emballer. C'était un message de Carrick.

Où es-tu ? Que fais-tu ?

Dans ma chambre d'hôtel.

Elle hésita, se demandant si elle avait assez d'audace pour lui dire ce qu'elle ressentait.

Je regarde une peinture affreuse et tes...

Elle s'arrêta volontairement pour lui donner envie de lire la suite.

Oui ? Mes quoi ?

Elle éclata de rire.

Tes tableaux me manquent.

Elle attendit encore un peu et ajouta :

Et toi aussi.

J'aime mieux ça. Qu'est-ce que tu portes ?

Elle regarda son legging et son grand sweat-shirt. Il valait mieux mentir.

Rien.

Hum. Tu as commandé quelque chose à manger ?

La réponse de Carrick la fit grimacer. Elle avait espéré une remarque sexy, pas une question sur son alimentation.

J'attends le service d'étage d'une minute à l'autre.

Quelques secondes plus tard, alors qu'elle attendait sa réponse, elle entendit qu'on frappait à la porte de sa chambre. Elle se leva tout en tapant un nouveau message.

Sois rassuré, mon dîner vient d'arriver.

Elle ouvrit la porte sans quitter son écran des yeux. Puis elle leva la tête et crut que son cœur allait exploser. Carrick était là, devant elle, les sourcils froncés.

Poussant un cri, elle se jeta à son cou et serra les jambes autour de lui tandis qu'il la prenait dans ses bras.

— Tu es vraiment là ? dit-elle en dévorant son visage de baisers. Je n'en reviens pas. Mais pourquoi tu es venu ?

Il posa sa grande main sur la bouche de Sadie pour qu'elle cesse de l'embrasser et le laisse parler.

— Tu me manquais, et ça faisait longtemps que je n'avais pas utilisé mon avion.

— Tu as un avion ?

— Oui, j'ai un avion.

— Hassan a un Gulfstream. Et toi ?

— Je ne vais pas entrer dans un concours de jets privés avec ton prince arabe, Sadie.

Il la porta à l'intérieur de la chambre et referma la porte d'un coup de pied.

— Mais j'ai une ou deux questions à te poser, poursuivit-il.

— Ça peut attendre ? demanda-t-elle en lui caressant les cheveux.

— Non. Pourquoi tu as ouvert la porte sans aucune précaution, sans regarder qui avait frappé ? J'aurais pu être un tueur en série.

— Tu sens bon, murmura-t-elle en l'embrassant dans le cou.

— Deuxième question, dit-il en serrant les mains autour des fesses de Sadie, pourquoi m'as-tu menti ?

Elle se redressa et le dévisagea avec stupeur.

— Quoi ? Qu'est-ce que tu racontes ?

— Tu m'as écrit que tu étais toute nue. Je vois bien que c'était faux.

— Ah. Mais nous pouvons facilement y remédier.

— Excellente réponse.

Il l'allongea sur le lit et se retourna pour observer le mur d'en face.

— C'est vrai que cette peinture est affreuse, commenta-t-il.

Puis il posa de nouveau les yeux sur Sadie.

— Toi, par contre..., ajouta-t-il.

Puis il mit un genou sur le matelas et se pencha vers elle pour l'embrasser.

9

Carrick avait prévu de quitter le bureau plus tôt que d'habitude. C'était aujourd'hui que Sadie rentrait de Richmond, deux longs jours plus tard que prévu, et elle devait venir dîner chez lui. Marsha avait déjà organisé la livraison d'huîtres, de champagne et de bœuf Wellington par Geraint's, le traiteur de luxe que seuls quelques fous comme Carrick appelaient à la dernière minute pour déguster un dîner d'exception à domicile.

À la réflexion, le champagne n'était peut-être pas indispensable, puisque Sadie ne pourrait pas faire plus qu'y tremper les lèvres. Mais c'était sa façon à lui de célébrer une grande occasion, et Sadie était une grande occasion en elle-même.

Elle était encore plus que cela. Plus il pensait à elle, plus il se rendait compte que sa rencontre avec elle était la plus belle chose qui lui soit arrivée depuis...

Depuis sa naissance.

Il en avait encore plus conscience depuis qu'elle était partie en Virginie. Elle lui manquait tellement ! Il aurait volontiers repris l'avion pour retourner la voir, mais ses obligations l'avaient retenu à Boston. Du reste, ses associés n'auraient sans doute pas vu d'un très bon œil le fait qu'il utilise le jet privé de la société deux fois en une semaine pour des motifs personnels.

Peu importe, il aurait emprunté un vol régulier s'il avait pu.

C'était étrange. Il la connaissait depuis peu de temps, mais déjà il avait un besoin addictif de se réveiller avec elle dans son lit. Rien ne lui plaisait autant que de la serrer dans ses bras avant même d'avoir ouvert les yeux. Il aimait sentir son corps de rêve se réveiller sous ses doigts et frissonner sous ses caresses.

Il ferma son ordinateur portable et respira profondément. Quelque chose avait changé entre Sadie et lui. Il avait ressenti comme un déclic ces derniers jours et il avait besoin que ce sentiment soit défini, expliqué, mis à la lumière du jour. Ce n'était pas de l'amour, pas encore, mais cela commençait à y ressembler. À s'en approcher, du moins. Et il fallait qu'il sache si c'était réciproque ou non.

Tandis qu'il se levait, il regarda par la fenêtre et sourit. Les faibles rayons du soleil hivernal semblaient lutter pour percer les nuages bas. Ce ciel lui rappela *Tempête de neige* de John La Farge.

Sadie s'était vraiment mise à déteindre sur lui. Voilà qu'il voyait le monde en fonction des tableaux qu'il connaissait !

Il s'approcha de la vitre et se perdit dans ses pensées. Jamais aucune femme ne l'avait obsédé autant que Sadie. Dès le jour où elle était entrée dans son bureau avec sa robe colorée et ses discours passionnés sur l'art, elle l'avait envoûté. Il aimait son esprit, son regard et son sourire. Il aimait sa voix. Et les courbes parfaites de son corps le rendaient fou.

Il avait été fasciné par elle avant même de savoir qu'elle portait son enfant...

Avait-il tort de s'impliquer aussi fort et aussi vite dans cette relation ? Allait-elle le faire souffrir ?

Peu de gens le connaissaient assez bien pour savoir que sous sa carapace de grand patron se cachait un homme romantique, qui rêvait d'une grande histoire d'amour et d'une famille. Après son divorce avec Tamlyn, il avait pensé qu'il n'aurait plus jamais l'occasion de réaliser ce rêve, avant tout parce que cet échec lui avait fait renoncer à la vie de couple. Fort de cette résolution, il avait tout fait pour garder ses distances avec Sadie.

En vain.

L'envie de lui faire une place dans sa vie avait été trop forte. En quelques semaines seulement, elle avait comblé un vide et illuminé son quotidien.

Il savait qu'elle voyait clairement qui il était à présent. Elle n'était plus influencée par les histoires racontées par Tamlyn et Beth. Elle le connaissait. Il le discernait dans ses yeux, dans ses gestes, il le sentait dans ses caresses et dans sa façon de s'abandonner à lui.

Elle avait confiance en lui.

Cela avait pris un peu de temps, mais il était convaincu que Sadie, sans qu'il ait eu à lui donner d'explications, le voyait maintenant comme l'homme qu'il était.

Et cet homme était fou d'elle.

Il espérait tant qu'elle ressentait la même chose que lui...

Mais, que ce soit le cas ou non, il avait besoin de savoir. S'ils glissaient tous les deux vers quelque chose de plus fort, de plus profond, alors ils pourraient envisager d'élever leur enfant ensemble, sous le même toit. Peut-être même qu'ils pourraient se marier...

En revanche, s'il était le seul à avoir des sentiments, il préférait être au courant tout de suite pour s'empêcher d'aller plus loin. Il n'était pas question qu'il la supplie de l'aimer. Si elle ne ressentait rien, il se garderait bien de lui dire ce qu'il en était pour lui. Cela éviterait de compliquer les choses.

Comment pouvait-il aborder le sujet sans trop se livrer ? Là était la question, et une belle bouteille de champagne l'aiderait certainement à faire le premier pas.

Il se retourna en entendant frapper. Comme il avait laissé la porte de son bureau entrouverte, il vit Finn et lui fit signe d'entrer.

Son frère portait comme d'habitude un jean et une chemise noire dont il avait retroussé les manches, et comme d'habitude, ses cheveux châtains étaient hirsutes. Contrairement à Ronan et Carrick qui étaient en contact avec les clients et les partenaires commerciaux, Finn passait la plupart de son temps au sous-sol du bâtiment qui constituait à la fois son bureau, sa bibliothèque et son laboratoire. Son équipe de chercheurs travaillait dans un grand atelier au rez-de-chaussée, mais le sous-sol était le domaine réservé de Finn, et lorsqu'il était retiré dans sa tanière, tout le monde savait qu'il valait mieux éviter de le déranger, ou en tout cas le moins possible. Finn avait besoin de calme et de solitude pour être efficace, et comme il excellait dans l'art de l'expertise des œuvres, Ronan et Carrick s'adaptaient volontiers à sa singularité.

Quand il avait besoin d'air, leur petit frère montait dans les étages et venait les voir pour échanger quelques mots, le temps d'une pause. Carrick était toujours ravi de le voir arriver dans son bureau, mais aujourd'hui il espérait qu'il n'allait pas trop s'attarder.

Dès qu'il fut entré, Finn se dirigea vers le minibar et en sortit deux bouteilles d'eau fraîche. Il en lança une à Carrick qui l'attrapa au vol. Mais Carrick n'avait pas envie d'eau minérale. Il avait envie de Sadie et d'une flûte de champagne.

— Quoi de neuf ? demanda-t-il à Finn.

Son frère s'installa dans l'un des fauteuils en cuir et lui fit un compte rendu rapide de ses recherches sur la collection d'Isabel. C'était intéressant, mais cela aurait bien pu attendre demain.

— Nous sommes arrivés au dernier étage de la maison, expliqua Finn, là où vivait le personnel.

Carrick se retint de regarder sa montre.

— Vous n'avez pas encore fait l'inventaire du grenier, j'imagine ?

— Non, pas encore, répondit Finn, mais je ne pense pas y trouver d'œuvres de grande valeur. À mon avis, nous avons déjà les pièces principales de la collection.

— Mais tu vas quand même vérifier, n'est-ce pas ?

— Oui, évidemment.

Finn croisa les jambes et but une longue gorgée d'eau.

— Isabel était l'heureuse propriétaire d'un Manet, d'un Rothko et de nombreux Georgia O'Keeffe. Elle possédait aussi plusieurs négatifs d'Ansel Adams et un oiseau en jade de la dynastie Shang.

Carrick n'en était pas fier, mais il confondait toujours les différentes dynasties chinoises.

— Donc de quelle époque ? interrogea-t-il.

— D'après nos estimations, environ 1500 ans avant Jésus-Christ.

Carrick laissa échapper un sifflement admiratif. Même dans leur monde, c'était très ancien.

— Je t'ai envoyé une liste mise à jour des œuvres de la vente, dit Finn.

Carrick acquiesça et, cette fois, il regarda ostensiblement sa montre. Il espérait que cela allait faire réagir Finn, mais il n'en fut rien.

— Sinon, demanda Carrick, tu avais autre chose à me dire ? Je ne vais pas tarder à partir.

— Tu as prévu de voir Sadie ce soir ?

Finn avait l'air mal à l'aise tout à coup, et Carrick eut un mauvais pressentiment. Son frère était un homme très réservé, assez solitaire, qui détestait que les gens se mêlent de sa vie privée. Par conséquent, il se gardait lui-même de la moindre intrusion, même au sein de sa famille. Sa question ne pouvait donc pas être anodine.

— Oui, répondit Carrick.

Finn hocha la tête. Manifestement, c'était à contrecœur qu'il s'engageait dans cette conversation.

— Ah bon. Et où en sont ses recherches concernant la provenance du tableau ?

— Elle rentre de Richmond cet après-midi. J'espère qu'elle aura du nouveau.

Carrick s'appuya sur le dossier de son fauteuil de bureau et lança un regard franc à son frère.

— Finn, tu veux bien arrêter de tourner autour du pot et me poser la question qui te taraude, s'il te plaît ?

— Je me demandais comme vous comptiez vous y prendre,

Sadie et toi, pour élever un enfant ensemble en habitant sur deux continents différents.

Carrick le fixa avec perplexité.

— Je ne suis pas sûr de comprendre où tu veux en venir, répliqua-t-il. Avec Sadie, nous n'avons pas encore abordé le sujet dans les détails, mais il me semble que nous sommes d'accord pour élever cet enfant ensemble.

— À Boston ?

— C'est là que nous vivons, Finn.

— Mais Sadie va repartir à Paris.

Carrick se retint d'éclater de rire.

— Non, non, rectifia-t-il. Elle y habitait jusqu'à maintenant, mais elle revient s'installer à Boston.

Finn afficha un air inquiet.

— C'est ce qu'elle t'a dit, ou c'est ce que tu penses ?

Carrick sentit sa gorge se serrer. Non, Sadie ne lui avait pas précisément dit les choses comme cela.

— Finn, tu veux bien aller droit au but, s'il te plaît ?

— Écoute, j'ai l'impression d'être indiscret et je n'aime pas ça, mais c'est une conversation que j'ai entendue de mes propres oreilles. Je n'ai pas eu besoin d'écouter aux portes. Mais après tout, je devrais peut-être te laisser... Ça ne me regarde pas.

— Ça suffit, Finn ! Dis-moi ce que tu as à me dire maintenant.

— Bon. C'est Beth, la sœur de...

— Je sais qui est Beth.

Finn avait l'air de plus en plus embarrassé.

— Elle est venue me rapporter des livres que j'avais prêtés à Sadie. Au moment où elle allait s'en aller, son portable a sonné et elle a décroché. Elle était encore dans mon bureau, je n'ai pas pu faire autrement que d'entendre ce qu'elle disait. Elle devait penser que je ne la comprenais pas, puisqu'elle parlait dans une langue étrangère. Mais j'ai très bien compris.

Entre autres talents, Finn était doué pour les langues. Il en parlait au moins quatre couramment. C'était sans aucun doute l'intellectuel de la famille. Malheureusement, sa passion pour les livres n'avait d'égal que son goût pour les sensations fortes, et Carrick tremblait à chaque fois que son petit frère sautait en parachute ou se lançait sur une crête à VTT.

Mais ce n'était pas le sujet qui le préoccupait aujourd'hui. À vrai dire, plus il constatait la réticence de Finn à lui parler, plus il avait peur de ce qu'il allait apprendre.

Son frère s'était tu. Si Carrick ne l'incitait pas à continuer, il n'allait rien lui dire.

Ne serait-ce pas mieux ainsi ?

Non. Maintenant, il avait besoin de savoir.

— Tu vas cracher le morceau, oui ?

— Sadie va retourner en France. Je sais combien c'est important pour toi de faire partie de la vie de ton enfant, de jouer ton rôle de père. Comment vas-tu faire si Sadie l'emmène vivre à Paris ?

Carrick eut l'impression qu'on venait de lui donner un coup de poing dans le ventre. Il avait le souffle coupé.

Non, c'était impossible. Finn avait dû mal comprendre.

— Qu'est-ce qui peut bien te faire penser que Sadie va repartir ?

Finn le regarda avec compassion.

— Si elle n'en avait pas l'intention, répliqua-t-il, pourquoi renouvellerait-elle le bail de son appartement à Montparnasse ? Beth était au téléphone avec le propriétaire. Elle a demandé qu'on lui envoie un nouveau bail à signer.

Carrick dut se retenir pour ne pas saisir son fauteuil et le lancer à travers la pièce. Il regarda fixement son frère, en espérant qu'il allait retirer ce qu'il venait de dire, avouer qu'il avait voulu lui faire une plaisanterie. Mais, visiblement, Finn n'avait aucune envie de rire.

C'était donc vrai. Sadie avait l'intention de retourner en France à la fin de sa mission. Et, comme elle n'avait même pas abordé le sujet avec lui, il pouvait en conclure que son avis n'avait aucune importance pour elle.

Cette révélation lui fit plus mal qu'il n'aurait pu l'imaginer.

Ses sentiments pour elle étaient-ils plus forts qu'il l'avait cru ? Sans doute, sinon il n'aurait pas ressenti une telle souffrance.

En tout cas, il avait la réponse à sa question. Lui qui avait espéré découvrir ce soir si elle envisageait un avenir avec lui…

Une fois de plus, ses rêves de bonheur familial s'envolaient. C'était aussi douloureux qu'un coup de poignard.

Quand diable apprendrait-il de ses erreurs pour ne plus les reproduire ?

Le cœur battant, Sadie monta les marches du perron en sautillant. Elle avait hâte de sonner à la porte de Carrick, de le voir apparaître devant elle et de pouvoir se précipiter dans ses bras. Il lui avait tellement manqué !

Sa visite surprise à Richmond et les messages drôles et tendres qu'ils avaient échangés ces derniers jours lui donnaient de l'espoir. Elle sentait qu'ils avaient franchi un cap, qu'un lien fort était en train de naître entre eux. Plus elle apprenait à le connaître, plus elle se sentait proche de lui.

Oserait-elle le dire ? C'était comme s'ils étaient faits l'un pour l'autre.

Elle ne pouvait pas imaginer un homme plus merveilleux avec qui partager sa vie, ni un père plus formidable pour son enfant. Elle aimait sa façon d'être avec elle, mais aussi avec les autres. Sa famille, ses amis, ses employés.

Tout ce qu'elle découvrait sur lui au fil des jours lui plaisait. Elle était sur un nuage depuis qu'ils se voyaient régulièrement. Et surtout, quand elle voyait dans ses yeux ce mélange de désir, de tendresse et d'espoir, elle commençait à croire que les sentiments qu'elle avait pour lui étaient peut-être réciproques.

Était-ce possible ?

Ces signes n'étaient pas le fruit de son imagination. Il avait plus qu'une attirance physique pour elle.

Elle posa la main sur son ventre et ferma les yeux pour savourer les émotions qui l'envahissaient. Son bébé allait bien, elle était amoureuse, et l'homme qui la faisait rêver lui montrait de plus en plus d'attention. Il ne l'aimait pas encore, mais peut-être qu'un jour…

Bientôt...

Et dire que récemment encore, elle avait cru qu'elle ne pourrait plus jamais aimer et faire confiance. Elle avait renoncé à être heureuse en couple et s'était résignée à se vouer entièrement à son travail.

Comment aurait-elle pu se douter que sa rencontre avec Carrick allait tout changer ? Sa mauvaise expérience avec Dennis, aussi douloureuse qu'elle ait été, lui permettait au moins d'apprécier à sa juste valeur la chance qu'elle avait maintenant. Peut-être qu'elle avait eu besoin de connaître le pire pour célébrer le meilleur.

Elle avait l'impression de revivre. Carrick la faisait revivre. Avec lui, ses sens étaient en éveil, son corps vibrait comme jamais. Et, à ce sujet, elle espérait qu'il allait apprécier la lingerie fine qu'elle avait achetée à Richmond et qu'elle portait sous son jean et son pull en cachemire.

Elle sonna et sourit de bonheur à l'idée de le retrouver.

À peine avait-il ouvert la porte qu'elle se jeta à son cou et se hissa sur la pointe des pieds pour qu'il l'embrasse. Mais, au lieu de prendre possession de ses lèvres, il la saisit par la taille pour l'éloigner de lui.

Stupéfaite, elle le regarda et cessa aussitôt de sourire. Quelque chose n'allait pas, cela se voyait sur le visage de Carrick.

Elle sentit son sang se glacer dans ses veines. Elle avait soudain du mal à respirer. Son cœur se serra dans sa poitrine. Elle ne savait pas pourquoi, mais, de toute évidence, sa relation avec Carrick venait de prendre un virage à cent quatre-vingts degrés.

C'était fini. Elle l'avait compris sans qu'il prononce un seul mot.

Mais qu'avait-il bien pu se passer entre le texto qu'il lui avait envoyé à l'heure du déjeuner et ce soir ? Elle avait tant lu et relu son message qu'elle le connaissait par cœur :

Salut, trésor. J'ai plusieurs réunions cet après-midi et je ne serai pas joignable. Mais je pense à toi et j'ai hâte de te voir ce soir. Dors bien dans l'avion. Tu en auras besoin car je compte te tenir éveillée une bonne partie de la nuit.

Elle esquissa un sourire timide en espérant avoir mal lu l'expression de son visage. Forcément, elle s'était trompée. Il n'y avait pas d'autre explication possible.

— Salut, murmura-t-elle.

— Bonsoir, Sadie.

Comme il mettait les mains dans les poches de son pantalon, elle se rendit compte qu'il était toujours en costume et que sa cravate était impeccablement nouée, comme pour un rendez-vous professionnel.

Ce Carrick-là, c'était le grand patron intraitable. Pas son amant passionné.

— Tout va bien ? demanda-t-elle.

Elle savait que la réponse était non, mais elle aimait mieux lui poser cette question plutôt que de céder à son impulsion et de se jeter à ses pieds en le suppliant de lui dire ce qu'elle avait fait de mal.

Parce qu'elle savait qu'elle n'avait rien fait de mal. Elle n'avait simplement pas eu le temps.

— Non.

— Tu peux m'en dire un peu plus ? s'enquit-elle d'une voix faible.

Il mit du temps à répondre.

— Je crois que nous commettons une énorme erreur en continuant à coucher ensemble, dit-il enfin. Nous n'allons pas former une famille unie et heureuse. Nous n'allons pas vivre ensemble et élever notre enfant ensemble.

Elle manqua de défaillir et fit un pas en arrière pour garder l'équilibre. Carrick affichait un visage sans expression, mais son regard lançait des éclairs. Elle voyait à sa posture qu'il luttait pour contenir la rage qui bouillait en lui.

Cette vision la poussa à reculer encore un peu pour fuir sa colère. Les souvenirs des colères d'un autre homme venaient de refaire surface, et cela suffit à la faire frémir de tous ses membres.

C'était absurde. Carrick n'était pas Dennis et, même furieux, il ne s'en prendrait jamais à elle. Elle n'avait rien à craindre.

— Bon sang, dit-il d'une voix sourde, tu me crois capable de te faire du mal ?

Évidemment, il avait lu son langage corporel comme elle avait lu le sien.

— Non...

— Je ne suis pas ton ex !

Sa voix résonna dans toute la maison. Avec un geste d'impuissance, Sadie respira profondément en cherchant les bons mots.

— Je le sais bien...

— Tu n'as pas du tout changé d'avis sur moi, je me trompe ?

En réponse à son accusation, elle se redressa et fit un pas vers lui, pour lui montrer qu'elle n'avait pas peur de lui. Elle savait que pour rien au monde il ne lèverait la main sur elle.

Non, il ne lui ferait jamais de mal physiquement. Mais, émotionnellement, il était en train de lui faire vivre un supplice.

— Carrick, je...

— Tu continues à me juger à travers ce que mon ex-femme t'a dit de moi ! Mais alors pourquoi tu couches avec moi ? Qu'est-ce que tu as derrière la tête ?

Ses mots étaient comme des balles qui transperçaient le cœur de Sadie. Comment quelque chose d'aussi beau avait pu devenir si laid en si peu de temps ? Que s'était-il passé cet après-midi ?

— Je n'ai rien derrière la tête ! riposta-t-elle. Je couche avec toi parce que je suis dingue de toi. Je n'arrête pas de penser à toi. Oui, Carrick, je crois bien que je suis tombée amoureuse de toi !

C'était une façon étrange de lui faire sa déclaration. Elle aurait voulu lui dire qu'elle l'aimait dans un moment de tendresse et de romantisme, et au lieu de cela elle l'avait fait en criant, au milieu de leur première dispute.

— Comment oses-tu me dire ça alors que je sais que tu n'as aucune intention de rester à Boston ? Que tu comptes emmener mon enfant loin de moi ? Je ne te laisserai pas faire ça, Sadie. J'ai déjà perdu trop de gens au cours de ma vie. Tu ne m'enlèveras pas mon bébé.

— Mais enfin, Carrick, qu'est-ce que tu racontes ?

Cette fois, elle ne comprenait vraiment plus rien. Ce qu'il disait n'avait aucun sens.

— Tu vas repartir à Paris, dit-il avec un regard accusateur. Tu veux renouveler le bail de ton appartement.

— Qu'est-ce qui peut bien te faire penser une chose pareille ?

Carrick ôta les mains de ses poches et les fit claquer contre son torse. En voyant combien il était désemparé, elle eut envie de le prendre dans ses bras pour le réconforter, pour soulager sa douleur. Mais elle aussi, elle avait mal, et elle devait avant tout se protéger.

— Beth a rapporté des livres à Finn et il l'a entendue parler au téléphone à ton propriétaire. Elle lui demandait d'envoyer une prolongation de bail à signer. Pourquoi garderais-tu ton appartement à Paris si tu avais prévu de rester à Boston ? Et pourquoi avoir joué comme ça avec moi ? Tu te venges sur moi à cause de ce que ton ex t'a fait subir ? Ou bien tu crois toujours Tamlyn et tu cherches à la venger ? Vous vous êtes mises d'accord pour me punir, c'est ça ?

Là, il allait vraiment loin. Si son mariage avec Tamlyn l'avait traumatisé au point de lui faire imaginer de tels scénarios, c'est qu'il avait peut-être souffert encore plus que Sadie.

— Je n'ai pas l'intention de retourner vivre à Paris. Je ne joue pas avec toi. Je ne crois pas Tamlyn. S'il te plaît, crois-*moi*.

Tant pis si elle en arrivait à le supplier. Il fallait qu'elle trouve un moyen de faire tomber le mur qu'il avait dressé entre eux. Elle ne pouvait pas le laisser détruire leur histoire en quelques mots.

Mais, en voyant que ses yeux brillaient toujours de colère, elle comprit qu'elle avait perdu. Carrick avait trouvé un prétexte pour lui faire des reproches et, comme il était terrifié à l'idée de souffrir de nouveau, il s'en servait pour se séparer d'elle. Au premier obstacle, il avait décidé de renoncer. Il préférait croire le pire sur elle plutôt que d'écouter ce qu'elle avait à dire pour sa défense.

Elle n'était pas sûre de pouvoir vaincre sa méfiance. Elle n'était même pas sûre d'avoir envie de se battre. Elle avait vécu avec un homme auprès de qui l'existence avait été une lutte de chaque instant. Un homme pour qui la confiance était un concept sans aucune valeur avec lequel on pouvait jouer.

Sadie ne voulait plus de cette vie-là. Elle aimait mieux partir tout de suite.

Elle se pencha pour ramasser son sac à main qu'elle avait laissé tomber par terre. Après l'avoir mis sur son épaule, elle baissa les yeux et chercha ses mots. Elle aurait pu s'en aller sans rien dire, mais elle avait déjà fait cela avec Dennis, quand elle avait eu trop peur pour se défendre. Cette fois, elle refusait de se laisser impressionner et de garder le silence. Elle avait des choses à dire.

— Je peux parler ? demanda-t-elle.

Il acquiesça.

— Sans être interrompue ? ajouta-t-elle.

Il accepta d'un nouveau signe de tête.

— Merci.

Elle devait rester calme. Puisqu'il n'en était pas capable, il fallait au moins que l'un d'eux maîtrise ses nerfs. En outre, son expérience lui avait appris qu'on ne se faisait pas mieux entendre en criant, bien au contraire.

Elle se cramponna à l'anse de son sac et se lança.

— Tu ne manques pas de toupet, Carrick Murphy. Tu voulais que je me fasse mon propre avis sur toi, sans que tu aies à me donner la moindre explication sur tes problèmes avec ton ex-femme. Et justement, tu vois, c'est pour ça que je suis avec toi. Parce que j'ai décidé de te faire confiance. Ou plutôt, parce que j'avais décidé de te faire confiance. Malgré tout ce qu'on m'avait raconté sur toi, je voulais croire que tu allais bien te comporter avec moi, parce que tu ne m'avais donné aucune raison de penser l'inverse. Mais toi, tu refuses d'avoir confiance en moi. Je t'ai dit que nous allions élever notre enfant ensemble et, même si nous n'avons pas encore pris le temps d'en parler en profondeur, je pensais que c'était un accord tacite entre nous.

Elle repensa aux recherches qu'elle avait faites sur les sites d'annonces immobilières, aux mails qu'elle avait envoyés à plusieurs agences deux jours plus tôt.

— Juste avant de sonner chez toi, j'étais encore en train de réfléchir à la façon dont j'allais réorganiser ma vie pour que tu puisses en faire partie et être présent auprès de ton bébé. J'aurais très bien pu te dire que j'étais enceinte de toi, que j'allais rester vivre à Paris et que tu pourrais toujours prendre l'avion quand tu aurais envie de voir ton enfant. Je n'ai pas fait ça. J'avais prévu de revenir m'installer à Boston pour que notre enfant puisse grandir au milieu de ses deux parents.

Cette tirade était de plus en plus difficile à prononcer, pour elle qui n'avait pas l'habitude de dire ce qu'elle avait sur le cœur. Mais elle tenait à aller jusqu'au bout, même si la partie la plus dure restait à venir.

— Si je voulais vivre à Boston, poursuivit-elle, c'est aussi parce que je ne pouvais plus imaginer vivre à des milliers de kilomètres de toi. Secrètement, j'espérais que cette attirance entre nous se transformerait peu à peu en amour, et que nous pourrions être ensemble pour la vie.

Carrick ouvrit la bouche pour parler, mais elle l'en empêcha. Il avait dit ce qu'il avait à dire, c'était au tour de Sadie maintenant.

— Je n'ai pas terminé, souligna-t-elle. Tu avais envie de douter de moi, Carrick, et tu as sauté sur la première occasion pour te convaincre que je n'étais pas digne de confiance. Je ne peux pas vivre comme ça. Une fois m'a suffi. J'étais à la merci d'un homme que je suppliais constamment de me croire, de croire en notre couple, mais il n'a fait que jouer avec moi. Et voilà que toi, tu m'accuses d'avoir joué avec toi. Je t'assure que ça fait mal. Alors c'est bon, j'en ai assez entendu. Au revoir.

Sur ces mots, elle tourna les talons et marcha jusqu'à la porte, le cœur battant.

Elle s'interdisait de trébucher ou de se mettre à pleurer. Elle voulait sortir de la maison et de la vie de Carrick la tête haute. Elle avait versé suffisamment de larmes pour des hommes qui n'en valaient pas la peine. Cette fois, c'était terminé.

Une fois sur le trottoir, elle entendit la lourde porte se refermer derrière elle. Le froid lui piquait les yeux et lui irritait la gorge. Du moins elle aurait voulu le croire. Mais ce n'était pas cela. Bientôt, de grosses larmes roulèrent sur ses joues.

Oui, c'était pour Carrick qu'elle pleurait, et elle risquait de pleurer pour lui pendant longtemps encore. Elle pleurait parce que c'était l'homme de ses rêves et qu'elle l'avait perdu. Pas parce qu'il s'était montré cruel et manipulateur, mais parce qu'il avait eu peur de lui faire confiance.

Leur histoire n'aurait pas pu connaître une fin plus triste que celle-ci.

10

— Sadie, je ne m'attendais pas à ta visite.

Même à travers l'Interphone, Sadie perçut le ton contrarié de la voix de Beth. Cela n'avait rien d'étonnant. Elle savait que son amie n'aimait pas qu'on passe chez elle à l'improviste.

Mais tant pis. Après le désordre que Beth avait mis dans sa vie, Sadie n'allait pas attendre qu'elle veuille bien lui donner un rendez-vous pour tirer les choses au clair avec elle.

Sadie se passa la main dans les cheveux. Elle s'était fait une queue-de-cheval pour se donner un air plus strict, et elle avait mis un maquillage léger, juste de quoi faire oublier sa nuit sans sommeil.

Depuis hier, elle était rongée par la tristesse et la colère. Elle avait une peine immense, mais elle se sentait aussi furieuse. Contre Beth, contre Carrick, contre la vie.

Beth et Carrick, deux personnes sur qui elle aurait dû pouvoir compter, l'avaient laissée tomber. Elle ne s'était jamais sentie aussi abandonnée, aussi perdue. Cesserait-elle enfin un jour de vivre dans une telle solitude ? Finirait-elle par trouver quelqu'un sur qui elle pourrait se reposer, avec qui elle pourrait tout partager ?

Pour l'instant, c'était impossible à imaginer. Le seul avec qui elle pouvait envisager l'avenir, c'était Carrick.

Mais elle allait devoir faire le deuil de ce rêve.

La famille de Sadie lui avait tourné le dos en décidant de croire Dennis plutôt qu'elle. Beth s'était obstinée à s'immiscer dans sa vie. Quant à Carrick, il était incapable de lui faire confiance.

Elle n'avait donc plus que Hassan. Pourquoi n'avait-elle pas écouté ses conseils avisés au lieu de foncer droit dans le mur ?

— Sadie, il est tôt. Je ne suis pas encore habillée.

Mauvaise excuse.

— Je t'ai déjà vue en pyjama, je te rappelle. Allez, ouvre-moi.

— Qu'est-ce que tu veux ? lança Beth. Pourquoi tu es là ?

— Parce que j'ai deux mots à te dire à propos de ce que tu as fait avec Finn Murphy. Tu t'es arrangée pour lui donner l'impression que j'allais retourner vivre à Paris. Tu savais qu'il allait le dire à Carrick. Tu t'es interposée entre lui et moi. Ouvre-moi la porte, Beth.

— Donne-moi dix minutes, marmonna Beth après un silence. J'arrive.

— Je t'accorde cinq minutes et, si tu ne me laisses pas entrer, je garderai le doigt appuyé sur la sonnette jusqu'à ce que tu le fasses.

Beth ne répondit pas. Ce qu'elle avait sans doute oublié, c'était qu'elle avait donné une clé de chez elle à Sadie, il y a longtemps. Sadie l'avait dans son sac et elle n'hésiterait pas à s'en servir en cas de besoin.

Néanmoins, elle voulait bien attendre cinq minutes. Et, puisqu'elle avait un peu de temps devant elle, elle allait le mettre à profit. Elle prit son téléphone portable et chercha parmi ses contacts celui qu'elle ignorait depuis des années. Elle était d'humeur à mettre de l'ordre dans sa vie et, de toute façon, elle n'avait plus rien à perdre.

Elle opta pour un appel en visio et, au bout de quelques instants, elle vit le visage de sa mère apparaître sur son écran.

— Sadie, ça va ? demanda-t-elle d'une voix hésitante. Il t'est arrivé quelque chose ?

Elle paraissait anxieuse, presque paniquée.

— Non, maman, ça va, répondit froidement Sadie. Papa est là ?

Elle vit alors son père apparaître à côté de sa mère. Lui aussi avait l'air inquiet.

— Salut, ma citrouille, dit-il comme si les cinq dernières années n'avaient pas existé.

Mais il avait perdu le droit de l'appeler par ce surnom de son enfance le jour où il avait choisi de soutenir Dennis contre elle.

— J'appelais juste pour vous dire que j'étais vraiment furieuse contre vous deux. Vous n'imaginez pas le mal que vous m'avez fait.

Ils restèrent tous les deux bouche bée. De toute évidence, ils n'avaient pas prévu de commencer ce vendredi par une mise au point de leur fille qu'ils n'avaient pas vue depuis des siècles.

Elle non plus ne l'avait pas prévu. Mais la vie était comme cela, surprenante.

— Quand mon mariage a mal tourné, dit-elle, j'ai eu besoin de vous. J'avais besoin que vous me croyiez quand je vous disais que Dennis me maltraitait. J'avais besoin de votre amour et de votre soutien. Mais vous avez préféré prendre son parti à lui. Vous avez eu plus confiance en un homme que vous connaissiez à peine qu'en votre propre fille.

— Les choses dont tu l'accusais étaient... difficiles à croire.

La remarque de sa mère mit Sadie encore plus en colère.

— Maman, je n'ai jamais été une menteuse. Et c'est le rôle des parents d'être auprès de leurs enfants quand ils traversent une épreuve. Si un jour ma fille vient me voir pour me confier que son mari fait de sa vie un enfer, il aura affaire à moi. Mon enfant doit pouvoir compter sur moi, quoi qu'il arrive. Moi, je n'ai pas pu compter sur vous. Et je ne peux toujours pas.

Ils la regardaient tous les deux avec stupeur, les lèvres entrouvertes et les yeux écarquillés. Elle ignorait si ce face-à-face allait changer quelque chose entre eux et elle, mais de toute façon c'était nécessaire pour elle de dire ce qu'elle avait sur le cœur.

Car, si elle n'était pas capable de plaider sa propre cause, comment savoir si elle saurait défendre son enfant le jour où il en aurait besoin ?

— Attends…, murmura sa mère. Es-tu en train de nous annoncer que tu es enceinte ?

— Oui, je suis enceinte.

Sa mère tapa dans les mains, et le regard de son père s'illumina.

— C'est merveilleux ! s'exclama sa mère. Notre premier petit-enfant. Oh ! ma chérie, si tu savais comme je suis heureuse !

Sadie observa leur image sur l'écran avec circonspection.

— Vous n'avez rien écouté de ce que je viens de vous dire ? demanda-t-elle sèchement.

— C'est du passé, tout ça, répondit sa mère avec un geste de la main. Nous commençons un nouveau chapitre maintenant.

Ah bon ? Parce qu'elle pensait que Sadie allait pouvoir tourner la page comme ça, en un claquement de doigts ?

— Non, il n'est pas question que je vous fasse de nouveau une place dans ma vie tant que je n'aurai pas entendu vos excuses. Je ne pourrai pas faire comme si vous ne m'aviez jamais laissée tomber, comme si vous ne m'aviez pas fait de mal. Si je ne vous avais pas appelés, auriez-vous essayé de me joindre ?

Elle n'avait même pas besoin d'entendre leur réponse. Elle connaissait la vérité.

— Bon, dit-elle, je vais raccrocher. Cette conversation ne mène nulle part. J'aurais dû m'en douter. Je ne sais pas vraiment ce que j'en attendais, à vrai dire.

— Attends ! s'écria son père en approchant son visage de l'écran. Ne pars pas comme ça, Sadie. Que pouvons-nous faire pour arranger les choses ?

Sadie haussa les épaules.

— Je ne sais pas, papa. Je ne suis pas sûre que ce soit possible.

— Je veux essayer. Tu me manques.

— Tu as le droit de me téléphoner, tu sais.

Malgré toute sa colère et toute sa peine, elle n'avait pas envie de leur tourner le dos. C'étaient ses parents. Son enfant avait le droit de connaître les seuls grands-parents qu'il aurait jamais.

— Je traverse une période difficile en ce moment, ajouta-t-elle après un silence. Si vous voulez, vous pouvez m'appeler dans deux semaines et nous verrons si nous pouvons nous voir. Je ne vous promets rien, mais... peut-être.

— Nous t'appellerons.

Peut-être qu'ils le feraient, peut-être pas. La balle était dans leur camp à présent. Elle leur dit au revoir et raccrocha. Une autre conversation cruciale l'attendait.

Elle était sur le point de sonner à nouveau quand Beth ouvrit la porte. Elle avait le visage marqué par l'anxiété.

— Sadie, dit-elle aussitôt, je t'assure que ce n'est pas ce que tu crois. Je ne pensais pas que Finn comprenait ce que je disais. C'est l'agence parisienne qui gère ton appartement qui m'a rappelée pendant que j'étais dans son bureau, ce n'était pas volontaire de ma part. Crois-moi, c'était une pure coïncidence.

— Mais je t'avais demandé de faire résilier le bail, pas de le renouveler.

— Je sais, et c'est ce que je comptais faire, mais...

La voix de Beth faiblit. Elle paraissait de plus en plus désemparée. Alors que Sadie se demandait si elle devait la croire, elle vit les yeux de son amie s'emplir de larmes.

En dépit de leurs désaccords, cela ne faisait pas plaisir à Sadie de la voir dans cet état, loin de là.

Certes, Beth était à l'origine de sa rupture avec Carrick, et Sadie lui en voulait pour cela. Mais elle était assez lucide pour se rendre compte que si Carrick avait cherché un prétexte pour la repousser, il en aurait trouvé un autre que cette fausse information rapportée par Finn.

Sa rancœur envers Beth s'estompa.

— Explique-moi, dit Sadie pour l'encourager à parler.

— Je voulais que tu aies une solution de repli, au cas où les choses ne se passeraient pas bien pour toi ici. Je sais à quel point tu aimes Paris et ton petit appartement. C'est là que tu t'es réfugiée après l'épreuve de ton divorce. Cette ville te fait du bien. Là-bas, tu vis au milieu des chefs-d'œuvre, tu aimes l'architecture, l'atmosphère et les gens. J'ai juste demandé à l'agence un renouvellement de six mois, le temps de m'assurer que tu ne regrettais pas ta décision.

— Je me serais aperçue que le montant du loyer était toujours prélevé sur mon compte, fit observer Sadie, non sans agacement.

— J'avais l'intention de le payer moi-même. Tu n'aurais rien su.

Sadie la regarda avec stupeur.

— Voyons, Beth, tu n'as pas les moyens de payer le loyer d'un appartement que tu n'occupes pas !

— J'ai des économies, figure-toi.

Sadie se passa la main sur le visage. Comment en vouloir à Beth ? Son amie avait été prête à sacrifier ses économies pour s'assurer qu'elle ait un point de chute au cas où les choses dégénéreraient avec Carrick. Si Finn n'avait pas entendu cette conversation téléphonique, Sadie n'aurait peut-être jamais été au courant de sa générosité.

— Sadie, murmura Beth, j'espère sincèrement que tu seras heureuse avec Carrick. Il se pourrait que Tamlyn ait un peu exagéré en le dénigrant à ce point. Mais c'est ma sœur, ajouta-t-elle, les lèvres tremblantes.

Sadie ne pouvait pas en vouloir à Beth d'avoir cru et soutenu sa sœur. Elle aurait tant voulu que sa famille fasse preuve de la même loyauté envers elle, quelques années plus tôt...

Elle prit la main de son amie et soupira.

— Beth... Je ne sais pas quoi te dire. Je suis triste parce que ton initiative a provoqué une dispute entre Carrick et moi, mais en même temps je dois reconnaître qu'elle serait forcément arrivée tôt ou tard.

Sadie respira profondément l'air froid du matin.

— Nous ne sommes plus ensemble, Carrick et moi, confia-t-elle. Mais je ne vais pas retourner à Paris pour autant. Je me sens de nouveau chez moi à Boston. Avec ou sans Carrick, je resterai ici.

— Tu ne m'en veux pas trop ? demanda Beth en essuyant ses larmes.

— Un peu, répondit Sadie en se forçant à sourire, mais ça passera. Écoute, j'ai quelque chose à te dire, mais je compte sur toi pour n'en parler à personne. Surtout pas à Tamlyn. Je suis enceinte. Carrick est le père, c'est pour cela que je vais rester à Boston. Il n'est pas question que je le sépare de son enfant, d'autant que je sais qu'il sera un bon père. C'est un homme formidable.

Beth la regarda avec étonnement.

— Tu le crois vraiment ?

— Je ne le crois pas, Beth, je le sais, répondit Sadie.

En disant ces mots, elle eut l'impression que son cœur se déchirait.

— Alors je pense qu'il est temps que je me fasse mon propre avis sur ton homme, dit Beth en serrant la main de Sadie dans la sienne.

— Malheureusement, ce n'est plus mon homme.

— Mais si, voyons, ma chérie.

Beth prit Sadie dans ses bras et la serra affectueusement contre elle.

— Tu me pardonnes ? demanda-t-elle avec un regard désolé.

Sadie avait la gorge trop nouée pour parler. Elle se contenta d'un hochement de tête. Alors Beth l'attira au chaud, à l'intérieur de chez elle, et referma la porte d'entrée.

— Ça veut dire que je ne suis pas renvoyée ? s'enquit Beth d'une petite voix.

Sadie esquissa un sourire.

— Pas aujourd'hui, en tout cas, déclara-t-elle.

Je n'ai rien derrière la tête ! Je couche avec toi parce que je suis dingue de toi. Je n'arrête pas de penser à toi. Oui, Carrick, je crois bien que je suis tombée amoureuse de toi !

Incapable de travailler, Carrick pivota sur son fauteuil de bureau. Comment se concentrer alors que les mots de Sadie résonnaient encore et encore dans son esprit ?

Il avait un mal de crâne épouvantable à cause de la bouteille de whisky qu'il avait presque vidée hier soir. Il avait espéré y trouver du réconfort. Au lieu de cela, il avait toujours le cœur brisé, et depuis ce matin c'était comme si quelqu'un lui serrait la tête dans un étau.

Amoureuse de toi. J'ai décidé de te faire confiance. Mais toi, tu refuses d'avoir confiance en moi.

Il posa les coudes sur ses genoux et regarda fixement le sol. Comme il voyait un trombone sur le tapis, il le ramassa et entreprit de tendre le fil de fer.

Il avait refusé de s'expliquer. Il lui avait enjoint de se fier à lui sans qu'il ait besoin de se défendre ou de se justifier face aux accusations de Tamlyn. Il avait cru avoir obtenu ce qu'il attendait d'elle. Une confiance aveugle.

Il s'était trompé.

À moins que...

À moins qu'elle lui ait dit la vérité ? N'avait-elle vraiment aucune intention de retourner à Paris ? Pourquoi avait-il réagi aussi violemment sans même chercher à comprendre ?

Avant toute chose, il devait savoir si, oui ou non, Sadie prévoyait de repartir en France. De s'en aller loin de lui. Il allait appeler Beth pour éclaircir tout cela.

Avait-il encore le numéro de téléphone de sa belle-sœur ?

Il prit son téléphone et commença à chercher dans ses contacts. Un simple appel et il serait fixé.

À l'instant où cette pensée lui vint à l'esprit, il se figea. S'il appelait Beth, cela voulait dire qu'il passerait par un intermédiaire au lieu de se fier aux propos de Sadie. La parole de Beth avait-elle donc plus de valeur que celle de Sadie ?

S'il voulait donner une chance à leur histoire, il devait s'adresser à elle directement. Pas à une tierce personne. Appeler Beth, c'était la solution de facilité. Cela ne résolvait en rien la question de la confiance entre Sadie et lui.

Avait-il confiance en elle ?

Il lui avait demandé de le juger en fonction de ce qu'elle voyait et pas selon les histoires qu'elle avait entendues sur lui. Et lui ? N'était-il pas temps qu'il fasse la même chose avec elle ? Qu'il songe enfin à ce qu'il connaissait d'elle et qu'il en tire les conclusions qui s'imposaient ?

Il reposa son téléphone et se remémora ces dernières semaines en détaillant chacun des moments passés avec elle. Sadie ne lui avait jamais menti. Pas une seule fois. Elle avait travaillé dur, rendu plusieurs rapports concernant l'enquête qu'elle menait, sans jamais tenter de faire entrer leur relation personnelle dans leur vie professionnelle. Elle ne lui avait pas caché sa grossesse. Elle lui avait demandé quel rôle il voulait jouer dans la vie de leur enfant. À aucun moment elle n'avait semblé vouloir éloigner son bébé de lui, bien au contraire.

Son comportement n'avait pas été celui d'une femme qui prévoyait de retourner s'installer à Paris.

Et comment ignorer l'intensité de ses regards, de ses gestes, de ce qu'elle lui donnait quand ils faisaient l'amour ensemble ? Cela ne faisait pas de doute. Malgré l'échec de son premier mariage et les souffrances qu'elle avait connues, elle avait été prête à offrir une chance à Carrick.

Elle avait eu suffisamment confiance en lui pour croire qu'il ne lui ferait pas de mal.

Pourtant, il lui avait fait du mal. Il l'avait vu sans ses yeux et sur les traits de son visage. Il lui avait fait du mal, et cette pensée le rendait fou de rage contre lui-même. Un autre homme s'était déjà mal comporté avec elle, et comme si cela ne suffisait pas, elle avait dû affronter cette épreuve toute seule. Tous ses proches lui avaient tourné le dos. Mais, malgré cela, elle avait accepté d'ouvrir son cœur à Carrick.

Elle avait dû trouver du courage au fond d'elle pour le faire. Et voilà comment il l'avait remerciée ! En la repoussant au premier incident.

Il avait tellement honte de lui...

Comme on frappait à sa porte, il se tourna et vit Ronan qui le regardait avec un air anxieux.

— Que se passe-t-il ? lança Carrick d'un ton brusque.

— Marsha a annulé tes rendez-vous et cessé de te transmettre tes appels. Elle s'inquiète parce que la dernière fois que tu lui as demandé de faire ça, c'était après l'accident de Tanna.

C'était l'inconvénient d'avoir la même assistante depuis si longtemps. Il avait parfois l'impression qu'elle le connaissait mieux qu'il se connaissait lui-même. Et son frère tombait au plus mauvais moment.

— Et tu ne t'es pas dit que j'avais peut-être besoin d'un peu solitude ? rétorqua-t-il en adressant un regard noir à Ronan.

Son frère entra et referma la porte derrière lui.

— Ce que tu veux et ce dont tu as besoin sont deux choses différentes.

Ce dont Carrick avait besoin, c'était de trouver Sadie et pas d'écouter le sermon de son frère. Il avait besoin de régler cela avec elle. Et, oui, cela impliquerait sûrement pour lui de se mettre à genoux devant elle. Il était prêt à faire tout son possible pour se racheter.

— Je sais ce dont j'ai besoin, Ronan.

— Non, Carrick, tu *crois* le savoir. Nuance. Tu crois que tu veux être seul, que c'est le meilleur moyen de ne pas souffrir et de contrôler ta vie. Désolé de te le dire, mais tu ne pourras jamais tout contrôler. Oui, les gens auxquels tu tiens peuvent partir. Ils peuvent mourir. Ils peuvent aussi commettre des erreurs.

Carrick regarda son frère avec intérêt. Pour Ronan, prononcer ces quelques mots, c'était se livrer comme jamais. Carrick en était conscient, et cela lui donna envie d'écouter la suite. Il fit signe à son frère d'aller au bout de son idée.

— Sadie et toi, vous êtes séparés, c'est ça ? Ou, plus exactement, tu l'as quittée.

Avec un haussement d'épaules, Carrick hocha la tête et vit l'agacement dans les yeux de Ronan.

— Carrick, vous étiez faits l'un pour l'autre. C'était la femme de ta vie. Comment tu as fait pour ne pas t'en rendre compte ?

Ce que disait Ronan était de plus en plus intéressant. Il était donc si observateur que cela ?

— Comment le sais-tu ? demanda Carrick.

— Parce que je sais reconnaître le véritable amour quand je le vois. Je l'ai vécu. Et je peux te dire que tu l'avais trouvé avec Sadie. Ton âme sœur, c'est elle.

— Je pensais la même chose de Tamlyn, au début.

Évidemment, Carrick savait bien qu'il ne pouvait pas comparer ses sentiments pour Sadie avec ceux qu'il avait eus pour son ex-femme. Il savait maintenant ce qu'était la vraie passion. Mais il avait juste voulu relancer Ronan pour lui faire développer sa pensée.

— Nous aimons différemment selon les moments de notre vie. Tu aimais Tamlyn, mais tu es un autre homme aujourd'hui. Ce n'est pas parce que ton histoire avec elle s'est mal terminée que ce sera pareil avec les autres femmes.

Carrick se retint de sourire. Sans s'en rendre compte, Ronan venait de tendre son propre piège.

— Je t'entends, Ronan, je t'entends.

— Alors tu vas arranger les choses avec Sadie ?

— Oui. Mais avant, je peux te poser une question ?

— Bien sûr.

— Pourquoi devrais-je suivre tes conseils, si tu ne le fais pas toi-même ? Si je dois me donner une deuxième chance en amour, pourquoi tu ne le ferais pas, toi aussi ?

L'expression de stupeur de Ronan fut si drôle que Carrick se promit de ne jamais l'oublier.

Après avoir quitté Beth, Sadie n'avait pas eu la force de se rendre au siège de Murphy International. Il lui faudrait des semaines, peut-être des mois avant de pouvoir parler sereinement à Carrick, ou même de le croiser sans que son cœur s'emballe.

Assise sur le canapé de son appartement de location, les yeux rivés sur son écran d'ordinateur, elle poursuivait ses recherches en examinant les documents qu'elle avait pu scanner à la bibliothèque du Virginia Museum of Art and Culture. Si elle ne se concentrait pas sur son travail, elle recommencerait à penser à Carrick et elle pourrait bien commettre la folie de courir le voir à son bureau pour le supplier de la croire. Elle ne pouvait pas s'autoriser à faire cela.

L'amour et la confiance ne devaient pas avoir besoin d'être réclamés.

Elle allait poursuivre son enquête et, après avoir rendu son rapport final, elle n'aurait plus besoin d'être en contact avec Carrick. Du moins, pas avant plusieurs mois. Elle avait du temps devant elle avant de devoir lui présenter leur bébé.

D'ici là, les blessures de son cœur auraient peut-être cicatrisé.

S'efforçant d'ignorer le nœud qui lui serrait le ventre, elle lut sans grande conviction l'extrait du journal intime d'un ami de Winslow Homer. Alors qu'elle commençait à se demander si elle ne perdait pas son temps en cherchant des informations dans ce texte, un passage attira son attention :

Aujourd'hui, j'ai regardé Winslow travailler sur le premier volet d'un triptyque dédié à la vie des femmes esclaves dans les plantations. Debout au milieu d'un champ, il a croqué deux enfants qui étaient en train de jouer à quelques mètres de nous. Sa rapidité à dessiner le moindre détail de cette scène m'a émerveillé. La poche déchirée de la blouse de la petite fille, la petite cicatrice au-dessus du sourcil du garçon...

Sadie eut le souffle coupé. Elle sentait qu'elle venait de faire une découverte essentielle.

Se penchant vers le dossier qu'elle avait posé par terre à côté d'elle, elle fouilla parmi ses documents sans se soucier de les faire voler à droite et à gauche. Enfin, elle trouva celui qu'elle cherchait. La photo imprimée du tableau sur lequel elle travaillait.

Elle la prit et la pencha pour que la lumière de la lampe vienne droit dessus. Un cri de joie s'échappa de sa gorge.

La poche de la petite fille était déchirée, et le garçon avait bien une cicatrice au-dessus du sourcil. Elle avait une preuve ! Ce n'était pas suffisant pour authentifier la toile, mais c'était de loin sa plus grande avancée depuis qu'elle avait commencé cette enquête.

En entendant quelqu'un frapper à la porte, elle se leva avec sa photo dans la main pour aller ouvrir.

La première chose qu'elle vit fut un énorme bouquet de fleurs, puis elle reconnut aussitôt la main qui le tenait. Si Carrick pensait pouvoir obtenir son pardon avec des fleurs en guise d'excuses, il allait tomber de haut.

Elle poussa le bouquet pour voir son visage et oublia aussitôt Winslow Homer et tout le reste. Carrick était blême. Il avait les traits tirés et des cernes sous les yeux. Visiblement, il avait passé une aussi mauvaise nuit qu'elle. Mais il ne pouvait s'en prendre qu'à lui-même, contrairement à elle.

Elle croisa les bras et lui lança un regard de défi.

— Qu'est-ce que tu veux ? questionna-t-elle.

Il voulut lui tendre le bouquet, mais au lieu de le prendre elle plissa les yeux et resta immobile.

— Je peux entrer ?

— Pour quoi faire ? rétorqua-t-elle.

— Eh bien, j'ai des choses à te dire et j'aimerais mieux ne pas les dire sur le palier.

— Moi, répondit-elle, j'aurais mieux aimé que tu ne te comportes pas comme un goujat, mais on n'obtient pas toujours ce qu'on veut, n'est-ce pas ?

Il pinça les lèvres et soupira.

— J'aurais dû me douter que ce ne serait pas facile, murmura-t-il.

Sadie était fatiguée, elle était en colère et elle n'avait pas l'énergie de faire face à un homme qui ne pouvait pas lui donner ce qu'elle attendait.

— Carrick, aujourd'hui, j'ai déjà eu une conversation avec mes parents et une autre avec Beth. Je t'assure que ce n'était pas facile. Alors s'il te plaît, n'en rajoute pas. Je te demande de partir.

— Non.

Il leva le bras et jeta les fleurs par-dessus la tête de Sadie, qui se retourna et les vit atterrir sur la table basse. Des pétales et des fleurs tombèrent au passage sur le tapis beige.

— C'est bon, tu te sens mieux ? lâcha-t-elle sèchement.

— Non, mais je sais ce qui va me faire du bien.

Il la saisit par les hanches, l'attira contre lui et plaqua la bouche contre celle de Sadie.

Elle n'essaya même pas de résister. Le baiser de Carrick lui fit instantanément oublier sa colère. Être dans ses bras pour le reste de sa vie, c'était tout ce dont elle rêvait, mais elle ne pouvait plus se contenter d'une relation superficielle. Elle avait besoin de son amour, de sa confiance, de son engagement. Elle avait besoin de tout ce qu'il n'était pas en mesure de lui donner.

Elle le repoussa doucement, et il la laissa faire. Quand ils furent entrés dans son appartement, elle l'observa et sentit son cœur se briser.

— Je ne peux pas faire ça, Carrick.

— Pourquoi ?

— Parce que j'ai besoin d'amour, j'ai besoin de ta confiance, j'ai besoin de... tout.

— D'accord.

Cette réponse était trop rapide pour être sincère.

— Ce n'est pas ce que tu disais hier soir, lui rappela-t-elle.

Elle vit une lueur dorée s'allumer dans ses yeux verts, comme une flamme.

— Comme tu me l'as fait remarquer, répondit-il, hier soir, je me suis comporté comme un goujat. J'espère être un peu plus digne aujourd'hui.

— Arrête avec tes énigmes et dis-moi ce que tu as à me dire.

Il acquiesça, s'assit sur le siège le plus proche et fixa les yeux sur elle. Son regard était si intense qu'elle en eut des frissons. Elle avait l'impression d'y voir... de l'amour. Oui, de l'amour.

— Quand j'ai annoncé à Tamlyn que je voulais divorcer, raconta-t-il, elle s'est métamorphosée. Je pensais que nous pourrions nous séparer à l'amiable, mais au lieu de cela notre rupture a viré au cauchemar. Elle ne voulait plus être mariée avec moi, mais apparemment elle voulait encore moins que je la quitte. Elle s'est mis en tête de me punir. Elle a voulu récupérer ma maison, ma collection d'œuvres d'art, mon entreprise. Elle s'est démenée en vain, puisque nous avions fait rédiger un contrat de mariage. Des histoires ont commencé à apparaître dans les médias, une nouvelle rumeur à chaque fois qu'elle n'obtenait pas ce qu'elle voulait.

Carrick s'était enfin décidé à parler. À ouvrir son cœur. Sadie s'assit pour l'écouter, en prenant soin de ne pas l'interrompre.

— Après chaque rendez-vous avec nos avocats, elle essayait de me nuire un peu plus. J'ai reçu des menaces par téléphone et par mail. Elle me harcelait au point que j'ai été à deux doigts de réclamer une ordonnance restrictive contre elle. Alors elle s'est calmée, mais les rumeurs ont continué à circuler. Mes proches m'ont encouragé à publier un démenti, ils voulaient eux-mêmes prendre publiquement ma défense, mais j'ai refusé. Peu m'importait que les gens la croient ou non. Je n'allais pas perdre mon temps à plaider ma cause. L'avis des autres n'avait aucune importance pour moi, jusqu'à ce que je te rencontre, ajouta-t-il avec douceur. J'ai voulu que tu me fasses une confiance aveugle, mais je n'ai pas su faire la même chose avec toi. Alors, avec ta permission, j'aimerais que nous reprenions notre conversation d'hier à zéro.

Il se tut et la regarda. Les mains nouées, elle inclina la tête pour lui montrer qu'elle l'écoutait.

— Sadie, commença-t-il, il paraît que tu vas peut-être retourner vivre à Paris. C'est vrai ?

— Non, Carrick. Il se trouve que Beth, pour des raisons qui lui appartiennent, a jugé préférable de faire renouveler mon bail au lieu de le résilier comme je le lui avais demandé. Mais non, je ne pars pas. Je compte bien rester à Boston. J'ai même commencé à chercher un logement, de préférence assez grand pour avoir une chambre séparée pour le bébé.

Le visage de Carrick sembla se détendre.

— Tu sais, dit-il, je connais une grande maison où tu aurais l'embarras du choix pour la chambre du bébé.

— Ah oui ? demanda-t-elle en faisant mine de ne pas comprendre. Où ça ?

— À Beacon Hill. Malheureusement, cette offre est soumise à conditions. Il faudrait que tu partages mon lit et, un jour ou l'autre, il se pourrait que tu doives aussi porter une alliance.

Sadie respira profondément. Elle mourait d'envie de sauter dans les bras de Carrick, mais elle devait encore s'assurer d'une chose.

— Tu proposes de m'épouser parce que je n'ai nulle part où aller ou parce que je porte ton enfant ?

— Je veux t'épouser parce que je n'imagine pas ne pas t'épouser. Je veux vivre avec toi. Je veux que tu sois au centre de ma vie. Je ne peux plus concevoir la vie sans toi. Je suis complètement fou amoureux de toi, Sadie Slade.

Elle avait rêvé d'entendre ces mots sortir de sa bouche, mais pouvait-elle le croire ? Elle avait si peur qu'il la déçoive à nouveau...

— Toi et moi, Sadie, nous formons une équipe. J'ai honte de ce que j'ai dit hier, mais, s'il te plaît, donne-moi une deuxième chance. Aie confiance en moi. Aie confiance en nous. Quand tu tomberas, je serai là pour te relever. Si quelqu'un s'en prend à toi, je veux être là pour m'interposer. Quand tu auras passé une mauvaise journée, je veux être là pour t'offrir une nuit de rêve. Je serai là, Sadie. Je serai là pour toi. Je te promets de t'aimer toujours, quoi qu'il arrive.

Sadie sentit son cœur se libérer de l'étau dans lequel il était enfermé depuis hier soir. Comme Carrick tendait la main vers elle, elle lui donna la sienne et comprit qu'elle ne serait plus jamais seule. Ils allaient avancer ensemble désormais. Main dans la main.

Il l'attira vers lui pour qu'elle vienne s'asseoir sur ses genoux.

— Mon trésor, dit-il en la fixant dans les yeux. Je t'aime. Je suis tellement désolé de t'avoir déçue. Je t'en supplie, donne-nous une autre chance.

— Moi aussi, je t'aime, murmura-t-elle.

— Et quelle est ta réponse ? Tu me tortures, j'ai besoin de savoir.

— Oui. Je dis oui à tout.

Il lui adressa le plus beau des sourires, puis son regard se posa sur la feuille qu'elle tenait toujours serrée dans sa main. Il la prit pour voir ce que c'était. Alors seulement, elle se souvint de ce qu'elle avait découvert juste avant son arrivée.

— Carrick, au fait ! J'ai trouvé quelque chose ! Une nouvelle incroyable. C'est bien Homer qui...

Les yeux emplis de joie, il posa l'index sur la bouche de Sadie.

— Mon amour, dit-il, je sais que je serai toujours en compétition avec l'art pour attirer ton attention. Mais, juste aujourd'hui, tu veux bien ne pas parler de ton travail ?

Lentement, il attrapa le sweat-shirt qu'elle portait et le releva pour la déshabiller.

— Toi, Sadie Slade, tu es mon plus grand trésor, ma plus belle toile, mon œuvre d'art préférée. Et je compte bien te le rappeler chaque jour à partir d'aujourd'hui.

Sadie laissa glisser la feuille sur le sol. Carrick avait raison, cette nouvelle pouvait attendre. L'urgence, c'était de célébrer leur amour.

Épilogue

Debout dans la salle de réunion de Murphy International, Sadie se sentait d'humeur euphorique. Elle était amoureuse, enceinte de l'homme de sa vie, elle avait fait l'amour toute la nuit et elle n'avait jamais été aussi heureuse.

Et maintenant elle allait pouvoir annoncer à Keely et Joa deux nouvelles extraordinaires. D'abord, que le tableau était très certainement un Homer, comme l'analyse des peintures utilisées était en train de le confirmer, et ensuite, qu'il faisait partie d'un triptyque.

Où se trouvaient les deux autres toiles ?

Elle avait hâte de se lancer à leur recherche. Elle avait confiance en sa capacité à les retrouver, puisqu'elle avait déjà réussi à élucider le mystère concernant le grand tableau de la chambre de Carrick. Ou, plutôt, de leur chambre à tous les deux. Son enquête sur le Homer l'avait amenée à consulter des catalogues d'œuvres non attribuées, et elle était tombée par hasard sur un tableau semblable qui était exposé à Dubai. C'était là qu'elle l'avait vu, avec Hassan et sa famille. D'où cette impression de déjà-vu.

Le tableau était de Joshua Reynolds, plus connu pour ses portraits que pour ses paysages.

Elle se tourna vers Carrick et lui sourit avec tout l'amour qu'elle ressentait. C'était si bon d'être avec lui, de savoir qu'ils ne se quitteraient plus et qu'ils allaient élever leur enfant ensemble...

— Ça va, mon amour ?

— Très bien, murmura-t-elle, soudain envahie par l'émotion.

— Tu n'es pas sur le point de t'évanouir, au moins ?

— Pas pour l'instant.

Il passa un bras autour de sa taille et l'embrassa.

— Voilà qui n'est pas très professionnel, monsieur Murphy.

— Si tu savais comme je m'en moque...

— Oh ! ce n'est pas vrai ! s'exclama Ronan en entrant dans la pièce. Non seulement je dois être le témoin des marques d'affection de Tanna et Levi, mais en plus vous vous y mettez aussi ! Libère ta fiancée, grand frère. Nous avons du travail.

Ils se mirent à rire tous les trois.

Oui, elle était la fiancée de Carrick, comme en témoignait le diamant qu'elle portait à la main gauche. Ils n'avaient plus qu'à décider s'ils se marieraient avant ou après la naissance du bébé.

Elle salua Keely et Joa qui arrivaient et leur adressa un grand sourire.

— Je n'ai pas une, mais deux bonnes nouvelles, leur déclara-t-elle. Premièrement, j'ai maintenant la certitude que le tableau a été peint par Homer.

À cet instant, Joa et Ronan échangèrent un regard, et à en croire la lumière qui brillait dans leurs yeux, il se passait quelque chose entre eux. Sadie savait que Joa avait accepté de garder ses enfants, mais rien de plus.

Elle se tourna discrètement vers Carrick, qui lui fit un clin d'œil. Il avait donc remarqué lui aussi. À moins que son frère se soit confié à lui ?

— Bien fait pour toi, Dare Seymour ! s'exclama Keely en applaudissant. Oui, Dare était persuadé que c'était un faux. J'ai hâte de lui dire qu'il avait tort, tort, tort.

Pourquoi Keely voyait-elle encore l'exécuteur testamentaire qu'elle détestait alors que la succession était achevée ?

Décidément, Sadie était loin d'être au courant de tout ce qui se passait autour d'elle.

— La deuxième nouvelle, poursuivit-elle, c'est que le tableau fait apparemment partie d'un triptyque. Les deux toiles que vous possédez sont peut-être des copies des deux originaux.

— Si nous possédons un original, demanda Joa, où sont les deux autres ?

— Bonne question, répondit Sadie. Il faudra que quelqu'un enquête pour le découvrir.

Joa regarda Keely. Elles échangèrent un sourire, puis Joa se retourna vers Sadie.

— Est-ce que nous pouvons vous engager pour le faire ?

C'était exactement la question que Sadie avait espéré entendre !

— Mais avec grand plaisir, affirma-t-elle. Puisqu'il n'est plus question que je parte...

— Ah bon ? demanda Carrick avec un regard malicieux. C'est bon à savoir.

Elle n'avait jamais rien vu de plus beau que ces yeux emplis d'amour et de désir. Ces yeux qui lui promettaient le plus bel avenir du monde.

RESTEZ CONNECTÉ AVEC HARLEQUIN

Harlequin vous offre un large choix de littérature sentimentale !

Sélectionnez votre style parmi toutes les idées de lecture proposées !

 www.harlequin.fr

 L'application Harlequin

- **Découvrez** toutes nos actualités, exclusivités, promotions, parutions à venir...

- **Partagez** vos avis sur vos dernières lectures...

- **Lisez** gratuitement en ligne

- **Retrouvez** vos abonnements, vos romans dédicacés, vos livres et vos ebooks en précommande...

- Des **ebooks gratuits** inclus dans l'application

- **+ de 50 nouveautés tous les mois !**

- Des **petits prix** toute l'année

- Une **facilité de lecture** en un clic hors connexion

- Et plein d'autres avantages...

Téléchargez notre application gratuitement

SUIVEZ-NOUS !    facebook.com/HarlequinFrance
twitter.com/harlequinfrance